THE OVERSEAS TRANSLATION AND DISSEMINATION OF

CONTEMPORARY CHINESE
SCIENCE FICTION

中国当代科幻小说的海外译介与传播

张海燕 著

社会科学文献出版社
SOCIAL SCIENCES ACADEMIC PRESS (CHINA)

序言一
加大对中国当代文学海外读者的研究力度迫在眉睫

张海燕博士是一位十分勤奋的学者，她的新著《中国当代科幻小说海外译介与传播》即将出版，托我写几句话。恰好张海燕博士的著作是基于海外读者对于中国当代科幻小说的读后观点、看法、感想、心得等，运用语料库统计等量化方法进行的阅读研究，十分有价值。我想借此机会谈一谈我对海外读者研究的几点看法。

第一是文学读者研究涉及文学批评范式的转变。中国当代文学批评界对文学读者很少研究，更不用说海外读者了。原因不言自明，因为除了文学批评范式极难转变之外，还隔着一层语言的屏障。这里所说的文学批评范式，是指基于文学史的理论研究框架，如人物塑造、艺术表达、语言特征等几个层面对文学作品进行评价。大学里的"中国文学史""外国文学史"就是这种套路。这种文学批评的写法一直没有关注文学作品的读者，导致文学读者缺位。文学作品的最终目标是读者，一部作品的好与坏，除了文学批评家的评判之外，似乎还应该看看读者怎么看、怎么阅读、阅读后有哪些效果。按照这个基本常识，中外文学史还缺少一大块内容，那就是中外文学经典的阅读史，诸如"四大名著的阅读史""莎士比亚阅读史""浮士德阅读史"等。有了读者研究，文学史才算完整。好在近几年从出版界开始的书籍史研究，也号称"新文化史"研究，补足了文学批评研究中缺乏读者研究这一块。在此意义上，张海燕博士的中国科幻小说的海外读者研究，也算是对于中国文学批评界研究的一种补充，很有意义。

第二是有关中国当代文学海外读者的研究，不仅仅涉及文学批评，还从文学跨越到了传播学、翻译学、语言学等多个领域，在研究方法上不仅有定性研究还有定量研究，这是典型的交叉学科。本人在课堂上讲授传播效果评估研究时，用得最多的案例就是中国当代文学海外读者的案例。因为在经济全球化、信息一体化的时代里，全世界各个角落的人们都可以阅读中国当代文学作品，当然也就可以写下自己的读后感。在点赞、评分、撰写读后感的三个行为中，通常我最看重的是撰写读后感。在一段几百字甚至更多字的读后感中，人们可以看到中国文学作品在不同历史传统、思想宗教、语言文化区中所引起的波澜。张海燕博士在书中将评分最高的读者留言进行了汇总，并按照语料库的研究方法进行分析，十分专业，我十分赞同。因为这不仅仅涉及中国当代文学的海外传播效果问题，还大大拓宽了中国当代文学批评的视野，即将中国当代文学批评从中文世界拓展到英语世界。这才是21世纪中国文学应有的大国气象。

当然，本书研究的主要是中国科幻文学作品，因为近些年中国有一批作品获得了海外科幻读者群的青睐，读者评价数据的获得相对便捷。在国家相关对外翻译资助工程的支持下，一大批"茅盾文学奖"作品有了外译本。一些海外读者在阅读这些作品后，在一些公共平台上对它们点赞、评分和发表读后感，数量可能不如科幻作品多，但更值得研究和关注。除此之外，还需要学术界加大对中国文学海外书评的研究力度。只有进行全面的接受研究，才能把握英语世界的读者阅读习惯，从而推出一批更加具有针对性的文学作品，为提高中华文化的世界影响力做出贡献。

何明星

北京外国语大学教授

新疆大学"天山学者"

2024年5月30日

序言二
中国当代科幻小说海外译介与传播研究的新收获

中国科幻小说的海外译介与传播，已经成为中国当代文学海外译介与传播的"轻骑兵"。最晚从2015年刘慈欣的《三体》第一部荣获雨果奖最佳长篇科幻小说奖开始，中国当代科幻小说就开启了"出海"的新常态。在最近10年的中国文学海外传播方阵中，"科幻小说已成为中国文学海外传播的新名片"。在此背景下，对中国科幻小说的译介与传播进行近乎同步的跟踪式研究，不仅有利于梳理中国科幻文学在海外译介与传播方面所取得的成绩、所经历的遭遇，而且有助于给国内文化"走出去"主管部门及相关从业者、研究者以有益的启示与借鉴。从以上角度而言，张海燕博士的《中国当代科幻小说的海外译介与传播》不仅是一本契合时代需求的著作，也是一项兼具学术价值和实践意义的研究成果。我认为张海燕博士的这部新著有如下三个明显的特点。

第一，与学界已有关于中国科幻文学，尤其是科幻小说海外传播研究相比，该著作的最大特色是"以海外读者对中国当代科幻小说的评价"为基础，分析、评价、研究中国当代科幻小说的海外译介与传播效果，这是作者在开展相关课题研究过程中所表现出的一种方法论自觉，正是在这种自觉的方法论的指导下，本书无论是在材料的选择、观点的提炼，还是在结论的推导、经验的剖析等方面，都尽量展示了与现有研究相互区别、相互补充的新气象。

第二，点、线、面有机结合，是该著作的又一个明显特点。从科幻作家的"出海"来看，刘慈欣仍然是中国当代最具国际传播影响力的科幻作家，其长篇科幻小说，尤其是《三体》三部曲，仍是目前我国科幻文学海外传播的头部作品，其综合传播指数明显高于其他中国当代科幻小说。这一基本现实决定了张海燕博士在《中国当代科幻小说的海外译介与传播》一书中，旗帜鲜明地把刘慈欣及其科幻小说的海外译介与传播作为自己的研究重点。在确立了这一重点之后，作者并没有全面撒网，而是紧紧围绕刘慈欣的《三体》《黑暗森林》《死神永生》《流浪地球》等作品，综合运用语料库相关分析法、数据统计等量化研究方法，以及案例分析法、文献分析法等多种研究方法，将定性与定量研究方法相结合，综合地呈现了海外读者对刘慈欣本人、刘慈欣科幻小说的英语译本及刘慈欣科幻小说的英语译者等多方面问题的点评、印象、感受、讨论。这种点与线的有机结合，又是以作者对中国当代科幻文学在世界范围内的译介和传播的基本面貌的勾勒为前提而展开的。不仅如此，在讨论中国当代科幻文学在海外的译介与传播之前，作者勾勒了中国当代类型文学（尤其是以科幻、武侠、谍战、玄幻、悬疑、推理等为代表的中国类型小说）海外传播的基本面貌，这就提示读者可以从更加宽广的视野来认识和评价中国当代科幻文学的海外译介与传播。作者注意将科幻文学的"出海"置于中国当代类型文学"出海"的集体画像中加以分析和论述，有助于让读者对中国当代类型文学的"出海"获得整体性的认识。

第三，理论与实践并重，是该著作的第三个显著特点。就研究主旨来看，特别是从作者在方法论上所表现的高度自觉来看，本书的理论性突出表现在全面、深入、细致地援引传播学"意见领袖"理论来支撑起整体的研究。无论是面对意见领袖读者评价材料的选择、意见的分类，还是面对相关文献材料的搜集与整理，作者都把"意见领袖"理论作为基本理论指导，不仅提供了同研究主旨高度契合的学理依据，而且为认识和评价中国当代科幻文学海外译介与传播效果提供了能够有效触及精神领域的话语范式。此外，本书以翔实的材料为依据，在实证性研究的基础上推导出了一些极为有益的论断。就个人认识和理解而言，张海燕博士基于其自身扎实研究而提出的五点当代科幻小说传播实践策略都具有明确的现实针对性，既可以为关注和研究包括中国科幻小说在内的中国当代文学海外传播的学界同行带来有益启示，也可以为中国文学"走出去"行业主管部门和从业者提供积极借鉴。

　　需要指出的是，无论是对中国科幻文学的"出海"情况进行调查和研究，还是对其他类型的中国当代文学的"出海"情况进行调查和研究，其要义并不在于进行文学出口贸易的登记，也不在于为中国科幻文学展示出来自域外世界的掌声和鲜花，也不在于力证其跨越语言、跨越时间、跨越空间和跨越文化界限的强劲生命力，而在于寻找并阐释中国当代文学同域外世界相遇、互视、互释、互证的路径与方式，从而为不同文明之间的交流互鉴提供丰富的精神资源。就此而言，我不仅愿意把张海燕博士这本著作作为中国当代科幻小说海外译介与传播研究的新收获而推荐给读者，而且期待它在促进中外文明互鉴的过程中发挥积极的作用。

北京师范大学文学院
北京师范大学中国文学海外传播研究中心
2024 年 5 月 18 日

前　言

张海燕

2023年笔者在英国华威大学应用语言学系访学,其间受邀为华威大学师生做一场相关中国当代文学海外传播的报告,至今脑海里刻有挥之不去的画面:一方面是现场师生对中国当代文学,包括那些国内妇孺皆知、在国际文坛斩获大奖的中国文学作品,几乎不曾耳闻而写在脸上的懵懂遗憾;另一方面是对中国当代文学,尤其对中国当代科幻文学,表现出强烈的好奇与浓厚的兴趣。

这次讲座经历使我深刻地意识到中国当代文学海外传播,尤其在西方世界的译介与传播如一片等待深耕开拓的原野,虽然已有零星中国文学的小花,但中国当代文学的脚步依然未能在这片原野踩出一条羊肠小路,更不用说是阳关大道了。中国当代文学在海外的传播着实任重道远,需更多学术人为此而积累跬步与汇聚小流,为中国当代文学在海外传播终成千里江河之势贡献点滴。我以及中国当代科幻小说海外译介与传播的科研团队的努力正是这点滴、跬步与小流。愿我们所进行的这种大量文献阅读、一手数据搜集、系统深入分析与讨论、结论与评价标准提炼、研究成果归纳总结等能够对中国文学"走出去"产生借鉴意义,能够成为中国文学"走出去"洪流中的一朵晶莹的浪花和一片美丽的涟漪。

感谢科研团队杨欣怡、杜晋雅、周尚霖、陈溯、孟萱、吴竞择、张雅茹等成员,团队齐心协力,终见云开月明,共话一路艰辛后的幸福与快乐时光。

中文摘要

  中国当代科幻小说的译介及海外传播取得了中国文学"走出去"前所未有的成果，成为世界文学花园中一朵中国文学奇葩。虽然中国当代科幻小说海外传播的研究初具规模、成果较丰，但是聚焦海外受众、以海外受众评价为文本语料系统分析中国当代科幻小说译介与传播效果的研究甚少。

  本研究以意见领袖理论为指导，采用量化与质性分析方法，基于海外读者对中国当代科幻小说代表作家刘慈欣的《三体》系列及《流浪地球》四部科幻小说的一手评价，系统揭示了海外读者对相关文学作品从译者、译本到作者的全面评价分析以及海外读者基于文学作品阅读而产生的对中国文化、政治、社会、民众生活等维度的认知现状。

  研究表明，在译介层面，海外读者对具有跨语言转换、跨文化传播、跨文本解读能力且具有一定科幻专业知识的译者最为认可，以译文的流畅性、准确性、完整性、忠实性四大准则为译文的质量评判标准；对作者超凡的想象力、深邃的科技理论建构、唯美的科幻意境描写等有很高的评价，对作者的人物塑造、情节构建、叙事风格等写作能力则有所期待。在传播效果层面，海外读者基于对刘慈欣代表性科幻小说的阅读，对中国文化、政治、社会、民生等维度产生了较为中性及正向的认知评价，尤其基于相关小说的阅读，对中国的传统文化、政治哲学产生明显的正面认知，进而对中国国家形象进行较为正面的构建。

  此外，相关研究结果表明：中国当代科幻小说海外传播的优势具体表现为海外成熟的科幻文学市场、稳定的读者群体、科幻文学自身的疏离性与中国文学的异质性杂糅、一批有突出贡献的译者以及新媒体平台赋能等。与此同时，中国当代科幻小说依然在读者接受、译本质量、市场开拓、文学评价话语体系等方面面临挑战与困难。中国当代科幻小说在海外译介与传播过程中把握数字化契机、借助异质叙事特点、依托高质量译本、构建文本的普世性主题、促使宏观与个体叙事融合等实践经验为中国文学"走出去"提供了重要启示。

关键词：中国当代科幻小说；读者评价；译介；传播效果；中国文学；国家形象

Abstract

Chinese contemporary Science-Fiction (SF) has achieved unprecedentedachievement in its translation and dissemination, dramatically highlighting itself as a Chinese literary genre in the world literature. Although studies on Chinese contemporary SF have been conducted to some extent, and the research findings are fruitful, few has been done from the perspective of readers and their book-reviews corpus to examine the dissemination effects of Chinese contemporary SF.

Based on the theory of Opinion Leader, the overseas readers' reviews on the four SFs of *Three Body Trilogy* and *The Wondering Earth* by Liu Cixin have been analyzed qualitatively and quantitatively to explore how those readers evaluate the translators, translated texts, and the author and how they understand Chinese culture, politics, society, livelihood, etc.

In terms of the translation effects, research findings reveal that the overseas readers highly value the translators with abilities in linguistic code-switching, cross-cultural communication, inter-textural interpretation and SF professional knowledge. Readers regard fluency, exactness, expressiveness and loyalty as the four essential criteria to evaluate the translated texts. As far as the author is concerned, his extraordinary imaginary, profound technical theory establishment, and the esthetical fictional images, etc. are dramatically praised by the readers, while his characterization, plot-setting, storytelling are expected to be improved in a way. In terms of the dissemination effects, readers abroad indicate a neutral to positive understanding to Chinese culture, politics, society, people's livelihood, etc. in their book reviews, particularly a noticeable positive attitude towards Chinese traditional culture and political philosophy, consequently generating a positive image of China.

Additionally, as the findings demonstrate, those factors can be ascribed to the successful dissemination of Chinese contemporary SF including the well-developed SF book market abroad, the devoted readers, the hybridity between SF's intrinsic narrative alienation and Chinese literary heterogeneity, the contributive translators, the new-media-assisted communication, etc. In the meanwhile, Chinese contemporary SF is confronted with challenges and difficulties in readers' reception, translation quality, marketing, and the evaluation hierarchy in the global literary discourse. The communication practice and experience of Chinese contemporary SF, however, have the significant reference to Chinese literary works going-globally such as making best of the media digitalization, highlighting its literary heterogeneity, translated texts in quality, universal themes, integration of the grand narrative with the individual one, etc.

Keywords: Chinese Contemporary Science Fiction; Readers' Book Reviews; Translation; Communication Effects; Chinese Literary; National Image

目　录

第一章　中国科幻小说海外译介与传播综述 ………………………… 1
　第一节　中国当代类型小说海外译介与传播 …………………………… 1
　第二节　中国科幻小说海外译介与传播 ………………………………… 16
　第三节　刘慈欣科幻小说海外译介与传播 ……………………………… 32
　第四节　中国当代科幻小说海外译介与传播研究现状与不足 ………… 45

第二章　研究理论、内容与方法 ………………………………………… 52
　第一节　研究理论：意见领袖 …………………………………………… 52
　第二节　研究内容：Goodreads 意见领袖读者的评价 ………………… 59
　第三节　研究方法与工具 ………………………………………………… 62

第三章　《三体》的海外译介与传播效果 ……………………………… 64
　第一节　海外读者对《三体》的评价概述 ……………………………… 64
　第二节　《三体》海外读者概述 ………………………………………… 66
　第三节　海外读者对《三体》译文、译者及作者的评价 ……………… 73
　第四节　《三体》海外传播效果分析 …………………………………… 90

第四章　《黑暗森林》的海外译介与传播效果 ………………………… 99
　第一节　海外读者对《黑暗森林》的评价概述 ………………………… 99
　第二节　《黑暗森林》海外读者概述 …………………………………… 101
　第三节　海外读者对《黑暗森林》译文、译者及作者的评价 ………… 106

第四节　《黑暗森林》海外传播效果分析 …………………… 115

第五章　《死神永生》的海外译介与传播效果 ………………… 129
　　第一节　海外读者对《死神永生》的评价概述 …………… 129
　　第二节　《死神永生》海外读者概述 ……………………… 132
　　第三节　海外读者对《死神永生》译文、译者及作者的评价 … 139
　　第四节　《死神永生》海外传播效果分析 …………………… 156

第六章　《流浪地球》的海外译介与传播效果 ………………… 162
　　第一节　海外读者对《流浪地球》的评价概述 …………… 162
　　第二节　《流浪地球》海外读者概述 ……………………… 166
　　第三节　海外读者对《流浪地球》译文、译者及作者的评价 … 170
　　第四节　《流浪地球》海外传播效果分析 …………………… 182

第七章　中国当代科幻小说海外传播：优势、挑战与策略 …… 195
　　第一节　中国当代文学海外传播：类型小说 VS 纯文学小说 … 195
　　第二节　中国当代科幻小说的海外传播优势与挑战 ……… 223
　　第三节　中国当代科幻小说海外传播策略 ………………… 234
　　第四节　中国当代科幻小说对文学"走出去"的启示 …… 237

附录　海外读者对刘慈欣代表性科幻小说五星评价（部分精选） …… 242

参考文献 ……………………………………………………………… 266

第一章　中国科幻小说海外译介与传播综述

第一节　中国当代类型小说海外译介与传播

一　类型小说的定义与发展

类型小说是当前最具代表性的类型文学，当今全球超级畅销的图书几乎均为类型小说。① 在西方文学批判中，文学"类型"（genre）常与文学"形式"（form）、文学"风格"（style）进行区别讨论。类型属于文学情感系统，在当下社会结构的不断调整过程中，类型给文学创作带来更多的影响。② 因此，类型文学发展与社会发展及社会发展所引起的结构变化息息相关，能够实时反映随着社会结构变化的不同社会群体的生存状态，使类型文学创作具有动态性、多样性、分众性与革新性。

类型小说的定义与类型文学的定义密不可分，中国社科院文学所研究员白烨认为，"类型文学"由网络逐渐流行至市场，是通俗文学（或称大众文学）写作的另一种说法，是把通俗文学作品再进行文化背景、题材类别上的细分，使之具有一定模式化的风格与风貌，从而满足不同读者的需

---

① 郭恋东、冯若兮：《类型小说的全球翻译——以犯罪小说、网络小说和科幻小说为例》，《学术月刊》2023年第11期。
② Michael Dango, "Not form, not genre, but style: On literary categories," *Textual Practice* 36 (2022): 501–517.

要。① 小说作为一种重要的叙事性文学体裁，在类型文学中同样举足轻重，其种类繁多，包括科幻、谍战、武侠、职场、青春、言情、悬疑以及网络文学的穿越、玄幻等。北京大学中文系教授张颐武曾指出，金庸的武侠小说、琼瑶的言情小说、海岩的公安小说是国内较早的类型小说。② 实际上，不同国家的类型小说分类虽大同小异，但各有特点。在英、美等西方国家，除了科幻、悬疑、推想、谍战等主要类型小说外，宗教、西部、魔法、惊悚等具有西方文化特色的类型小说也很受读者欢迎。③ 中国现代类型小说属于舶来文学体裁，尽管其在整体类别上以科幻、推想、悬疑等为主，但国内类型小说创作者也进行了一定的本土化创新，将中国历史、传奇、神话等文化元素融入类型小说的创作之中，形成了具有中国特色的武侠、玄幻、穿越、历史演义等类型小说。

近十年来，以科幻、武侠、谍战、玄幻、悬疑、推理等为代表的中国类型小说译介取得较大成功，在海外掀起巨大热潮，形成现象级传播，其海外传播效果远超中国纯文学。以武侠小说为例，武侠小说自20世纪末开始大规模出口，早期武侠小说的传播形式以纸质出版物为主，传播作品主要包括卧龙生、金庸、梁羽生、古龙等人所著的武侠小说，其中金庸的武侠小说最为流行，代表作有《天龙八部》《笑傲江湖》《神雕侠侣》《射雕英雄传》等15部。金庸的武侠小说除了英文译本外，还有日文、法文、马来文、印度尼西亚文、泰文、韩文、越南文等不同外语文本，这些翻译文本又进一步衍生大量影视、动漫、文娱作品，进一步推动源小说文本在海外的传播。此外，现代武侠小说开端人物卧龙生创作的《仙鹤神针》《玉钗盟》《天剑绝刀》等武侠小说，古龙著的《萧十一郎》《欢乐英雄》《流星蝴蝶剑》《天涯明月刀》等66部经典武侠小说，梁羽生著的《萍踪侠影录》《七剑下天山》《白发魔女传》等35部武侠小说也被大规模改编成影视剧和漫画产品在海外传播。武侠小说的海外传播实际上与海外华人息息相关，海外华人对武侠小说的海外传播起到了极大的促进作用，因此

---

① 张颐武等：《文学类型与类型文学（一）》，《山花》2016年第15期。
② 杨鸥：《类型文学方兴未艾》，《人民日报》（海外版）2015年9月30日，第7版。
③ 陈芳蓉：《类型文学在美国的译介与传播研究：以〈三体〉为例》，《浙江师范大学学报》（社会科学版）2017年第3期，第42卷。

有"哪里有华人，哪里就有武侠小说"的说法。①

中国的玄幻小说与武侠小说有一定的重合，甚至不少人将玄幻小说与武侠小说归为一个大类。海外热门的玄幻小说以网络文学为主，集中在海外专门发布武侠、玄幻、仙侠等相关类型小说的网络平台，所发布的小说一般是由翻译爱好者或网站雇用的译者所翻译的英文版，小说大多译自中国，部分译自韩国，少部分为英文原创小说，由此可见中国特色的玄幻小说对海外读者具有较强的吸引力。目前，海外较为热门的武侠、玄幻类小说平台有 Wuxiaworld、Gravity Tales、SPCNet、Volare Novels 以及起点小说海外版 Webnovel。以 Wuxiaworld 平台为例，截至 2023 年 12 月 11 日，当前最热门的中国玄幻小说有叶知风的《这个世界很危险》(*Stranger Dragon*)、风青阳的《龙血战神》(*Dragon War God*)、睡秋的《猎天争锋》(*Splitting the Heavens*) 等。除此之外，该网站也收录了很多早期热门的玄幻小说，如忘语的《凡人修仙传》(*A Record of a Mortal's Journey to Immortality*)、唐家三少的《斗罗大陆》(*Soul Land*)、天蚕土豆的《斗破苍穹》(*Battle Through the Heavens*) 以及我吃西红柿的《盘龙》(*Coiling Dragon*) 等。有研究者认为，自《盘龙》2014 年被翻译成英文在 Wuxiaworld 上进行连载后，越来越多的海外读者开始关注中国的玄幻小说和武侠小说，于是更多相关题材的国内小说被翻译成英文搬运到海外网站。②

中国科幻小说创作历史较长，虽然其创作历史可追溯至清代中晚期中国人渴望通过学习先进科学技术改变国家命运的"西学东渐"时期，③ 但中国科幻小说在 20 世纪 90 年代才开始受到海外读者的广泛关注，中国科幻小说在斩获国际大奖之后更是推进这一类型小说在中国的发展。早期中国台湾科幻作家黄凡的科幻小说《零》(*Zero and Other Fictions*) 与中国香港科幻作家董启章的科幻小说《地图集：一个想象的城市的考古学》(*Atlas: The Archaeology of an Imaginary City*) 分别获第二届 (2012 年) 和第

---

① 汤哲声：《中国百年武侠小说的价值评估与侠文化的现代构建》，《文艺理论研究》2023 年第 4 期。
② 张雨萌：《网络玄幻小说在海外的跨文化传播解读》，《传媒论坛》2022 年第 13 期。
③ Jessica Imbach, "Chinese Science Fiction in the Anthropocene," *Ecozon European Journal of Literature Culture and Environment* 12 (2021): 121-137.

三届（2013年）科幻奇幻翻译奖，[①] 为后期刘慈欣、郝景芳、海涯等中国内地科幻作家斩获国际科幻文学奖奠定一定基础。如刘慈欣创作的《三体》系列的第一部于2015年获得第73届雨果奖（Hugo Award）之最佳长篇小说奖以及普罗米修斯奖提名。雨果奖是世界科幻协会（World Science Fiction Society，WSFS）设置颁发的奖项，自1953年以来每年在世界科幻大会（World SF Convention）上颁发，与星云奖并称科幻艺术界的诺贝尔奖，是科幻文学领域的最高国际奖项。此外，2016年，郝景芳创作的《北京折叠》（Folding Beijing）、海涯创作的科幻中篇小说《时空画师》先后获得第74届、第81届雨果奖之最佳中短篇小说奖。自2014年刘慈欣的《三体》系列第一部译本在美国出版以来，刘慈欣及其《三体》系列至今依然是海外热度最高、传播最广的科幻作家及科幻小说。[②] 除《三体》系列以外，刘慈欣的《流浪地球》《乡村教师》《中国太阳》等中短篇小说同样受到海外读者关注，这使得刘慈欣成为中国当代科幻小说的代表性作家。

中国谍战小说同样具有本土文化特色，其具有两大特点：一是对世界政治局势的紧密呼应；二是与侦探小说之间的血脉关联。[③] 近些年中国涌现一批诸如海飞、小白、麦家等优秀的谍战小说创作者。海飞的谍战小说有《惊蛰》《麻雀》《旗袍》《昆仑海》等，其2023年新推出的古代谍战小说《昆仑海》融合历史、武侠、谍战叙事要素，将中国谍战小说创作推向新的高度。海飞的谍战小说创作具有戏剧性特质，在强大的叙事张力中注入深刻的抒情因子，是带有个人印记的戏剧性表达与抒情性内涵相交织的审美艺术品。[④] 上海作家小白创作的《封锁》《租界》《局点》等谍战小说受到国内外读者关注，其作品常被刊登在《收获》《上海文学》《万象》

[①] 熊兵：《中国科幻文学译介研究二十年（2000—2020）——回顾、反思与展望》，《外国语文研究》2022年第6期。
[②] 陈芳蓉：《类型文学在美国的译介与传播研究：以〈三体〉为例》，《浙江师范大学学报》（社会科学版）2017年第3期，第42卷。
[③] 战玉洁：《知识癖、叙事迷宫与摄影术——论小白的谍战小说及其类型突破》，《扬子江文学评论》2022年第5期。
[④] 范春慧：《戏剧性与抒情性的诗意协奏——关于海飞谍战小说创作》，《南方文坛》2023年第6期。

等国内知名报刊上,其中篇谍战小说《特工徐向璧》获得第十届上海文学奖。麦家被誉为"中国谍战小说之王""中国特情文学之父",其创作的"谍战三部曲"——《解密》、《暗算》与《风声》最为著名,畅销海内外。小说《暗算》荣获第七届茅盾文学奖,2019年入选"新中国70年70部长篇小说典藏"。麦家谍战小说不仅在人物塑造与事件构建上超越本土化、与国内外历史发展背景相勾连,[①] 而且强调历史的文本性、挖掘大历史之下的日常生活与边缘故事,是一种具有偶然性的历史叙事。[②]

二 中国当代类型小说在英语国家的译介与传播

近十年来,中国当代类型小说,包括武侠、玄幻、谍战与科幻等小说,逐渐进入海外读者视野,成为海外读者了解中国文化和社会的重要窗口。然而,伴随早期英国海外殖民地扩张、美国第二次世界大战后的文化全球输出,英、美两国在全球先后确立了中心地位,英语逐渐确立了其国际通用语的核心地位,也为以英语为主导的世界文学话语体系的构建提供了坚实的语言保障。[③] 因此,中国文学,包括中国当代类型文学能否成功"走出去"在很大程度上取决于它在英语世界的译介与传播。本章将通过对中国当代类型小说在英语国家的译介与传播分析,呈现中国当代类型小说在海外的热门译本及其传播现状与效果。

(一)武侠小说在英语国家的译介与传播

尽管中国武侠小说在英语世界的传播效果整体上不及在日、韩以及以华人为主体的东南亚国家的传播效果,但随着网络新媒体、网络翻译平台的发展,翻译文本技术的提升,近几年中国武侠小说在英语世界引起不少关注。目前,经典武侠小说主要以纸质书籍、电子书籍、专门性网络平台等形式向海外读者输出。金庸的作品被英译得最多,其次为古龙,古龙的

---

① 张海燕等:《由〈解密〉看中国当代文学在拉美的出版传播》,《出版发行研究》2021年第7期。
② 罗雅琳:《从新历史主义中拯救历史——论麦家的谍战小说》,《当代作家评论》2022年第4期。
③ 张海燕:《场域理论视角下中国当代文学海外传播的困境探析》,《对外传播》2024年第1期。

小说大多以零星章节翻译在海外论坛或武侠小说平台上刊载。《雪山飞狐》（*Fox Volant of the Snowy Mountain*）是金庸首部被翻译成英文的小说，译者为华人学者莫锦屏（Olivia Mok），该译作于 1993 年由香港中文大学出版，后于 1996 年再版，2004 年再次印刷出版。随后闵福德（John Minford）与霍克斯（David Hawkes）合作翻译了《鹿鼎记》（*The Deer and the Cauldron*），并将原来五十回的故事删减成二十八回，分成三卷，分别于 1997 年、2000 年、2002 年出版。2005 年，《书剑恩仇录》（*The Book and the Sword*）由牛津出版社出版，该英文版由英国记者、作家格雷汉·恩沙（Graham Earnshaw）所译，由闵福德和瑞秋·梅（Rachel May）共同修改编辑。瑞典汉学家郝玉青（Anna Holmwood）与其团队成员吉吉·常（Gigi Chang）和雪莱·布莱恩特（Shelly Bryant）共同翻译了《射雕英雄传》（*The Legend of the Condor Heroes*），共四卷，2018 年出版第一卷（*A Hero Born*），2020 年出版了第二卷与第三卷（*A Bond Undone* 和 *A Snake Lies Waiting*），2021 年出版最后一卷（*A Heart Divided*），均由赞助人兼出版机构的英国麦克莱霍斯出版社（MacLehose Press）出版发行，该出版社被誉为"英国翻译文学先驱""翻译小说之首"。[①] 郝玉青在推广《射雕英雄传》时将其称为"中国的《权力游戏》"，利用《权力游戏》在国外文学场域积累的话语符号资本，从《射雕英雄传》中找出中西方文化的共通点进行推介，后期在宣发过程中出版商与媒体也将"中国的《权力游戏》"作为宣传标语，从而打开西方读者市场。[②] 不仅如此，麦克莱霍斯出版社还签下《神雕侠侣》（*Divine Condor, Errant Knight*）和《倚天屠龙记》（*Heaven Sword, Dragon Sabre*）两部书的翻译版权，打造"神雕三部曲"（Condor Trilogy），该三部曲的历史背景横跨宋朝至明朝时期，人物相互关联，剧情涉及不同王朝的兴衰以及各门派之间的相互合作与敌对。[③] 古龙唯一已出版的英文

[①] 吴玥璠、刘军平：《小议〈射雕英雄传〉英译本的海外热销》，《出版广角》2019 年第 14 期。

[②] 汪晓莉、陈帆帆：《社会翻译学视域下武侠小说英译的项目发起研究》，《淮北师范大学学报》（哲学社会科学版）2022 年第 6 期，第 43 卷。

[③] Xing Yi, "Louis Cha's acclaimed trilogy to be translated into English," *China Daily*, 2017-11-10, https://www.chinadaily.com.cn/a/201711/10/WS5a0d265da31061a7384093ae_1.html.

译本小说为《萧十一郎》(*The Eleven Son*),由美籍华人 Rebecca S. Tai 所译,由美国海马图书出版社(Homa & Sekey Books)于 2004 年出版,于 2005 年、2018 年再版。

纸质版书籍并非唯一承载中国武侠小说的媒介,不少海外读者自发将自己的译文发布至网络平台,例如 Wuxiaworld 平台收录了梁羽生《萍踪侠影录》和《七剑下天山》两部武侠小说的介绍与翻译作品。学者万金梳理过中国武侠小说的译介发展。① Fox's Wuxia 平台则有网站创办者自发组织英译武侠小说,其中梁羽生的《白发魔女传》(*Legend of the White Haired Demoness*)、古龙的《陆小凤传奇》(*Lu Xiaofeng*)和《楚留香传奇》(*Chu Liuxiang*)、金庸的"神雕三部曲"等经典武侠小说,以及当代网络武侠小说《雪中悍刀行》(*Sword Snow Stride*)等武侠小说被译介传播。

尽管中国武侠小说在英语世界的译介传播比较成功,但其译本出版较晚也导致了武侠小说在英语世界传播困难。有学者总结武侠小说的"西行"之困有三:一为译本数量少且发行周期长,错失忠实读者;二为翻译质量参差不齐,海外读者阅读体验不佳;三为武侠小说缺乏很好的宣传模式,未能成功为大众所熟知。② 武侠小说是具有中国文化特色的类型小说之一,其中包含了侠义、反抗强权、追求正义等人文思想,其译介与传播效果会直接影响中国文化在海外的传播。

(二)玄幻小说与网文小说在英语国家的译介与传播

中国的玄幻小说与武侠小说有较多重合,玄幻小说在一定程度上也是武侠小说的继承与发扬,但二者仍然有很大的差异。研究者认为以金庸小说为代表的武侠小说更彰显主角的民族大义与人性,且往往以特定的历史作为故事背景,以网络文学发家的玄幻小说还增加了更多玄幻、异能、魔法、穿越等元素。③ 不仅如此,玄幻小说的故事背景往往是虚构的世界或架空的历史,融入仙、魔、鬼、神等一系列超自然元素,早已跳出了"纯

---

① 万金:《网络武侠小说在英语世界的传播——以翻译网站 Wuxiaworld 为例》,《东方翻译》2017 年第 5 期。
② 洪捷、李德凤:《武侠小说西行的困境与出路》,《东南学术》2015 年第 3 期。
③ 李玮:《"盛世江湖"与漫长的"九十年代"——从金庸,"后金庸"到纯武侠的衰落》,《小说评论》2023 年第 1 期。

武侠"的范畴，也不再使用"武侠"这一标签。作为网络文学，玄幻小说的翻译与传播自然也以网络作为媒介。中国玄幻小说在英语世界的传播与美籍华人赖静平的翻译推广不无关系。赖静平阅读过多部金庸小说，深爱武侠、玄幻、仙侠类小说，一次偶然机会接触到网络小说《盘龙》，然后将其译成英文发表于 Spcnet 论坛上，结果意外走红，吸引了大量的海外读者，依靠粉丝读者的捐助与支持，赖静平决定在 2014 年以 RWX（即任我行，金庸小说《笑傲江湖》中的人物）为昵称创办 Wuxiaworld（武侠世界）平台，专门连载《盘龙》等玄幻小说的英文版[1]，这在北美掀起了中国玄幻武侠热，《盘龙》也在 2018 年出版了纸质版书籍。网站建立后的前四年，武侠世界日均页面访问量超 360 万，发展成为全球 Alexa 排名 1271、北美排名 1045 的大型网站，吸引了更多玄幻小说爱好者自发加入翻译该类型小说的队伍中。[2] 武侠世界的许多译者最初都是从武侠经典开始翻译的，比如先翻译金庸和古龙的小说，后来转向更现代的仙侠、奇幻和玄幻小说如《盘龙》、《我将封天》以及《修罗武神》等。[3]

除武侠世界平台外，还有多个类似平台分享中国玄幻小说的英文版。一是美籍华人孔雪松（网名 Goodguyperson）在其 16 岁时创办的中国小说英译网站 Gravity Tales，该网站发布的首部小说为《斩龙》；二是美籍华人 Etvolare（艾飞尔）所创办的 Volare Novels 平台，用户活跃度虽不及 Wuxiaworld 与 Gravity Tales，但也成为三大中国小说英译网站之一。作为女性，艾飞尔在其平台上收录更多令女性读者感兴趣的小说，增加了更多言情类小说，包括《修真聊天群》(*Cultivation Chat Group*)、《鬼王的金牌宠妃》(*Demon Wang's Favorite Fei*) 等多部小说。

中国网络文学在海外传播爆火也给中国网络文学平台带来商机。专注于数字阅读业务的阅文集团也创办了主打海外市场的起点国际（Webnovel）

---

[1] 汪晓莉、陈帆帆：《社会翻译学视域下武侠小说英译的项目发起研究》，《淮北师范大学学报》（哲学社会科学版）2022 年第 6 期，第 43 卷。

[2] 彭石玉、张慧英：《中国网络文学外译与文化走出去战略——以"武侠世界"为例》，《外国语言与文化》2018 年第 4 期。

[3] 参见武侠世界平台简介 About WuXiaworld，https://www.wuxiaworld.com/about，最后访问日期：2023 年 12 月 10 日。

网站，该网站以发布英译玄幻小说或原创英文小说为主。起点国际还与武侠世界平台达成合作，向该平台授权部分阅文平台的小说翻译权，这极大促进了以玄幻小说为主的中国网络文学出口海外。此外，阅文集团还收购了 Gravity Tales 并收录了在 Gravity Tales 上所有已发表的小说，提高了网站的小说收藏量。根据《2023 中国网络文学出海趋势报告》，截至 2023 年 10 月，阅文旗下海外门户 Webnovel 网站已上线 3600 多部中国网文翻译作品，在 2023 年最受欢迎的 5 部中国网络文学翻译作品中，有 2 部是中国作者所创作的西方玄幻小说，即《诡秘之主》（Lord of Mysteries）与《宿命之环》（Circle of Inevitability）。目前，Webnovel 网站上的玄幻类小说评分最高的为《阴阳修仙传》（Dual Cultivation），评价最高的为《凌天战尊》（War Sovereign Soaring The Heavens）。

然而，由于版权纠纷问题，Wuxiaworld 平台下架了不少经典玄幻小说，如《斗罗大陆》等，已发表的译文不得不转移至 Webnovel 平台发表，这也引发了不少读者的不满。Wuxiaworld 为填补空缺和提高小说收藏量，开始引入韩国小说，这对传播中国类型文学来说是一种损失。

（三）谍战小说在英语国家的译介与传播

除了小白的长篇小说《租界》被译为英语在英语国家出版发行外，当前英语国家最为热门的中国谍战小说当属麦家的"谍战三部曲"——《解密》《暗算》《风声》，而《解密》也成为海外最热门的中国谍战小说。自 2013 年起，麦家的《解密》（Decoded）被翻译成 33 种语言出口海外，其英文版在包括英、美两国在内的 21 个国家销售，由英国企鹅和美国 FSG 两大著名出版公司宣传出版，成为当代首部被收录进英国"企鹅经典文库"的中国小说和 FSG 出版的首部中国小说，"企鹅经典文库"主要收录的是《尤利西斯》《百年孤独》等经典小说，FSG 则是"诺贝尔文学奖"的"御用出版社"。[①]《经济学人》杂志将《解密》评为"2014 年度全球十大小说"；2017 年，英国《每日电讯报》将其列入"史上最杰出的 20 本间谍小说"；并且截至 2023 年 12 月，根据全球联机计算机图书馆中心

---

① 唐晓蕾、刘丽丽：《走向世界的中国谍战小说〈解密〉》，《文学教育（下）》2014 年第 11 期。

Wordcat 平台所显示的数据，《解密》在全球被 665 家图书馆收藏。与此同时，麦家与其"谍战三部曲"荣获多家海外主流媒体多方面、深层次的报道。中国新闻网曾于 2014 年报道，《解密》英译本自上架英、美亚马逊网站起，20 小时内进入销量前 10000 位（同期位居第二的中国作品排名为 49502 位），并在之后一直冲高，均进入英、美图书馆总榜文学书前 50 位。[①]

"谍战三部曲"在英语国家取得的成功离不开译者对译文的高水准把控，更离不开其成功的传播主体联动推介模式。《解密》的第一译者米欧敏（Olivia Milburn）成长于一个多语种的家庭，获得牛津大学古汉语博士学位，重点关注先秦时期的历史文本，翻译过《晏子春秋》。有学者认为，"谍战三部曲"成功进入西方图书市场与译者米欧敏的努力推介密切相关。米欧敏将麦家的《解密》与《暗算》两部姊妹篇小说的英译稿发给已在英国文学翻译界具有重要地位的汉学家蓝诗玲（Julia Lovell），蓝诗玲随即将这两部小说推荐给了英国文学作品权威出版社——企鹅出版社的编辑，[②] 这两部小说获得企鹅出版社的认可与出版签约。正是先后经由英国企鹅出版集团、美国 FSG 出版社这两大国际顶尖出版机构的出版推广，麦家的谍战姊妹小说成功地打入了英语世界市场。另外，"谍战三部曲"的成功推广离不开熟悉英语图书市场的文学经纪人对作品的积极推介。文学经纪人谭光磊积极投身中国文学"走出去"业务，不仅为麦家的谍战小说在英国出版争取到超高的版税、定金以及版权优待，还为麦家举办"麦家之夜"推介活动，最终促成英国最佳独立出版社——宙斯之首出版社（Head of Zeus）签下长篇小说《风声》的英文版权。[③] 不仅如此，西方商业出版社也为麦家的谍战小说量身打造了宣传计划，邀请学界、业界的知名专家为其撰写书评，组织英语世界各大主流媒体展开对麦家的深度访谈

[①] 张稚丹：《麦家谈〈解密〉畅销海外：我曾被冷落十多年（图）》，《人民日报》（海外版），2014 年 5 月 23 日，https://www.chinanews.com.cn/cul/2014/05-23/6203988.shtml#，最后访问日期：2023 年 12 月 13 日。

[②] 贾玉洁：《社会翻译学视角下〈解密〉在西方文学场域的译介过程研究》，《山东理工大学学报》（社会科学版）2021 年第 4 期，第 37 卷。

[③] 王东卓：《麦家小说在西方世界的传播与接受研究》，硕士学位论文，山东师范大学，2023，第 15 页。

与报道。① 此外，我国地方政府在促进麦家谍战小说走向英语世界方面也做出了一定贡献。麦家是浙江籍作家，浙江出版联合集团、浙江省作家协会则积极承担了与外方出版社的沟通合作工作，共同促进麦家作品全球推广计划的实施，加强麦家作品在海外出版的对象国及主要城市的宣传力度，而作为作者，麦家本人也全程积极参与媒体访谈、读者见面会、与当地学者的交流论坛等活动。总之，译者、出版社、主流媒体、作者等传播主体的联动协作是麦家谍战小说在英语世界成功传播的主要因素。

三　中国当代类型小说在非英语国家的译介与传播

世界图书出版内容包括翻译文学引进内容，在很大程度上以英语世界图书发展业态为风向标。因此，在英语世界译介与传播效果较好的中国当代类型小说，往往在非英语国家能取得同样的传播效果。换言之，英语版文学翻译作品成功与否是其他非英语国家决定是否引进这一文学作品的重要前提，甚至一些非英语国家的出版机构会直接以英语译本为"源文本"进行翻译编辑而形成对中国当代类型小说的二次改写。比如，麦家的谍战小说西班牙语版《解密》（*El Don*）则是由通晓英语的西班牙译者孔德（Claudia Conde）从英译版转译而来，因此英语译文的质量与翻译风格会直接影响西班牙语译文。② 不管怎样，好的类型小说原作与高质量的译本、原作叙事风格、译者策略、出版商推广策划、媒介宣传渠道、读者接受习惯等也影响中国当代类型小说在非英语国家的译介与传播。

（一）武侠小说在非英语国家的译介与传播

1. 武侠小说在东南亚的译介与传播

中国武侠小说等类型小说的叙事中含有大量中国传统文化元素，是最具中国文化特色的类型小说。随着20世纪七八十年代香港武侠小说创作黄金时代的到来，该类型小说便开始在以华人数量占绝对优势的东南亚国家广泛传播。武侠小说进一步在香港被成功改编成影视作品席卷整个东南亚

---

① 张海燕：《场域理论视角下中国当代文学海外传播的困境探析》，《对外传播》2024年第1期。
② 张海燕等：《由〈解密〉看中国当代文学在拉美的出版传播》，《出版发行研究》2021年第7期。

在一定程度上加速了武侠小说在日本、韩国等其他亚洲国家的译介传播。如 20 世纪 90 年代日本女翻译家冈崎由美首次将金庸创作的《书剑恩仇录》《射雕英雄传》译成日文使其在日本开始传播，[①] 之后"神雕三部曲"以及《鹿鼎记》也相继被译介至日本，产生了后来者居上的传播效果，相关的影视剧目也登陆日本，在日本成功掀起中国武侠热。[②] 在武侠小说传播初期，报刊媒介起到了开拓作用。如金庸武侠小说在香港报刊刊登后，迅速席卷东南亚多国的华文报刊，报刊连载促进小说单行本、漫画版、影视版的发行。以金庸小说在新加坡的传播为例，新加坡的主要华文报刊首先与香港报刊展开合作，大量转载刊登金庸的武侠小说，如香港《明报》与《南洋商报》合办的《东南亚周刊》连载了《连城诀》、《天涯折剑录》与《天龙八部》，《新明日报》连载了《笑傲江湖》与《鹿鼎记》等。与此同时，新加坡拍摄了新视版《神雕侠侣》，首集吸引了超过 82 万人观看，播出期间虽然收视率高低起伏，但大结局仍然破纪录地吸引了约 90 万人观看。此外，新加坡漫画家黄展鸣所绘的漫画版《神雕侠侣》脱颖而出，受欢迎程度甚至超过香港"漫画之父"黄玉郎推出的漫画版《神雕侠侣》，出版半年销量超 150 万本，还被译成英文、印度尼西亚文、泰文、韩文等在世界各地发售。[③]

越南与泰国也是中国武侠小说海外传播的"阵地"。所有的金庸小说都有越南语译本，其中《鹿鼎记》最受欢迎，金庸的小说在越南当地被翻拍成具有本国色彩的影视剧作。[④] 在泰国，"神雕三部曲"被称为"玉龙"系列，香港 TVB 翻拍的武侠小说影视剧如 20 世纪 70 年代末的《射雕英雄传》，80 年代的《倚天屠龙记》《书剑恩仇录》《神雕侠侣》《天龙八部》《连城诀》等在泰国的第 3、5、7、9 电视台轮流播放，90 年代拍摄的林青霞版《东方不败》以及 21 世纪初的《小宝与康熙》与《倚天屠龙记》都

[①] 李光贞：《金庸小说在日本的翻译与传播》，《山东师范大学学报》（社会科学版）2020 年第 2 期。
[②] 马达：《金庸武侠作品在日本的传播与影响研究》，《吉林广播电视大学学报》2017 年第 3 期。
[③] 李云飞：《金庸武侠小说在新加坡的传播与接受》，《华文文学》2021 年第 5 期。
[④] 熊文艳：《金庸小说在越南的译介及其影响研究》，硕士学位论文，广西民族大学，2017，第 30—31 页。

在泰国收获好评。① 不仅如此，古龙小说在泰国也大受欢迎，例如《多情剑客无情剑》《边城浪子》《小李飞刀》等都有泰文版，甚至超过金庸小说在泰国的接受程度。

2. 在法、德等欧洲国家的译介与传播

在亚洲之外的法国、德国、意大利、西班牙、葡萄牙等国家，中国的武侠小说也有读者市场。以法、德两国为例，法国图书出版界先后推出了一些武侠小说以及武侠漫画。例如金庸的代表作《射雕英雄传》《神雕侠侣》《天龙八部》《笑傲江湖》等都相继在法国由友丰出版社出版发行。《射雕英雄传》的法文版（*La légende du héros chasseur d'aigles*）第一部与第二部早在 2004 年推出，译者是旅法华人王建宁（Jiann-Yuh Wang），法语版比其 2018 年的英语版早了 14 年。随后在 2017 年又推出《射雕英雄传》的法文漫画版，由李志清所画，全本均采用水墨工笔，融合多种中国画的元素，着重表达人物关系与故事的深层意境。与此同时，金庸的《天龙八部》在 2016—2018 年相继推出第一集至第三集，由谢卫东（Xie Weidong）和尼考拉·泰戈龙塔浓（Nicola Taglon）翻译。此外法国译者克里斯丁·康尼奥特（Christine Corniot）翻译了古龙的小说《欢乐英雄》（*Les quatre brigands du Huabei*）并于 1998 年出版、2013 年再版。在德国，金庸的代表作《射雕英雄传》的德文版（*Die Legende der Adlerkrieger*）也于 2020 年在德国出版发行，使德国读者也能领略中国独有的武侠文化。德国读者评价该武侠小说"角色多面立体，人物均多才多艺，剧情曲折刺激，从中可以了解亚洲的功夫文化"。②

（二）玄幻小说在非英语国家的译介与传播

玄幻小说多为网络文学，其翻译与传播的媒介以网络为主，在网上积攒了足够的热度与读者群体后才有可能出版纸质小说，例如，由美国前外交官赖静平创建的武侠世界平台推出的网文《盘龙》，其英文译介与传播的模式便是先以网络电子版方式连载，再推出纸版。目前，玄幻小说仍以

---

① 李学仙：《试论金庸武侠小说在泰国的传播》，硕士学位论文，重庆大学，2012，第 11 页。
② 参见《〈三体〉、〈道德经〉、〈射雕英雄传〉…（……）哪些中文书更受德国读者欢迎》，知乎，2021 年 1 月 15 日，http://zhuanlan.zhihu.com/p/345542891？ut，最后访问日期：2024 年 2 月 18 日。

英译版为主，但在 AI 时代以及 ChatGPT 翻译功能日臻完善的背景下，以玄幻小说为主体的中国网络文学会以更快、更多语的形式出口海外。目前，起点海外版 Webnovel 已使用 ChatGPT 这一技术。Webnovel 不仅有英语译文，而且有日语、西班牙语、泰语、越南语等语种译文，还专门开设了一个"东方"分栏，栏目主要内容是玄幻小说。日文区人气最高的玄幻小说为《打穿西游的唐僧》，西班牙文区则为《众神之王》，《凌天战尊》也榜上有名，泰文区则为《择天记》，越南文区为《神算大小姐》。作为一种网文形式，玄幻小说层出不穷，新旧更迭速度很快，充分说明依托制作精良的网络小说平台，中国玄幻小说已较为成功地向海外各地出口。

中国玄幻类网文小说在非英语地区的扩散传播有几个方面重要促进因素。武侠世界平台这种以个人网站经营的模式，也为其他语种通过建立个人网站来推进中国玄幻小说在非英语世界的传播起到重要的模板作用。目前，这种类似武侠世界翻译中国网文的个人网站已达到上百个。网络文学交互共创叙事的自身魅力、普适共鸣性主题以及充满中国特色文化的新鲜与异质等因素，是中国玄幻类网文小说受到海外读者青睐的主要原因。[①] 此外，国内一些文学网站，尤其是网络文学网站主动出海、落地海外，也促进了中国玄幻网文在海外不同地区的传播。如国内知名文学网站、上市公司"中文在线"主要开拓海外中国网文市场，该公司于 2016 年在美国旧金山及欧洲设立了分公司，并展开与海外地方文学网站的合作，进一步促进玄幻网文落地海外。

（三）谍战小说在非英语国家的译介与传播

虽然由小白创作的长篇谍战小说《租界》也被译成法语、德语、意大利语、荷兰语等外国语言，中国谍战小说在非英语国家的译介与传播目前仍以麦家的作品为主。如上文提及，中国当代文学在非英语世界的传播在很大程度上受到英语世界出版界对中国文学的引进走向，包括作品内容及文学类型等方面的影响。麦家的《解密》《暗算》谍战姊妹篇在英语国家获得好评后，西班牙图书界则很快将英文版直接转译为西班牙文在西语世

[①] 参见《中国网络文学走进世界文化格局》，《文汇报》（汇思考专栏），2017 年 5 月 9 日，http://whb.cn/zhuzhan/jiaodian/20170509/91439.html，最后访问日期：2024 年 2 月 8 日。

界出版发行,同样收获了不错的成绩。在中国文学向拉美输出举步维艰之时,麦家的《解密》在拉美一炮而红,形成现象级传播,时至今日麦家的作品在拉美的出版销量与接受度是国内许多当代作家所望尘莫及的。[①] 目前《解密》被译成英、西、德、俄等30余种语言在海外出版发行。有研究者指出,《解密》在西班牙语世界成功传播的原因在于作者本人积极参与推介、以读者为导向的译者、出版集团商业运作与宣传、融合拉美文学元素与中国特色的文本、多元立体媒介渠道、满足读者兴趣与阅读期望等。[②]

具体而言,2014年6月,麦家《解密》的西班牙文版在西班牙上市,首印3万册,12.5%的版税,连续40多天在18条公交线路上投放广告,10多家媒体争相报道。西班牙对麦家及其作品的宣传策略延续了西方"将作者明星化、作品文集化"的经典宣传方案,为麦家设计的广告语为"谁是麦家?你不可不读的世界上最成功的作家",从而更快吸引当地读者。[③] 随后,西班牙文版又在墨西哥、阿根廷、巴西相继上市,仅在短短几天就销售了上千册,并在阿根廷雅典人书店文学类作品排行榜上荣登榜首,在综合图书总销售榜单上位居第二。[④] 麦家本人也在南美洲的多个国家参加了读者见面会,将中国的谍战小说向更多读者推广。不仅如此,麦家的《解密》已与法国、俄罗斯、德国、以色列、土耳其、波兰、匈牙利、瑞典、捷克等国家的21家出版社签约,在100多个国家销售,英语地区与西班牙语地区的销量最高。

麦家谍战小说在德国、法国、荷兰、俄罗斯等国的引介出版,同样受到英语世界出版业态的影响。德国出版社决定引入德文版麦家作品正是因为从兰登书屋[⑤]出版的英文版中了解到麦家的才华,随后麦家小说《解密》由白嘉琳(Karin Betz)翻译、德意志出版社于2016年出版。德国出版业界人士表示德国读者对自身本土文学承认度很高,在阅读时通常是以自身

[①] 张海燕等:《由〈解密〉看中国当代文学在拉美的出版传播》,《出版发行研究》2021年第7期。
[②] 张海燕等:《由〈解密〉看中国当代文学在拉美的出版传播》,《出版发行研究》2021年第7期。
[③] 张伟劼:《〈解密〉的"解密"之旅——麦家作品在西语世界的传播和接受》,《小说评论》2015年第2期。
[④] 沈利娜:《在偶然和必然之间:麦家作品缘何走红全球》,《出版广角》2014年第16期。
[⑤] 兰登书屋是英国企鹅出版集团与德国贝塔斯曼集团旗下兰登书屋合并而成。

文学阅读标准来审视中国文学，而像中国谍战小说这类德国所缺少的文学类型会令读者打破传统阅读思维展开阅读，这样中国谍战小说更容易进入德国市场。[①] 法文版《解密》由克劳狄·潘恩（Claude Payen）翻译、罗伯特·拉芳出版社（Robert Laffont）于 2015 年推出；荷兰文版《解密》则于 2015 年由英文版转译而来。依据俄罗斯中国文库图书数据，麦家的《暗算》俄文版由海龙出版社于 2016 年在俄罗斯出版。

第二节　中国科幻小说海外译介与传播

一　中国科幻小说发展史及代表作简介

科幻小说（Science Fiction），英文简称 SF，即"科学幻想小说"，由卢森堡裔美国科幻杂志之父雨果·根斯巴克（Hugo Gernsback）于 1926 年在创刊《惊奇世界》时明确提出。事实上，在雨果正式提出"科幻小说"这一文学类型之前，基于人们对自然、宇宙的推想与思考的游记类文体小说已有一定的发展。学界一般认为定义什么是科幻小说比较困难，因为科幻小说总是与别的写作类型或形式交织缠绕，目前科幻小说主要分为玄幻、幻想、科学画报、科技写作、伪科学写作等类别。[②]

科幻作家陈楸帆认为科幻文学具有开放、多元、包容的文本特性，真正的科幻小说都是基于对或然情境下人类境况的推测性想象。[③] 刘慈欣在其《超越自恋——科幻给文学的机会》一文中明确表示随着科学技术的发展，人在宇宙中不断被边缘化，科幻小说不应该像主流文学那样以人为中心展开描写，应该把现实的人放入超现实的世界设定中展开故事，人性在科幻世界的表现是科幻诗意的重要来源，科幻小说的本质是现代性。[④] 科

[①] 冯小冰：《中国当代小说在德语国家的译介研究（1978-2013）》，博士学位论文，北京外国语大学，2017。
[②] Wang Dingding, "Mapping Chinese Science Fiction and Science Writing as World Literature," *Chinese Literature and Thought Today*, 54（2023）：46-51.
[③] 陈楸帆：《有生之年，每个写作者也许都将与 AI 狭路相逢》，《文汇报》2019 年 3 月 21 日，第 10 版。
[④] 刘慈欣：《超越自恋——科幻给文学的机会》，《刘慈欣谈科幻》，湖北科学技术出版社，2014，第 111—112 页。

幻小说的魅力在于试图解放人们的想象力，不断更新人们认识世界的方式，从而努力传达人类如何带着兴奋与满足来欣赏宇宙存在的神秘。[1]

科幻是工业文明的产物，是中国传统文学中唯一没有存在过的文学类型。[2] 因此，科幻小说这一文学类型是西方舶来品，其在中国文化中生根落地离不开中国对西方科幻小说的译介。科幻小说的翻译始于清末民初，随着西学东渐的浪潮进入国内。在法国科幻小说家儒勒·凡尔纳的经典作品《八十日环游地球》《月界旅行》等作品相继被译入国内后，中国人开始创作自己的科幻小说。中国科幻小说的发展可分为四个阶段。

（一）清末民国时期的萌芽

1902年清末改良派代表人物梁启超在自己创办的《新小说》杂志上开设了"哲理科学小说"专栏，同年出版了《新中国未来记》，被视为中国科幻文学发展的第一声呐喊。1903年鲁迅翻译了法国19世纪科幻小说家凡尔纳的小说《从地球到月球》、《地心旅行记》（当时译名分别是《月界旅行》和《地底旅行》）以及1904—1905年先后翻译的《北极探险记》和《造人术》等，同时期从海外译介的科幻作品还有林纾翻译的《所罗门王的宝藏》《她》，戴赞翻译的《星球旅行记》，梁启超与罗普合译的《十五少年漂流记》（当时译名为《十五小豪杰》），卢籍东翻译的《海底两万里》（当时译名是《海底旅行》）等，为近代中国科幻小说的译介与创作奠定了基础。鲁迅先驱性译介西方科幻文学作品到中国，及其围绕相关科学与科幻所撰写的文章表明民国时期中国文人对科学知识、科幻文学社会作用的理解与晚清时期中国文人有所不同。鲁迅在译文《从地球到月球》的前言中提出，尽管关于科幻文学的译介凤毛麟角，但只要持续努力译介科幻小说，中国普通民众才能从看似枯燥乏味的科学中受到教育启发。[3] 同样在翻译凡尔纳的《培根的五亿发廊》（*Les Cinq Cents Millions de la Begum*）

---

[1] Sanjukta Chakraborty, "Imagination is the Power of Myth, the Rest is Painted with a Touch of Science Fiction: A Study of Mythology and Science Fiction," *Comparative Literature: East & West*, 6 (2022): 130-138.

[2] 韩松：《当下中国科幻的现实焦虑》，《南方文坛》2010年第6期。

[3] Isaacson, Nathaniel, *Celestial Empire: The Emergence of Chinese Science Fiction* (Middletown: Wesleyan University Press, 2017), p.47.

时,鲁迅写道:科幻是文明世界的前沿,可能有人不喜欢研究科幻,但不会没有人不欣赏科幻小说,因为科幻小说译介是引入文明思想的灵活机制,其播下的种子会很快开花结果。①

在梁启超、鲁迅等中国科幻小说拓荒者的影响下,1904 年荒江钓叟(笔名)在《绣像小说》杂志上发表的《月球殖民地小说》被视为中国第一篇真正意义上的科幻小说,小说共有 35 回。晚清翻译家徐念慈被誉为中国近代创作科幻小说的先行者,创作了科幻小说《新法螺先生谭》等。萧然郁生的《乌托邦游记》(1906)里有着巨大的"飞空艇";清代谴责小说家吴趼人的《新石头记》中,贾宝玉竟然乘海底潜艇环游世界。此后还有高阳氏不才子(许指严)的《电世界》、吴趼人的《光绪万年》、包天笑的《空中战争未来记》等作品的问世。晚清文学家和翻译家积极拥抱西方先进的科学理念和科学技术,为中国科幻小说奠定了一个良好的基础。晚清中国的科幻小说创作充分体现了在国力日渐衰弱的情况下,中国知识分子希望中国依靠科技解决当时政治与思想危机的抱负与愿景。吴趼人的科幻小说《新石头记》通过将章回体小说叙事与诸多游记叙事相结合,体现了作者努力将西方认识论领域知识与中国传统哲学政治思想相结合的科幻小说创作理念。②

民国期间,科幻小说发展缓慢、作品较少。突出的作品有劲风的《十年后的中国》(1921 年初刊),科普作家顾均正的《和平的梦》《在北极底下》《伦敦奇疫》等。1932 年 8 月至 1933 年 4 月老舍在杂志《现代》上连载发表了科幻小说《猫城记》,老舍借助科幻色彩通过辛辣的京味方言表现出对 20 世纪 30 年代社会现实的批判,也表达了作者对当时既面临西方列强侵略又遭受国内腐朽体制束缚的中国的担忧,《猫城记》是民国期间非常典型的科幻小说作品。

(二) 中华人民共和国成立初期的成长

中国科幻小说迎来第一次创作高潮是在中华人民共和国成立以后。③

---

① Isaacson, Nathaniel, *Celestial Empire*: *The Emergence of Chinese Science Fiction* (Middletown: Wesleyan University Press, 2017), p. 47.
② Isaacson, Nathaniel, *Celestial Empire*: *The Emergence of Chinese Science Fiction* (Middletown: Wesleyan University Press, 2017), p. 60.
③ 孔庆东:《中国科幻小说概说》,《涪陵师范学院学报》2003 年第 3 期。

1950年12月出版发行的科幻童话《梦游太阳系》开启了新中国的科幻文学发展，作者张然是一名普通技术工人。1954年，被誉为"中国科幻文学之父"的郑文光发表了《从地球到火星》，这部小说被认为是新中国的第一部科幻小说，郑文光的早期作品将视野抛向了外太空。1956年，政府号召人民"向科学进军"，激发了一众作家的创作激情，涌现了许多优秀科幻作品。如1956年被誉为中国科幻小说中兴代代表的迟叔昌发表了《割掉鼻子的大象》，同年，同为中兴代代表人物的鲁克也于同年发表了《到月亮上去》。1957年，郑文光的科幻小说《火星建设者》获得了莫斯科世界青年联欢节大奖，这是中国第一篇获得国际大奖的科幻小说。

20世纪60年代中前期，中国科幻小说仍在成长发展，出现了一批"重文学流派"的科幻小说创作者，比较突出的作品有童恩正的《古峡迷雾》、王国忠具有很强文学性的《迷雾下的世界》《海洋渔场》，以及肖建亨的《布克的奇遇》《奇异的机器狗》《火星一号》等。其中王国忠所著科幻小说聚焦中国农业与养殖业领域，而考古专业出身的童恩正则创作出一系列相关考古题材的科幻小说。与此同时，亦是中兴代科幻代表人物，但主张科幻创作应更注重"科学性"的代表作家刘兴诗也于1962年发表了《北方的云》。这一时期，中国科幻小说逐渐走向成熟，在中国文化的土壤中成长发展。

（三）科幻文学的春天

在改革开放的春风到来之前，中国科幻文学也迎来了自己的春天。"文化大革命"使得中国科幻小说在创作中断十年之后于1976年复苏，不仅有郑文光、童恩正、肖建亨等新中国早期的科幻小说作家的回归，也有诸如叶永烈、王晓达等新生代科幻作家的涌现。这一时期，除了科普类、少儿科幻类小说继续发展外，主张科幻小说首先是文学、注重文学表达的"重文学流派"的队伍也在发展壮大。1979年1月20日，童恩正在《文汇报》上发表了《我对科学文艺的认识》，提倡科幻小说的创作首先应注重其文学性，认为科幻小说的文学性重于科学性，童恩正成为"重文学流派"的旗手,[①] 也

[①] 董仁威编《中国科幻大事记（1891年至2017年）之二》，中国作家网，2017年3月13日，http://www.chinawriter.com.cn/n1/2017/0313/c404079-29141575.html，最后访问日期：2024年2月10日。

拉开了与以刘兴诗为代表的"重科学流派"关于中国科幻小说应该重文学性还是科学性的持久论战。整体而言，这一时期的科幻作家将中国的科幻文学创作推向更高水平，为当代科幻小说最终走向世界奠定了重要基础。

1976年，叶永烈创作的《石油蛋白》标志着科幻文学在中国掀起第二次高潮。叶永烈创作的科普型科幻代表作《小灵通漫游未来》于1978年由少年儿童出版社推出，首印150万册，销量惊人，影响了中国的一代青少年。叶永烈共创作科学小品60多部、科幻小说集20多部，其创作的科幻小说内涵丰富，并探索将科幻小说写作与侦探推理、社会批判相结合。20世纪60年代崭露头角的科幻作家郑文光、童恩正、刘兴诗、肖建亨等人笔耕不辍，科幻创作进入高峰。其中，郑文光的长篇科幻小说《战神的后裔》是作者将科幻小说民族化、中国化的代表作，也是作者的绝笔之作；刘兴诗发表了著名的代表作《美洲来的哥伦布》，被视作硬科幻的典范；而童恩正的代表作《珊瑚岛上的死光》则成为软科幻的代表作，并被上海电影制片厂改编后搬上银幕，改编后的电影成为国内第一部科幻电影。同时，这一时期的重要科幻作家还有王晓达、魏雅华、尤异、宋宜昌等，其中王晓达的《波》于1979年在《四川文学》杂志发表，该作品不以儿童为读者群体，开成人科幻的先河。到20世纪80年代，中国科幻小说的题材和风格进一步得到丰富发展，各个流派皆有佳作出版。

这一时期科幻小说的大发展与各类科幻杂志创刊、科幻文学奖项设置等不无关系。如20世纪80年代创刊的杂志有江苏的《科学文艺译丛》（每期约20万发行量）；在北京创刊的《科幻海洋》《科幻世界：科学幻想作品选刊》；在天津创刊的《智慧树》；在黑龙江创刊的《中国科幻小说报》《星云》等。中国科幻界最重要的奖项是银河奖，《科学文艺》与《智慧树》两家杂志于1986年联合举办首届中国科幻银河奖颁奖典礼，奖励中国科幻小说杰出的创作者，魏雅华、王晓达、刘兴诗等作家名列首届银河奖获奖名单之中。

然而，由于各种原因，我国科幻小说发展陷入沉寂。

（四）沉寂后的井喷

1988年，文化部少儿司、中国科普作协少儿科普委员会和安徽少年儿童出版社召开了以科幻为主题的儿童文学研讨会，会议达成共识，即要促进科幻发展，这为处于低谷中的中国科幻打了一支"强心针"。进入20世纪90年代之后，科幻文学的创作迅速发展，科幻创作者的队伍也进一步扩大，涌现出一大批新生代科幻作家，以吴岩、星河、王晋康、韩松、刘慈欣等人为代表人物。吴岩自16岁开始发表科幻作品，著有《心灵探险》《生死第六天》等长篇小说，同时出版多部科幻文学理论著作，他是将科幻引入大学课堂的第一人。星河的作品《朝圣》《握别在左拳还原之前》等充满浪漫英雄主义色彩，深受年轻读者喜爱，而王晋康的作品《天火》《生命之歌》风格成熟、底蕴深厚。韩松深耕软科幻领域，曾获世界华人科幻艺术奖、全球华人科幻星云奖、中国科幻银河奖等奖项，代表作有《宇宙墓碑》《红色海洋》《2066年之西行漫记》等。而刘慈欣作为硬科幻的代表人物，擅长构建宏大的世界观和阐述晦涩科学理论，代表作如《超新星纪元》《球状闪电》《乡村教师》《流浪地球》等。刘慈欣从2006年开始创作的《三体》，更是在8年后助推中国科幻走向世界。

2012年中国科幻小说开始受到国际科幻界的广泛关注。如在第二届科幻奇幻翻译奖（Science Fiction & Fantasy Translation Award）领奖大会上，台湾作家黄凡的《零》和大陆科幻作家陈楸帆的《丽江的鱼儿们》分别斩获长篇类奖项和短篇类奖项。2014年，刘慈欣的作品《三体》经美国华裔科幻作家刘宇昆翻译并出版后，获得了第73届雨果奖最佳长篇小说奖和一系列科幻小说世界大奖的提名。2016年，郝景芳的小说《北京折叠》获得第74届雨果奖最佳短中篇小说奖。

当代中国新科幻的主题可以归类为四个纪元，分别为坍缩纪元——逃出科学伊甸园；新星纪元——赛博人类的崛起；狂飙纪元——长征星海与冷酷平衡；废土纪元。[1] 随着刘慈欣的作品《流浪地球》和《三体》被搬上大银幕，中国科幻从边缘化走到了世界聚光灯下，未来中国科幻也定会有更长足的发展。

---

[1] 邱实：《中国新生代科幻，不只有刘慈欣》，《新京报书评周刊》2020年1月18日，第B06—B08版。

二 中国科幻小说在英语国家的译介与传播

(一) 21世纪前

虽然中国科幻小说的发展史可以追溯到晚清时期，但中国科幻小说的译出晚很多。我国原创的科幻小说外译最早可追溯至1964年由美国人詹姆斯·杜尔温（James E. Dew）对老舍的科幻小说《猫城记》节选英译。此外，20世纪70年代叶永烈的《飞向冥王星的人》被译成英文。1989年第一部中国科幻小说选集英译版 Science Fiction from China 在美国问世，主要收录了童恩正、叶永烈、郑文光、王晓达等20世纪60—80年代中国优秀科幻小说家的作品。总体而言，在进入21世纪之前，被译为英文出版的中国科幻小说较少，其海外输出较为零散、不成规模。

(二) 2000—2014年

进入21世纪后，中国科幻文学的海外输出有了质的飞跃。在2000—2010年，科幻文学的译出数量仍较少，仅有5部作品，分别是吴岩的《鼠标垫》（2005年）、韩松的《噶赞寺的转经筒》（2009年）、杨平的《MUD——黑客事件》（2009年）、刘慈欣的《球状闪电》（2009年）、赵海虹的《蜕》（2010年）。[①] 这5部作品均为中短篇科幻小说，而且除了刘慈欣的作品由目标语国家译者翻译外，其余作品均由作者本人或国内同行作家翻译，如吴岩的作品由韩松翻译。这说明科幻作者一改以往的被动等待，转而积极主动地将自己的作品译为英文并推向海外，参与到作品海外传播的过程中去，为中国科幻文学走向世界做出不懈努力。

2011—2014年，共有59部科幻作品被译为英文而走向海外，其中有1部长篇小说、58部中短篇小说。作品数量较前10年增长较快，这离不开中国出版界的主动推介。在《三体》的海外输出过程中，中国教育图书进出口有限公司，也是《三体》三部曲英文版的运作方，选择了中外合作的出版模式，[②] 搭档美国老牌科幻出版集团托尔公司，从选题、翻译、出版发行和海外营销多个方面严格把控，助推《三体》系列风靡海外。中短篇

[①] 高茜、王晓辉：《中国科幻小说英译发展述评：2000—2020年》，《中国翻译》2021年第5期。
[②] 陈枫、马会娟：《〈三体〉风靡海外之路：译介模式及原因》，《对外传播》2016年第11期。

小说则大多发表在杂志上。2011—2014年，共刊登37篇独立中短篇小说，文学翻译杂志与科幻杂志占比分别为70%和30%。① 2012年，宋明炜编辑的香港《译丛》推出了中国科幻专辑，其中收录了晚清和当代的科幻小说13篇。2013年，美国权威杂志《科幻研究》（Science Fiction Studies）则集中发表了10位中国科幻作家的作品。美国科幻电子杂志《克拉克世界》（Clarkesworld）则零散发表了6篇中国科幻小说。在这一时期，作者自译的形式较少，译者多为英语母语者或中外双语者。

自2012年起，我国出口的优质科幻小说越来越多，海外热度最高的中国科幻小说仍属"中国科幻小说之父"刘慈欣的作品。相比武侠、玄幻小说，科幻小说不仅出版了更多纸质书籍，也有更为完整的海外传播方式；相比谍战小说，科幻小说也涌现出更多的系列和作家。2012年中国台湾科幻作家黄凡创作的《零》、2013年香港地区科幻作家董启章创作的《地图集：一个想象的城市的考古学》先后荣获"科幻奇幻翻译奖"，其小说英译本在海外最大的读者交流网站上的评分分别为3.23和3.53，虽然二者评分不算高，但其功不可没。

（三）2015—2023年

2015—2023年中国科幻文学英文输出势头强劲。输出的长篇小说有9部、中短篇小说有141篇。从发表渠道看，既有国内出版机构与国外出版机构的通力合作，也有国外科幻杂志的重点推介，还有国际科幻文学网站的积极配合。② 与此同时，中国当代科幻小说多次荣获国际科幻大奖，进一步促进中国当代科幻小说的海外传播，提升了世界文学对中国科幻文学的认可度。如刘慈欣于2015年斩获雨果奖最佳长篇小说奖，次年，郝景芳的《北京折叠》又夺得雨果奖最佳短中篇小说奖。2017年刘慈欣又凭借《三体Ⅲ：死亡永生》荣获轨迹奖最佳长篇科幻小说奖。2021年6月，郝景芳的长篇科幻小说《流浪苍穹》入围英国科幻小说最高奖项阿瑟·克拉克奖终选短名单。2023年，中国科幻作家海漄的作品《时空画师》荣获雨

---

① 高茜、王晓辉：《中国科幻小说英译发展述评：2000—2020年》，《中国翻译》2021年第5期。
② 王杨：《中国现当代科幻小说英文译介的回顾、反思与展望》，《天水师范学院学报》2022年第4期。

果奖最佳短中篇小说奖。

这一时期的译者队伍也在壮大，主要为以海外本土译者为主、国内译者为辅的译者结构。专注于科幻小说英译的译者包括刘宇昆（Ken Liu）、周华（Joel Martinsen）、金雪妮（Emily Xueni Jin）、朱中宜（John Chu）等，美国科幻译者 Andy Dudak 等。例如，2016 年郝景芳的中短篇小说《北京折叠》在荣获雨果奖之后也被刘宇昆翻译并收录于其译著《看不见的星球》（*Invisible Planets*）中，全书共收录 13 篇中国科幻作家的中篇或短篇小说，包括陈楸帆的处女作《荒潮》与《丽江的鱼儿们》，郝景芳的《看不见的星球》，刘慈欣的《圆》以及宝树的《大时代》等，为促进中国科幻小说的海外传播做出巨大贡献，也充分说明中国科幻小说走向世界与这些海内外译者的不懈努力不无关系。此外，英国华裔作家倪雪婷主编的《中华景观——中国科幻赞礼》（*Sinopticon: A Celebration of Chinese Fiction*）收录了 20 世纪末以来，尤其是近 10 年的 13 位中国科幻作家的作品，比如顾适的《最终档案》、江波的《宇宙尽头的书店》。该科幻集荣获英国奇幻奖最佳选集，旨在为英语世界读者带来中国当代科幻小说的优秀作品。[①]

这一时期，中国科幻小说的译介更具系统性，已积攒了不少成功经验。比如，这一时期中外科幻杂志展开更多双边合作，促进中外科幻文学的文学与文化的互鉴交流。如 2017 年底，八光分文化与美国 *Galaxy's Edge*（《银河边缘》）科幻杂志达成版权合作，以中美双主编形式合作该杂志的科幻 MOOK 系列，打造方便科幻迷们阅读携带的科幻小说读本，在引进海外科幻小说读物的同时将中国当代科幻小说传播给海外读者。[②] 此外，与中国科幻文学有着长期稳定合作关系的美国科幻杂志《克拉克世界》也一直努力推出中国当代科幻小说优秀作品，如《孢子》《变脸》等。总之，中国科幻文学"走出去"正一步步变为现实，也成为中国文学"走出去"的"排头兵"。

[①] 仇俊雄：《十年一剑，为英语读者呈现中华科幻景观》，2023 年 2 月 10 日，https://www.chinawriter.com.cn/n1/2023/0208/c405057-32619997.html，最后访问日期：2023 年 12 月 26 日。

[②] 参见红星新闻《中国科幻海外"C 位出道"，打造中国文化新名片》，2023 年 10 月 22 日，https://baijiahao.baidu.com/s?id=1780456114750244201&wfr=spider&for=pc，最后访问日期：2024 年 2 月 18 日。

三 中国科幻小说在非英语国家的译介与传播

(一) 在非英语国家的译介总体情况

中国科幻小说海外输出并不局限于英语。在21世纪之前，除英语外，中国科幻文学海外输出的目标语言有日语、意大利语、德语和法语。进入21世纪后，被译为意大利文的中国科幻作品数量增长迅速，仅次于英语，中国科幻小说的其他外文版，如西班牙文、荷兰文、韩文、俄文等版本也迎头赶上。另外，虽然目前海外的中国科幻小说译介仍以刘慈欣作品为主，但诸如韩松、郝景芳、陈楸帆、夏笳、宝树等科幻作家的作品也在非英语世界有一定译介传播。比如韩松的科幻小说在法国取得较好的传播效果，法国本土译者罗宇翔（Loïc Aloisio）在2016年先后翻译了韩松的科幻小说《我的祖国不做梦》《宇宙墓碑》《长城》等，使得法国读者感受到韩松笔下的民族想象与精神困境等。

(二) 在日本的译介情况

日本科幻界对于中国科幻小说的关注较早，在20世纪七八十年代就已经将叶永烈、童恩正的作品译入日本国内。1990年，由日本翻译家池上正治翻译和编辑的第一本日文版中国科幻小说集《中国科学幻想小说事始》正式出版，其中收录了郑文光的《太平洋人》、童恩正的《雪山魔笛》等。[①] 进入21世纪后，中国科幻小说在日本的译介篇数较少，数量不及20世纪。2019年，《三体》译入日本后，中国科幻小说重回日本大众视野。《三体》在日本的译介模式较为特殊，日译者的构成相对复杂，迄今为止体现出中国文学外译中较为特殊的一种译者合作模式，如《三体》在日本的译介是由英—日翻译家大森望与汉—日翻译家立原透耶、上原香、光吉樱、湾仔、泊功共同合作，推动《三体》在日本的译介生成。[②]

近几年，日本在科幻及推理小说领域独树一帜的出版机构早川书房也为中国当代科幻小说输入日本做出了持续努力，除了推出中国科幻选

[①] 唐润华、乔娇：《中国科幻文学海外传播：发展历程、影响要素及未来展望》，《出版发行研究》2021年第12期。

[②] 卢冬丽：《〈三体〉系列在日本的复合性译介生成》，《外语教学与研究》2022年第5期。

集等集刊类日文版，如刘宇昆主编的《碎星星：当代中国科幻小说译作》（*Broken Stars*：*Contemporary Chinese Science Fiction in Translation*），也大力引介中国当代科幻小说的个人系列日文版，如推出刘慈欣的《地火》《圆》《赡养上帝》《三体》系列（包括其他两部），陈楸帆的《鼠年》《无尽的告白》《沙嘴之花》等，郝景芳的《北京折叠》《看不见的星球》《乾坤和亚力》等，夏笳的《童童的夏天》《龙马夜行》等，宝树的个人科幻作品集等。

（三）在意大利的译介情况

在意大利出版的首篇中国科幻短篇小说——郑文光的《地球的镜像》，发表于1987年，收录于《国际科幻小说选集》。中国科幻文学在意大利的整体译介情况较为跌宕起伏，但有明显增长的趋势。2000—2010年，中国科幻文学在意大利出版的数量出现首个高潮，这得益于意大利的主流科幻杂志《乌拉尼亚》（*Urania*）。2006年，《乌拉尼亚》第1511期将吴定柏与佛雷德里克·波尔（Frederik Pohl）主编的英文合集《中国科幻小说》（*Science Fiction from China*）译成意大利文，其中收录了8篇中国短篇科幻小说。2010年，《乌拉尼亚》第1564期再次推出中国专辑《时空：中国未来》（*ShiKong*：*China Futures*），收录了韩松、刘慈欣、王晋康等新生代科幻作家的作品。[①] 在这一时期，还有6篇科幻短篇小说在RCS媒介集团所属出版社出版。作为主流科幻杂志的《乌拉尼亚》拥有大量的读者，它所做的两期中国专辑为意大利读者初步揭开了中国科幻小说的神秘面纱。[②] 在这一阶段，意大利语已成为中国科幻小说外译最大的语种，中国科幻小说在意大利的输入为后续中国科幻小说深入欧洲市场打下了基础。

2015—2021年，意大利共译介中国科幻小说71篇，参与出版的出版社广泛，包括出版了《三体》的意大利蒙达多利出版集团（Mondadori）、ADD出版社、未来小说出版社和我国国内的人民文学出版社。有研究者将中国科幻小说意大利语翻译出版数量持续增长归因于中国本土科幻文学发展的不断成熟、中国科幻界与世界科幻界的联系日益密切，表明"走出

[①] 梁昊文：《中国当代科幻小说外译及其研究述评》，《广东外语外贸大学学报》2019年第1期。

[②] 李振等：《中国当代科幻小说在意大利的翻译出版与传播研究》，《出版发行研究》2022年第1期。

去"与"引进来"战略初显成效。此外，意大利科幻网站近几年也在加大对中国科幻小说的译介与引入力度，例如，由意大利科幻作家佛朗西斯科·沃尔索（Francesco Verso）建立的未来小说官网上拥有欧洲最完整的中国科幻小说出版目录，这也是当今世界主动译介和传播中国科幻文学的领先项目之一。① 此外，2017年未来小说出版社已出版多部中意语料科幻小说选集和中国科幻作家合集，包括《星云：中国当代科幻小说选》《汉字文化圈》以及陈楸帆的《无尽的告别》、夏笳的《2044年春节旧事》、韩松的《再生砖》等。

（四）在德国的译介情况

德语是中国科幻小说外译的第四大语种：20世纪八九十年代，共有8部中国科幻小说被译为德文。② 1982年，德国科幻小说丛书编辑托马斯·勒布朗邀请中国科幻小说作家叶永烈主编一部德文版的中国科幻小说选集。此外，叶永烈与汉学家董莎乐合作选定了出版篇目。在1984年，第一本德文版中国科幻小说选集《来自中国的科幻作品》（*SF aus China*）成为中国科幻小说外译的第一部选集。但此后，中国科幻小说在德国的进一步输出沉寂了。随着《三体》的成功输出，中国科幻文学再一次走进德国民众的视野，自此之后刘慈欣、郝景芳、陈楸帆等科幻作家的多部作品在德国出版。2017年，在中德科幻交流中，德国柏林自由大学的几位年轻人与他们筹办的《时空胶囊：中国幻想故事》（*Kapsel：Fantastische Geschichten aus China*）诞生，这是一本致力于在德语世界译介和传播中国当代科幻文学的杂志，③ 中国科幻文学在德国的译介得以进一步发展。

（五）代表性中国科幻小说在非英语国家的译介情况

1. 《猫城记》译介

在21世纪前，由老舍创作的科幻小说《猫城记》在海外非英语国家

---

① 参见红星新闻《中国科幻海外"C位出道"，打造中国文化新名片》，2023年10月22日，https://baijiahao.baidu.com/s? id=1780456114750244201&wfr=spider&for=pc，最后访问日期：2024年2月18日。

② 梁昊文：《中国当代科幻小说外译及其研究述评》，《广东外语外贸大学学报》2019年第1期。

③ 程林：《科幻杂志〈胶囊〉与中国科幻在德国的传播——访〈胶囊〉编辑部》，《科普创作评论》2021年第4期。

进行了译介与传播,其跨文化传播价值得到广泛认可。1933年8月《猫城记》由现代书局发行单行本,作者采用第一人称讲述"我"和朋友乘坐飞船却遭遇失事,朋友身亡,"我"被迫降落在火星上,以及自己误入火星上的猫国从而经历的一系列惊心动魄的历险故事。《猫城记》继1964年英译本在美国诞生后,1969年苏联出版了俄文版,1980年日本出版了日译本,1981年推出匈牙利文本及法文本,1985年出版德文版等。《猫城记》的成功译介一方面体现了其在中国科幻小说海外传播史上的重要地位,另一方面说明中国科幻小说在当时受到的国际关注度非常低。[①] 在这一阶段,中国科幻小说在非英语国家的传播较为单一,难成规模。

2. 《三体》译介

在2015年之后,《三体》海外译介的巨大成功改变了中国当代科幻小说输出单一、不成规模的现状。根据海外最大的读者社交网站Goodreads的出版信息,《三体》已累计输出超过28个语种的版权,包括波兰语、土耳其语、越南语、匈牙利语、泰语、挪威语、保加利亚语、立陶宛语、克罗地亚语等很多小语种。在很多国家,《三体》是第一部被引入的中国科幻小说,极大地扩大了中国科幻小说的影响面,提高了中国科幻小说的影响力。《三体》三部曲在德国分别由汉学家郝慕天(Martina Hasse)、翻译家卡琳·贝茨(Karin Betz)翻译,出版发行后大获成功,并获得了本土科幻大奖。法文译本由青年汉学家关首奇(Gwennaël Gaffric)担当翻译,销量位居近年来法国科幻文学整体销售市场前列。《三体》三部曲俄文译本则分别由格鲁什科娃(Ольга Глушкова)和纳卡姆拉(Дмитрий Накамура)翻译,刘慈欣及其作品的影响范围也很快从科幻文学界扩展到了俄罗斯普通民众。《三体》系列的西班牙文译本由青年译者哈维尔·阿泰约(Javier Altayó Finestres)完成,获得了西班牙伊格诺特斯奖(Premio Ignotus)最佳国外长篇小说奖。由此可知,无论是从输出语种数量还是从各国获奖数量出发,《三体》对于中国科幻文学海外输出具有划时代的意义。

总之,虽然中国科幻文学在非英语国家的传播起步较晚、步伐较缓,

[①] 唐润华、乔娇:《中国科幻文学海外传播:发展历程、影响要素及未来展望》,《出版发行研究》2021年第12期。

但整体呈上升趋势。2015年以来,中国当代科幻小说海外译介与传播已初具规模,并且有进一步发展的趋势。

四 中国科幻小说海外传播的经验及问题

(一)中国科幻小说海外传播的经验

中国科幻小说海外输出近10年发展势头正劲,众多学者分别从作者与作品质量、译者与译文质量、出版模式、中外科幻文学交流等角度总结了宝贵的经验。

1. 作者与作品质量

中国本土科幻小说发展已有百余年,虽几经波折,但逐渐走向成熟。一批新生代科幻作家涌现,如王晋康、刘慈欣、韩松、潘海天、杨鹏、柳文扬、赵海虹、凌晨、杨平等,更新代科幻作家也表现不俗,如海涯、陈楸帆、程婧波、江波、夏笳、郝景芳、迟卉、飞氘、罗隆翔等。新生代作家突破了科普型科幻对科幻文学的局限,使科幻小说的文学地位得以确立。① 中国科技不断发展创新使更新代作家创作视野开阔、自身不断丰富。中国科幻小说凭借其独特的气质在科幻文学领域独树一帜。以《三体》为例,中国科幻小说以其创新的新奇性、关注人类整体生存状态及道德取向的世界性和蕴含的中国元素与神秘的东方文化的本土性吸引着海外读者。②

2. 译者与译文质量

中国科幻小说"走出去"最初依赖作者自译,可见译者的稀缺,目前译者队伍已经颇具规模。表现突出的译者有翻译《三体》三部曲的科幻作家刘宇昆、自由译者周华,两个人都专注于科幻文学的英译。译者队伍的身份也更加多元,比如在美留学生金雪妮、华裔科幻奇幻作家朱中宜以及精通中文的国外科幻作家等,他们具备双语优势及相关经历。非英语译者则更多为专业翻译家,例如英—日翻译家大森望和汉—日翻译家立原透耶,德国汉学家郝慕天、翻译家卡琳·贝茨,法国青年汉学家关首奇等。

---

① 吴岩:《科幻文学理论和学科体系建设》,重庆出版社,2008,第49页。
② 吴瑾瑾:《中国当代科幻小说的海外传播及其启示——以刘慈欣的〈三体〉为例》,《山东大学学报》(哲学社会科学版)2021年第6期。

译者专业知识、跨语言能力、翻译素质的提高，使科幻作品译文质量不断提升，其翻译文本日益得到国际认可。《三体》在海外的成功传播离不开译者的贡献，译者也得到业界与学界的颁奖鼓励，如德国译者郝慕天凭借《三体》德文版荣获在德国有星云奖之称的库尔德·拉西茨（Kurd-Laβwitz-Preis）最佳长篇小说翻译奖。① 此外，译者针对科幻长篇小说一般采取多位译者合作模式，以《三体》为例，英文版由两位译者分别翻译，德文版也由两位译者分别翻译，日文版参与的译者则更多。优秀的译者是作者、读者、出版业者之间的联络人，他们不仅是语言专家，而且是善于协调这三方关系的"关系专家"。②

3. 出版模式

对于中国科幻文学的海外输出，国内的出版界积极发挥主观能动性，采取多种方式推介中国科幻文学。《三体》在海外译介与传播的成功还在于采取创新的中外合作出版模式，此为中国教育图书进出口有限公司的创新性全流程版权贸易项目的一个试点。③ 人民文学杂志社的英文杂志《路灯》（*Pathlight*）于 2013 年第 1 期推出中国科幻专题"未来"，推介一系列新生代科幻作家。目前出版中国科幻长篇小说及小说集的国外出版社主要有 7 家，其中有 6 家旗下有专营科幻奇幻类型小说的子品牌。中短篇科幻小说则集中发表在各类科幻杂志上。创新的出版模式、积极的合作模式、优质的出版平台都是中国科幻文学成功输出海外的关键。一部作品的成功译介正是在作者、译者、出版业者、读者这四方需求的权衡中达到的稳定制高点。④

4. 中外科幻文学交流

随着中国在世界舞台上发挥着越来越重要的作用，中国在科技方面的快速发展使得中外科幻文学交流日益频繁。随着美国科幻文学在全世界风

---

① 孙国亮、陈悦：《刘慈欣小说在德国的译介与接受研究》，《南方文坛》2020 年第 6 期。
② 唐润华、乔娇：《中国科幻文学海外传播：发展历程、影响要素及未来展望》，《出版发行研究》2021 年第 12 期。
③ 陈枫、马会娟：《〈三体〉风靡海外之路：译介模式及原因》，《对外传播》2016 年第 11 期。
④ 王杨：《中国现当代科幻小说英文译介的回顾、反思与展望》，《天水师范学院学报》2022 年第 4 期。

靡多年后渐显疲态，非英语科幻文学受到了前所未有的关注，尤其是中国文化视角下的当代科幻小说创作受到了业界及学界的持续关注。从 2017 年开始，"中国（成都）国际科幻大会"升级为两年一度的常设性会议，永久落户成都，来自世界各地相关科幻文学领域的专业人士受邀参会，例如，中国科幻文学在意大利的文学代理人弗朗西斯科·沃尔索、西班牙科幻文学译者夏海明、美国科幻杂志《克拉克世界》创办人尼尔·克拉克（Neil Clarke）等多次受邀到访中国来参加亚太科幻大会、中国（成都）国际科幻大会及北京中国科幻大会等大型科幻交流活动。① 刘慈欣和陈楸帆在 2020—2021 年多次在线参加日本富士电视台举办的世界科幻作家会议，与刘宇昆，日本科幻作家新井素子、冲方丁、小川哲、高山羽根子、樋口恭介、藤井太洋以及翻译家大森望等畅谈科幻文学和人类未来。② 中国科幻文学凭借着独特的东方视角，在世界科幻文坛独树一帜。因此，加强海内外沟通和对话将为中国科幻文学的海外发展营造良好氛围，有助于疏通学理渠道。③

（二）中国科幻小说海外传播存在的问题

中国科幻小说在海外传播过程中也存在一些问题，主要体现在出版模式和译本选择两个方面。

在出版模式上，在英语世界译介过程中，中外出版界已经探索出了多种创新的译介模式，合作的海外出版社在业界有一定的知名度，在科幻文学出版领域深耕多年。而非英语国家则没有足够成熟的出版发行模式。海外大型出版社比较看重经济效益，荣获大奖的作品往往是它们的目标，而知名度较低的作品以及中短篇科幻小说因相对低廉的版权费用而受到中小型出版社的青睐。然而，小型出版社市场份额小，经费不足，出版量有限，不能满足读者市场对于中国科幻文学的阅读需求。因此，在海外，尤其在非英语国家所出版的中国科幻作品无法进入主流销售渠道，只能局限

---

① 李振等：《中国当代科幻小说在意大利的翻译出版与传播研究》，《出版发行研究》2022 年第 1 期。
② 卢冬丽：《〈三体〉系列在日本的复合性译介生成》，《外语教学与研究》2022 年第 5 期。
③ 王杨：《中国现当代科幻小说英文译介的回顾、反思与展望》，《天水师范学院学报》2022 年第 4 期。

在小范围阅读群体内，无法发挥最大市场潜力，这样就限制了中国科幻小说的进一步传播。①

海外输出的译本选择均衡性较差。目前，刘慈欣作品译介比例较高，其余作家的作品译介较少或者尚未译介。从出版角度分析，正如前文所说，经济效益是海外大型出版社首要权衡的因素，只有获得国际大奖、具有一定知名度的科幻小说才有望被选择出版，因此译本选择较为单一。从国内科幻文学作品出发，刘慈欣的《三体》获奖已将近10年，类似的现象级作品却再未出现。科幻文学创作力量薄弱和高质量作品缺乏的状况没有得到根本改善。② 因此，打造科幻人才梯队、推介知名度较低的优秀作品是中国科幻小说海外传播的重要努力方向。

第三节　刘慈欣科幻小说海外译介与传播

一　刘慈欣简介

（一）生平与文学成就

刘慈欣是中国当代最具有影响力的科幻小说作家之一，是当代科幻小说的领军人物。刘慈欣于1963年6月出生于北京，祖籍河南省信阳市，大学就读于华北水利水电大学水电工程系，1985年参加工作，从事计算机工程相关工作。刘慈欣从小对科学与科幻抱有浓厚兴趣，青少年时期阅读了大量科幻作品，这为其以后从事科幻文学创作奠定了坚实的基础。刘慈欣自1999年开始发表科幻作品，其作品多次荣获中国科幻界最高奖项银河奖，迄今为止已发表中短篇科幻小说40余篇，长篇科幻小说7部，作品集6部，参与自己多部作品的影视化改编。自2012年，刘慈欣的作品逐渐被海外译介并收获广泛关注，2015年其长篇小说《三体》同时斩获星云奖最佳长篇小说、普罗米修斯奖最佳长篇小说、轨迹奖及坎贝尔奖提名，

---

① 李振等：《中国当代科幻小说在意大利的翻译出版与传播研究》，《出版发行研究》2022年第1期。

② 唐润华、乔娇：《中国科幻文学海外传播：发展历程、影响要素及未来展望》，《出版发行研究》2021年第12期。

并在同年获得第 73 届雨果奖最佳长篇小说奖,这也是亚洲人首次获得世界科幻文学领域的最高荣誉。此后,刘慈欣的其他作品陆续被译介到海外,这无疑提升了中国科幻小说的海外影响力,并且将中国科幻文学推向了世界。

(二) 刘慈欣科幻文学创作思想

刘慈欣的科幻小说不仅是作者对人类未来世界的推想与想象,而且是作者宇宙观、哲学观思想的体现。刘慈欣认为,科幻小说是把现实的人放入超现实的世界设定中展开故事。人性在科幻世界的表现也是科幻诗意的一个重要来源,科幻诗意主要包括逻辑自洽与和谐、简洁、新奇等要素。科幻诗意是科幻文学所独有的,与科技、大自然有着更密切的关系,自然规律的硬核存在与不可逾越性在科幻诗意中都有所表现。在刘慈欣看来,科幻小说的成功取决于其幻想的奇丽、震撼,取决于科幻小说读者在阅读中所寻找的一种惊奇感,一种不同于主流文学所营造的细腻美感,而惊奇感是科幻文学的核心价值。[1] 世界各个民族都用自己最大胆、最绚丽的幻想来构建自己的创世神话,现代宇宙大爆炸理论、广义相对论的时空观、量子物理学中的微观世界等人类科学理论为当代科幻文学创作提供了无限前景。因此,刘慈欣认为科幻小说应该幻想的是宇宙规律,以及依据这个规律而建立的新世界,宇宙规律幻想是更纯粹的科学幻想,是最高级的科幻。[2]

虽然科幻文学会提供给读者对未来的纵深想象、勾勒与体验,但刘慈欣的科幻小说创作连接时代的脉动,是关于现实的、历史的、未来的叙事的糅合,是未来学、社会学、文化学、政治学等领域的交融。其《中国 2185》、《超新星纪元》(一稿)体现刘慈欣现实介入精神,他对社会、政治的批判与 20 世纪 80 年代的时代思潮达成一致,但他没有继续挪用那个时代的批判话语,而是在时代巨变、社会转型的进程中进一步思考中国和

---

[1] 王瑶:《我依然想写出能让自己激动的科幻小说——作家刘慈欣访谈录》,《文艺研究》2015 年第 12 期。
[2] 刘慈欣:《无奈的和美丽的错误——科幻硬伤概论》,载刘慈欣《刘慈欣谈科幻》,湖北科学技术出版社,2014,第 74—77 页。

世界的关系。①《流浪地球》《微纪元》《天使时代》《球状闪电》等刘慈欣于20世纪90年代末，20、21世纪之交创作的小说与彼时中国努力融入世界体系而受到西方国家霸权的阻挠的现实国际历史语境密切相关，不仅形成了刘慈欣的科幻美学，而且体现了其对中国与世界关系的构建思想。此外，《三体》系列、《地火》、《圆圆的肥皂泡》等作品则表现了作者对工业发展、科技推动人类社会进步以及民族兴亡的文人忧思等。

华东师范大学罗岗教授将刘慈欣的科幻文学创作归纳为三重逻辑。② 第一重逻辑是从常规的现实世界跃迁至科幻世界，即从意识形态跃入乌托邦，其以弱胜强的逻辑，相关非常规战、极限战等书写体现了冷战结构对刘慈欣科幻小说创作的影响；第二重逻辑是取胜之后的游戏规则改变，即对世界规则进行重新定义，体现了近代中国反对压迫、追求民族独立与平等的思想；第三重逻辑为文化政治，体现了刘慈欣在其科幻书写中所对应的"整体性的世界有可能"的信念。在小说人物塑造上，刘慈欣提出与个人主体相对应的集体性形象，对西方经典现代性"文学性"的标准进行了文化政治的改写。这种改写也深刻体现了刘慈欣对传统经典文学、科幻文学边缘化的不满。刘慈欣曾明确表示，主流文学就是一场人类的"超级自恋"，而科幻文学恰恰是文学"再一次睁开眼睛的努力"。③

（三）代表作与译介概况

刘慈欣最具代表性的科幻作品是长篇小说《三体》系列以及中篇小说《流浪地球》。《三体》系列由《三体》《黑暗森林》《死神永生》组成，主要讲述了"文化大革命"时期女大学生叶文洁备受磨难，之后被带往军方秘密基地，接触了"红岸计划"以探寻外星文明，她以太阳为天线，向宇宙发送信息，并被地球4光年外的三体文明接收。在三颗无规则运动的太阳主导下，三体文明历经了数百次的毁灭与重生，亟须探寻新的栖居之

---

① 张泰旗：《历史转轨与不断重释的"新纪元"——论刘慈欣科幻小说〈超新星纪元〉的版本演进》，《中国现代文学研究丛刊》2021年第2期。
② 石晓岩：《刘慈欣科幻小说与当代中国的文化状况》，社会科学文献出版社，2018，第12—15页。
③ 刘慈欣：《超越自恋——科幻给文学的机会》，载刘慈欣《刘慈欣谈科幻》，湖北科学技术出版社，2014，第111—112页。

地,恰逢此时地球发来了信号,于是他们利用技术封锁了地球基础科学,派遣三体舰队向地球进发,从此两个文明开始了命运的殊死搏斗。《三体》系列英译本由美籍华裔科幻作家刘宇昆（Ken Liu）和美国译者周华（Joel Martinsen）担任翻译。刘宇昆年少时随父母移居美国,具有良好的中英跨语言与跨文化能力,自己也是科幻小说创作者,其作品曾获得星云奖和雨果奖。周华曾在北京师范大学专门进行汉语语言学习,具有深厚的汉英双语能力,是刘慈欣科幻小说《球状闪电》和《三体Ⅱ：黑暗森林》的译者。

《三体》译本屡次获得国际科幻类大奖提名并斩获数奖,这足以证明《三体》在海外科幻爱好者心中的位置。《三体》在海外的销量也十分可观,外文版销量目前已突破350万册,全球最大读书网站Goodreads显示的读者打分高达4.09分（满分5分）,约有30万读者参与评分,共计收获近3万条评论。此外,亚马逊图书网站显示《三体》评分为4.3分（满分5分）,约有4万读者参与评分。这些数据充分体现了海外读者对《三体》英译本积极正面的评价,也体现了刘慈欣在海外读者当中的受欢迎程度。

《流浪地球》则是刘慈欣的另一部代表性科幻作品,讲述了在太阳氦闪即将发生的危急时刻,人类为了生存而计划逃离太阳系,寻找新家园的故事。《流浪地球》最初于2000年发表于《科幻世界》杂志,并于同年获得银河奖,随后于2008年11月正式出版。2012年发行了首个英译本,2017年英国独立出版社重新出版了英文译本,重译工作由以刘宇昆为首的译者团队完成,该译本在Goodreads上获得4.15分（满分5分）,1万多名读者参与评分,其中五星和四星好评占总量的82%,全球累计发行51个版本,涵盖英语、德语、波兰语、西班牙语等多个语种。2021年,英国独立出版社发行了《流浪地球》漫画英文版,2023年1月,由小说改编的电影《流浪地球2》全球上映,再次扩大了小说的海外影响力。

二　刘慈欣科幻小说的海外译介与传播

截至目前,刘慈欣有20余部中短篇小说和6部长篇小说被译介至海外,涉及30余种语言,其在海外市场的接受程度远远超过中国纯文学的对外输出程度。

（一）刘慈欣作品在英语国家的译介情况

英语世界人群是中国文化对外传播的主要受众群体，且英语是世界通用语言，作品主要以在英语世界译介与传播为主体内容，研究对象以主流英语国家为主，例如美国、英国、加拿大、澳大利亚等。

1. 刘慈欣科幻小说在英语世界的译介与传播整体效果

中国科幻小说在真正意义上打开英语世界市场并进行大规模传播始于刘慈欣等中国当代科幻作家及其作品得到英语世界的认可。2014年11月，由美籍华裔作家、译者刘宇昆翻译的《三体》英文版在美国亚马逊图书网发售，当日便冲上"亚洲图书首日销量排行榜"第1名，并在发行后1个多月跻身"2014年度全美百佳图书榜"，销量远超其他中国小说在美国的销量。① 不仅如此，刘宇昆翻译的《三体Ⅲ》也获得了雨果奖提名，可以说译者刘宇昆为促进《三体》在海外的接受打下了坚实基础。此外，刘宇昆还翻译了宝树在《三体》三部曲基础上续作的《三体X》（*The Redemption of Time*）并将其纳入海外《三体》系列，为海外英语读者呈现更为完整的"三体"故事。

图书的销售量是衡量译介效果的重要标准之一，在英语世界中中国作家翻译作品销量若能达到两三千册已属不俗，② 但《三体》在美国发行不到1年，其销售量已突破20000册，其在美国读者心中受欢迎的程度可见一斑。在英译本发行前托尔出版社《三体》英文版编辑丽兹·格林斯基（Liz Gorinsky）在接受采访时表示翻译引进的科幻作品在发行时会遭遇重重阻力，通常销量并不乐观，但《三体》发行出乎意料成功，她认为《三体》很可能是最成功的中国译作。③ 这点通过《三体》系列在目前海外市场的销量得到了一定的证实。

2. 刘慈欣科幻小说在英语世界能够成功传播的因素

第一，国内外译者队伍的不断壮大。除刘宇昆外，华裔译者周华

---

① 刘舸、李云：《从西方解读偏好看中国科幻作品的海外传播——以刘慈欣〈三体〉在美国的接受为例》，《中国比较文学》2018年第2期。
② 王侃：《中国当代小说在北美的译介和批评》，《文学评论》2012年第5期。
③ John Oneill，"How Taking a Risk on Chinese Author Paid Off Big for Tor," 2016-09-04, https://www.blackgate.com/2015/09/04/cixin-liu-the-superstar-how-taking-a-risk-on-a-chinese-author-paid-off-big-for-tor.

（Joel Martinsen）以及出生于瑞士先后学习生活在德国、美国的译者霍尔格·南（Holger Nahm）也参与对刘慈欣等中国当代科幻小说家作品的翻译工作。周华翻译了刘慈欣的《三体Ⅱ》与《球状闪电》，该译作在 Goodreads 平台获得海外读者 4.42 的高分评价；霍尔格则翻译了刘慈欣的《流浪地球》（2013 年版）、《微纪元》、《中国太阳》、《带上她的眼睛》等 10 部科幻短篇小说并出版成册《流浪地球：经典科幻小说集锦》（*The Wandering Earth: Classic Science Fiction Collection*），也同样获评 4.23 的高分，这些数据证实了刘慈欣科幻小说的译本在英语读者当中很受欢迎。

第二，海外出版机构对译文质量的严格把控、英语科幻界同行的高度认同等因素也是刘慈欣科幻小说在英语世界成功传播的主要原因。刘宇昆在《三体》译者后记中提到托尔出版社的编辑莉兹·戈林斯基对译文提出了 1000 多处修改建议，[①] 比如基于读者接受视角，戈林斯基指出译文中一些涉及女性书写的内容可能会引起部分女权主义读者的不满。[②] 通过对《三体》在美国宣传推广的情况进行研究，发现国外知名作家的评价是连接版权代理人和国外出版社的桥梁，是实现翻译和传播的关键。在美国，《三体》正是利用世界著名科幻小说作家为其进行推广。[③] 例如，曾赢得星云奖、雨果奖、轨迹奖等 20 余项世界级科幻大奖的科幻小说作家金·斯坦利·罗宾逊（Kim Stanley Robinson）认为，《三体》"是最好的科幻小说，感觉既熟悉又陌生"；又如，前美国国家太空协会名誉主席、科幻奇幻作家协会主席本·波瓦（Ben Bova）认为，"《三体》可称为有实力的新秀作家的一流作品"。[④] 这些英语世界顶级科幻作家对《三体》的肯定无疑促进了该作品在英语世界的传播。

第三，我国的出版公司依托数字化技术，为促进科幻小说走向英语世界做出巨大努力。如中国教育图书进出口有限公司根据国际新媒体发展趋

---

① Liu Cixin, *The Three-body Problems*, trans. by Ken Liu（New York：Tor Books，2014），p.332.
② 顾忆青：《科幻世界的中国想象：刘慈欣〈三体〉三部曲在美国的译介与接受》，《东方翻译》2017 年第 1 期。
③ 李巧珍：《传播学视阈下中国类型小说的海外传播研究——以〈三体〉和〈死亡通知单〉的英译传播为例》，《语言教育》2022 年第 3 期。
④ Xing Yi, "Louis Cha's acclaimed trilogy to be translated into English," China Daily, 2017-11-10, https://www.chinadaily.com.cn/a/201711/10/WS5a0d265da31061a7384093ae_1.html.

势，为《三体》系列设立了独家英文网站，并定期在美国 Facebook 和 Twitter 等社交媒体平台上更新作品和作者动态，积极与各国读者互动。此外，该网站还制作了作品主题曲《不害怕》(*Not Afraid*)，并联合举办了作家对话会、图书签送会、读者见面会等形式的线下活动，多方位为作者和作品进行宣传，这些举措都促进了中国科幻小说的海外传播。

由表 1-1 可看出，刘慈欣作品的海外译介是在国内出版机构的推动下起步，此后逐渐进入海外主流出版与发行渠道，且数字化技术的应用在这一过程中发挥了重要作用。自 2012 年起，北京果米科技公司便邀请译者霍尔格·南陆续将刘慈欣的多部中短篇小说译成英文，并在亚马逊网站上以电子书、有声书等数字媒体形式进行发售，逐渐为其打开海外市场。①

表 1-1　刘慈欣主要作品在英语世界译介情况

作品	译者	出版社	出版时间
《流浪地球》	Holger Nahm	北京果米科技公司	2012-03
《中国太阳》	Holger Nahm	北京果米科技公司	2012-03
《吞食者》	Holger Nahm	北京果米科技公司	2012-03
《当恐龙遇上蚂蚁》	Holger Nahm	北京果米科技公司	2012-05
《三体》	Ken Liu	Tor Books	2014-11
《三体Ⅱ：黑暗森林》	Eisso Post Joel Martinsen Richard Heufkens	Tor Books	2015-08
《三体Ⅲ：死神永生》	Ken Liu	Tor Books	2016-09
《流浪地球》再译版	Ken Liu Elizabeth Hanlon Holger Nahm	Head Of Zeus	2017-10
《球状闪电》	Joel Martinsen	Tor Books	2018-08
《超新星纪元》	Joel Martinsen	Tor Books	2019-10

资料来源：作者整理。下同。

第四，与英语世界顶尖出版社合作，保障获取英语读者市场。同样由表 1-1 可看出，刘慈欣代表作《三体》系列及《流浪地球》等均由海外知

---

① 吴攸、陈滔秋：《数字全球化时代刘慈欣科幻文学的译介与传播》，《上海交通大学学报》（哲学社会科学版）2020 年第 3 期。

名出版社出版发行。托尔出版社（也作 Tor 出版社，Tor Books）作为主流商业出版机构，是美国的一家成功且规模庞大的科幻出版社，与其合作便意味着拥有美国本土成熟的读者群体和庞大的科幻爱好者群体。事实证明，Tor 出版社的确为刘慈欣吸引了众多海外读者，而宙斯之首出版社则被誉为"英国最佳独立出版社"，在英国出版界具有一定影响力。在顶尖海外出版社的助力下，刘慈欣小说成功打通了海外传播渠道，这为其广泛传播奠定了坚实基础。

第五，英语世界主流媒体的积极评价。主流媒体是另一个衡量译介效果的重要参考标准。《华盛顿邮报》在 2016 年将《三体》评为最佳科幻小说之一，美国《纽约客》编辑斯华·罗斯（Joshua Rothman）称赞刘慈欣是中国的"阿瑟·克拉克"，他认为"刘慈欣的独特之处在于故事是关于整个人类发展历程的寓言——既有具体的想象，又内含抽象的概念"，[①]并且介绍了刘慈欣的另外两部作品——《中国太阳》及《流浪地球》。此外，《纽约客》《华尔街日报》《自然·物理学》《卫报》《密尔沃基哨兵杂志》等英语世界主流权威杂志均在《三体》英译本发行后对其给予了高度肯定。2020 年，美国著名流媒体播放平台 Netflix 公司宣布把《三体》搬上银幕，并于 2024 年 3 月正式上线。这些报道和媒体行为均体现了刘慈欣在海外受到的广泛关注与肯定。

第六，英语世界读者的认可与接受。普通读者作为文学译介的最终目标受众，反映了大众最真实的声音。从 Goodreads 和亚马逊网站上数据统计可知，刘慈欣多数作品的评分在 4 分以上，《三体Ⅱ》和《三体Ⅲ》在亚马逊网站上评分均高达 4.6 分（满分 5 分），四星及以上好评保持在 75%左右，亚马逊网站上《流浪地球》好评高达 92%，《三体》在 Goodreads 平台在收获近 30000 条读者评论的情况下好评率依旧保持在 75%以上，并发行了 133 个不同版本，海外读者对其关注度毋庸置疑。通过横向对比刘慈欣主要作品的评分、版本数量等发现，《三体》系列依旧是最受关注的作品，其次是《流浪地球》。值得注意的是，凭借《三体》系列光环，刘慈欣其他作品相继进入海外读者视野（见表 1-2）。

[①] Joshua Rothman, "China's Arthur C. Clarke," *The New Yorker*, 6 (2015): 11.

表 1-2 刘慈欣英译本主要作品在主流网站的评分

单位：分，%，个

作品	评分	四星及以上占比	评论数量	版本数量	网站来源
《三体》	4.09	76	28108	133	Goodreads
《三体Ⅱ：黑暗森林》	4.42	87	10741	114	Goodreads
《三体Ⅲ：死神永生》	4.43	87	9349	103	Goodreads
《流浪地球》	4.15	79	1377	55	Goodreads
《球状闪电》	3.79	63	1167	64	Goodreads
《超新星纪元》	3.29	41	886	46	Goodreads
《三体》	4.3	85	3778	11	Amazon
《三体Ⅱ：黑暗森林》	4.6	74	1494	12	Amazon
《三体Ⅲ：死神永生》	4.6	73	1262	13	Amazon
《流浪地球》	4.5	92	244	11	Amazon
《球状闪电》	4.3	82	145	10	Amazon
《超新星纪元》	3.7	60	111	12	Amazon

注：数据截至 2023 年 12 月 14 日。

以上数据充分说明，刘慈欣作品在英语世界中接受程度较高，从作品获奖数量、发行销售量、主流媒体评价、受众群体等角度看，刘慈欣作品在英语世界的影响正以惊人的速度提高，而这些数据还在实时更新，可见其发展空间依旧很大。

（二）刘慈欣科幻小说在非英语国家的译介与传播

1. 在非英语国家的整体译介及传播概况

非英语国家同样热衷于刘慈欣的作品，刘慈欣的科幻小说在非英语国家的译介传播依然具有很强代表性，其主打作品仍为《三体》。《三体》不仅风靡英语国家，同样风靡非英语国家，已被译成西班牙语、德语、法语、匈牙利语、葡萄牙语、土耳其语、波兰语、泰语、捷克语等 30 余种语言，从而畅销海外，一些译本得到当地文学奖的提名。

由表 1-3 可知，《三体》韩译本是最早的海外译本，发行于 2013 年，远远早于其他语种译本，2014 年《三体》获得美国星云奖提名后，不同译本纷纷涌现市场，可以看出，《三体》系列依旧是刘慈欣科幻作品对外输出的主力军。刘慈欣科幻作品的非英文译本出版时间集中在 2015 年以后，即刘慈欣斩获雨果奖之后,译作均由译入语国家的专业出版机构发行出售,例如,德文版由兰登书屋德国分公司旗下历史最悠久的科幻出版品牌海恩出版社(Heyne Verlag)出版;法文版经由法国排名第四的南方出版社(Actes Sud)出版发行,该出版社以往发行过大量中国文学作品;西班牙文版由隶属于西班牙兰登书屋集团的诺瓦出版社(Nova)出版发行;土耳其文版则由土耳其最大的科幻奇幻出版机构伊莎基出版社(Ithaki)负责发行;等等。[①] 虽然刘慈欣的小说译本以纸质译本为主,但出版社为了迎合数字化时代下读者的多元化需求,同样推出了kindle电子书、有声书等多样化媒介形式,以适应读者的阅读习惯。此外,纸质本也分为精装版、平装版,为读者提供了多样化选择,满足了不同的阅读场景,这无疑扩大了刘慈欣的读者受众群。[②]

表1-3 刘慈欣主要作品在非英语世界译介情况(部分)

作品	语种	出版社	出版时间
《三体》	韩语	단숨	2013-09
《三体》	土耳其语	Ithaki	2015-11
《三体》	法语	Actes Sud	2016-10
《三体》	西班牙语	Nova	2016-11
《三体》	德语	Heyne Verlag	2016-12
《三体》	泰语	Post Books	2016-12
《三体》	捷克语	Host	2017-05
《三体》	意大利语	Mondadori	2017-10
《三体Ⅱ:黑暗森林》	西班牙语	Nova	2018-02
《三体Ⅱ:黑暗森林》	德语	Heyne Verlag	2018-03
《三体Ⅲ:死神永生》	西班牙语	Nova	2018-03
《三体Ⅲ:死神永生》	法语	Actes Sud	2018-10
《三体Ⅲ:死神永生》	德语	Heyne Verlag	2019-04
《流浪地球》	德语	Heyne Verlag	2019-01
《流浪地球》	法语	Actes Sud	2020-01

---

① 吴攸、陈滔秋:《数字全球化时代刘慈欣科幻文学的译介与传播》,《上海交通大学学报》(哲学社会科学版)2020年第3期。
② 梁高燕:《刘慈欣科幻小说英译出版调查:现状、特点及成因》,《外国语文研究》2023年第5期。

续表

作品	语种	出版社	出版时间
《球状闪电》	波兰语	Rebis	2019-01
《球状闪电》	俄语	Эксмо：fanzon	2019-06
《球状闪电》	法语	Actes Sud	2019-09
《球状闪电》	捷克语	Host	2019-11

此外，刘慈欣作品在非英语国家①同样获得诸多奖项。《三体》德译本斩获了德国 2017 年库尔德·拉西茨（Kurd-Laßwitz-Preis）最佳翻译小说奖，法文译本入围了法国 2017 年幻想大奖（Grand Prix de l'Imaginaire）最佳翻译长篇，意大利文译本摘得了 2018 年意大利科幻大奖（Premi Italia）最佳国际科幻小说奖（Romanzo internazionale），西班牙文译本获得 2017 年度西班牙伊格诺特斯奖（Premio Ignotus）最佳国外长篇小说奖。伊格诺特斯奖被称为西班牙科幻文学的雨果奖，证明了《三体》西班牙文译本在西班牙科幻文学爱好者心中的地位。② 以上《三体》不同译本的获奖客观体现了刘慈欣科幻小说受到的国际认可与赞赏，证明了其译介效果显著。

非英语世界的主流媒体同样对刘慈欣科幻小说作出积极评价，例如，西班牙《世界报》（El Mundo）称《三体》是中国科幻文学的伟大里程碑，称赞了该小说具有独特魅力，小说不仅建立在坚实的科学基础上，而且加入了对道德的深刻思考。此外，西班牙主流媒体《时代》（El Tiempo）、《先锋报》均对《三体》给予了高度评价。《三体》法译本一经发行，法国《世界报》（Le Monde）就对刘慈欣进行了整版报道，称刘慈欣开辟了中国科幻小说更高端、更具颠覆性的复兴之路。法国《快报》（L' Express）则称赞《三体》给读者带来了震撼，希望刘慈欣的后续作品迅速更新。③

此外，刘慈欣在海外最大图书社交网站 Goodreads 上受到海外读者整体认可。如表 1-4 所示，以《三体》为例，在 161 条法语评论中，有 6 条五星评论，四星及以上评论有 106 条，好评率约占总数的 66%，三星及以下评论有 49 条，约占总数的 30%；在 146 条意大利语评论中，有 1 条五星

---

① 注：英语世界与英语国家均可，非英语世界与非英语国家均可。
② 杨莹：《刘慈欣〈三体〉在西班牙的译介研究》，《今古文创》2023 年第 21 期。
③ 曹淑娟：《中国当代类型文学近十年在法国的译介》，《玉林师范学院学报》2021 年第 5 期。

评论，四星及以上评论有90条，好评率约占总数的62%，三星及以下评论有55条，约占总数的38%；在166条德语评论中，有5条五星评论，四星及以上评论有108条，好评率约占总数的65%，三星及以下评论有58条，约占总数的35%。整体而言，刘慈欣科幻小说外译本在非英语国家同样表现良好，得到了读者不同程度的认可，每部作品至少发行了10种非英语语言版本，刘慈欣科幻小说译本在非英语国家覆盖率较高，极大地提升了非英语国家读者的普及率。

表1-4 刘慈欣部分非英文译本在 Goodreads 上的表现

单位：%，个

书名	语种	四星及以上评论占比	评论数量
《三体》	法语	66	161
	意大利语	62	146
	德语	65	166
《三体Ⅱ：黑暗森林》	捷克语	89	67
	意大利语	76	50
	德语	78	59
《球状闪电》	西班牙语	52	86
	法语	70	20
	捷克语	61	18
《流浪地球》	法语	71	28
	西班牙语	83	23

注：数据截至2023年12月15日。

2. 在非英语国家的具体译介与传播

（1）西班牙

西班牙是一个具有科幻文学传统的国家，其诺瓦（Nova）出版社与吉甘什（Gigamesh）书店是西班牙的科幻奇幻类文学的出版销售阵地。诺瓦出版社在签下了《三体》《流浪地球》等作品的版权后，不仅出版了相应西班牙文版的纸质书，还将出版物数字化，打造电子书与有声书，以满足不同读者的阅读需要。① 同时，西班牙语著名科幻论坛"幻想"（Fantífica）

---

① 王东卓：《麦家小说在西方世界的传播与接受研究》，硕士学位论文，山东师范大学，2023，第15页。

也持续实时更新作者及作品出版的宣传资讯,引发众多西班牙语网民讨论。① 通过对《三体》在西班牙的译介传播情况进行研究发现西班牙的主流媒体《世界报》(El Mundo)、《时代》(El Tiempo)、《先锋报》(La Vanguardia)等均对《三体》与刘慈欣给予了高度评价,其中《时代》认为就写作视角而言《三体》可与美国科幻小说黄金时代的代表人物所著的经典作品,即艾萨克·阿西莫夫的《基地边缘》和奥拉夫·斯塔普雷顿的《最后和最先的人》等作品相媲美。②

(2) 意大利

意大利最大的出版集团蒙达多利(Mondadori)极大促进了中国科幻小说在意大利的传播。蒙达多利所创立的科幻杂志《乌拉尼亚》在2006年第1511期与2010年第1564期分别推出中国专辑《神秘的波》与《时空》。《神秘的波》是中国科幻小说第一次出现在意大利主流科幻杂志中,而《时空》所收录的9篇科幻小说中包括刘慈欣的《流浪地球》。不仅如此,意大利蒙达多利出版集团于2017—2018年先后出版了刘慈欣《三体》三部曲及陈楸帆的《荒潮》4部长篇科幻作品。《三体》在意大利销量甚高,读者评价以积极为主,意大利空间局高级科学家埃琳娜·潘奇诺(Elena Pancino)还在采访中称《三体》是"里程碑式的佳作"。③

(3) 德国

《三体》德译本在2016年12月由德国海纳出版社出版后,立刻引爆德国科幻市场,并荣登德国《明镜周刊》畅销书榜第4名,这是中国文学作品首次上榜,一经上榜便持续霸榜11周。2018年,翻译家卡琳·贝茨(Karin Betz)翻译出版了《三体Ⅱ》,该书立刻登上德国《明镜周刊》畅销书榜第3名。该译者于2019年再度翻译出版了《三体Ⅲ》,并参与翻译了刘慈欣中短篇科幻小说选集《流浪地球》,除同名小说外,还辑录了《山》、《白垩纪往事》、《赡养上帝》与《赡养人类》等共10篇。德国不

---

① 彭璐娇:《中国科幻文学在西班牙出版与传播的路径创新》,《新闻研究导刊》2021年第10期。
② 杨莹:《刘慈欣〈三体〉在西班牙的译介研究》,《今古文创》2023年第21期。
③ 李振等:《中国当代科幻小说在意大利的翻译出版与传播研究》,《出版发行研究》2022年第1期。

少主流媒体如德国电视一台（ARD）、北德广播电台（NDR）、德国著名科幻杂志《未来》（*Die Zukunft*）等均表达了对刘慈欣作品的赞扬。①

（4）日本

刘慈欣的《三体》日译版采用底本杂糅的创新性合作译法，采取的是"汉—日翻译初稿在先、英—日翻译校阅在后的合作模式"，同时根据英文译本融合了英语语境，以满足日本本土读者对美国式科幻的偏爱。②《三体》日译本一经上市就实现热销。截至2021年5月26日，销售量累计37万部左右。③日本读者在本国读者平台"日本読書メーター"上给予了大量好评，其中提及最多的关键词是"超凡想象力"。④

综上所述，刘慈欣科幻小说在英语国家和非英语国家译介均表现良好，不仅得到了专业机构和人士认可，也广受普通读者的喜爱，这无疑是中国科幻文学在海外译介中的重大突破。刘慈欣科幻作品在非英语国家的传播效果与英语国家有着显著差距，主要表现为在非英语国家中刘慈欣科幻小说评分人数较少、评论区互动参与度较低、译本发行时间较晚等。因此，非英语译本译介之路有待开拓，仍然具有译介传播的空间。整体而言，刘慈欣科幻小说的海外译介比较成功，为中国科幻文学走向世界提供了重要的参照，改变了中国科幻文学对外输出局面，为将来中国科幻文学乃至中国文学"走出去"提供了宝贵的经验。

第四节 中国当代科幻小说海外译介与传播研究现状与不足

一 中国当代科幻小说海外译介与传播研究综述

随着中国科技的快速发展、中国国际影响力的增加以及国内科幻小说屡获国际科幻文学奖、海外市场逐渐打开等，中国当代科幻小说海外译介

---

① 孙国亮、陈悦：《刘慈欣小说在德国的译介与接受研究》，《南方文坛》2020年第6期。
② 卢冬丽：《〈三体〉系列在日本的复合性译介生成》，《外语教学与研究》2022年第5期。
③ 王慧、陆晓鸣：《日本读者对中国科幻文学翻译作品的接受》，《日语学习与研究》2023年第2期。
④ 何明星、范懿：《〈三体〉的海外传播：关于网络平台的读者调查》，《中华读书报》2019年9月4日，第6版。

与传播的研究近几年呈持续增长趋势。基于文献整理，本书认为对于中国当代科幻小说译介与传播的研究可从宏观、中观及微观三个视角进行梳理综述。

（一）宏观视角

从宏观视角，国内外学者侧重研究中国当代科幻小说海外译介与传播对世界文学话语构建的重要作用、对中国文学走出去的现实借鉴意义，以及对人类社会政治治理与哲学思想发展产生的影响。正如美国华裔文学研究者张英进（Zhang Yingjin）在其提出的"世界化"（worlding）文学理论中所指出的，通过自发的、持续的文学翻译与跨学科融合，科幻小说这一类型文学才获得全球的关注，并且对世界文学中欧美语言的主导地位提出挑战。在以欧洲及北美为中心的世界文学版图上，张英进通过强调中国科幻小说在全球文学生态体系中占据的特殊位置来质疑欧美文学的中心性。[1] 从清末时期世界科幻小说译介至中国，到目前刘慈欣科幻小说被大量译介传播到世界，在百余年的发展过程中，中国科幻小说对宇宙的书写及其"革命性"主题依然保持着文化创新，[2] 这也恰恰证实了张英进在世界文学中赋予中国科幻小说重要地位的论断。以刘慈欣为代表的中国当代科幻小说在世界范围内的翻译、传播与接受，说明了中国科幻小说正在积极融入世界文学体系，这种现象也是全球化时代的必要表征。[3] 中国当代科幻小说的繁荣与海外译介也是在为中国文学创造在世界文学中的文化语境。[4]

此外，中国当代科幻小说所探讨的深层主题，比如，中国科幻作家对未来世界人与自然的关系、人与机器的关系、人类存在的意义等哲学性思考，对人类社会政治结构与哲学思想发展等均产生了深刻影响。例如，在

---

[1] Dingding Wang, "Mapping Chinese Science Fiction and Science Writing as World Literature," *Chinese Literature and Thought Today*, 54 (2023): 46-51.
[2] Jia Liyuan, Du Lei, and James Fashimpaur, "Chinese People Not Only Live in the World but Grow in the Universe: Liu Cixin and Chinese Science Fiction," *Chinese Literature Today*, 7 (2018): 58-61.
[3] You Wu, "Globalization, Science Fiction and the China Story: Translation, Dissemination and Reception of Liu Cixin's Works across the Globe," *Critical Arts*, 34 (2020): 56-70.
[4] 白鸽：《现当代科幻小说的对外译介与中国文化语境构建》，《小说评论》2018年第1期。

《折叠北京》中郝景芳对机器及自动化对社会经济的影响、人类的存在方式与劳动的意义、人类进步与社会平等问题提出思考,体现了科技伦理与深层的人文主义关怀;① 在《地球是平的》《青春的跌宕》中,韩松通过对文明进步与科学理想主义等现代神话背后的逻辑书写以及偏离中国科幻小说特有的"革新、竞争、选择"等叙事传统,更多表达对现代性的荒诞与不确定性的嘲弄以引起人们对现代性弊端的思考。②

西方一些学者从国际政治、国际关系视角探讨中国当代科幻小说对当下世界秩序构建与政治实践的重要意义。例如,美国康涅狄格州大学的Stephen Dyson 教授在其对中国当代科幻小说的研究中指出,刘慈欣在《三体》系列中所构建的星际体系是创造的,要受到主体行为的积极改造,刘慈欣小说的最后构建对国家主义、实证主义、零和主义所主张的当代世界秩序提出了质疑,并暗示这些主张者也同样是被权力主体所主宰而非被科学理性赋予,③ 这对现实世界政治实践的参照性显而易见。

总之,从宏观视角的研究以对原文或译文文本的深度研读为研究方法,通过分析文本主题、思想、内涵等呈现中国当代科幻小说在世界文学体系中的自我创新发展及日益提升的地位与深层影响力。

(二) 中观视角

从中观视角,一些研究者以时间或国别为主线,通过文献挖掘与史学梳理,历时性、系统化归纳中国科幻小说在不同历史时期的创造成果与译介传播现状。如对清末即 19 世纪后期至动荡飘摇的 20 世纪中国科幻小说的主要作品及创作趋势的概括性梳理,体现了中国科幻小说对人类社会自然现象的超自然解释,表达了中国人对自然世界的好奇与科学想象;④ 研究也有通过对百年科幻小说进行梳理探索中国当代科幻小说崛起的原因以及

---

① Ren Dongmei & Chenmei Xu, "Interpreting *Folding Beijing* Through the Prism of Science Fiction Realism," *Chinese Literature Today*, 7 (2018): 54-57.

② Wang Yao & Nathaniel Isaacson, "Evolution or Samsara? Spatio-Temporal Myth in Han Song's Science Fiction," *Chinese Literature Today*, 7 (2018): 23-27.

③ Stephen Benedict Dyson, "Images of International Politics in Chinese Science Fiction: Liu Cixin's *Three-Body* Problem," *New Political Science*, 41 (2019): 459-475.

④ Wu Yan, Yao Jianbin and Andrea Lingenfelter, "A Very Brief History of Chinese Science Fiction," *Chinese Literature Today*, 7 (2018): 44-53.

与西方科幻小说的差距,并对21世纪中国科幻小说发展做出前景展望。[①]

同样是对中国科幻小说的百年回眸,Nathaniel Isaacson 则将老舍、鲁迅、刘慈欣、韩松这几位中国近当代代表性科幻作家及其作品放置在"全球科幻小说"领域进行共时与历时分析比较,揭示了鲁迅的科幻文学主张、"铁屋子"喻体(是否意识到铁屋子外更高一级的文明;在封闭的体系中,人们变得集体无意识)、"食人社会"等思想对中国当代科幻小说创作主题的深刻影响。"铁屋子"喻体对刘慈欣对相关文明的定义(文明是不断吞噬与扩张)、人类文明在整个宇宙文明等级中的微不足道等观点产生影响。"食人社会"思想对韩松在《乘客与创造者》中描述的商务舱乘客所采用的食人体系运作等产生影响。Isaacson 认同20世纪90年代,与凸显魔幻现实主义的新历史小说不同,刘慈欣等当代科幻小说家没有远离对社会革新进步、科学技术发展、基于现实世界对未来世界的展望等主题,这与清末中国科幻文学启蒙阶段的主题非常一致。[②] 近几年,更多研究梳理集中在21世纪以后,如梳理2012—2019年中国当代科幻小说的原创、出版及市场销售数据,并与同期从海外译介到中国的科幻小说进行比较,揭示了中国当代科幻小说受众分散、产业落后、原创动力不足等问题。[③]

此外,也有研究者从国别区域视角入手研究中国当代科幻小说在海外不同国家的译介与传播。如李振等基于网络科幻奇幻数据库系统研究了1987—2021年中国当代科幻小说在意大利的翻译、出版传播情况。研究结果表明,目前意大利拥有欧洲最完整的中国科幻小说出版目录,共译介了35位中国科幻作家的94部长短篇科幻作品。尽管如此,中国科幻小说在意大利仍属于影响力有限的小众文学。[④]

总之,中观层面的研究主要基于出版界、图书市场等相关数据,对中

[①] 卢军:《百年来中国科幻文学的译介创作与出版传播》,《出版发行研究》2016年第11期。
[②] Nathaniel Isaacson, *Celestial Empire: The Emergence of Chinese Science Fiction*, Wesleyan University Press, 2017.
[③] 刘畅、张文红:《中国当代科幻小说出版研究》,《出版广角》2019年第24期。
[④] 李振等:《中国当代科幻小说在意大利的翻译出版与传播研究》,《出版发行研究》2022年第1期。

国科幻小说的文献进行收集、整理、归类，并进行数据解读以分析中国当代科幻小说的海外翻译与传播现状、原因、发展趋势等。

（三）微观视角

在微观视角，对于中国当代科幻小说的译介与传播的研究主要基于翻译学、译介学等领域的理论，以具体的译本、译者等为研究对象，分析归纳中国科幻小说的海外传播现状、翻译策略、具体翻译技巧以及译者主体性、身份认同等问题。如 Qing Li 基于西奥·赫曼斯（Theo Hermans）的"规范力形态"（modalities of normative forces）理论，研究刘宇昆及周华两位《三体》系列译者的主体性。研究表明，在翻译原作过程中，两位译者均被要求对原文可能会引起目标读者不适或厌恶的性别偏见类内容采用颠覆性翻译，从而证明在平衡不同社会文化语境差异中译者主体性的重要作用。[1] 有研究者以译介学理论为支撑，从译介主体、内容、途径、受众及效果五个方面探讨《三体》等文学作品海外传播模式。[2] 同样基于《三体》译文研究，有研究者提出提升本土科幻文学译介能力要避免"译完"即"走"的"唯我"模式，要关注目的语的多元化接受能力、多途径"走进"之旅；[3] 也有学者从译介语境、译介主体能动性、译者翻译策略等方面诠释《三体》在美国被积极接受的原因。[4]

与此同时，也有研究对刘慈欣系列科幻小说英译本中的副文本进行探究。研究发现，英译本中的副文本话语元素以各自不同的方式参与小说形态格局建构，不仅助力英译本在西方世界的传播、流通与接受，而且助力提升英译本的文学价值。[5] 此外，基迪恩·图里（Gideon Toury）的翻译规范理论作为理论指导被大量应用于译本与译者研究，比如，译者风格、翻译过程、译本修改、中西文化差异等都是译者翻译习惯形成的重要社会规

---

[1] Qing Li, "Translators' subversion of gender-biased expressions: A study of the English translation of *The Three-Body Problem Trilogy*," *Perspectives*, 2023.
[2] 林玲：《中国文学"走出去"的译介模式研究》，《出版广角》2017年第17期。
[3] 王亚文：《中国本土文学译介传播能力的提升：从走出去到走进去——以刘慈欣小说〈三体〉为例》，《中国出版》2019年第1期。
[4] 吴赟、何敏：《三体在美国的译介之旅：语境、主体与策略》，《外国语》（上海外国语大学学报）2019年第1期。
[5] 赵燕、吴赟：《刘慈欣科幻小说英译本副文本话语元素探微》，《外语学刊》2022年第6期。

范因素。[①]

综上，微观视角的中国当代科幻小说研究主要以译文、译者为研究对象，探索翻译的策略与技巧，揭示语码转换过程中译者主体性对翻译行为的影响。

二 中国当代科幻小说译介与传播研究的问题与不足

本文对中国类型文学、科幻小说、刘慈欣科幻小说的海外译介与传播文献进行梳理与分析，可知目前中国当代科幻小说海外传播的研究主要基于文本译介与海外传播两个维度的数据统计。前者侧重从中国当代科幻小说的译介年代、译者资历及翻译素养、国别、外语语种等基本统计信息来说明译介效果，后者则基于译本的海外市场销量，海外获奖情况，海外科幻文学领域的知名作家、评论家、顶级海外出版社负责人等业界意见领袖的评价，译入语国家主流媒体及读者整体星评等因素。尽管在译介与传播维度的译介策略、译文接受、传播模式构建等方面涉及一定的海外读者研究，但整体而言，基于海外受众对中国当代科幻小说的读后评价或反馈来分析该文学类型的海外译介传播效果的研究明显缺失。

再基于对中国当代科幻小说译介与传播研究的宏观、中观及微观三个视角的梳理，我们发现：基于宏观视角的相关研究以原文或译文文本的深度研读为研究方法，通过分析文本主题、思想、内涵等呈现中国当代科幻小说在世界文学体系中的自我创新发展及日益提升的地位与深层影响；从中观视角的研究主要基于出版界、图书市场等相关数据，对中国当代科幻小说的文献进行收集、整理、归类，并进行数据解读以分析中国当代科幻小说的海外翻译与传播现状、原因、发展趋势等；基于微观视角的中国当代科幻小说研究主要以译文、译者为研究对象，通过案例法、文本对比法等研究方法探索翻译的策略与技巧，揭示在从原文到译文语码转换过程中译者主体性对翻译行为的影响。综上，目前中国当代科幻小说译介与传播

[①] Gaosheng Deng and Sang Seong Goh, "An interview with Joel Martinsen: Translating *The Dark Forest* and Cixin Liu's other Sci-fi," *Asia Pacific Translation and Intercultural Studies*, 10 (2023): 80-94.

的翻译基本以原文与译文文本、作者、译者、翻译策略、传播过程、图书市场等要素为研究对象,对传播行为的重要终端读者及读者评价反馈没有进行足够的研究,对读者反馈文本的质性或量化分析明显缺失,这是当前中国当代科幻小说海外译介与传播研究面临的主要问题。

美国传播学奠基人之一哈罗德·拉斯韦尔（Herold Lasswell）在其提出的5W传播模式中明确指出传播是有意图的,旨在达到意想的效果,其研究应侧重效果研究,① 而效果研究应围绕受众展开。传播效果研究必须基于受众（读者）的接受,包括对传播内容所产生的认知、情感及态度等心理效果,甚至读者基于传播内容而产生的行为效果。海外读者的读后评价不仅是读者个体对中国科幻小说的喜恶好坏判定,更是透过文本以分析中国当代科幻小说对海外读者具体影响的一手文献。由此可以看出,基于读者评价视角研究中国当代科幻小说的海外译介与传播效果的重要性与必要性。

---

① 〔美〕艾佛瑞特·罗杰斯:《传播学史——一种传记式的方法》（第7版）,殷晓蓉译,上海译文出版社,2010,第195页。

第二章 研究理论、内容与方法

第一节 研究理论：意见领袖

中国当代科幻小说传播效果的研究主要基于传播学"意见领袖"理论，该理论是传播学中效果研究的重要理论，不仅在传统的大众传媒时代具有重要的研究与应用意义，而且随着数字化新媒体的快速发展，"意见领袖"这一特殊群体被赋予新的特性与内涵，依然是传播效果研究的重要依据。本章围绕"意见领袖"理论的形成、发展、应用性研究、分类与特征以及新媒体语境下的"意见领袖"新特性等内容展开。

一 "意见领袖"理论的形成、发展与应用性研究

（一）理论形成的渊源

意见领袖（Opinion Leader）由美籍奥地利社会学家保罗·拉扎斯菲尔德（Paul Lazarsfeld）于20世纪40年代在其著作《人民的选择》（1948年）中最先提出，因此拉扎斯菲尔德也被视为美国传播学的先驱之一。意见领袖，也称作"舆论领袖"，是拉扎斯菲尔德基于其1940年美国大选期间的"伊利县调查"研究结果而提出的，研究发现大多数选民获取相关竞选信息并接受影响的主要信息源并不来自大众传媒，而是受一部分选民的影响，这些具有影响力的选民主要包括选民的"朋友、亲戚和熟人"，他们能够频繁接触到广播、报刊等媒介从而了解总统竞选的信息，并将这些信息传递给周围的人，拉扎斯菲尔德称这些人为"意见领袖"。[①] 之后，基于

[①] 〔美〕希伦·A. 洛厄里、〔美〕梅尔文·L. 德弗勒：《大众传播效果研究的里程碑》（第三版），刘海龙等译，中国人民大学出版社，2004，第67页。

迪卡特研究（Decatur Study）、伊莱休·卡茨（Elihu Katz）与拉扎斯菲尔德合著的《人际影响：个人在大众传播中的作用》，进一步证实了"意见领袖"这一群体在电影选择、流行时尚等消费行为、公共事务领域的重要人际影响力，奠定了"意见领袖"这一理论的形成。①

意见领袖理论的提出，对20世纪40年代传播效果研究中颇为盛行的"皮下注射论""魔弹论"等较为片面的理论来说是一种有效的矫正，该理论认为在大众媒介信息传播过程中，信息并非大面积直接传播至受众，而是先到达意见领袖层面，再通过意见领袖将信息分流至接触媒介较少、知识水平相对较低、对某些事件不感兴趣的群体，从而形成了大众传播信息流动的"大众传媒—意见领袖—普通受众"的"两级传播"模式，这为进一步揭示传播效果研究规律，以及大众传播与人际传播的关系起到积极作用，对"议程设置"以及后期的大众传播效果"有限论"等理论的提出奠定了基础。②

（二）理论的发展与完善

"意见领袖"与"两级传播"理论的提出引发了20世纪中后期意见领袖理论的研究高潮，对理论的创新与发展起到了推动作用。如由赛佛林与坦卡德合著的《传播理论：起源、方法与应用》一书界定了"意见领袖"与普通受众的区别因素主要包括价值观的人格化体现、知识能力、可利用的社会地位。③ 1966年，美国传播学研究者约翰·肯顿（John Kingdon）对当年总统大选进行选民调查，肯顿采用了拉扎斯菲尔德在《人际影响：个人在大众传播中的作用》一书中的类似调研方法以确定意见领袖，该研究进一步将意见领袖的类型进行界定，发现意见领袖一般分为主动型、被动型以及交谈型三大类型。④

同样在20世纪60年代，艾佛雷特·罗杰斯（Everet Rogers）进一步

---

① 〔美〕伊莱休·卡茨、〔美〕保罗·拉扎斯菲尔德：《人际影响：个人在大众传播中的作用》，张宁译，中国人民大学出版社，2016，第348页。
② Stephen W. Littlejohn, *Theories of Human Communication* (Beijing: Tsinghua University Press, 2005), pp. 314-315.
③ 〔美〕沃纳·赛佛林、〔美〕小詹姆斯·坦卡德：《传播理论：起源、方法与应用》，郭镇之主译，华夏出版社，2006，第231页。
④ John Kingdon, "Opinion Leaders in the Electorate," *The Public Opinion Quarterly*, 2 (1970): 169-176.

推进"意见领袖"的相关研究,聚焦创新与扩散问题进行深入研究,经过对506个创新与扩散相关问题的系统研究,罗杰斯提出了"创新与扩散"理论,指出呈现S形曲线的创新扩散过程与意见领袖有着密切的关系,在个人采纳创新的知晓、说服、决策、实施以及证实的五个阶段中,作为关键少数,意见领袖在创新扩散过程中扮演重要的角色。到21世纪初,莱斯利·伍德(Lesley Wood)、托马斯·维兰特(Thomas Valente)、瑞贝卡·戴维斯(Rebecca Davis)等学者相继利用网络数据分析、计算机模拟等研究方法证实在信息扩散过程中,意见领袖对加速创新扩散具有重要的推动作用。① 罗杰斯的创新传播理论揭示了大众传播的规律:大众传播过程不仅包括信息流的流向过程,也包含了意见领袖对信息传播的影响过程。意见领袖在信息传播过程中既对信息进行中转、分流、扩散等物理行为传播,也对信息基于自身的认知理念、价值观及意识形态进行再加工、再阐释等精神行为传播,使得信息传播过程出现了多级、多元、分散的复杂网状结构。

与此同时,也有学者研究意见领袖与其周围普通受众的相互影响关系。有学者反向研究在信息传播过程中普通受众对意见领袖的影响。如瑞林茨与柯林的合作研究结果表明,美国大选过程中承受一定舆论压力的意见领袖会受到一定影响。此外,也有学者研究意见领袖与其周围普通受众的地位关系对信息传播的影响。比如当意见领袖比其身边受众的经济及政治地位略高时,意见领袖更能促进新知识与信息的传播及扩散;当意见领袖的经济及政治地位等同或远远超过其身边的普通受众时,新知识的传播往往受阻。② 总之,意见领袖理论从根本上揭示了在信息传播过程中人际传播的重要性,以及传播现象背后的社会信息分配与话语权构建。

二 意见领袖的特征与功能

对传播内容、流向、影响力产生直接影响的意见领袖一般具有以下几

---

① 朱洁:《中西方"意见领袖"理论研究综述》,《当代传播》2010年第6期。
② Gershon Feder & Sara Savastano, "The Roles of Opinion Leader in the Diffusion of New Knowledge: The Case of Integrated Pest," *Management World Development*, 7 (2006): 1287-1300.

个特征。第一，意见领袖具有一定的人格吸引力，包括自身丰富的文化知识、能够较为容易地获得群体成员的认同与信任、具有较强的共情与沟通能力等，这些个人魅力会对信息及意见领袖的观点与思想的传播产生直接影响。第二，意见领袖普遍存在于社会的各个阶层与群体当中，除了个人人格魅力外，其在群体中的社会地位、专业化能力、个人资源背景、社会网络关系等，都会对意见领袖的影响力产生作用。第三，意见领袖一般拥有比身边人更多的信息源以及获取信息的渠道。意见领袖能够早于周围受众获得社会信息与资讯、掌握信息资源，因而拥有了话语权与发声权。更早、更快地掌握到有关群体利益的信息，赋予其先于群体成员对事物进行判断与权衡的权力。第四，意见领袖对群体的影响力可以是有限"单一型"，也可以是多维"复合型"，其影响力可以是在某一专业领域或某一事件中对周围受众观点或决策产生作用，也可以是在多个领域、多个事件中对其身边受众产生作用。第五，意见领袖的身份并非固定持久，它会随着时间、人际关系、发生场合、自身社会地位、群体组织形式等因素的变化而变化。因此，会出现某些意见领袖在一些场合或组织当中扮演意见领袖的角色，而在别的场合或组织中不一定是意见领袖角色的现象。

意见领袖在信息传播与接受过程中具有重要的功能，会对被影响群体对某一事件或事物的认知、态度及行为产生决定性影响。第一，在认知构建方面，意见领袖具有知识或信息传播与扩散功能，将自身优先于其他群体成员所获取的媒体信息或某方面专业知识信息，传达至群体其他成员，帮助成员构建对信息环境的认知，推进信息流进一步进入普通大众，这是意见领袖的基本功能。第二，在态度影响方面，在知识或信息传播过程中，意见领袖通过对源信息的阐释与加工，将自身的价值思想、观点看法、态度倾向传递给群体成员，对群体成员对相关事物的态度或观点具有先入为主的导向功能，这是意见领袖社会功能的直接体现，也是拉斯韦尔5W传播模式中从传播进入传播效果的重要环节与主体。基于人际传播中传播主体间的熟悉（包括群体成员对意见领袖的单向熟悉）、亲密、信任等关系属性，意见领袖较大众传媒对群体的态度与观点的影响具有直接且明显的效果。因此，意见领袖在传递信息的重新编码过程中，其措辞、语气等主观态度对其群体成员具有暗示与导向作用。第三，在行为引导方面，意见领袖的行为，包括其生活、工作中的一些选择、取舍、喜恶等均会对其群体成员的相关行为具有潜移默化的导向作用。意见领袖对群体成员的行为导向功能是其具有强大影响力的集中体现，也是一个最具现实研究与应用意义的功能。以美国 2024 年总统大选为例，现任总统拜登计划邀请当前美国流行音乐界最具影响力的女艺人霉霉（Taylor Swift）加入其竞选团队，旨在利用霉霉在 Instagram、Twitter 等社交媒体上拥有的数量非常可观的美国支持者，以及被评为《时代》周刊"2023 年度人物"的潜在影响力，影响霉霉粉丝在总统大选中的投票选择。此外，意见领袖行为导向这一重要的社会功能在商品广告、市场营销、公共决策、图书书评等领域被更为广泛研究和应用。第四，在构建群体和谐关系方面，当群体内出现某种或多种对同一事物或事件的不同观点态度时，意见领袖会起到调节、统一大多数群体成员观点的功能。意见领袖通过其个人人格魅力、自身拥有的信息资源、善于与人沟通劝说的交际能力、自身在某一领域的专业能力等，对群体内出现的不同"声音"有效调整与统一，从而促使群体构建和谐关系及巩固自身的话语权与意见领袖主导地位。

三　新媒体环境下意见领袖的新特性

媒介形态的发展会对媒介生态结构产生重要的影响，从而改变参与信息传播的不同主体。随着交际终端不断提高交互性、实时性、快速性、扩散性等，传统媒介环境下的意见领袖构成、分布、形成及特征随着网络新媒体的出现而呈现多元泛在化、分众化、专业性、年轻化、更具影响力、资本运作化营销等一系列新的特征，这些新的特性会对受众群体的认知、态度及行为产生更广泛与深入的影响。

（一）多元泛在化

随着自媒体迅速发展，传统上由电视、广播、报刊等大众传媒主导的信息生产与传播方式被彻底打破。随着人人借助自媒体平台拥有了自我发声的渠道，传统意义上的信息传播话语权被不断地消解，各行各业、各个社会阶层涌现出越来越多的意见发表者，使出现更多的意见领袖。话语权在自媒体时代的平民化使更多平民化意见领袖的出现成为现实，这从根本上促进消解传统话语权对某些事物的偏见与意见固化，从根本上打破自上而下的意识形态化意见构建，使普通大众在多元泛在化意见领袖影响下对事物产生多元化认知。

新媒体时代意见领袖的多元泛在化对打破传统上西方文学精英意见领袖对中国现当代文学的意识形态化构建，对中国文学类型、内容、主题、诗学等方面的刻板印象具有非常重要的作用。各种直接刊登中国现当代文学的网络媒体、自媒体平台，使越来越多的普通读者不受传统文学意见领袖的观点左右，能够直接发表阅读感受与评价。这些普通读者的评价内容质量、视角、专业性等受到其他读者的认可等，这类文学"草根"读者则会逐渐成为意见领袖。

（二）分众化

新媒体时代产生的巨大海量信息在客观上需要不同领域、阶层的意见领袖进行甄别与取舍。在大数据信息推送消费方式下，媒体信息的消费者越来越具象化、分众化，使信息消费类型相似的受众成为聚合的群体。如教育类群体可依据年龄与知识内容分为学前、小学、中学、大学、研究生教育群体。每一分众化的群体中总是能出现被相关群体认可、追随、关注的意见领袖。事实上，新媒体平台信息类别的分众化过程，也是不同分众群体中意见领袖形成的过程。新媒体时代的分众化意见领袖特性在中国当代文学"走出去"过程中有非常明显的体现。近几年，海外读者除了对中国古典文学如《西游记》《红楼梦》等具有一定阅读兴趣外，对中国当代文学，尤其对诸如科幻、谍战、玄幻、武侠、网文等不同的类型文学也非常青睐，这与中国当代文学不同类型的海外读者意见领袖对它们的推介、评价与褒奖不无关系。

（三）专业化

传统大众媒介时代的意见领袖多聚焦于对新闻事件或信息的认知、态度或行为影响方面，而新媒体时代的过量信息等使普通受众在生活、学习、工作等诸多方面接收到来自不同行业、专业、职业的信息，真伪难辨。此时，在快节奏生活压力、时间压力下，受众更期待能够分门别类并进行专业化信息解读的专业性意见领袖的出现。因此，在新媒体传播、信息爆炸的背景下，不同领域更加细分的专业性意见领袖应运而生，他们为信息过剩时代的人们提供更为细化、专业的意见咨询与导向。比如，在海外著名的文学读物网络平台，文学在线期刊、社交平台等不乏对中国当代文学有较为深入的阅读、思考并研究的普通读者意见领袖，其发表的评论内容具有一定的专业性与学术性，能够很好地帮助其他读者快速了解作品内容，帮助其判断是否符合自身阅读期待，帮助其进行取舍选择。

（四）年轻化

传统媒体时代的意见领袖一般是具有一定知识经验积累、群体地位、社会资源渠道的个体，传统的知识、信息、资源、地位积累与构建方式需要较高的时间成本。因此，传统的意见领袖多为成年人，年龄较大。网络新媒体的出现导致社会信息资源的积累与分配在最大限度上取决于信息获取方式，而出生并成长在新媒体产生和发展时代的"互联网原住民"主要由年轻一代构成，其获取新信息与了解新事物的能力远远高于前互联网时代的社会群体，尤其是这批在互联网、即时通信、智能手机及其他数字技术广泛普及的环境中长大的 Z 世代青年。因此，这批年轻人在虚拟社会中的参与度极高，对信息的获取又快又多，成为新兴时尚、游戏、动漫等某些产业领域的意见领袖。此外，社交网络平台使用者年龄构成的年轻化、网红主播的年轻化等，从客观上促进了能够影响他人思想及行为的意见领袖日趋年轻化。

（五）更具影响力

网络新媒体、数字化社交平台的飞跃发展加速了信息传播的实时交互，无限延伸了意见领袖与群体交流的时空维度，极大地加速了新媒体时代意见领袖的思想主张的扩散与传播，这使其对普通受众的影响力成几何式增长。以国内图书市场在线主播营销为例，2024 年 2 月 28 日，中国老牌文学刊物《收获》主编程永新携手时下最具影响力的"流量主播"董宇辉以及当代中国文坛重磅作家余华、苏童以视频直播带货方式营销《收获》，直播时长约 2.5 个小时。据《文汇报》数据统计，在直播期间直播获得网友点赞 1.7 亿个、最高实时在线人数达到 55 万人，截至 2024 年 2 月 29 日零点，2024 年《收获》全年杂志与 2024 年《收获长篇小说》分别售出 7.32 万套和 1.5 万套，营销成交额达到 1468 万元，创造了文学刊物直播的现象级围观量与销量，充分证明了意见领袖对某一事物的选择、支持等行为对相关群体选择行为的重要影响与导向。[①]

（六）资本运作化营销

在新媒体网络平台下，意见领袖的泛在化、专业性、更具影响力等特性，使意见领袖的商业化研究与应用蔚然成风。定位、寻找、包装、培养意见领袖以间接对群体的态度及行为产生影响，已成为当前意见领袖被运作化营销的主要表现。[②] 在新媒体生态环境下，网络红人很可能沦为资本或利益集团的代言者，资本先是通过大数据信息推送构建普通读者的媒介信息环境，再通过推送相关"信息环境"中的网红主播、栏目、机构等营造氛围，最后通过网络剧本内容、拍摄视角等将导向性意见、观点、态度等植入其中，以达到意见领袖对相关群体的态度及行为抉择产生影响的效果。尽管新媒体社交平台的出现无疑为打造与提升普通民众公共领域的话语民主具有非常积极的意义，然而，一旦陷入网络经济资本化运营模式，新媒体平台的意见领袖是否代表某种民意则值得商榷。

综上，网络新媒体时代的到来为中国文学网络传播带来契机，使得海外普通读者较为直接、快速地通过网络获取中国文学读物，最重要的是，新媒体时代的意见领袖多元泛在化、分众性、专业化等特征对中国文学海外评价话语体系带来巨大冲击，网络空间内大量评价，尤其是具有意见领袖功能的高点赞、高跟帖、高互动的海外读者评价成为研究中国文学在海外传播与接受的重要的、真实的、多元的一手文献。这种网络公共空间所赋予普通读者的发声平台也使得评价更具有客观性，因此，基于海外读者，尤其是意见领袖读者对中国当代优秀科幻文学作品评价进行研究分析具有重要研究意义。

第二节　研究内容：Goodreads 意见领袖读者的评价

本研究的内容主要包括以下几个部分。第一，系统研究海外意见领袖

[①] 《比起销量，上海〈收获〉直播首秀更大的收获是什么》，《文汇报》百家号，https://baijiahao.baidu.com/s?id=1792202104285134917&wfr=spider&for=pc，最后访问日期：2024年3月5日。

[②] Yi Zhang, "In the Perspective of Communication the Study of How the Opinion Leaders of the Media Era Shapes Roles," *Communication in Humanities Research*, 1（2023）：196-201.

· 59 ·

读者对中国当代科幻小说的读后观点、看法、感想、心得等评价,这是本研究的核心内容。基于这部分研究可揭示海外读者基于中国当代优秀科幻小说文本对中国产生怎样的认知,对中国当代科幻小说作者、作品、译文及翻译行为做出怎样的评价,从量化数据到质性分析视角呈现中国当代科幻小说海外译介与传播效果。第二,国内外有关中国当代科幻小说的译介文献研究,涉及译文、译者、翻译方法等文献梳理,从而与海外读者自身对中国当代科幻小说相关译文、译者、翻译方法的评价进行对照,为研究后半部分涉及中国当代科幻小说的译介策略提供参考。第三,国内外有关中国当代科幻小说的海外传播路径、策略等文献的梳理与研究,为中国当代科幻小说的海外传播路径及策略提供依据。

一 研究海外意见领袖读者对中国当代科幻小说的评价内容

(一)选择原因

基于美国传播学奠基人拉斯韦尔提出的 5W 模式,传播的效果研究应立足于围绕传播行为的目标群体,即目标受众。目标受众对传播内容接受程度,对受众个体是否在认知、态度,甚至行为层面产生影响,产生怎样的影响等是传播效果研究的重心,而受众对传播内容的反馈,尤其是语言文本反馈,对研究受众接受现状及程度具有重要价值。

中国文学"走出去"肩负着促进中外文化互鉴的重要使命,可以使海外普通民众通过阅读中国文学增强对中国文学、文化、历史、社会、发展、哲学思想等方面的认知与了解,助力构建海外读者对中国客观真实的形象。海外读者对中国文学,尤其是中国当代文学的阅读反馈直接关系到当代文学海外传播的效果,关系到海外读者基于翻译的文学文本对中国的形象构建。与此同时,相较于中国古典文学、当代纯文学,近几年中国当代类型文学的海外传播成果显著,以刘慈欣作品为代表的中国当代科幻小说更是在海外读者中掀起巨大波澜,其图书销售量、在线点击阅读量、不同语言版本发行量等屡屡刷新中国文学海外传播数据。因此,海外读者对中国当代科幻小说的评价具有重要的文本研究参照价值。通过具体分析海外读者对刘慈欣代表性科幻小说的从译文、译者、作者的评价,到基于小说对中国文学、文化、社会、历史、科技、发展等维度的认知构建,揭示中国当代科幻小说的海外传播效果。基于科幻小说海外译介与传播研究成果进行反思，总结有效的传播策略与方法，从而对中国其他类型文学的海外传播提供借鉴，最终助力中国文学真正"走出去"。

（二）评价内容获取

中国当代科幻小说译介与海外传播的研究内容主要从全球最大的阅读社交平台Goodreads上获取。本研究主要收集该阅读社交平台上的海外读者对刘慈欣代表性科幻小说——《三体》《黑暗森林》《死神永生》《流浪地球》等作品译作的读后评价，具体包括书评、感想、心得等内容，呈现内容均以英文书写。文本选取内容的日期截至2023年1月31日。针对海外读者对刘慈欣小说的海量评价，每部小说的读者评价量平均达到1.2万余条（此处不包含每一评论下的追评、互评等内容条数）。因此，本研究依据评价点赞数量及跟帖数量从高至低，选取从五星到一星每一类星评中最受认可的前20%意见领袖评价为具体研究内容，以确保每一类星评中最具代表性与认可性的海外读者评价被纳入研究范畴，确保研究内容的代表性。在Goodreads阅读社交平台获取原始英文评价文本约85万字，发帖数量4.1万条，共有约43.5万名海外读者参加刘慈欣这4部代表小说的星评。此外，基于Goodreads网站平台，研究还收集到刘慈欣科幻小说不同版本数、读者基本信息（包括性别、年龄、职业、国别等）以及近10年海外读者的发帖、跟帖数量及互动变化等重要信息。这些信息对分析中国当代科幻小说的海外传播效果具有重要参考意义。

二 国内外中国当代科幻小说的译介与翻译文献研究

中国文学的译介与传播研究主要集中在中国本土学者、海外学者兼译者、汉学家、海外华裔学者兼译者等群体。本研究将从中国当代类型文学、中国当代科幻小说、刘慈欣科幻小说三个层面自上而下逐步聚焦梳理国内外研究者相关文本的译文、译者、翻译方法文献研究，总结概括中国当代科幻小说在译介过程中存在的问题与不足，期待在相关海外读者译文质量评价研究中获得改进策略。

另外，本研究将归纳梳理国内外中国当代科幻小说的海外传播效果、策略、途径等文献，通过文献梳理评述，指出研究读者评价内容的重要性，揭示读者评价是海外读者基于中国当代文学对中国不同层面认知构建的重要文本体现，能够较为真实地反映海外读者对中国形象构建的现状，充分体现了中国文学海外传播的真实效果。因此，基于海外读者评价内容的研究对中国当代科幻小说海外传播具有现实意义。

第三节 研究方法与工具

本研究将定性与定量研究方法相结合，既有文本话语的案例分析法、文献分析法等定性研究方法，也有基于海外读者评价语料的语料库研究法、数据统计法等定量研究方法。

一 语料库研究法

首先，将 Goodreads 社交平台上海外读者对《三体》《黑暗森林》《死神永生》《流浪地球》等刘慈欣代表性科幻小说的读后评价进行语料收集，了解语料总量。其次，依据海外读者的星评等级，选取每一星评等级的前 10%—15%点赞量最高、最受读者认可的意见领袖的评价语料构建语料库。最后，分别采用 AntConc、Python 情感认同等语料库分析工具对海外读者评价话语进行量化分析，呈现海外读者对中国当代科幻小说的接受程度以及海外读者基于小说文本对中国不同层面的认知。

二 案例分析法

案例分析法主要用来分析海外意见领袖读者对中国不同层面认知的具体话语，通过对具体话语内容的分析，包括海外读者的关键词措辞、语义色彩、语气表达等进行分析，证实海外读者如何对译文文本进行解码与阐释的方式，从而基于小说叙事形成对中国文学创作、文化价值的感知，在译文阅读中构建对中国国家的想象方式。这有助于深层解读海外读者，尤其是意见领袖读者，从而了解中国当代科幻小说在海外译介与传播的具体受众效果。

三 文献分析法

文献分析法主要用于对国内外中国当代文学、当代类型文学、科幻小说海外的译介与传播进行梳理与评述。本文通过文献梳理以清晰呈现中国当代文学海外译介与传播的背景与现状，凸显中国科幻小说海外传播异军突起的重要作用，以及研究刘慈欣代表性科幻小说的海外读者接受现状的重要现实意义。与此同时，对于大量相关文献的梳理证实了在中国文学，包括当代科幻小说的海外传播效果研究中读者评价研究的重要性及当前相关研究的不足，凸显了本研究的现实意义。

四 数据统计法

数据统计法是量化研究的基本方法。本研究通过大量图表等系统统计了文本语料量，包括文本发行版本数、发帖量、跟帖与互动量、每一星评等级数据、海外读者近10年针对刘慈欣科幻小说的发帖量变化、最受欢迎十大意见领袖读者跟帖变化等，也对海外读者主体相关信息进行统计，主要包括个人基本信息如年龄、国别、职业、性别、活跃度等，以及参与星评总人数、每一星评级别人数、参与评价的总人数等。数据统计法能够清晰明了地再现中国文学、中国科幻小说在海外传播的基本现状。需要说明的是，本书的根据大多为一手数据，图表基本上是作者根据一手数据整理而成的。

第三章 《三体》的海外译介与传播效果

第一节 海外读者对《三体》的评价概述

一 海外读者对《三体》的整体星评

刘慈欣创作的《三体》是其"地球往事"三部曲之一，于2006年5月至12月在《科幻世界》杂志上连载，后来出版成单行本。《三体》英译版 The Three-body Problem 首次于2014年11月由托尔出版社（Tor Books）译介出版。截至数据收集时间①，海外出版版本已达126种。

《三体》主要围绕外星球文明和地球文明的冲突展开，故事开始于20世纪六七十年代的"文化大革命"时期，中国物理学家叶文洁利用所发现的某种物质和一台神秘设备建立了与外星文明联系的通道。在与外星文明的交流中，叶文洁发现外星文明生存的恒星系中存在三颗恒星，其文明面临灭亡。因此，外星文明决定入侵地球。经过一系列的交锋，人类进入了一个被称为"三体世界"的虚拟空间，而外星文明在地球上建立了自己的秩序。

截至2023年1月，在海外读书网站Goodreads上，The Three-body Problem 引起了广泛的关注，参评人数众多，有245396人给出评分，读者评论23463条，星级总评价为4.08分。其中，有96334位读者评分为五星，占评价人数的39.26%；92258位读者评分为四星，占评价人数的37.60%。

---

① 数据收集时间为2023年1月。

同时读者针对这本书留下众多评论，共计23463条帖子，有7148条五星书评、8082条四星书评。总体而言，《三体》在海外读者中获得了积极的评价，超过76%的读者打出四星及以上的评分，超过65%分享书评的读者打出四星及以上的评分，反映该小说在海外读者当中受到广泛认可与喜爱。《三体》海外出版以来（2014—2022年）发布书评人数变化见图3-1。

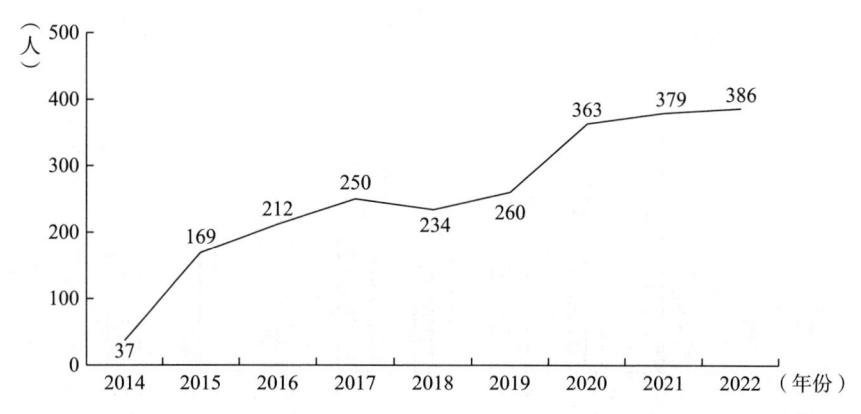

图3-1 《三体》海外版出版以来（2014—2022年）样本中发布书评的人数变化
资料来源：作者整理。下同。

二 海外读者的跟帖概述

在《三体》的23463条读者发帖中，有22796条书评被展示在网站前台。网站按照评论热门程度对读者书评进行排序。笔者按星级占比分别搜集了各星级前10%的书评，即720条五星书评、810条四星书评、480条三星书评、210条两星书评和70条一星书评，合计2290条书评。此外，笔者也对书评发布年份以及读者发帖的跟帖数量进行了数据统计并得出结果（见图3-2）。如图3-2所示，就读者发帖时间而言，自2014年《三体》英译版问世以来，每年发布评价的读者人数整体呈上升趋势，说明其受欢迎程度在逐年提高。增长率最高的年份为2015年，达到357%，2015年《三体》荣获第73届雨果奖最佳长篇故事，知名度急剧上升，吸引了众多海外读者。读者书评的跟帖数量随时间变化呈起伏状态，2015年的书评跟帖数量较多。可以发现，雨果奖提高了其国际知名度和讨论热度，当年发布的书评讨论度极高。2022年跟帖数量最多，这与《三体》网飞（Netflix）版热度正盛有一定关系。在所有书评中，有19处提及网飞（Netflix）版《三体》，该电视剧版再次提高了《三体》的知名度，部分读者表示正是电视剧版吸引他们阅读了《三体》小说版。同时有部分读者表示，《三体》小说使其对该电视剧更为期待，也可以发现读者对《三体》的关注热度并未消退。

图 3-2 《三体》海外版出版以来（2014—2022 年）样本中发帖、跟帖数量

第二节 《三体》海外读者概述

从 Goodreads 网站不仅可以获取海外读者对《三体》的书评或读后感等文本信息，也可以爬取海外读者的个人信息，主要包括年龄、性别、职业、国籍、网站注册时间、阅读等级等。读者的个人信息皆为自主填写，因此读者个人信息数据量有一定差异，但从整体而言，读者的姓名（用户名）、年龄、性别、职业、国别这几项个人基本信息相对较多。《三体》海外读者的国别、语言、性别与职业信息分布见表3-1。

表 3-1 《三体》海外读者的国别、语言、性别与职业信息分布

单位：人，分

国别	人数	评分	语言	人数	评分	性别	人数	评分	职业	人数	评分
美国	600	3.78	英语	1727	3.79	男	1114	3.85	文艺	73	4.02
西班牙	113	3.81	西班牙语	195	3.87	女	824	3.75	教育	18	4.00
英国	95	3.55	保加利亚语	42	4.70	其他	352	3.95	IT	13	4.07

续表

国别	人数	评分	语言	人数	评分	性别	人数	评分	职业	人数	评分
加拿大	86	3.79	德语	38	3.37				科研	12	4.09
德国	72	3.33	捷克语	24	3.83				制造业	6	
印度	49	4.16	意大利语	23	3.57				咨询/翻译	5	
澳大利亚	41	3.41	波兰语	21	3.76				公共服务	4	
罗马尼亚	35	4.17	立陶宛语	20	3.95				学生	3	
保加利亚	34	4.76	俄语	19	3.56				自媒体	2	
意大利	28	3.54	希腊语	18	4.17				医疗服务	2	
波兰	27	3.74	罗马尼亚语	17	4.12				商业	2	
立陶宛	26	4.00	越南语	16	4.06				军人	1	
荷兰	23	3.78	葡萄牙语	13	4.00				建筑业	1	
捷克	23	3.87	法语	12	3.45				其他	2127	
墨西哥	21	4.19	土耳其语	12	4.58						
其他	996	3.98	其他	95	4.22						

一 读者国别

在2269位发布评论的读者中,有1273位读者标明了自己的国籍,他们分别来自83个国家和地区,其中34个欧洲国家,26个亚洲国家和地区,15个美洲国家,6个非洲国家以及2个大洋洲国家。读者人数最多的15个国家依次为美国(600)、西班牙(113)、英国(95)、加拿大(86)、德国(72)、印度(49)、澳大利亚(41)、罗马尼亚(35)、保加利亚(34)、意大利(28)、波兰(27)、立陶宛(26)、荷兰(23)、捷克(23)与墨西哥(21)。从地域分布来看,对《三体》进行评论的读者主要来自欧美国家,其中美国、西班牙与英国位居前列。这从侧面反映出《三体》作为科幻小说在国际上的影响比较广泛。将评分人数排名前15的读者国别与这些读者给《三体》的星级评分进行交互对比,结果表明《三体》在南欧国家评价甚高,例如,保加利亚读者给出4.76的高分,罗马尼亚的读者给出4.17分。同时,北美的三个国家的读者评分相对较高,这表明不同地域的国家对《三体》的喜爱程度有所差异。在科幻文学发展缓慢的国家中,《三体》的巨大成功激发了读者对于自己国家本土科幻文学的期待和憧憬。如例1所示，这位来自印度的读者认为刘慈欣用母语书写了构思宏大的科幻小说，十分了不起，也对印度的科幻文学寄予希望。

例1：Peri_peter（五星评价）：The most impressive part of the book to me is the author's ability to render this story of such a grand scale filled with multi disciplinary scientific explanations in his native language. It truly makes me hopeful that someday we can expect a similar Indian native language Sci-Fi/Fantasy novel.（这本书给我留下的最深刻印象是作者用他的母语将这个故事描绘得如此宏大，充满了如此多的学科的科学解释。这真的让我充满希望，有一天我们可以期待类似的印度本土科幻/奇幻小说。）

二 读者发帖语言

2269位读者使用了42种语言撰写书评。其中使用人数最多的前15种语言分别为英语（1727）、西班牙语（195）、保加利亚语（42）、德语（38）、捷克语（24）、意大利语（23）、波兰语（21）、立陶宛语（20）、俄语（19）、希腊语（18）、罗马尼亚语（17）、越南语（16）、葡萄牙语（13）、法语（12）以及土耳其语（12）。以上数据充分体现了《三体》在国际社会中的广泛传播。英语人数占比最高，这与英语作为国际通用语言的地位相匹配。欧洲国家语言占比居前，与欧洲读者在样本中的比重一致。与读者国别前15位进行对比，读者使用语言前15种有些许不同，除去欧洲语言，越南语、土耳其语位列其中，说明《三体》在亚洲国家中也有一定的影响力。将使用人数最多语言的前15位读者国别与这些读者给《三体》的星级评分进行交互对比，结果与评分人数前15的读者国别基本一致。西欧国家语言如德语、法语使用者评分略低，南欧语言如保加利亚语、立陶宛语、希腊语与罗马尼亚语使用者评分较高。

此外，结合相应语种版本的出版时间进行进一步分析。保加利亚文版本的《三体》于2020年5月8日出版，除了1位保加利亚读者的书评发布于2017年，保加利亚读者的书评均发布于2020年之后。越南文版本的《三体》出版于2016年，越南读者的书评均在2017年之后。希腊文版本出版于2016年，希腊读者的书评皆发布于2017年之后。立陶宛文版本出版于2020年，在26位读者中，有5位读者的书评发布于2020年之前且使用语言为英语，其余读者的书评发布时间均在2020年及以后。印度尼西亚文版本出版于2019年，在6位国籍标注为印度尼西亚的读者中，有5位读者的书评撰写语言为英语且都发布于2019年之前，仅有1位读者的书评使用语言为印度尼西亚语，且发布时间在印度尼西亚文版本发布之后。罗马尼亚文版本出版于2017年，相继推出了两个版本的书本封面，可见《三体》在罗马尼亚的受欢迎程度之高。在35位国籍标注为罗马尼亚的读者中，有20位读者发布书评使用的语言为英语，同时有10位读者的书评发布时间早于罗马尼亚文版本出版时间。但也有13位读者书评发布时间为2017年及以后，且书评使用语言为罗马尼亚语。由此可以发现，不同语种版本的相继推出推动了《三体》在各国的传播，但影响程度不一。在部分国家中，相应语种译本的推出几乎起到决定性作用，例如，保加利亚、越南、希腊；而在某些国家，相应语种译本的推出引发的传播效果相对较小，但对《三体》的海外传播起到不可忽视的作用。综上所述，《三体》在海外所产生的初期影响大多依靠英译本，随着本土化的深入，读者结构和评价语言也在发生变化，逐步实现了从英语国家向非英语国家的本土化传播。

三 读者性别

1938位读者标明了自己的性别，其中男性为1114人，占比约57%，女性为824人，占比约43%。可以发现，《三体》在海外读者中吸引了较多的男性读者，但女性读者也占据了相当的比例。数据表明《三体》在海外传播过程中并没有明显的性别偏向。将读者性别和读者给《三体》的星级评分进行交互对比后可发现在给出五星好评的读者中，女性读者仅占37%，而在给出一星评价的读者中，女性读者则达到55%，略超过男性读者的人数。由此得出，相对于男性读者，女性读者对《三体》的赞同程度要低一些。对一星评价进行分析后，可以发现读者主要认为《三体》人物性格塑造不鲜明、情节生硬无聊以及科学理论过多，不同性别的读者对此看法一致，并没有明显的偏差（详见例2、例3）。例2读者认为《三体》更像故事的大纲，主体部分只是故事背景和科学信息。例3读者则认为《三体》过度聚焦于科学理论。两位读者更多关注人物和情节层面，较少关注科学理论本身，说明他们更关注小说的感性阅读体验。不同性别的低分读者对《三体》评价一致，说明其批评点不受性别影响，而是出于对小说的共同期待。

例 2：GridGirl（女，一星评价）：The characters were exchangeable and had no personality and I will probably not remember any of them a month from now…The dialogues were just there to transfer information from one random character to another random character.（很多角色没有个性，可以互相调换，一个月后我可能记不得他们中的任何一位……对话只是将信息由一个随机角色传递给另一个随机角色。）

例 3：Jake Goretzki（男，一星评价）：Whole paragraphs and pages were dedicated to tedious textbook science-perhaps terrifically exciting if your thing is telescopes sans human interest.（整段整页的篇幅都用在枯燥乏味的技术科学上——如果你喜欢没有人情味的望远镜，这本书可能会令人兴奋。）

四 读者职业

有 142 位读者标注了职业，他们分别来自 13 个行业。从业人员数量最多的前 5 个行业分别为文艺（73）、教育（18）、IT（13）、科研（12）以及制造业（6）。来自文艺行业的读者中有 58 位读者从事写作或撰稿工作，占比达 79%，其中不乏 2 位科幻作家，这些读者打出星级评分均分为 4.02 分，由此可以发现《三体》吸引了一批文艺工作者，同时在同行中的认可度颇高。Goodreads 网站认证的科幻作家 David Brin 留下的书评如下。

例 4：David Brin（五星评价）：*The Three-Body Problem* is part one of an award-winning trilogy by Liu Cixin—and is arguably the best Chinese science fiction novel ever translated into English.（《三体》是刘慈欣斩获大奖的三部曲的第一部，可以称为迄今为止最好的英译中国科幻小说。）

IT 行业从业者的平均评分为 4.07 分，科研人员的平均评分为 4.09 分，他们是《三体》的主要受众，这与《三体》的科幻属性相匹配，其平均评分之高也可体现《三体》的科幻表述及逻辑的严谨性，符合技术与科研人员的期待。以下评价充分体现了《三体》中科学理论部分的严谨深奥，而情节则相对易于理解。IT 行业从业者 Michael Finocchiaro 的书评如下。

例 5：Michael Finocchiaro（五星评价）：As for the action and plot, it is easy to read although I got a little lost in the pure science aspects once or twice (despite being an engineer and having dabbled in quantum mechanics years ago).（就情节而言，虽然有一两次我也在纯科学理论部分迷失，尽管我是一位工程师，多年前还涉猎过量子力学，但这部书读来比较容易。）

五　读者年龄

就年龄而言，有 785 位读者标明了自己的年龄，其中 18 岁以下的读者仅有 1 位，18—35 岁有 323 人，占比为 41%；35—55 岁有 298 人，占比为 38%，55 岁以上有 164 人，占比为 21%。将读者年龄段与和读者给《三体》的星级评分进行交互对比，发现 18—35 岁年龄段读者打分最高，为 4.11 分，而年龄为 18—25 岁的读者的平均评分高达 4.2 分。46—55 岁读者评分最低，为 3.69 分（因 18 岁以下读者仅为 1 人，数据可能不够客观，故不在此分析）。综上分析，青中年读者（18—35 岁）对于《三体》关注度较高，且更为青睐。《三体》在中年读者（35—55 岁）中影响力较大。

就读者发帖文字数量而言，字数越多，发布相应字数的读者数量则越少。其中 200 个单词以下的评论最多，有 1464 位读者，占比为 64.5%；2000 个单词以上的评论最少，仅有 4 条，占比为 0.17%。其中评价文字数量最多的评论有 3112 个单词，为罗马尼亚语，其余 3 条 2000 个单词以上的长评则对这部小说的情节进行了梳理，或者提出自己的疑惑，或者引用了相关报道。大多数读者选择发布 200 个单词以下的短评，体现了网络读者快速表达观点的特点，但仍有将近 35% 的读者愿意较为深入、专业化地表达自己的观点。千词长评占比 7.5%，由此可见《三体》内容丰富、叙事张力较大，使得读者可以展开多维而深入的讨论（见表 3-2）。

表 3-2　读者年龄和评分，及发帖文字数量、获赞数量及跟帖数量统计

年龄			发帖文字数量		发帖获赞数量		发帖跟帖数量	
年龄（岁）	人数（人）	评分（分）	发帖文字数量（个）	人数（人）	发帖获赞数量（个）	人数（人）	发帖跟帖数量（条）	人数（人）
18—35	323	4.11	1—200	1464	1—5	1677	0	1690
35—55	298	3.91	201—500	593	6—20	472	1—5	502

续表

年龄			发帖文字数量		发帖获赞数量		发帖跟帖数量	
年龄（岁）	人数（人）	评分（分）	发帖文字数量（个）	人数（人）	发帖获赞数量（个）	人数（人）	发帖跟帖数量（条）	人数（人）
≥55	164	3.78	501—1000	171	21—50	94	6—20	79
其他	1484	3.80	1001—2000	37	51—150	32	21—50	15
			>2000	4	>150	15	>50	4

六 读者的发帖与跟帖数据分析

就读者发帖的获赞数量而言，获赞数量最少为 1 个，最多则达到 1225 个。获赞量最多的高分评价为五星评价，获赞数量为 935 个；获赞最多的低分评价为两星评价，获赞数量为 1225 个，说明这两条评价都引起了很多读者的强烈认同。绝大多数的评价的获赞数量为 5 个及以下，占比为 73%。整体数据说明，两极化评价往往更易引起公众关注和互动。就读者发帖的跟帖数量而言，跟帖数量最少为 0，即约 74% 的评论没有收到其他读者的文字互动，这与网络评论的快速简略性相符。跟帖最多的高分评价为五星评价，点赞数量为 809 个，跟帖数量为 229 条。跟帖最多的低分评价为两星评价，该评价与获赞数量最多的评价为同一条评价，跟帖量达 139 条。

发布跟帖数量最多的高分评价的读者 Yun 为《三体》给出"年度最爱科幻小说"评价。通过她的主页，可以发现该用户为美籍华裔，她是一位读书博主，在 Goodreads 平台拥有超过 22000 位粉丝。该条评论多达 530 个单词，从故事概念、叙事节奏、科学理念、历史背景以及翻译的角度表达了自己对这部书的高度欣赏。Yun 的评价跟帖纷纷表示对其书评的喜爱，以及对《三体》这部书的期待，期待能阅读这部书。获赞数量最多的高分评价的发布者同样为一位读书博主，在 Goodreads 平台拥有超过 60800 位粉丝。她同样给予《三体》很高的评价（详见例6）。获赞数量以及跟帖数量最多的低分评价长达 714 个单词，他认为《三体》是一部糟糕的作品，主要体现为文笔糟糕、构思拙劣、角色扁平、情节牵强。该书评的跟帖大多赞同该读者指出的缺点，即使部分读者喜欢《三体》这部小说也表示认同这些不足。由此可以发现，获赞数量高和跟帖数量高的书评具有一定的专业性，能够言之有物，可以激发其他读者的认同与共鸣，体现了发布者自身在该网站的"意见领袖"影响力。

例6：This is now one of my all time favorite sci-fi series. The concepts are brilliant and I fear that I'll never find anything this mind-blowing. （这是我最喜欢的科幻小说系列之一。故事概念非常出色，恐怕我再也找不到如此令人兴奋的书了。）

对以上《三体》在海外读者社区评论数据进行分析，可以得出以下结论：从数据集覆盖范围看，样本来源涵盖83个国家和地区的2269名读者，覆盖面广，包括全球不同大洲和地域，如亚洲、欧洲等，初步反映了《三体》已取得广泛的国际传播效果。意见领袖型评价样本规模达2269人，数据量大，具有真实性与代表性。从读者属性分布看，性别比例较为均衡，不同性别群体都有良好覆盖。各种国家和地域都有广泛覆盖，表明其受众群体多元性高。此外，读者主要集中在工作年龄群，说明《三体》对该年龄群体产生了较大影响力。各国和地区读者参与，体现出其跨文化受众特点。从内容参与度看，短评数量最多，但亦有一定数量的长评，说明读者参与讨论热度高并且交流质量有保障。从评价倾向看，五星好评居多，且不同属性读者对作品的总体认同程度高，这些因素共同打造出积极的传播效应。以上数据初步验证了《三体》在语言、文化等障碍面前实现了成功的国际传播，树立起良好的海外图书品牌形象。

第三节　海外读者对《三体》译文、译者及作者的评价

一　海外读者对译文的评价

因读者评价以英语为主，本节主要研究海外读者对《三体》英文版的评价。《三体》英译者为美国华裔科幻作家刘宇昆（Ken Liu），刘宇昆在西方科幻界有一定的声誉，是雨果奖和星云奖的双奖获得者。刘宇昆在中国出生，之后移居美国，双语功底深厚。

将样本中所有英语评论搭建成语料库，并导入 AntConc 软件，使用

KWIC 功能，以"Translat＊"为关键词进行检索，设置检索长度为 10 个符号，共检索到 831 条结果。根据该词所在的左语境和右语境可以发现与该词同现的形容词与副词有 48 个，其中褒义词有 36 个，贬义词有 12 个。出现频次最高且句意为褒义的前 5 位褒义词为 well（38）、great（34）、good（25）、excellent（23）、interesting（18）（褒义词详见例 7）。出现频次最高且句意为贬义的前 5 位贬义词为 awkward（9）、stilted（8）、poor（8）、bad（6）、stiff（6）（贬义词详见例 8）。高频褒义词和贬义词均为概括性的词语，读者往往用这些词语表达对译文质量的总体评价。褒义词出现总频次为 249 次，贬义词出现总频次为 56 次，褒义词出现总频次占比达 81.6%。动词出现频次较高的有 enjoy、appreciate、recommend 和 applaud 等，读者陶醉于译文中，而译文优美也成为读者推荐阅读《三体》的重要理由，可以发现读者投入程度高，倾注了自己的感情，他们对译文质量评价极高。总体而言，读者对翻译质量较为满意，正面评价远多于负面评价。

除去高频的形容词之外，低频的形容词也可以帮助我们了解译文在读者心中的印象。例如，通过 readable（6）与 comprehensible（1）等低频形容词可以发现译文之简单易懂。部分读者认为《三体》原作中有大量的中国文化元素，非母语读者读起来存在困难，但刘宇昆的译文简单易懂，巧妙地平衡了深层文化背景和语言表达，提升了读者的阅读体验。artistically（1）、lyrical（1）与 graceful（1）也有提及，可以发现译文的艺术性也得到了读者的认可，诗意浪漫的译文俘获了读者的心（详见例 9）。低频形容词往往更精准、更细节、更具体，反映读者的细微感受，全面完整地反映出刘宇昆译文的特点，在流畅性、艺术性与传神性等层面赢得了读者认可。

例 7：Harvey（四星评价）：Ken Liu have done a great job on the translation work.（刘宇昆翻译得很棒。）

例 8：E-Lynn（三星评价）：The translation is awkward and stilted.（译文尴尬且不自然。）

例 9：Anurag Panda（四星评价）：I have to say that the translation is artistically done and manages to maintain the originality of the author.（我必须承认，译文具有艺术性，并努力保留了作者的原创性。）

同时，与"Translat＊"同现的最高频的名词为 lost（38），有部分读者认为在翻译过程中，译文可能丢失了信息或文学性，从而失去了神韵。从读者评论中可以发现，读者认为自己不喜欢作品的语言风格时，他们倾向于讨论在翻译过程中出现原作风格折损的可能性（详见例10）。也有一部分读者提到了翻译的不可译性，客观地认识到在汉译英过程中，由于文化和意识形态的差异，原作表达和内容不可避免地有所损失（详见例11）。两个例子充分表现了读者认为两种语言的差异会造成原作内容在翻译中有折损，客观地认识到译入作品的局限性。也有读者认为译者在努力弥补折损，反而使译文风格僵化而成为出版行业商业推动下的产物（详见例12）。综合以上读者的评价，尽管译文满意度高，部分读者或多或少地察觉到原作与译文在感受表现上的差异，但读者整体态度较为客观和包容，并没有使用过于负面的词汇。

例10：Aditi Jaiswal（四星评价）：I was put off by its mediocre writing but since the second part seems slightly promising, so I think the literary essence was lost in translation but it rightly deserves the accolades.（我不喜欢这部小说平庸的写作风格，但小说的后半部分似乎还好，所以我认为译文中丢失了文学精髓，但仍应得到赞誉。）

例11：Ric（五星评价）：Translated from the Chinese, this English version may have lost some of the lyricism that the story seemed to invoke. But that is always a slippery slope. Sometimes there are simply no fitting equivalents between two languages, much less two cultural views.（这本书从汉语翻译过来，英语译本可能失去了原作故事似乎想要达到的抒情效果。但这一小问题可能会带来更多的问题。有时候，两种语言之间根本没有对等的词汇，更不用说两种文化观点之间了。）

例12：Stijin De Smet（四星评价）：I did feel that the English translation left out certain nuances that perhaps are more obvious in the original Chinese language. Apparently the translator wanted to hint at the lost nuances of the original language, yet in my opinion this resulted in an almost businesslike description of certain scenes.（我确实认为英语译文遗漏了一些细微之处，而这些细微差别在汉语语境中可能更突出。显然，译者想要凸显源语中丢失的细微之

处,然而,我认为这反而使某些场景的描写变得商业化。)

二 《三体》海外读者对译者的评价

(一)对译者的总体评价

将样本中的所有英语评论搭建成语料库并导入 AntConc 软件,在 AntConc 上以"Ken Liu"为关键词进行检索,可检索到 163 条结果,同现的形容词均为褒义词,与"Translat*"同现褒义词重合度高,例如 excellent(13)、great(9)、good(6)与 fantastic(6)(褒义词详见例 13)。例 13 中的读者将刘宇昆的译文与"地球往事"三部曲的第二部《黑暗森林》进行比较,读者更偏向于刘宇昆的译文,认为该译文既可以适应西方读者的阅读习惯,又能最大限度地展现原作的原味。由此可见,刘宇昆的译文更能俘获读者的心。

例 13:Meghan(五星评价):Unfortunately a different guy did the second book which is a bummer because I thought Ken Liu did a fantastic job balancing the western reading sensibilities while remaining true to the Chinese "flavor" writing style. (不幸的是,小说的第二部由其他人翻译,这令人泄气。因为我认识在平衡西方读者敏感性和保留中国"风味"的写作风格方面,刘宇昆做得非常好。)

刘宇昆本人科幻作家的身份也影响了读者的评价,读者使用"award-winning"与"talented"来形容刘宇昆,其个人光环使读者对翻译质量形成了正面期待。可见,刘宇昆自身与科幻相关的专业背景会影响翻译质量和读者期待。

(二)对译者主体性评价

从译者主体性进行分析,译文质量既会受到译者文化背景及其双语功底的影响,也会受到意识形态、文化因素、译者素养和出版社的制约。[①] 刘宇昆在翻译过程中对于原文的构建既影响了读者对译文的评价,也影响了读者对译者本人的评价。

[①] 崔向前:《从译者主体性角度分析〈三体〉系列〈三体〉、〈黑暗森林〉英译本》,硕士学位论文,北京外国语大学,2016,第 38 页。

译者伦理在读者的评论中被多次提及。文学作品往往根植于历史与文化，"生活在同一社会文化环境中的成员都具有关于这一社会文化的共同的知识，因此在交际中，根据语用的经济原则，除非有特殊的目的，他们在运用概念时，一般都不会将有关图示中的所有信息全部输出，而往往只是根据交际的需要，择重点或典型而用"①，这样就形成了文化缺省。作品在外译的过程中，目的语作者因不了解这些背景知识，在阅读过程中无法深入地了解作者的写作意图和作品内容，因此译者需要补充隐去的背景知识。刘宇昆在翻译《三体》时通过添加注释的方式来解决这一问题，刘宇昆在书中增添脚注，他是出于服务目的语读者的伦理，即服务伦理。译者作为原文作者与目的语读者之间的桥梁，有义务通过各种方式帮助目的语读者深入理解原文作品内容。从服务伦理上，刘宇昆满足了读者的期待。在整体评价中，将样本中的所有英语评论搭建成语料库导入 AntConc 软件，在 AntConc 上以"footnotes"为检索词，可检索到 73 条结果，与其同现的词语包括 help、appreciate、grateful、explain、inform 等，可以发现读者认为译者添加的注释对于其理解文章背景以及中国文化有很大的帮助，对于注释有效弥补文化差异表示肯定与认可（详见例 14）。

例 14：Griff（五星评价）：Knowing more about Chinese history and literature definitely added to my enjoyment, but the excellent translation by Ken Liu provides more than enough background context if you don't. （能够更了解中国历史和文学无疑增加了我阅读的乐趣。如果你对这些知识知之甚少，译者刘宇昆的绝妙译文能够提供足够的背景知识。）

但同时，有一位读者对译者添加注释表达了不满。该读者认为添加在章节末尾的注释打乱了故事的叙事节奏，在读下一章前停下来阅读本章的注释，可能会消耗读者的读书欲望（详见例 15）。综合评价后我们可以发现，读者普遍对通过增加注释的方式来补充文化背景信息表示认可赞赏，这对中国文学"走出去"的翻译策略具有重要参照性。但需要注意的是，注释放置的位置会影响读者的阅读体验，需要仔细斟酌。

---

① 王东风：《文化缺省与翻译中的连贯重构》，《外国语（上海外国语大学学报）》1997 年第 6 期。

例 15：The Book Smugglers（五星评价）：Finally, there is the question of the added translator's notes at end of each chapter rather than as footnotes or at the end of the novel. This might sound incredibly nit-picking but the placement of those notes at the end of each chapter was intrusive as it broke the flow of the story as one has to stop and read them…（最后，译者选择在每章末尾添加注释，而不是添加脚注或者在整部小说最后添加注释，造成了一些问题。这一点可能比较吹毛求疵，但每章结尾的注释是具有侵入性的，因为这些注释打乱了故事的节奏，读者不得不停下来阅读注释……）

（三）对译者翻译理念的评价

刘宇昆翻译理念也被反复提及和讨论，刘宇昆在英译版后记中对翻译的理解如下。

The best translations into English do not, in fact, read as if they were originally written in English. The English words are arranged in such a way that the reader sees a glimpse of another culture's patterns of thinking, hears an echo of another language's rhythms and cadences, and feels a tremor of another people's gestures and movements.（事实上，最好的英译本读起来并不像是直接用英语写就的。英语单词需要合理排列，使读者可以瞥见另一种文化的思维模式，听到另一种语言的韵律和节奏的回响；在异国人的姿态和动作中，感受到一阵震颤。）

这一评价从侧面体现了刘宇昆对忠实源语的推崇，甚至会愿意牺牲译文的流畅性。在所有的英语评价中，有 11 位读者围绕刘宇昆的翻译理念发表了自己的看法，其中有 9 位读者完全认同刘宇昆的翻译理念，并且认为刘宇昆的译文达到了其所述的要求，也符合自己对译文的设想。部分读者欣赏译文的语言风格，认为译文风格更类似于散文，句子有节奏感且真实，偶有词汇穿插，虽不够连贯但风格迥异，引人入胜。还有一位读者则从文化多样性的角度表达对刘宇昆译文的喜爱。在例 16 中，读者高度赞赏了刘宇昆的译文，认为用汉语写的小说在被翻译成英语后，也必然会有汉语特有的语言习惯。

然而，不认同刘宇昆翻译理念的读者则认为，译文保留了一定的异国情调，但是保留原作语言特色的做法在译文的某些地方不适用，反而影响了阅读体验，影响了读者对原作的观感（详见例17），但读者同样理解翻译工作的难度，认为翻译是极其困难、不受重视的工作，充满了痛苦的两难抉择，同时表达了对刘宇昆翻译哲学的欣赏。综合以上观点可以发现，大多数读者认同和支持刘宇昆"保留原意"的翻译理念。他的译文成功传达了原作的语言风格和思维模式，推动了文学交流。个别读者认为，在某些细节如对话表达上过于忠实的翻译可能损害流畅性和阅读体验，值得审慎考虑。

例16：saïd（两星评价）：...and a "nativised" English translation completely strips the novel of these culturally specific details...This, to me, reveals a cultural supremacy and failure to challenge established viewpoints. How diverse is your bookshelf really if all your translated novels read like modern American writings? Reading this novel reminded me of this translation debate.（……而"本土化"的英语翻译则完全剥夺了小说中中国文化特有的细节……对我来说，这揭示了一种文化至上主义以及对既定观点的挑战失败。如果你所有的翻译小说读起来都像现代美国作品，那么你的书架上有多少种类的书呢？读这本小说使我想起了有关翻译的争论。）

例17：prcardi（三星评价）：There were other times, however, when the culture did not come through and instead it read like a poorly written book. This was particularly true of dialogue. The structure of conversations and the substance was often awkward, not bringing to mind an alternative pattern of thinking or of another language's rhythms and cadences but of a writer without command of the English language.（然而，也有部分译文并没有使读者感受到另一种文化，反而读起来像是一本写得很差的书。对话尤其如此，对话的结构和内容往往是笨拙的，让人联想起的不是另一种思维模式或另一种语言的韵律和节奏，而是一个英语水平很低的作家。）

根据以上信息综合评价和同现词词频统计可以发现，大多数读者对翻译的赞誉多于批评，体现了读者对翻译的高满意度。读者普遍认可刘宇昆通过注释补充文化背景信息的做法。刘宇昆的自身专业背景使其获得了读者的信任，其翻译理念得到广泛认同与赞赏。总体表明，刘宇昆的翻译作品在忠实传神与理解原作间达到平衡，其翻译水平得到了读者的认可。

三 《三体》海外读者对刘慈欣的评价

（一）总体评价

《三体》是刘慈欣在海外知名度最高的作品，也是在 Goodreads 网站上获评数量最多的一部作品。将样本中的所有英语评论搭建成语料库，导入 AntConc 软件，分别把 author、Cixin 和 writer 作为关键词进行检索，检索长度设置为 10 个符号，分别检索到 612 条、452 条及 74 条结果。根据这些词语所在的左语境和右语境，发现与它们同现的形容词与副词有 49 个，其中褒义词有 44 个，中性词有 4 个，贬义词有 1 个。出现频次最高且句意为褒义的前 5 位褒义词为 amazing（15）、good（14）、popular（12）、imaginative（12）以及 beautiful（12）（褒义词详见例 18），例 18 中的读者认为刘慈欣能将复杂的科学原理描写得简单易懂，实在惊人。同现的中性词为 Chinese（45）、sci-fi（10）、Asian（2）以及 non-European（1）（中性词详见例 19），该读者用"Chinese"来指代刘慈欣的国籍身份。同现的贬义词为 horrible（1）（贬义词详见例 20），例 20 中的读者认为阅读《三体》是一种折磨，因此对刘慈欣评价极为负面。高频褒义词大多为概括词汇，但 imaginative 频次很高，表明读者对刘慈欣想象力较为认可。中性词皆是对刘慈欣种族身份和职业的描述，可以发现刘慈欣作为"中国科幻小说家"的这一凸显民族的身份是吸引读者阅读《三体》的重要因素。

例 18：Chris（五星评价）：So many of the concepts were about ideas that I was totally unfamiliar with, however the author does an amazing job making highly complex scientific and computation problems seemingly understandable.（书中的很多概念我完全不熟悉，作者却让高度复杂的科学和计算问题易于理解，太惊人了。）

例 19：Tadiana（四星评价）：This Hugo Award winning SF novel by Chinese author Liu Cixin is delightfully intelligent and complex, and I really appreciated the authentic Chinese characters in the story and the insights into China's history and culture.（雨果奖得主中国作家刘慈欣的这部科幻小说富有智慧，复杂高深，令人愉悦。我非常欣赏故事中真实的中国人物以及该书对中国历史和文化的洞察。）

第三章 《三体》的海外译介与传播效果

例 20：GridGirl（一星评价）：This book literally felt like torture and I wouldn't have finished it, hadn't I read this for a challenge. The author is just a really horrible writer in my opinion.（读这本书简直是折磨，如果我没有将读完它作为一个挑战的话，我是不会读完的。在我看来，作者是一个很糟糕的作家。）

在非概括性形容词中，fascinating（12）、intriguing（4）以及 captivating（1）等形容词被读者反复提及。这些词语含义接近，均有"吸引人的、引人入胜的"意思。如例 21 中的读者认为，《三体》的故事情节引人入胜。与高频形容词 imaginative 意思相近的形容词 unique（9）与 creative（5）也可在读者的书评中找到，读者整体赞赏刘慈欣的读者视角。在例 22 中，读者认为刘慈欣能够将人类与外星生命接触这一经典的科幻命题讲述得极具个人特色，非常有创造力。读者认为刘慈欣将科幻元素融入现实，既有创造力，也能让读者沉浸其中。masterful/ly（5）这一词语往往与具象特征相连，例如在例 23 中，读者称赞刘慈欣在"硬科幻文学"方面技巧高超，科学以及技术阐释是"硬科幻文学"的核心，充分认可其科学素养与写作能力。整体而言，读者认为刘慈欣笔下的《三体》引人入胜、极具创造力，刘慈欣作为科幻作家的知识修养和写作天赋令人叹服。

例 21：Connor（四星评价）：This book is crazy amazing in its scope and ideas. Liu Cixin really wove an interesting story that was both compelling and made me really think about awful periods in Earth's history.（这本书的视野之广和思想深度都令人惊叹。刘慈欣真的写就了一个有趣的故事，引人入胜，又让我真正思考了世界历史的可怕时期。）

例 22：Jim（四星评价）：Finally, the book was a very interesting story about human-alien contact, one of my favorite themes in SF and, of course, one that has been done over and over. But I think the author, Cixin Liu, had a unique take on that theme.（最后，这本书是一个非常有趣的故事，主要围绕人类与外星生命接触展开，这是我最喜欢的科幻主题之一。当然这个主题的故事被讲述了一遍又一遍，但我认为作者刘慈欣对这个主题有独特的见解。）

例 23：Ilia Temelkov（五星评价）：Liu Cixin masterfully gave me full-on hard sci-fi literature full of scientific concepts on quantum physics, celestial mechanics, artificial intelligence and so on. It meant there was a lot of technical exposition that often outshined any character development and made my brain buzz. (刘慈欣在硬科幻文学方面真是技艺精湛,这部书中充满了量子物理、天体力学、人工智能等科学概念。这意味着书中有大量的技术阐释,这些比任何角色的发展都要耀眼,让我的大脑兴奋不已。)

(二)海外读者基于文本对刘慈欣的评价

与 author、Cixin 和 writer 同现的名词较多,与小说内容相关的有 character(68)、idea(60)、imagination(40)、plot(28)以及 description(9);与小说风格相关的有 style(18);与刘慈欣作者素养相关的有 knowledge(11)、ability(13)、research(8)与 creativity(2);与刘慈欣创作意图与思想相关的有 perspective(11)、intention(10)、vision(9)、scope(8)、thought(7)与 exploration(5);与刘慈欣的作者后记与注释相关的有 note(35)、postscript(23)与 footnote(3)。

1. 基于小说文本的评价

就小说文本而言,"imagination"被读者提及多达 30 次,在英语评论语料库中,在 AntConc 中用 KWIC 功能以"imagination"作为关键词检索,可检索到 78 条结果。大部分读者被《三体》中所展现的想象力震撼。部分读者认为刘慈欣的想象力极具东方色彩,与西方作家不同。例如,例 24 中的读者强调了刘慈欣的想象力与西方作家的部分差异源于中国近现代历史经历。通过深入分析评论,我们可以发现读者对于作者想象力的高度赞赏往往来源于书中的一些概念。读者认为刘慈欣利用真实的科学概念与虚构设想的有机结合,在小说中营造独特的科幻世界。这些读者肯定了刘慈欣在科学知识掌握与科幻艺术结合方面的才华。当然,也有极少部分的读者认为刘慈欣缺乏想象力,例 25 的发布者认为刘慈欣塑造的三体人在行为、声音、年龄、时代、社会结构和科技上都与人类高度相似,这种塑造缺乏想象力和细致性,致使读者只能将三体人想象成另一种人类,不符合读者个人的期待。综上,刘慈欣突出的想象力是读者认可和赞赏他的主要原因之一,这也成为他作为杰出科幻作家的重要特征。少量批评仅针对个别细节,无法抵消读者对其想象力整体赞赏的态度。

例 24:Frank Stein(四星评价):…it lights a million little sparks in your head about weird or impossible ideas and scenarios. It also, in this case, introduces the reader to the imagination of a current Chinese author, and shows how it still differs from the Western world's, most importantly, through the real memory of apocalyptic radicalism. (……它会在你的脑海中点燃无数小火花，充斥着奇怪、绝无可能的想法。除此之外，它还向读者展示了一个当代中国作家的想象力，并展示了中国作家与西方世界作家的不同之处。最重要的是，这些不同是通过历史动乱的激进主义保留的真实记忆所展现的。)

例 25：Jamie（两星评价）：I also was pretty disappointed with the "alien" Trisolarians. It felt like the author lacked a lot of imagination when creating this new alien species because aside from the dehydration process, they acted and sounded like humans. Their ages were the exact same name as human eras/revolutions, their social structure was very similar, their technology was the same, etc. (我对"外星"三体人也很失望。感觉作者在创造这个新的外星物种时非常缺乏想象力，因为除了脱水过程之外，它们的行为和声音都像人类。它们的年龄与人类的时代/革命完全相同，它们的社会结构也与人类社会非常相似，它们的科技也一致，等等。)

2. 基于小说环境描写的评价

读者对小说内容的其余讨论主要围绕小说的三要素——description、characterization、plot，即环境、人物与情节。就环境而言，"description"常与刘慈欣的名字同现，读者赞赏刘慈欣对环境描写细致入微，用细致生动的描述来塑造环境。读者同时表示，整部书最精彩的部分是那些幻想般的、超现实的、有时甚至是可怕的场景。如例 26 中的读者认为荒芜的风景与末日科幻世界的重叠，令人着迷。

例 26：Heidi The Reader（三星评价）：particularly liked Liu Cixin's descriptions of the landscapes contained in the video game of the story. The desolate vistas and civilization-ending weather were fascinating to explore. The idea that there was a world where the law of physics didn't apply was also mind-bending. (特别喜欢刘慈欣在游戏故事中对风景的描写。荒凉的景色与足以毁灭文明的天气令人着迷。一个物理定律都不适用的世界存在的想法也令人难以想象。)

3. 基于小说人物刻画的评价

在人物塑造上，读者的评价相对统一，普遍认为《三体》中没有深入的人物发展，各个人物个性不鲜明，刘慈欣对人物之间的关系与心理变化过程并没有仔细揣摩，也不曾完整地呈现。读者认为《三体》中出现的很多人物只为了驱动情节发展和解释世界观，书中缺乏对这些人物的内部情感描述。如例 27，读者认为《三体》犯了硬科幻文学的通病，即人物的存在只是为了向读者展现故事的发展，并且只聚焦于科学幻想。部分人物的存在只是为了装点门面、丰富故事框架，完全按照作者的想法为所欲为，而没有任何丰富的内涵。但也有部分读者提出《三体》中仍有令人印象深刻的角色，如叶文洁和大史。例 28 指出，刘慈欣娴熟地用鲜明的人物和历史事件作为背景编织故事。叶文洁是一个极具个性的角色，她的性格转变和价值观的转变影响了人类历史的走向，是小说中的重要角色。也有读者表达了自己对大史这一角色的喜爱，读者表示大史看似粗鲁简单实则聪明机智，这种擅长跳出思维定式的人物形象给自己留下深刻印象。大史聚焦于解决问题，而非怨天尤人，从经验而不是知识中获取智慧。同时，读者感谢作者将大史塑造得如此生动形象、惹人喜欢。个别突出的人物形象就能让读者快速地了解小说的背景以及作者的意图。读者认为刘慈欣笔下的人物虽不具有鲜明的个人特点，却快速描绘了中国社会各阶层，使小说具有社会政治的特殊性，具有现实的质感。科学家被塑造成过去典型的知识分子形象：谨慎，胆怯，只寻求保护自己。另一种角色则是典型的"政治干部"：对政治有着极其敏锐的感觉，看重意识形态。从读者评价中可以发现，刘慈欣在人物塑造方面比较薄弱，但仍有个别人物获得了部分读者的喜爱，同时整体反映了小说时代背景下中国社会各阶层的表现。

例 27：Terran（三星评价）：None of them has any emotional presence, and few have any real agency…It feels strongly that the author doesn't really care about human relationships and doesn't give much thought to them…characters reacting like chess pieces, moved to further the plot, rather than as well-developed people with emotions and personalities and goals. （他们都没有任何情感，少有角色具有实感……可以强烈地感觉到，作者并不真正关心人际关系，也没有对人际关系给予太多的思考……角色的反应就像棋子，随着情节的发

展而变化，人物不是有情感、个性和目标的成熟人物。）

例 28：Tom（五星评价）：However, anyone saying this book completely lacks memorable characters is clearly forgetting Ye Wenjie who is the real protagonist here, and who develops from a smart but naive scientist into a crazy nihilist and single handedly changes the course of human history multiple times. （然而，如果有人说这本书里完全没有令人难忘的人物，那他们显然是忘记了叶文洁。她从一位聪颖天真的科学家成长为一个疯狂的虚无主义者，并且多次改变了人类历史的进程，她才是这部书真正的主角。）

4. 基于小说情节的评价

读者对于情节的评价更为正面、积极。读者赞赏《三体》情节丰满，创意十足，同时蕴含哲理。如例 29，该读者认为刘慈欣有清晰的宏观构思，并不断努力实现设想。在情节上融入很多富有哲学深意的对话，以科技为主题，探索存在主义，引人深思。《三体》结合哲学思考围绕创伤、科技发展等主题展开深入讨论，部分情节引发读者想象赞叹，部分情节则会引导读者深入思考。

例 29：Dylan（四星评价）：It's not for pure spectacle but in service of the author exploring certain themes. Themes Trauma, Scientific Discovery, Technology and The Cyclical Nature of History, are some of the central themes（alongside others）.（这不是为了纯粹的盛大浮夸，而是为了探索某些主题，比如创伤、科学发现、技术和历史的周期性。）

5. 基于小说风格的评价

与小说风格相关的有"style"。就小说的写作风格而言，读者的评价则褒贬不一，总体而言较为积极。读者认为刘慈欣整体的写作风格是叙述描述的，平实直接，例如读者较常使用 descriptive（叙述的）、expository（说明的，阐述的）、monotone（单调的）和 direct（直接）等词语形容《三体》的写作风格。也有读者不能接受这种风格，认为其相对乏味无趣。同时读者认为刘慈欣的写作风格与西方作家存在明显的区别，对此大多数读者感到新奇满意，如例 30。但也有少部分读者认为难以接受，如例 31 中的读者指出《三体》的叙述角度以及叙述方式不断切换，叙事角度的变化致使文章风格不连贯，但同时表示这些瑕疵无法掩盖《三体》是一部优秀科幻作品的事实。总体而言,读者对刘慈欣小说写作风格褒贬不一,但整体是正面的,既认可其特质,也提出可以改进之处。这代表读者对其创作态度的包容与建设性期待,为刘慈欣探索个性笔风的创作留下空间。

例30:Kat(四星评价):I'm excited to see more science-fiction and fantasy come out of Asia, it can only be a good thing to challenge Western narrative structures and read different styles of writing. More please!(我很高兴看到更多的来自亚洲的科幻小说和奇幻小说来挑战西方的叙事结构,阅读不同的写作风格是一件好事。这样的作品越多越好!)

例31:Nacho(四星评价):Most of the book is narrated following conventional third person narration, but some chapters are different. You have a full chapter that's just transcribed declassified documents that aren't even known to the main characters (it says it's declassified years after the events in the book), and serve just as exposition. You have full chapters structured as a monologue by one character. You have chapters that are just a transcript of an interview. It feels weird. [这本书的大部分章节采用传统的第三人称叙述视角,但有些章节是不同的。有完整的一章只是转录的仅为了补充说明的解密文件,甚至未交代清楚主要人物(章节中说这是书中事件发生多年后解密的)。有的章节只是人物的独白,有的章节只是采访的文字记录,总体感觉有些奇怪。]

综上,读者评价总体一致,对于情节与环境描写给予了高度肯定,作者在塑造人物和发展上有些力不从心。

(三) 海外读者对刘慈欣评价

1. 对刘慈欣文学素养的评价

与刘慈欣文学素养相关的词语有 ability、creativity、knowledge、expertise 与 research,本书对包含这些词语的书评进行深度分析。可以发现,读者总体认为刘慈欣擅长展现宏大的概念,将物理、数学等概念巧妙融入小说的叙事,完全抓住了读者的注意力。读者普遍惊叹于刘慈欣对于物理学等相关学科知识的掌握程度之高,认为刘慈欣对这些学科研究深入,展现了刘慈欣作为科幻作家的严谨与专业。如例32,该读者指出三体是轨道力学中一个深奥的问题,即如何预测引力场相交的三个物体的运动。而刘慈欣细致严谨地将这个问题解释得很明了。读者对于《三体》中刘慈欣的思想之广博表示赞赏。读者感知到刘慈欣独特的科学与哲学视角，这种视角不同于西方思维模式。同时读者欣赏刘慈欣对人性弱点与毁灭的深刻思考，如例33。总体而言，读者从不同角度肯定和赞赏刘慈欣作为科幻作家的才能和成就。

例32：Shivanshu Singh（四星评价）：The new technology and science behind it are well explained and researched, demonstrating the author's knowledge of particle physics, molecular biology, and computer science. （《三体》背后的新技术和科学得到了很好的解释和研究，展示了作者在粒子物理、分子生物学和计算机科学方面的知识。）

例33：Marta（四星评价）：An intriguing, unique perspective on science, philosophy, extraterrestrial intelligence, the fate of humanity, with a heavy dose of Chinese history and an alienated mindset that is quite different from Western way of thinking. Cixin Liu has deep thoughts on humanity's reactions as a whole, its divisions, its evils, its madness, and how that will lead to its destruction. His interest in the personal level of humanity… （对科学、哲学、外星智慧和人类命运的独特视角引人入胜，有着与西方思维方式截然不同的独特思维倾向，带有浓重的中国历史色彩。刘慈欣对人类作为一个整体的反映，人类的分裂，人性的邪恶与疯狂，以及人性如何导致毁灭有着深刻的思考……）

2. 对刘慈欣科幻视野的评价

与刘慈欣科幻小说世界观搭建相关的词语有 intention、perspective、exploration、thought、vision 与 scope，读者使用这些词语表达对刘慈欣构思设计的赞赏，显示出对其深层次创作意图的重视和理解。通过对书评进行深度分析发现，读者主要使用 enormous、epic、immense 与 sweeping 等词语修饰 vision 与 scope，表明读者对其视野和构想的高度赏识，认为刘慈欣展现了颇为广阔深邃的思考空间。perspective 既可指作者构建世界的视角，也包含读者依靠不同视角理解世界的重要性。读者高度评价刘慈欣在视野建构上的努力，如例34，读者注意到在《三体》世界里，政治、经济和科学等各个层面"你方唱罢我登场"，表明刘慈欣架构的这个世界的价值观和逻辑存在动态变化，读者需要不断调整和更新自己的视角，具有启发性和独到之处。

例 34：Carly（五星好评）：In the world that Cixin Liu creates, perspective is everything. Politics, economics, and science shift endlessly and unpredictably, and a great leap forward can too easily become a tumble. （在刘慈欣创造的世界里，视野就是一切。政治、经济和科学不停地切换，规律不可预测，一次飞跃很容易变成一场跌宕。）

3. 对刘慈欣创作动机的评价

读者在书评中提及了刘慈欣在英文版《三体》中所作的后记，"postscript" 被提及了将近 30 次。读者主要对 2 处观点展开了深入了讨论。刘慈欣的第一处观点如下。

Through the medium of science fiction, I seek only to create my own worlds using the power of imagination, and to make known the poetry of Nature in those worlds, to tell the romantic legends that have unfolded between Man and Universe. But I cannot escape and leave behind reality, just like I cannot leave behind my shadow. Reality brands each of us with its indelible mark. Every era puts invisible shackles upon those who have lived through it, and I can only dance in my chains. （通过科幻小说这一媒介，我只想用想象的力量创造我自己的世界，让人们了解这些世界中大自然的诗意，讲述在人与宇宙之间徐徐展开的浪漫传说。但是我不能逃避和离开现实，因为现实如影随形。每个时代都给经历过的人戴上了隐形的镣铐，我只能戴着镣铐跳舞。）

刘慈欣希望通过科幻创作理想地展现人与宇宙的浪漫，但同时不否认现实给予的制约和影响。有 7 位读者引用了这段话，他们赞同刘慈欣的理解，认为现实对刘慈欣的影响反而使得《三体》这一作品更加独特、富有深度。例 35 的发布者推崇刘慈欣的独特风格。刘慈欣还在后记中表达了自己对科幻小说的看法。

I've always felt that the greatest and most beautiful stories in the history of humanity were not sung by wandering bards or written by playwrights and novelists, but told by science. The stories of science are far more magnificent, grand, involved, profound, thrilling, strange, terrifying, mysterious, and even emotional, compared to the stories told by literature. Only, these wonderful stories are locked in cold equations that most do not know how to read. The creation myths of the various peoples and religions of the world pale when compared to the glory of the big bang. The three-billion-year history of life's evolution from self-replicating molecules to civilization contains twists and romances that cannot be matched by any myth or epic. （我一直认为，人类历史上最伟大最美妙的故事，不是游吟诗人唱出来的，也不是剧作家和作家写出来的，而是通过科学讲出来的。科学所讲的故事，其宏伟壮丽、曲折幽深、惊悚诡异、恐怖神秘，甚至多愁善感，都远远超出文学故事。只是，这些精彩的故事被锁在冰冷的方程式里，大多数人不知道如何阅读。与宇宙大爆炸的辉煌相比，世界上各种民族和宗教的创世神话都显得苍白无力。30亿年的生命进化史，从自我复制的分子到文明，包含任何神话或史诗都无法比拟的曲折和浪漫。）

有11位读者引用了这段话，大部分读者认为刘慈欣对科幻小说的热爱令人感动，引发了他们的强烈共鸣。同时，部分读者认为刘慈欣将高深的科学故事展示在读者面前的做法令人钦佩，如例36。但也有少数读者不赞同刘慈欣的看法，认为优美的文笔也非常重要。总而言之，刘慈欣在后记中表达的思想观点引发了读者的共鸣，笔者认为读者直观地理解作者的创作观点更有利于对作品做进一步的理解，读者表达了对刘慈欣思想和技巧的高度赞赏。

例35：Raoul G.（五星评价）：In the author's postscript he gives some hints about his own upbringing in China and reveals how it influenced him as a science fiction writer. In his own words… The dance the author presents with this book is a fascinating one, one full of enthralling movements that inspire shock and awe alike. （在作者的后记中，他提到了自己在中国的成长经历，并揭示了这些经历对他成为科幻作家的影响。用他自己的话说……作者在这本书中呈现的舞蹈是一种迷人的舞蹈，动作优美，让人既震惊又敬畏。）

例36：Christoph Weber（五星评价）：…Thankfully for those of us with minds less brilliant than Liu Cixin's, he's transformed these cold equations like the unfolded protons at the end of the novel: into stunning, awe-inspiring scenes that "make known the poetry of Nature"…not even the most mind-blowing lectures on quantum mechanics ever shook me the way this novel did. （对于我们这些头脑

不如刘慈欣聪明的人来说，谢天谢地，刘将这些冰冷的方程式，如小说结尾展开的智子一样，变成了令人惊叹敬畏的场景，"揭示了自然的诗意"……但即使是最激动人心的量子力学讲座也没有如此震撼。）

总体而言，读者对刘慈欣的评价非常正面，常用词如 amazing、good 等。读者赞赏刘慈欣对科学知识的掌握和将科学概念融入小说的能力，读者肯定刘慈欣在想象力和创意方面的才华，尤其赞赏小说中的丰富概念。读者认为刘慈欣小说情节丰满、充满哲理、引人入胜，理解刘慈欣深层次的创作意图和广阔的思想视野，尽管对笔风偶有不同看法，但整体正面评价了刘慈欣的写作水平。

第四节 《三体》海外传播效果分析

一 海外读者基于《三体》对中国形象认知构建

文学海外传播承载着重要的文化交流互鉴功能，中国当代科幻小说的海外译介与传播同样肩负着对当代中国人文、科技、哲学等思想进行世界传播的责任，被翻译后的民族文学依然饱含民族特色文化，对海外读者的他者文化及我国国家形象构建具有重要的作用。这是因为，民族建构过程包含了文化表述过程，民族成员通过各种文化手段来"表述""想象"民族，文学就是其中重要的文化手段。[①] 海外读者往往通过译入文学作品对文学作品涉及的民族进行建构。对读者评价进行情感分析，有助于了解读者对于该民族的情感倾向与形象认知。

本节研究《三体》海外读者对中国的文化、社会、政治、生活等维度的认知，主要基于语料库软件 AntConc、Python 情感分析工具以及 Python 环境下运行的文本处理库 TextBlob。具体步骤如下。将样本中的所有英语评论搭建成语料库，导入 AntConc 软件，选择相关的关键词检索，得到结果，并以 txt 文件格式导出结果。该步骤用来提取与关键词相关的语料，从

---

① 谭载喜：《文学翻译中的民族形象重构："中国叙事"与"文化回译"》，《中国翻译》2018 年第 1 期。

而进行下一步的情感分析。之后,在 Python 环境中下载 TextBlob 工具包。在基于网页的交互式计算环境 Jupyter Notebook 中运行 Python,加载 TextBlob,使用其中的情感分析器对上述检索到的结果进行情感分析。情感分析的目的是对带有情感色彩(褒义、贬义/正面、负面)的主观性文本进行分析,以确定读者对该文本的主要观点及其喜好与情感倾向。分析结果由两组数字组成,第一组数字代表 polarity(极性),即书评情感取向,是一个[-1.0,1.0]的浮点数,其中-1.0 为负极性,1.0 为正极性。第二组数字代表 subjectivity(主观性),即书评主观程度,浮动范围是[0.0,1.0],其中 0.0 为非常客观,1.0 为非常主观。对于极性,设置不同区间以指代不同的情感取向。例如,极性数值大于 0.5,就表明该评价为非常正面积极的评价;若数值为 0.0,则表明该评价为中性评价。

二 《三体》海外读者对中国文化的认知

对读者书评中对中国文化的评价进行情感分析。在 AntConc 软件中,以"cultur*"为关键词检索,检索到 1117 条结果。除去相关度不高词条后,共有 385 条结果。在导出结果后,手动剔除无意义的中性词语,以避免干扰结果。之后,将文件导入 TextBlob 中进行分析,得出结果。经过分析,《三体》英语书评中对于中国文化的情感评价均值为 0.15,位于比较正面评价区间,非常正面的评价有 16 条,比较正面的评价有 23 条,中性评价为 107 条,比较负面的评价有 37 条,非常负面的评价为 2 条。由此可以认为,读者在阅读《三体》之后,其积极评价数量占总数的一半以上。非常正面和比较正面评价合计接近总数的 2/3,表明正面情绪占主导地位。中性和比较负面评价数量相对平衡,后者占比也较低。仅 2 条非常负面看法,未见针对性或系统性批评。数据表明,通过阅读《三体》,海外读者对中国文化整体表现出理解和接受的态度。

在正面评价中,读者主要基于两个角度展开评价。首先,读者高度赞赏《三体》的作者刘慈欣,赞赏他能够将硬科幻故事深深地植根于中国文化,将两者有机地结合在一起。同时,读者对译者刘宇昆的赞美毫不吝啬,赞誉刘宇昆能将中国文化的风韵淋漓地体现在译文中。例 37 体现了读者对《三体》中中国文化元素融入之巧妙表示欣赏。读者深深认同和赞赏刘宇昆在保留原作精髓与传达多元文化方面的付出与成效。其次，读者认为《三体》满足了他们对中国文化的兴趣。从例38中可以发现西方读者对中国文化感兴趣。阅读这样一部源自不同文化环境的作品为读者提供了新的体验。这种心理需求也促使读者给予正面评价。《三体》成功地在情节设置和文化细节描述中揭示中国文化各个层面，让读者有了更加深入的了解。通过原作的表达，读者获得了涉猎异国文化的新鲜体验，丰富了文化阅历，这为正面评价搭建了心理基础。

例37：Sad Sunday（三星评价）：Also, it's different. I might be wrong, but it was the first sci-fi book I read by a Chinese author and a different point of view was very nice to experience. Author masterfully combines history, culture and dystopian fantasy.（而且，这本书是不同的。我的说法可能不正确，因为这是我读的第一部中国作家写的科幻小说，非常开心能够体验到不同的角度。作者将历史、文化和反乌托邦幻想巧妙地结合在一起。）

例38：Jon（四星评价）：It was refreshing to read a novel set in China and the glimpses it gives into Chinese society, culture, and recent history are fascinating.（阅读一部以中国为背景的小说令人耳目一新，这部小说让我了解了中国的社会、文化和近代历史，令人着迷。）

而在非常负面评价中，即例39中的读者认为《三体》对中国政治、历史和文化的描写吸引力不足。他个人对中国的文化和美食给予很高评价。由此可以看出，他对中国文化整体持正面和充满好感的态度。该读者仅因小说表现不佳表达失望，但并不否定中国文化本身的价值。

例39：Steve（三星评价）：Among other things, I was disappointed by how the Chinese aspects（the history, the culture, the politics）of it failed to grab me. I've spent a fair amount of time（and I'm guessing far more than most readers）in the country, and I've really enjoyed working, traveling, and, of course, eating there…［除此之外，令我失望的是，这本书的中国背景的叙述（历史、文化和政治）未能吸引我。我在中国度过了相当长的时间（我猜比大多数的读者都要长），我真的很喜欢在中国工作、旅行，当然还有在中国享受美食……］

总体而言，读者对于中国文化的总体情感评价呈正面态势，理解和接受程度高。读者赞赏原作融入了中国文化元素和传达了多元文化并表达了喜欢通过陌生文化作品了解新文化、扩展视野的想法。也有读者因文化差异而感到陌生，但尊重及理解文化间的差异。正面评价的主调是赞赏和兴趣，负面评价的原因在于读者的个人阅读倾向。

三　《三体》海外读者对中国社会的认知

本书采用分析工具对读者书评中关于中国社会的评价进行情感分析。在 AntConc 软件中，以"soci*"为关键词进行检索，检索到 280 条结果。在导出结果后，手动剔除无意义的中性词语，以避免干扰结果。之后，将文件导入 TextBlob 中进行分析，得出结果。《三体》英语书评中对中国社会的情感评价均值为 0.10，位于比较正面评价区间，但经过逐一分析发现该检索过程检索出的结果更多聚焦于人类社会与普遍的社会问题，而非中国社会。以"Chinese soci*"为关键词进行检索，得到 26 条结果。在导出结果并手动剔除无意义的中性词语后，将文件导入 TextBlob 中进行分析，得出结果。《三体》英语书评中对于中国社会的情感评价均值为 0.14，属于比较正面评价区间，非常正面的评价有 2 条，比较正面的评价有 13 条，中性评价为 8 条，比较负面的评价有 3 条，非常负面的评价有 0 条。总体情感极性评价呈正面态势，正面评价占较大比例，中性评价数量与正面评价数量相当。

就正面评价而言，读者主要从作者刻画层面进行评价。与中国文化的评价角度类似，读者认为《三体》对中国社会的展现引人入胜、十分有趣，满足了读者的好奇心，如例 40。同时，读者在提到中国社会时，往往提及中国文化，如例 38 和例 40。读者认为作者对于中国社会的刻画非常深刻，能让读者直观地了解中国社会。就负面评价而言，有部分读者认为作者刻画的中国社会不够切合实际，与当前社会相差较大。如例 41，该读者对于作者将故事设置在未来社会有些失望。

例 40：Valerie（四星评价）：There was a really interesting blend of historical fiction and almost a bit of fantasy to this scifi tale. I love the socio-cultural perspective of the setting in China. （这个科幻故事融入了历史小说的风格和一点奇幻风格，真是有趣。我喜欢中国背景下的社会文化视角。）

例41：Xiaoxiao Lv（五星评价）：Although Liu Cixin tried to give a description of contemporary Chinese history-from the Cultural Revolution to the new era, he deliberately or unintentionally slipped away from the reality of Chinese society, setting the time of the story as the current advancing era, thus bypassing it. （虽然刘慈欣试图描绘中国当代历史——从"文化大革命"到新时代，但他有意无意地脱离了中国社会的现实，讲故事的时间设置在未来，从而绕开了这一问题。）

总体而言，读者的正面评价聚焦于赞赏作者对中国社会的刻画，读者同时关注到中国社会与文化是相互关联的。少部分读者认为作者未切实反映中国当今社会，在这方面有待改进。读者对于中国社会的认知更多基于作者在小说中的刻画，可见作者的刻画程度直接影响海外读者对中国社会的了解与评价程度。《三体》海外读者整体表达出对中国社会认识的积极态度，其对中国社会的兴趣可从评价的字里行间获悉。

四 海外读者对中国政治的认知

对读者书评中关于中国政治的评价进行情感分析。在 AntConc 软件中，以"polit*"为关键词检索，检索到273条结果。导出结果后，手动剔除无意义的中性词汇之后，将文件导入 TextBlob 中进行分析，经过分析，《三体》英语书评中对于中国政治的情感评价均值为0.08，属于中性评价区间，非常正面的评价有4条，比较正面的评价有109条，中性评价为119条，比较负面的评价有41条，非常负面的评价为0条。由此可知，在阅读《三体》之后，绝大多数读者对中国政治的评价为中性或较正面评价。极正面评价虽少，但正面评价占总数近一半，显示评价的正面倾向。海外读者对中国政治的负面评价数量相对较少，没有非常负面的评价。由此可见，通过阅读《三体》，读者对中国政治未有明显的偏见或较为负面的看法。

"文化大革命"对《三体》的主要情节起到至关重要的推动作用，"cultural revolution"也是海外读者书评中最常提到的中国政治事件。在 AntConc 软件中以"cultural revolution"为关键词检索，检索到676条结果。将检索到的相关文件导入 TextBlob 中进行分析。经过分析发现，《三体》

英语书评中对于中国政治的情感评价均值为0.1，属于比较正面评价区间，非常正面的评价有5条，比较正面的评价有382条，中性评价为203条，比较负面的评价有85条，非常负面的评价为0条。正面评价占大多数，其中比较正面评价占总数的57%，中性评价也相对多，负面评价较少，无非常负面评价。说明海外读者在小说背景下给予了比较中立的评判。这表明在文化交流中，读者倾向于用更开放和包容的态度审视历史事件。

对于正面评价，读者的评价初衷和文化与社会的初衷基本一致。西方读者对于中国政治以及"文化大革命"这一复杂历史事件的好奇心在《三体》的生动描写中得到了满足。如例42，该读者认为中国视角下的政治细节十分丰满，引人入胜。同时，读者对于政治细节描写感到满意的另一原因是，这些政治描写以及隐含的思考探索对于人类社会遇到的共同问题有一定的启发性，引发读者的反思。如例43的读者表示，《三体》虽然是一部科幻力作，但其政治细节描写是最有价值的部分，读者由此联想到了自己国家的政治环境，他认为对于政治和历史的回顾有利于当下社会的反思与发展。读者对于中国政治道路有一些直观评价，使用的形容词包括"different"和"unique"等。读者采用较为开放的心理和视角来看待不同的政治体制。

例42：Bryan Alexander（四星评价）：As novel this is largely fascinating. The Chinese perspective is rich, from political details to the way a computer game integrates Chinese and Western historical traditions.（这部小说在很大程度上引人入胜。从政治细节到电脑游戏如何融合中西方历史传统，中国视角丰富充实。）

例43：Christoph Weber（五星评价）：…t can also be read as a partial guidebook for what humans must change to prevent societal decline…Whether Liu intended the parallels or not, I think they are among the most valuable things his novel offers. There were many, from refugee crises to the consequences of environmental degradation…（……但它也可以被解读为人类必须采取行动防止社会衰退的不完整指南……无论刘慈欣是否有意为之，我认为这些部分是他的小说中最有价值的东西之一。例子有很多，从难民危机到环境恶化的后果……）

海外读者对于中国政治的评价总体中立或比较正面，正面评价占半数以上。读者对中国政治细节感兴趣，赞赏作品中的细节描述，将政治内容视为启发思考现实问题的灵感来源。少数读者持中立评价，强调对不同政策体制的思考，采取开放、包容态度审视历史和不同的政治体系。

五　海外读者对中国经济的认知

对读者书评中关于中国经济的评价进行情感分析。在 AntConc 软件中以"Econom＊"为关键词检索，检索到 14 条结果。以"finance＊"为关键词检索，检索到 1 条结果。对检索结果进行逐一分析，发现其中有 12 条书评与中国经济无关。由此可以认为读者在阅读《三体》之后对于中国经济的了解较少，而《三体》本身作为科幻作品，提及经济部分确实很少，读者将注意力放在中国经济方面较少。小说本身也较少涉及经济类背景。

对符合条件的 2 条评论进行分析，例 44 的读者围绕中国经济的快速发展与科幻小说走向世界的关系进行评论。读者认为《三体》小说走向世界文坛本身就是中国经济快速发展的体现，同样蓬勃的经济也是本土文学走向世界的主要原因。如例 45 中的读者则在讨论中国经济的飞升能否归因于"文化大革命"的结束。该读者使用 success（成功）来形容中国经济，可见对于中国经济发展的认可。

例 44：Nicholas Whyte（四星评价）：China is of course the coming nation in the global economy, and I think we'll be seeing a lot more Chinese SF in the years to come. （中国当然是全球经济中即将崛起的国家，我认为未来几年我们会看到更多的中国科幻小说。）

例 45：Anurag Panda（五星评价）：Do the successes of the Chinese economy today and their rapid scientific advances result from this extreme turn in their history? （中国今日经济上的成功和科学上的快速进步是不是源于这个历史上的极端转折？）

综上，尽管《三体》涉及经济部分有限，但读者对中国经济发展整体持正面态度。他们从积极的视角评价经济取得的成就，表现出对中国的认知和理解。

六　海外读者对中国生活的认知

对读者书评中关于中国生活的评价进行情感分析。《三体》作为一部科幻小说，在反映当下中国方面较弱，读者提及该方面的内容也寥寥无几。提及的部分也没有进行直观描述，而是对能够了解更多中国生活而感到喜悦和好奇，并对书中的描写表示惊叹，如例46。读者通过小说表现出对中国生活的关注和探究，多为正面评价，这有利于不同文化间的交流。

例46：Stephan（五星评价）：The first half of the book was breathtaking-the description of the life in China was gripping. （书的前半部分令人惊叹——对中国生活的描述扣人心弦。）

七　海外读者对中国人生存状态的认知

与"海外读者对中国生活的认知"这一部分类似，《三体》作为典型的类型文学，与现实距离较远，很难反映出中国人的生存状态，对于中国人的生存状态，读者也在书评中提及较少。提及该方面内容的读者更多主观进行评价，如例47，读者通过亲身体验，质疑小说中描述的中国人生存状态的真实性。对比小说与实际，质疑作者是否刻意塑造角色。读者以开放态度审视不同文化，不轻信单一文学形象，这有利于科学全面地理解不同文化。

例47：Lisabet Sarai（三星评价）：I wondered whether Liu's portrayal of TriSolaris society—all duty, with each individual existing only for the state—was a commentary on contemporary Chinese culture. Or perhaps it reflects a longing for the past. （我想知道，刘慈欣对三体社会的描绘——所有人都有责任，每个人都只为国家存在——是不是对当代中国文化的一种评论，或者是对过去的一种追忆。）

通过对以上几个方面的综合评价，发现海外读者在阅读《三体》之后，对中国文化的总体评价正面大于负面，表现出理解和尊重的态度，少部分读者指出文化差异带来的阅读障碍。海外读者对中国社会缺乏直接评价，更多的是评价作者写作功底，希望了解中国社会。海外读者对中国经济发展表达认可，肯定中国成就，但关注程度不高；对中国人的生活和生存条件缺乏直接评价，通过作品了解中国，表现出探索的态度。海外读者对中国整体给予积极、肯定的评价，重视理解不同文化，但指出理解上的困难。总体来说，海外读者持有开放、包容的态度学习和理解中国各个层面，并给予理性和公正的评价。《三体》对中国文化的传播，增进了海外读者对中国的了解和认同，提升了跨文化交流的效果，这对于不同文化之间的互相理解和学习具有积极意义。

第四章 《黑暗森林》的海外译介与传播效果

第一节 海外读者对《黑暗森林》的评价概述

一 海外读者对《黑暗森林》的整体星评

《黑暗森林》是《三体》系列中的第二部作品。自2014年11月首次在海外出版至2023年1月,该作品已经有101个版本,并在全球范围内产生了深远的影响。《黑暗森林》主要讲述外太空三体人利用科技锁死地球人的科学之后,组建庞大的三体舰队直扑太阳系,意在消灭地球文明。在人类面临前所未有的危局之际,利用三体人透明的思维这个唯一的突破口而制订了神秘莫测的"面壁计划",精选出4位"面壁者",其中包括社会学教授罗辑,秘密展开对三体人的反击。《黑暗森林》从宏观视角展示了"适者生存"宇宙进化理论,对人类中心主义的自恋情结提出疑问与进行反思。

截至2023年1月,Goodreads上已有超过106260名读者参与了该作品的评价,平均评分为4.41分,可见该作品受到了广大海外读者的高度认可。其中,56%的读者给予了五星的最高评价,31%的读者给予了四星的评价,高分评价占87%,而9%和2%的读者分别给予了三星和二星评价。这些数据表明中国当代科幻小说深受海外读者喜爱。

二 《黑暗森林》海外读者的跟帖概述

Goodreads读者社交平台上的数据显示,读者对该作品的讨论非常活跃，而且评价星级越高，读者进行跟帖讨论的数量越多。据统计，与该作品相关的评论和发帖总量已经达到了8743条。其中，五星评价的发帖数量为4215条，四星评价的发帖数量为2622条，三星评价发帖数量为1204条，二星和一星评价发帖数量分别为411条和127条。

《黑暗森林》自出版以来基本上保持着较高的热度（见图4-1、图4-2）。2014年与2015年虽然评价人数、发帖数量不如近几年高，但跟帖数量非常高，足以证明《黑暗森林》的出版在海外赢得了较广泛的关注。尤其是2015年，尽管评价人数、发帖数量仅为96人，96条，但跟帖数量达到230条，仅次于2022年的最大跟帖量（235条）。尽管在2016年、2017年跟帖数量稍有回落，但自2018年起，评价人数、发帖与跟帖数量整体呈上升趋势。如2022年，评价人数、发帖数量及跟帖数量分别为148人、148条与235条，皆为《黑暗森林》出版以来历史最高数量。《黑暗森林》作为《三体》系列的第二部与《三体》近10年来的热度发展情况相似：在2015年与2020年分别有两次明显的热度提升，在2016—2019年均有热度暂时回落的情况。2015年热度提升的原因在于刘慈欣《三体》斩获了雨果奖的最佳长篇小说奖以及普罗米修斯奖的提名。2019年的热度提升是因为好莱坞导演卡梅隆在访问中国期间与刘慈欣接触，表达了将《三体》翻拍成电视剧的想法。2020年，网飞（Netflix）确定剧目演员表，该剧集成为Netflix原创剧集的一部分，在Tudum活动上宣布第一季杀青，这些媒体

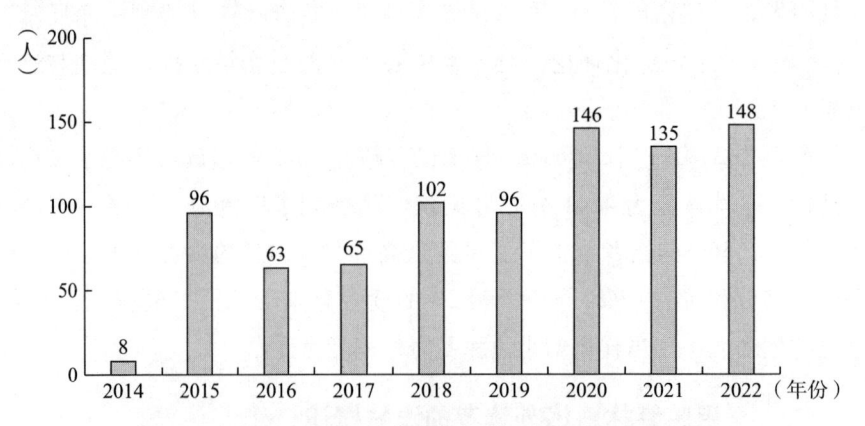

图4-1 2014—2022年《黑暗森林》海外读者评价人数

资料来源：作者自制。下同。

行为是2020年《黑暗森林》读者热度升温、讨论增多的重要因素。

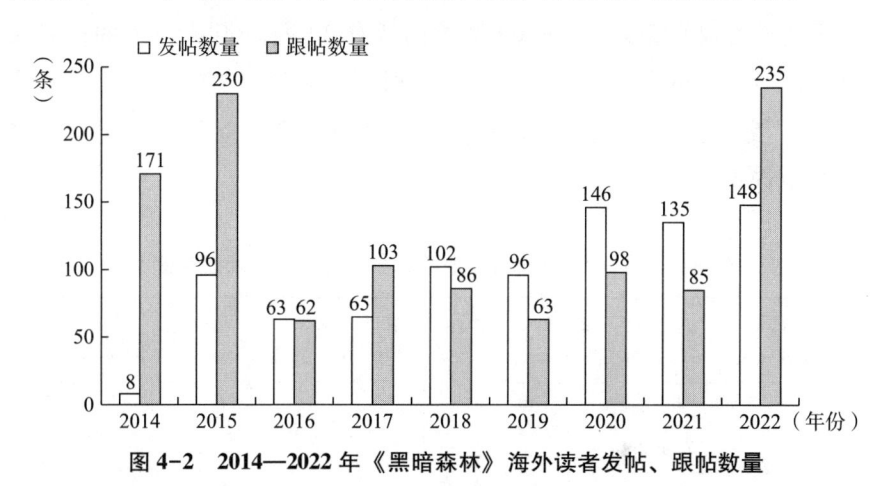

图 4-2 2014—2022 年《黑暗森林》海外读者发帖、跟帖数量

第二节 《黑暗森林》海外读者概述

一 读者国别、性别及年龄

根据可显示的读者国别数据，《黑暗森林》评论者来自多个国家和地区，其中美国的评论者最多，高达203名，读者人数排前15的其余国家依次为西班牙（58）、加拿大（34）、英国（30）、捷克（20）、印度（20）、澳大利亚（19）、罗马尼亚（19）、保加利亚（15）、荷兰（15）、德国（14）、乌克兰（14）、立陶宛（13）、希腊（13）以及意大利（13）。这说明《三体》系列在欧美地区的影响较为深远。就评价读者使用语言而言，使用英语评价的有620条，英语是所有语言中占比最高的，其次为西班牙语（73）、捷克语（14）及保加利亚语和乌克兰语（均为13）；使用英语进行评价的读者数量最多，是居于第二位的西班牙语评价读者数量的8.5倍，说明《黑暗森林》在海外英语读者当中享有很高的接受度。

在读者性别上，尽管存在少部分未标明性别的信息，整体而言《黑暗森林》男性读者比女性读者多，约为女性读者的两倍。基于海外读者在Goodreads平台上所显示的年龄信息，我们发现读者群体的年龄主要集中在20—50岁，小于20岁与大于50岁的读者数量较少，20—30岁的读者有 78 人，31—40 岁的读者有 118 人，41—50 岁的读者有 62 人，然而 20 岁以下的读者仅有 2 人，51—60 岁的读者有 20 人，60 岁以上的读者仅有 9 人。对读者标注出的年龄和性别数据进行分析，男性的平均年龄为 38.6 岁，女性的平均年龄则为 34.5 岁，说明《黑暗森林》的主体读者群体为中青年。

表 4-1 Goodreads 平台《黑暗森林》主要评价读者信息

国别（前15）读者人数（人）		语言（前15）读者人数（人）		性别读者人数（人）		年龄（岁）读者人数（人）		性别平均年龄（岁）	
美国	203	英语	620	男性	523	<20	2	男性	38.6
西班牙	58	西班牙语	73			20—30	78		
加拿大	34	捷克语	14						
英国	30	保加利亚语	13						
捷克	20	乌克兰语	13	女性	292	31—40	118	女性	34.5
印度	20	德语	12			41—50	62		
澳大利亚	19	希腊语	12						
罗马尼亚	19	波兰语	10						
保加利亚	15	俄语	9			51—60	20		
荷兰	15	土耳其语	10						
德国	14	意大利语	9	未标明	46	>60	9	总平均数（包括未标明性别者）	37.1
乌克兰	14	立陶宛语	8						
立陶宛	13	中文	7						
希腊	13	罗马尼亚	6			未标明	572		
意大利	13	斯洛伐克	6						
其他（包括未注明）	428	其他	75						

资料来源：作者自制。下同。

注：部分评价读者的个人主页信息不全，个别评价读者使用了网络表情、数字、图片等。

二 读者国别与性别关系分析

抽取参评数量最高的前 15 个国家进行数据分析，对比前 15 个国家中男性读者与女性读者的数量，并且探究不同国别和性别是否影响了读者对《黑暗森林》的评价星级。一般而言，科幻类文学，尤其是"硬科幻文学"属于较为"男性化"的文学，男性读者一般比女性读者数量多。在剔除未标明性别的读者后，数据显示，在前15个主要国家中，大部分读者为男性，如美国、西班牙、加拿大等国的读者；有些国家的读者男女比例相差非常大，如英国男女读者数量相差超过5倍，印度相差超过3倍，荷兰相差超过2倍。与之形成鲜明对比的是，一些国家的读者男女比例基本持平甚至女性读者数量高于男性读者数量，如保加利亚、德国及意大利的男女读者数量相当，而乌克兰、立陶宛和希腊则女性读者数量高于男性读者数量。总之，在前15个国家中，欧洲北部、北美洲及亚洲国家中的男性读者比女性读者数量要多，而欧洲东部和欧洲南部的国家中的男性与女性读者数量差异不明显，甚至女性读者数量高于男性读者数量，这表明《黑暗森林》海外读者的性别分布与地域分布有一定的相关性与差异性。

基于评价星级平均数据发现，每个国家的总评价星级大多在四到五星，前15个国家的总平均评价星级为4.2，相较于Goodreads官网的4.41相差0.21，说明这15个国家的读者比其他国家的读者对该书的评价星级总体而言要低。不仅每个国家所给的评价星级有差异，男性读者和女性读者的评分也存在差异。由于男性读者较多，各国平均评价星级受男性读者评价影响较大，波动走势也与男性读者评价相似，女性读者的评价星级波动却比男性读者要大，说明该书在前15个国家的女性读者群体中争议更大，意见不统一。乌克兰评价星级平均数最高，为4.79，而德国评价星级平均数最低，为3.71。乌克兰国家男性读者评价星级平均数为4.75，女性读者的评价星级平均数为4.8，与乌克兰评价星级总平均数差距很小，男性、女性总评评价星级差异相较于其他国家也最小。反观德国总评价星级平均数，为前15个国家中最低，德国女性读者尤其给出最低评价星级，为3，与男性所给的平均评价星级4.17相差1.17。美国与加拿大的女性读者均打出与德国女性读者相似的分数，美国、加拿大、德国3个国家女性的平均评价星级浮动在3—3.5。美国不仅是读者群体最大的国家，其女性与男性读者所打出的平均评价星级差异也最大，男性《黑暗森林》的平均评价星级为4.63，而女性的是3.15，二者相差约1.5。加拿大与美国同为北美洲国家，读者群体规模居于第三，男性读者与女性读者的平均评价星级分别为 4.1 和 3.42，二者相差约 0.7。男、女星评价星级相差较大的还有印度、立陶宛和希腊，男女读者的平均评价星级相差 0.5—0.6。

虽然普遍男性读者的平均评分要比女性读者的高，但也有部分国家出现女性读者评分更高的现象，如西班牙、捷克、罗马尼亚、保加利亚、乌克兰及意大利。除捷克、罗马尼亚、保加利亚和乌克兰均为女性读者评价略高于男性读者评价情况外，西班牙与意大利的女性读者评分情况较其他国家差异最大。西班牙男性读者平均星评为 3.95，而女性读者的平均星评为 4.41，后者比前者超出 0.46；意大利的男性读者与女性读者平均星评分别为 3.83 和 4.33，两者相差 0.5。虽然在意大利与西班牙女性平均评价的分数高于男性平均评价的分数，但差异数额在男性评价星级高于女性评价星级的国家之中差异并不突出。[①]

三 读者评价与性别分析

评论字数在一定程度上代表了读者对某一部作品的反思或评价程度，而相应的点赞数量则表示其他读者对某一评论的认可程度。依据相关数据发现，《黑暗森林》的英国及意大利读者更倾向于发表长评，而捷克、立陶宛和荷兰的读者发表的评论字数则相对较少（见图 4-3），英国男性读者数量远高于女性读者，意大利的男性读者数量与女性读者相等，但二者的平均评价字数十分相近；捷克、荷兰及立陶宛的男女读者比率并不一致，三者却同为平均评价字数最低的国家，这也说明评论发表长度与读者性别相关性不大。从平均点赞数量上看，澳大利亚、加拿大和罗马尼亚的读者更倾向于获得更高的点赞数量，表明这些国家的读者所给予的评价更能获得其他海外读者的认可。尽管德国、印度、乌克兰及捷克的读者所收到的平均点赞数量较少，但是与大部分国家的平均点赞数量处于同一分布范围，相差并不大，这种分布受到原作译成别国语言并引进至该国的时

---

① 由于存在不少未标明性别的读者以及本研究收集的评价为前 10% 的读者评价，图 4-3 中每个国家的男女评价数量形成的比率并不能直接等同于该国所有男性读者与女性读者在 Goodreads 上的评价数量比率，更不能直接等于该国所有《黑暗森林》男性读者与女性读者的比率。

间影响。以德国读者为例，德国读者的评价往往在 2018 年 3 月《黑暗森林》德文版出版之后才开始出现，因而其发表评论后的时间相对较短，这也是影响点赞数量的因素之一。

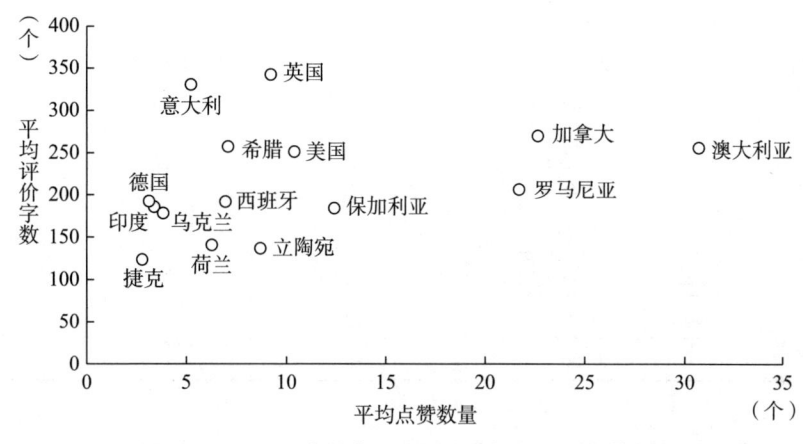

图 4-3　不同国家读者平均评论字数与平均点赞数量

男性读者与女性读者在各评分星级、星级平均分以及评价收到的点赞和评论数量上都有差异。在剔除未标明性别的读者后，研究发现超过一半的男性读者打出五星评分，其中有 26.7% 的男性读者打出四星评分，而仅有 38.6% 的女性读者打出五星评分，有 39.7% 的女性读者打出四星评分，男性读者比女性读者更愿意给《黑暗森林》打出五星评分，女性读者则比男性读者更倾向于打出四星评分。因此，男性读者的星级平均分比女性读者高，男、女读者的星级平均分分别为 4.31 与 4.08，这说明该作品更受男性读者欢迎，但在女性读者群体中存在一定争议。对比二者的平均评价字数，发现二者并无明显差异，男性读者的平均评价字数仅比女性读者的平均评价字数多 1.4 个字左右，而对比二者的点赞与评论的平均数时，发现男性评价帖子的点赞与评论的平均数分别为 7.70 个与 1.03 个，而女性读者评价帖子的点赞与评论的平均数则为 9.20 个与 1.80 个，说明尽管女性读者的数量约是男性读者的一半，但女性读者的评价帖子较男性读者更容易获得点赞和引发评论，这表明《黑暗森林》海外女性读者所发表的评价较男性读者更容易引起共鸣与讨论。

表 4-2 Goodreads《黑暗森林》主要评价读者的性别分布

性别	各评分星级占比（%）		平均评价字数（个）	星级平均分（分）	点赞平均数（个）	评论平均数（个）
男性	五星	56.40	207.59	4.31	7.70	1.03
	四星	26.70				
	三星	11.10				
	二星	3.60				
	一星	2.10				
女性	五星	38.60	206.12	4.08	9.20	1.80
	四星	39.70				
	三星	14.30				
	二星	6.80				
	一星	0.60				

第三节 海外读者对《黑暗森林》译文、译者及作者的评价

Goodreads 网站显示，《黑暗森林》海外读者的评价量及点赞互动量庞大。本研究依照评价所收获的点赞数量、跟帖数量对意见领袖型评论从高到低进行排列，收录了一至五星级评价数量前 10% 的相关资料，共获取 861 份《黑暗森林》最受欢迎的海外读者评价语料，数据收集时间截至 2023 年 1 月 31 日。

本节基于读者评价内容，分析海外读者如何评价《黑暗森林》的译文翻译质量、译者以及源语作者等。研究将每一星级前 10% 的评论文本进行汇总或分类，建立语料库，通过 AntConc 的词汇检索、词汇搭配检索，以及关键词检索功能进行研究，针对呈现的词汇结果再进行原文回溯，逐一分析评论中的具体内容，分析读者评价。此外，本书依据 Python 情感分析工具及分析结果，进一步解读海外读者对《黑暗森林》在译介方面的认同度。

一、对《黑暗森林》译文的评价

翻译质量评估涉及读者对译本及译者的评价。先运用 AntConc 软件以

"translation"为中心词检索评论文本，查看中心词左右三跨分别会产生的搭配语言模块。经检索得到12个搭配形符与"translation"搭配（见表4-3），148个类符，即这12个单词重复运用了共148次。除去频率最高的前3个中性词语，即"the""English""or"，数据显示读者关于《黑暗森林》的评价中出现包含"lost"（缺失）、"issue"（问题）、"awkward"（尴尬的）、"error"（错误）等具有贬义色彩的批评性评价，此外，依据语言模块上下文，读者评价内容中也出现了"due to"（由于）、"attributed to"（归因于）等阐释原因的文本内容，回溯原文后发现海外读者就《黑暗森林》的译文给出建设性批评与意见，举例分析如下。

表4-3 读者对《黑暗森林》评价中的"translation"左右三跨搭配词

序号	Collocate（搭配词）	Rank（排序）	FreqLR（左右跨词频）（个）	FreqL（左跨词频）（个）	FreqR（右跨词频）（个）
1	the	1	101	69	32
2	English	2	12	11	1
3	or	3	9	5	4
4	due	4	4	4	0
5	lost	4	4	4	0
6	issue	6	3	2	1
7	ttbp	6	3	1	2
8	ken	6	3	1	2
9	awkward	6	3	0	3
10	attribute	10	2	2	0
11	german	10	2	2	0
12	error	10	2	0	2

在对表4-3词条逐一回溯评价原文并深入研读后发现有一定数量的读者对译文质量给予负面评价，这些读者将自身不愉快的阅读体验归于译文的翻译质量问题。

例1：Sarah:…some things may have been reshuffled and/or lost in translation.（……有些内容可能被重新调整，或者在翻译过程中缺失了。）

例2：Yun: I found this book's translation to be awkward at times, sometimes translating too literally and obscuring the meaning, while other times being too Western with the translation…（我发现这本书的翻译读起来有时会令人尴尬，有时翻译得太字面化，意思含混不清，但更多时候译文处理太西方式了……）

例3：Nancy Hudson：Something essential from the original Chinese text was missing, something you can intuitively feel in the translation of TTBP. （中文原文中很重要的东西缺失了，一些你可以在《三体》译文中直觉感知到的东西。）

案例显示有不少读者认为《黑暗森林》的翻译没有忠于原文，存在原文的部分信息被省译，甚至被改写或模糊化处理等问题。比如读者Sarah、Nancy Hudson等表示译文将源语文本的部分内容进行了重组、删除，去掉了原作中非常核心的内容。读者Yun基于其对中文的了解，提出了翻译语言不一致的问题，认为有些译文受目标语影响较大而无法准确传达原文内涵，过于向英语语境贴合而丧失中国小说特点。这表明有中文知识背景的海外读者会关注翻译质量、关注翻译的缺失和翻译语言的精确性等问题。此外，如例4、例5，也有海外读者对翻译提出尖锐的批判，包容性读者会试图就中西语言与文化差异对翻译出现的问题从文化视角进行阐释。

例4：Petra：The first 200 pages were a torture to read…It's…bad writing（translation?）（前面两百页读起来很折磨，是写作问题还是翻译问题？）

例5：Ami Iida：The problem with the translation is more of a cultural one. （翻译问题更多是文化问题。）

由此可见，读者在对《黑暗森林》译文方面的评价会参照《三体》。因此，《三体》的译介质量对海外读者对以后《三体》系列的译介及接受程度产生一定的影响。

二 对《黑暗森林》译者的评价

没有继续用《三体》译者刘宇昆，《黑暗森林》的译者更换为土生土长的美国人周华（Joel Martinsen）。除翻译了《黑暗森林》之外，周华还翻译了刘慈欣的《球状闪电》《带上她的眼睛》等小说。周华长居北京，精通中文，在中国的书籍影视交流平台豆瓣上有自己的账号。以译者姓名"Joel Martinsen"以及"translator"作为中心词通过AntConc进行检索后共导出66条结果，在词语搭配上，"different"作为最高频搭配词出现，说明海外读者对译者更换及译文变化有一定的心理预期。回溯含有"translation"的读者评价原句可以深入了解《黑暗森林》的海外读者对该小说的译者评价。

例6：Patrick St-Denis: Ken Liu's translation of *The Three-Body Problem* worked well for the most part. The same can be said of Joel Martinsen's translation of *The Dark Forest*. Sure, there are a few clunky portions here and there, and once again I have a feeling that some things got lost along the way because they could not be translated properly. The same goes for the dialogue. （刘宇昆翻译的《三体》整体而言质量不错。周华翻译的《黑暗森林》也基本如此。当然，一些拙劣翻译也时有出现，使我再一次感觉到由于无法被恰当翻译，原文中有些东西在翻译过程中丢失了。对话的翻译也是如此。）

例7：Mark：Yet Joel Martinsen-not the translator of Three-Body-does a wonderful job. Sometimes it's like reading poetry or lyrics more than a story. （尽管不是《三体》的译者，但周华做得很好，有时译文读起来像是诗歌或抒情诗，而不是一个故事。）

以上读者评论表明，由于译者更换，读者会将两部小说的译者进行对比，对译者的看法则不尽相同。读者Patrick St-Denis认为整体上两位译者水平旗鼓相当，但局部而言，刘宇昆的译文较周华译文更好，因为周华的译文存在信息缺失、行文笨拙，以及对话内容翻译不恰当等问题。读者Mark对周华的译文有着极高的评价，认为周华让译文呈现诗歌般意境，该读者从译文阅读体验上给予周华很高的评价。由此可见，读者个体审美、喜好与接受视角及程度有一定的相关性，比如读者Edward认为"The change of translator from book one causes a style change and was a bit of a disappointment"（更换掉《三体》系列的译者会引起译文风格变化，这种改变令人有点失望），该读者认为因为译者的改变导致了《黑暗森林》译文整体读起来拖沓冗长。

三 读者对《黑暗森林》作者的评价

（一）对作者的总体评价

作者刘慈欣（Liu Cixin）在英文语境有多种称谓，基于"Liu Cixin""Cixin Liu""Liu""Cixin""author""writer" 6 个关键词，运用高级检索的方式对已收集到的所有评价进行检索，共得到 984 条结果。再以上述词语为中心词用 AntConc 软件对评论进行左右三跨的搭配检索，共呈现 86 个类符及 1677 个形符。其中较为高频且含褒义评价色彩的词语有"imagination""brilliant""mind-blowing""marvel""mastermind"等，表明读者对原小说作者刘慈欣非常认可。如读者 Barry 连用 2 个"brilliant"对作者给予高度评价："Brilliant, Mr. Liu Cixin. Just brilliant。"另外，检索出所搭配的动词有"think""does""was""managed""manages""introduces""treats""writes"等，逐一对比进行原文回溯后发现绝大部分有关作者的评价为褒奖。以高频词"imagination"为例，含有该关键词的评价共有 34 个结果，评论显示读者非常赞叹作者的想象力，认为阅读《黑暗森林》开拓了自己的想象空间。除此之外，值得关注的是有 4 位不同国籍的读者在评价中引用了小说中同一句话：

For the majority of people, what they love exists only in the imagination. The object of their love is not the man or woman of reality, but what he or she is like in their imagination. The person in reality is just a template used for the creation of this dream lover. Eventually, they find out the differences between their dream lover and the template. If they can get used to those differences, then they can be together. If not, they split up. It's as simple as that. You differ from the majority in one respect: You didn't need a template.［大部分人的爱情对象也只是存在于自己的想象之中。他们所爱的并不是现实中的她（他），而只是想象中的她（他），现实中的她（他）只是他们创造梦中情人的一个模板，他们迟早会发现梦中情人与模板之间的差异，如果适应这种差异他们就会走到一起，无法适应就分开，就这么简单。你与大多数人的区别在于：你不需要模板。］

在这一段中，刘慈欣借助书中罗辑的心理医生表达了自己对爱情的思考，认为世界上大部分人所爱的对象只是心中想象的那一位，而并非现实中的人，如果能够适应想象与现实的差异，两个人的关系还能继续维持，若无法适应则会分开。刘慈欣关于爱情的观点与陀思妥耶夫斯基在《卡拉马佐夫兄弟》第六章中所表达的"爱具体的人，不要爱抽象的人，要爱生活，不要爱生活的意义"的观点颇为相左。除了对刘慈欣关于爱情的观点产生共鸣外，这4位读者对作者相关"黑暗森林"理论的描述也表达了认同，所引述的理论表述基本相同，说明读者对作者"科幻"叙事以外的内容表达了兴趣与认同，从侧面印证了好的文学作品在诸多方面都能与海外读者产生共鸣。

此外，读者对于小说整体评价的高频词语中也有"dark"（黑暗的），"desolate"（荒凉的），"desperate"（绝望的）等，回溯评价上下文，发现读者对作者构建的科幻世界产生了"科幻之美"的美学共鸣，读者同时对作者在《黑暗森林》中所展现的想象力与未来推想力表示钦佩与赞赏。

例8：Pedro L. Fragoso（五星）：Maybe that Cixin Liu really managed to get me, unrelentlessly, to a dark, desolate, desperate place before finally lighting it and letting me breathe…（也许刘慈欣真的无情地把我带到了一个黑暗、荒凉、绝望的地方，最后才点燃了它，让我呼吸……）

（二）对作者人物塑造的评价

基于读者评价文本分析，也有部分读者对刘慈欣的人物塑造，尤其是女性角色塑造提出异议，认为小说中的角色扁平、不够鲜活，人物更像物体（object）。以"woman"与"misogyny"为关键词进行 AntConc 检索，发现有高达20条评论涵盖这一组词汇。读者 Justin Benavidez 发表了长评对刘慈欣和《三体》系列进行评价，他表示喜欢该系列小说的谋篇布局，但是在人物塑造上，主角罗辑是他最不喜欢的主角。而对于女性角色的塑造，这位读者认为刘慈欣把故事中的每一个女人都当作一个物品，角色过于扁平。海外读者在评价原文作者刘慈欣时，虽然肯定了他的科幻创意，但批评了他在人物角色塑造方面的不足，这表明在文学人物塑造上中国文学与西方读者的期待有一定差异，尤其相关女性角色塑造与社会角色定位、女权主义等都是西方从编辑到普通读者关注的问题，如例9。刘慈欣本人也曾表示，《三体》三部曲的英文版编辑是一名女权主义者，她对

《黑暗森林》相关角色描写部分做了 1000 多处修改，一些标明性别的称谓如"联合国女官员"被要求译为"UN official"，还限制 purity 和 angelic 等具有女性化特征措辞出现的数量①②。

例 9：Benjamin Fasching-Gray（三星）：Also the female characters are all problematic, I don't know what is worse：all female characters are enemies of humanity or all but one and she's a childish puppet?（而且女性角色都有问题，我不知道还有什么比这个更糟糕：所有的女性角色都是人类的敌人，或者只有一个敌人，她是一个幼稚的傀儡？）

例 9 的读者用了"problematic""worse""enemies""childish puppet"等词来表示女性角色塑造的问题，认为小说中的这一点是很糟糕的，女性角色或者是"敌人"（如 ETO 组织头目叶文洁）或者是"幼稚的木偶"（如罗辑的妻子庄颜）。读者认为刘慈欣在小说中刻画的女性角色有的不具备完整且成熟的人物形象，没有为剧情起到正面推动作用，有的导致了小说剧情向糟糕的方向发展。这说明海外读者更愿意看到书中有女性人物，尤其是对剧情有正向推动作用的女性角色的出现。

尽管不少海外读者对《黑暗森林》的人物塑造提出批评，但瑕不掩瑜，海外读者认同作者的硬科幻概念书写能力及超凡的想象力，如例 10。

例 10：Iris（五星）：The ideas presented in the book-of politics, ecological destruction, the Fermi Paradox, darkness, love, and humanity-are so captivating and insightful, so eloquently expressed (The imagery in this book is INSANE, huge props to the translator) that I didn't mind the lack of deep characterization.［书中提出的观点——政治、生态破坏、费米悖论、黑暗、爱情与人性——是如此的迷人而富有深刻见解，这些观点被（译者）如此流畅清晰地呈现（这本书的疯狂意象对译者是巨大的支撑），以至于我不介意它缺乏深刻的人物塑造。］

例 10 中读者 Iris 面临两种矛盾情绪。在评价中，该读者提到作者所提

---

① 顾忆青：《科幻世界的中国想象：刘慈欣〈三体〉三部曲在美国的译介与接受》，《东方翻译》2017 年第 1 期。
② 郎静：《论〈三体〉英译本中的女性主义翻译策略》，硕士学位论文，北京外国语大学，2015，第 20—26 页。

出的政治、生态、费米悖论、黑暗、爱情与人性等都十分独到、深刻、有洞见,书中的观点让人着迷、令人信服,尽管该书在人物塑造上并不深刻,但足以弥补此处的遗憾。可见该读者相较于书中的人物塑造,更为书中整体世界观的架构所吸引,因此该读者给《黑暗森林》满分的评价。

例11: Joanna(两星): Unfortunately, he's not that great at creating characters that are individually interesting or that anyone wants to root for…I frequently wondered how someone as smart as Liu obviously is to come up with the "dark Forest" concept, could have so many ridiculous plot elements. (不幸的是,作者并不太擅长创造那些单独有趣的或者有人想要支持的角色。我经常想知道,像刘慈欣这样能想出"黑暗森林"概念的聪明人怎么会写出这么多荒谬的情节。)

然而,同样表达矛盾之情的读者Joanna则给了一个较低的分数。该读者与许多读者一样,表达了对书中角色的不满,并认为作者似乎不擅长塑造讨喜的角色,这也成为她给《黑暗森林》打出两星的原因。与此同时,该读者也为刘慈欣的"黑暗森林"概念所折服。于是,在两种矛盾感受之下,该读者感到疑问和困惑,她不理解拥有强大科幻构思能力的刘慈欣为何无法把角色和情节塑造好。由此可见,虽然刘慈欣的《三体》系列使海外读者意识到中国作家能够创造出意义非凡的"硬科幻"小说,但海外读者对科幻小说人物角色塑造与剧情描写有较高的要求。

(三)对作者写作布局的评价

海外读者对《黑暗森林》的谋篇布局也有较为统一的评价。以"plot""page *"为关键词进行检索,发现不少读者认为小说有部分内容并不有趣,真正令人震撼的内容在最后。除了相应关键词,在大部分低分评价之中,许多读者也反映其低分评价的原因在于《黑暗森林》充斥着一些无聊的内容。例12—例14中的读者均认为书中前半部分内容寡淡无聊,而后半部分,尤其是最后100页才令人感到十分精彩。读者Logan Young直言不讳,以"pretty bad"(很差)来形容书中前1/3的内容;读者DonJuli则对书中提及的宇宙社会学感兴趣,尤其喜欢后100页中提到的"黑暗森林"理论,这个评价与大部分对《黑暗森林》表示赞叹与喜爱的读者的评价类似;而Jersy虽然对书中提出的想法与概念表示喜爱,但对人物与剧情进行批评，认为书中大部分的人物描述与情节叙述是无聊、破碎的，甚至前半部分与后半部分呈现完全不同的阅读体验。

例12：Logan Young（三星）：Second, the first 1/3 of this book was pretty bad.（第二，这本书的前三分之一相当的糟糕。）

例13：DonJuli（三星）：The theory of cosmic sociology is brilliant and fascinating and the last 100 pages are breathtaking. However, I felt the interest in the story catches up only after 200 pages and the real action only at page 400.（宇宙社会学理论精彩而迷人，最后的100页令人感到惊艳。然而，我觉得人们对这个故事的兴趣在200页之后才会提起，而在400页之后才真正提起兴趣。）

例14：Jersy（二星）：There were some interesting ideas and concepts in here…however most of the book focused on the most boring people and events and the plot was pretty fractured with the first and second half having entirely different settings and plots.（这里有一些有趣的想法和概念……然而，这本书的大部分内容都集中在最无聊的人物和事件上，情节相当破碎，前半部分和后半部分有完全不同的背景和情节。）

事实上，长篇小说往往倾向于构造一个更为宏观的世界，因而需要大量的篇幅进行铺垫，部分读者对《黑暗森林》的整体布局有较低的评价，一定原因在于快节奏生活与速食文化消费盛行，读者无法对铺垫内容持有耐心，但很重要的原因在于中西文学、美学与逻辑思维存在差异，这也是诸多中国文学在"走出去"的译介过程中被外方出版机构编辑进行结构"改写"的原因。

此外，也有少数海外读者对《黑暗森林》中的人物对话描写表示不满，认为对话篇幅过长、对话语调过于正式。如例15所示。

例15：Matt Williams（一星）：There are then three pages of dialog. You're never going to believe this, but does most of the talking, in a factual, authoritative tone.（简直难以置信，接下来有3页的对话大部分确实以事实的、命令式的语调进行书写。）

尽管大量篇幅的对话使一些海外读者感到厌烦，"正式""权威"的语气又让读者感受不到人物的真实性，但小说对人物的塑造与其所处小说叙事背景不无关系。读者如果能将人物对话的语调及方式与《黑暗森林》故事发生的社会背景相结合,就会对小说中的对话情节叙述有一定的包容。这也充分说明,在文学叙事方式及构建方式上的中西差异对读者接受产生了深刻影响。

总体而言,基于读者评价内容的分析可以认为《黑暗森林》在海外颇受欢迎在很大程度上得益于原作者刘慈欣所提出的全新的宇宙概念、理论、意象,以及由此产生的科学美学与人类未来的社会构想,为海外读者提供了一个中国视角来思考人类社会的现在与未来。与此同时,部分读者认为刘慈欣在角色塑造和谋篇布局上存在较大的硬伤,这也为中国科幻文学未来创作的改进与提升指明了方向。

第四节 《黑暗森林》海外传播效果分析

一 海外读者基于《黑暗森林》对中国形象的认知构建

作为三体系列之二的《黑暗森林》与《三体》同样受到海外读者的极大关注与积极评价,海外读者的评价,尤其是被认同点赞、跟帖互动的意见领袖型评价文本不仅涉及海外读者对小说本身叙事、情节、翻译、译者、作者的多维评价,而且涉及读者基于小说阅读而产生的关于中国形象的认知构建。比如基于上一章节的评论分析,前15个主要评论国家的平均评论字数均在100个字以上,一些国家的读者如英国、意大利的读者平均评论字数为350字左右。此外,意见领袖读者的评价字数一般为500—1000字,这体现了意见领袖读者对小说的深入分析,这为从读者评价文本视角分析海外读者的中国形象认知,探索海外读者对中国文化、社会、政治、经济等方面的了解提供了文献依据。

二 《黑暗森林》海外读者对中国总体形象的认知

作者根据海外读者评价内容与数量,重点分析读者对中国文化、政治、社会与经济、民生与生存状态四个方面的认知。通过研读评价文本发现,中国的文化与政治是读者探讨较多的话题,其他方面则探讨相对较少。对于中国文化，读者在表达了对中国文化历史饶有兴趣的同时，还表现出对中国文化了解的片面与缺失。一些读者简单地将阅读中所感受到的困惑与不适直接归结为中国文化特性，例如，有读者认为书中缺乏女性角色以及对话过于死板是受中国文化的影响，显然这种观点对中国文化的认知有所偏差。在政治方面，读者在感受到中西差异后，并未作出明显的褒贬评价，而是认为中国的政治结构与政治思想"有趣""发人深省"。与此同时，海外读者对作者的个人政治观念有所关注，虽然有读者认为刘慈欣具有自由未来主义者的思想，但仍然有读者从书中发现了马克思主义哲学才是刘慈欣所真正持有的政治哲学。在社会与经济方面，海外读者关注不多，读者一般从西方视角指出中西社会的差异，如家庭的联系密切抑或松散、集体主义与个体主义社会对比、社会主义与资本主义的差别等。也有少部分读者对中国人的民生与生存状态有所关注，但基于小说阅读，这些读者均展示出对中国截然不同的认知与形象构建。

从国家总体形象入手，先以"Chin*"（与单词"China"有关的各种屈折变化的词根）为关键词输入 AntConc 软件的"KWIC"功能，输出所有带"Chin*"的长度为 10 Tokens 的文本 168 条，将这一结果输出成 text 格式的文本后，导入 Python 的 TextBlob 进行情感分析。结果发现，海外读者对中国的总体评价均值为 0.10，属于比较正面的评价等级。其中，非常正面的评价有 2 条，比较正面的评价有 73 条，中性评价为 83 条，比较负面的评价有 10 条，而非常负面的则为 0 条，如图 4-4 所示。Python 情感分析结果表明，海外读者对中国整体形象的正面及非常正面的认知达到 75 条，而负面及非常负面的评价仅为 10 条，这与以往海外读者对中国文学，尤其是中国现当代文学的负面评价较多形成鲜明对比，说明《黑暗森林》小说在海外读者对中国整体认知构建上起到了积极的推进作用。

三 《黑暗森林》海外读者对中国历史文化的认知

一般而言，在谈及文化时，"culture"与"cultural"是两个高频词，以"cultur*"为检索词在 AntConc 进行检索共检索出 78 个结果，将这些结果输出为 text 文本格式后导入 TextBlob 之中进行情感分析。数据显示，与读者对中国的总体形象的认知相似，读者对中国文化的评价以正面和中

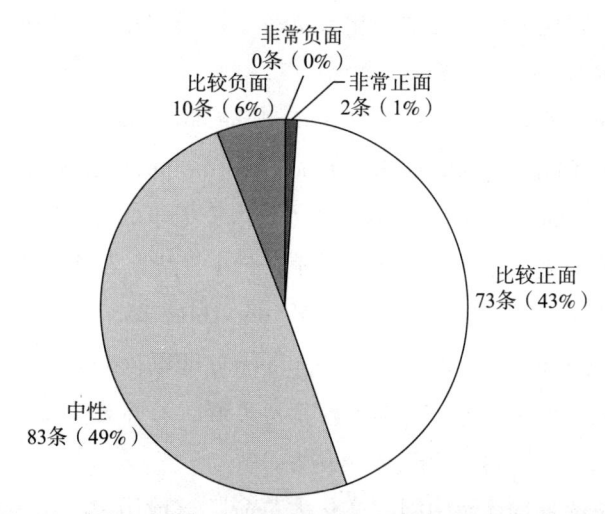

图 4-4 《黑暗森林》海外读者对中国总体形象的情感评价分布

性居多，均值为 0.11，属于比较正面的评价等级。其中非常正面的评价有 2 条，比较正面的评价有 41 条，中性评价为 28 条，比较负面的评价有 6 条，而非常负面的评价有 1 条（见图 4-5）。

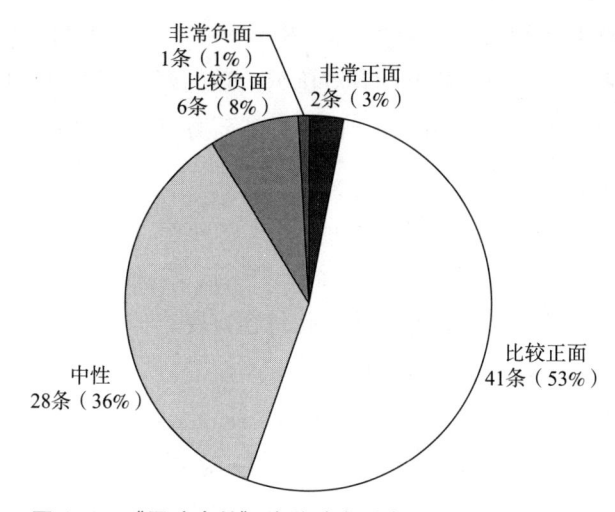

图 4-5 《黑暗森林》海外读者对中国文化的情感评价

利用 AntConc 的"collocate"功能检索"cultur*"左右最靠近的词块，一共得到 12 个结果。其中最显著的是"revolution"一词，出现在"cultur*"右侧共 14 次，所谈及的内容为小说中出现的与"文化大革命"

有关的内容，表现出对中国"文化大革命"期间文化历史的浓厚兴趣，如以下案例所示。

例 16：Matt Quann（五星）：I praised the novel for touching on the histories of both the Chinese Cultural Revolution and the physical sciences, but took it to point for its lack of characterization.（我称赞这部小说既谈及了中国"文化大革命"的历史，也谈及了物理科学，但小说缺乏人物塑造。）

例 17：Franz（二星）：…although the Three-Body Problem was better imo, especially with the setting and the influence of the cultural revolution being much more interesting.（……《三体》系列更好，尤其是设定在"文化大革命"背景影响之下，这让小说更加有趣。）

以上两位读者均谈及中国"文化大革命"这段历史，认为小说书写涉及这一文化历史值得称道。这与长期以来海外读者对"文化大革命"的刻板认知不无关系。西方媒体热衷于谈论"文化大革命"时期的中国文化历史，因此，海外读者对中国科幻类小说能够提及这一文化历史而表示称赞，这也从侧面证实《黑暗森林》的叙事并非架空于某一虚拟时代而是建立在中国已有的历史与文化基础上。因此，当涉及历史的文学作品"出海"时，译者应当认识到西方读者对该类话题的好奇与偏见，应在帮助海外读者了解中国文化历史的同时，帮助打破西方读者对一些中国特殊历史文化的刻板印象。

其中包括"Chinese""differences""references"等词块搭配，表明读者对《黑暗森林》中诸多中国文化元素的关注。面对中外文化差异，部分读者表示这种差异新奇、有趣，并对此包容接受，但也有部分读者将对小说的喜恶归结为文化差异所致。

例 18：Vincent Stoess（五星）：Chineseculture and very up-to-date hard science! It's interesting once again to view the world through a Chinese lens.（中国文化以及最新的硬科学！用中国角度看待世界再次令人感到有趣。）

例 19：Steven Grimm（三星）：There are also a few plot points that require a fair bit of suspension of disbelief about how people would react to impending doom, though some of that is actually a reason to recommend the book because it's a consequence of the author's Chinese cultural perspective.（而我推荐这本

书一部分是因为书中对人们面对末日的反应进行了情节描写,但阅读时请暂停一下对书中这些情节描写的怀疑,因为那是作者的中国文化视角产生的影响。)

在例18的读者评价中,该读者认为以中国叙事视角撰写的科幻小说很有趣,体现出他对中国文化的喜爱,表达了读者对中国文化现代性的认知,同时被书中展现的"硬科学"文化所折服。例19的读者感受到作者的中国文化视角使书中的部分情节的描述令海外读者难以置信。以上两个案例体现出中西文化的差异对海外读者的阅读体验带来的影响,但这种带有中国文学、文化特质的小说会让海外读者从多元视角感受中国文化。

总体而言,大部分读者对中国式科幻表达了高度的赞扬,虽然海外读者对中国历史文化存在一定的刻板印象及文化偏见,但大部分读者对中国特色文化抱有喜爱与好奇的心理,能够从小说中敏锐感受到中西方文化与叙事视角的差异。对于书中不符合西方文化价值观的描写,有的读者会表示喜爱与理解,而有的读者则可能会片面地归咎于文化因素。因此,不论是作者还是译者,应认识到文化差异既可以使海外读者产生别样的阅读体验,也可能会给海外读者带来一定的阅读困难与困惑。因此,科幻小说作家应充分认识到海外读者对文学作品的紧张而紧凑的情节构建、立体化的人物形象塑造,包括对女性形象的塑造等均有较高的阅读期待,在保持独具中国文化特色的科幻叙事的同时,要关注外国读者在文学作品的情节构建、人物塑造等方面的期待。

四 《黑暗森林》海外读者对中国政治的认知

海外读者同样能够从阅读《黑暗森林》小说过程中产生对中国政治环境、意识形态等方面的认知。从一部小说中,读者就能读出不一样的政治环境与意识形态。胡全生表示,小说家进行创作时,一要借助语言,二要运用叙事技巧,而叙事包含小说家的意识形态,具体反映在故事情节、人物塑造以及叙事视角之中。[①] 研究以"polit*"为关键词进行检索,共有84个检索结果,说明相较于"文化",读者对政治相关的话题讨论更多,

---

① 胡全生:《小说叙述与意识形态》,《四川外语学院学报》2002年第3期。

体现了读者对中国政治层面的关注。将相关数据进行 Python 情感分析，得到总情感均值为 0.1，即比较正面的评价等级，其中非常正面评价有 1 条，比较正面的有 39 条，中性的有 36 条，比较负面的有 8 条，非常负面的为 0。5 个等级的占比如图 4-6 所示。这一数据表明，海外读者对《黑暗森林》所展示的关于中国政治环境、政治见解，包括对未来世界的政治构想均持较为正面的态度，从侧面印证了中国方案在海外读者当中具有一定的认可度。

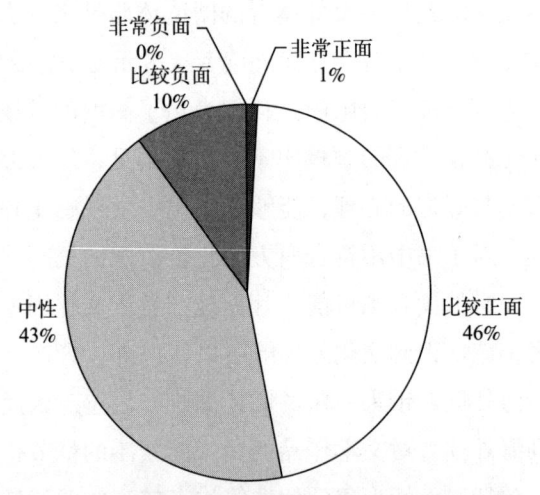

图 4-6 《黑暗森林》海外读者对中国政治情感分布

比如 1 条正面读者评价的评价情感值达 0.53，回溯该评论原文与上下文发现，读者肯定了小说的政治视角和对世界的政治观察，认为小说中针对人类潜在灭亡是基于现实世界的政治格局与现状进行政治性处理的。

例 20：Melis（五星）：I just loved all the politics and ways that the world handled (or probably more accurately DIDN'T handle) the upcoming potential extinction seemed at times to be not so much a story, but a prediction based on the way humans treat each other right now: NOT VERY WELL!! ［我对所有的政治活动以及世界各国处理（或更准确说是仍未处理）即将到来的可能人类消亡方式都很喜欢。有时候这似乎不是虚构一个故事，而是基于人类当前对待彼此方式的一种预测：并不是很好！］

再利用 AntConc 的"collocate"功能检索含有"politics"关键词的左

右三跨的单词，结果发现"social/socio""philosophic"等词最为显著，说明读者在讨论相关"政治"话题时会连同社会、哲学等相关话题一起讨论，如例21所示。

例21：Edward（四星）：The Dark Forest contains mind-twisting plots and doses of physics, socio-political and philosophical insights. It leads the readers thinking there might be an answer to the Fermi's Paradox.（《黑暗森林》包含了烧脑情节以及一些物理学、社会政治及哲学领域的真知灼见。这些描写会让读者认为解决费米悖论的答案是存在的。）

读者Edward高度赞扬了《黑暗森林》，并被书中深度思考的情节描写、物理学概念、社会政治与哲学的独到见解折服，认为黑暗森林理论是对费米假设的最好回答。像其他众多读者一样，该读者提到了"Fermi's Paradox"（费米悖论），这个悖论可简要概括为"如果这个世界上有外星人，为什么至今未能发现它们的踪迹？"在《黑暗森林》中，刘慈欣给出了黑暗森林理论答案，即在庞大的宇宙中有着数以万计的星系文明，而每一个星系文明的科技发展天差地别，整个宇宙宛如一片巨大、黑暗的森林，每个星系文明宛如森林中的猎人，如若有一个文明暴露了自己的位置，很有可能被身边的"猎人"视作敌人而被迅速消灭，因此至今还未发现其他星系的文明。很多海外读者认为黑暗森林理论是对当下国际政治现实的理论重构，体现了当前国际政治中的现实主义，国家间力量此消彼长，形成一种持续的对抗现状，而科技的飞速发展加速了国家间的力量不均衡，进而引起国家间猜忌。

事实上，《黑暗森林》较《三体》视角更为开阔，不再局限于单一国家的政治环境，而是上升至地缘政治甚至是国际政治层面，相较于第一部，《三体》系列第二部也更多探讨有关人类所生存的环境以及人类生存的哲学话题。像中外文化差异一样，不少读者也敏锐察觉到《黑暗森林》呈现不一样的政治环境与意识形态。其中，有不少读者认为《黑暗森林》包含了"现代政治隐喻"（modern political allegory），且所描述的政治内容与哲学理念与西方十分不同，这无疑对海外读者了解中国特色的政治体制与人类社会治理有推进作用，如例22所示。

例22：Anna（五星）：The political and philosophical grounding was thus different to what I'm used to, which illuminated the usual presumptions underlying Western conceptions of the future. I found this especially thought-provoking when the narrative turned to the military and their concept of duty. (这些政治和哲学基础与我习以为常的政治与哲学基础的不同，令人对基于西方未来观念的习惯性假设产生反思。当故事转向军事及其职责概念时，我发现这一点特别发人深省。)

以代表性读者 Anna 的评论为例，Anna 阅读《黑暗森林》后，她感受到书中对军队建设与军队职责的表述与西方有明显差异，并认为这种差异"发人深省"（thought-provoking）。在《黑暗森林》中，军人的责任不仅是保卫国家或人类，而是在面对全宇宙遭受威胁时的道德和生存抉择。这种探讨与西方文学中常见的更为直接的军事冲突和英雄主义有所不同。在《黑暗森林》中，有罗辑等4位面壁人，有4种面壁计划。书中美国前国防部长泰勒的计划体现出传统的军事对抗思想，即通过建立强大的军事力量来直接对抗敌人。英国科学家、政治家、诺贝尔奖获得者比尔·希恩斯则提出了"思想钢印"，即计划给对抗三体舰队的地球太空舰队刻上"人类必胜"的"思想钢印"，实则背道而驰，刻上了"人类必败"的"思想钢印"，希望军队能够认识到地球人与三体人的科技差距，从而使人类逃离地球建立新的文明。前委内瑞拉总统曼努尔·雷迪亚兹则提出了"威慑计划"：表面上在水星建立太阳系内层防御基地，实际上希望在水星上引爆大量氢弹，使其减速坠向太阳从而引发连锁反应，使整个太阳系环境恶化成比三体世界还恐怖的地狱，以此要挟三体人。而罗辑的"面壁计划"则是真正的"威慑计划"，通过暴露三体星球与地球的位置，以"山外有山，人外有人"的"黑暗森林法则"来威慑三体人，从而达到"不战而屈人之兵"的目的，体现了中国的古典军事与政治哲学思想。西方的科幻小说更多表现为泰勒计划，凸显英雄主义，但泰勒计划以大量民众的牺牲为代价。此外，有对抗就有反叛，埃文斯代表了军事或政治斗争中依附强者、背叛同伴的群体。然而，罗辑则给出了另一种不同于西方的决策方案，展现了一种全然不同于西方的中式政治思考，给西方读者留下了深刻印象，如例23所示。

例23：Marta（四星）：What makes the book most interesting to me is the definite Chinese viewpoint...The psychological analyses are conducted by political cadres and are referred to as ideological work—a clear Chinese political structure.（这本书让我最感兴趣的是其清楚明晰的中国观点……心理分析是由政治干部进行的，被称为思想工作——一种显而易见的中国政治体制。）

读者 Marta 也敏锐地从阅读中了解到中西政治方面的差异，而这种差异也是吸引西方读者的原因。该读者认为，不同于西方传统政治思维方式的中国视角令读者感到好奇与着迷，书中体现了中国在意识形态方面的工作方式，表明了"集中力量干大事"的集体主义底层逻辑。从该评价可以看出，《黑暗森林》不仅让海外读者了解到中国的政治体制，也让海外读者了解到中国人特有的政治思想与工作方式。

喜爱政治话题的海外读者会在此基础上深入探讨作者刘慈欣的政治思想。读者 Gary 在这一方面有较为深入的分析，该读者不仅对《黑暗森林》理解深刻而且高度赞赏，对《黑暗森林》中表达的政治思想与获奖原因展开深入的思考。Gary 认为《三体》的"硬科幻"及其展现的政治思想让它荣获了雨果奖，并获得了普罗米修斯奖的提名。Gary 认为刘慈欣在书中所表达的政治主张并非与自由未来主义者殊途同归，而是刘慈欣基于根深蒂固的马克思唯物史观所形成的政治思想。

例 24：Gary（五星）：More conscientious readers would have recognized the historical materialist perspective in that novel, and that Liu is, at the very least, more intellectually engaged with Marxism than any other philosophical movement.（更认真的读者会认识到这本小说中的历史唯物主义观点，而且刘慈欣至少在思想上，相较于其他哲学思想，更擅长于马克思主义。）

基于评论内容分析，读者 Gary 仔细阅读了《黑暗森林》并且对作者的政治主张有很深刻的见解，认为《黑暗森林》绝不是强调"个人"的自由，而是表达"集体"观念，表达了作者对刘慈欣笔下的政治主张的欣赏。

综上，以"polit*"为检索词所检索出的评价结果表明，相关政治话题在海外读者讨论中占据显著位置，比涉及文化类关键词"cultur*"的评价数量多。在读者评价中，与之同时讨论的词汇涉及环境、哲学、社会等内容。海外读者认为《黑暗森林》相较于《三体》，在视角上更为宽广，不局限于某一国家的政治环境，而是上升为更广阔的地缘政治和国际政治。这种视角的变化使小说探讨了更多关于人类生存环境和生存哲学的话题。特别值得注意的是，读者对《黑暗森林》中所揭示的不同政治环境和意识形态有所察觉，认为这些具有中国特色的政治思想发人深省。此外，有读者对书中政治隐喻有不同解读、对刘慈欣政治思想有深入探讨，一些评价指出了刘慈欣与马克思主义的关联，以及刘慈欣对自由主义世界观的批判。总之，海外读者认为《黑暗森林》不仅是一部科幻小说，还是一部深刻反映作者政治背景与中国政治思想的作品，它展示了如何通过文学作品来理解和探讨不同民族国家的政治观点，以及这些观点如何影响读者对中国政治的认知和评价。从读者的评价反馈中可以发现，优秀的中国当代文学作品不仅能使海外读者正确了解中国的政治，还能让海外读者欣赏到中国的政治哲学思想。

五 《黑暗森林》海外读者对中国社会的认知

前文提及《三体》系列是在真实的环境与史实基础之上书写的科幻小说，虽为虚构的故事，但所塑造的社会尤其是关于中国元素的描写是真实的。因此，读者也能够基于小说所呈现的内容对中国社会现状、经济发展情况产生一定认知。以"soci*"为检索词在 AntConc 进行检索，总共有 214 个结果，出现了"social""society（s）""sociology""sociologist（s）""sociological""socio-""socialism"共 7 种词，说明读者并非单一围绕"社会"进行讨论，更多的是涉及书中的宇宙社会学、社会学家、社会主义等方面。将检索范围缩小，以"society"和"social"为关键词，共获取 86 条结果。将结果导入 TextBlob 进行情感分析，发现情感均值为 0.1，属于比较正面等级。在检索结果中，非常正面的评价有 2 条，比较正面的评价有 35 条，中性评价有 44 条，比较负面评价有 5 条，不存在非常负面的评价。由此可见，《黑暗森林》的海外读者对中国社会认知以中性及正面评价为主，这与海外读者阅读中国纯文学作品时对中国政治产生较为负面的评价形成鲜明对比。《黑暗森林》海外读者对中国社会评价的情感认知分布如图 4-7 所示。

将上述文本利用 AntConc 的"collocate"功能检索其左右三跨的搭配

第四章 《黑暗森林》的海外译介与传播效果

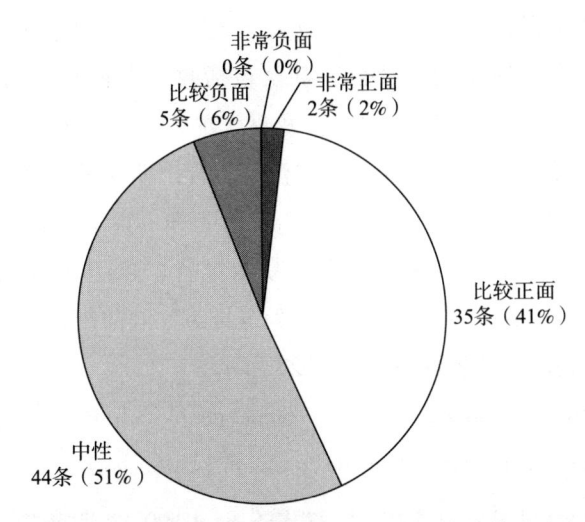

非常负面 0条（0%）
非常正面 2条（2%）
比较负面 5条（6%）
比较正面 35条（41%）
中性 44条（51%）

图 4-7　《黑暗森林》海外读者对中国社会的情感分布

词，出现次数最多的实意词为"human"，在右侧出现达 8 次，之后依次为"political""future""extreme""politics""sweeping""libertarian""commentary"，非实意词为"and"，逐一回溯原文后，发现大部分内容是读者对小说中所塑造的人类社会与社会哲学的探讨。

例 25：Jacob（五星）：Maybe controversial, but I liked this one more than the first! combined everything I liked about the first one (social, and philosophical speculation) with a v interesting premise (the Wallfacers) and all of it read like a thriller. and best of all I have no idea what will happen in the final book！［也许有争议，但相比《三体》系列，我更喜欢系列Ⅱ（黑暗森林）！将我喜欢的第一部的所有内容（社会和哲学推测）与有趣的前提（面壁者）结合起来，这些读起来就像一部惊悚片。作品的最佳之处是，我不知道系列的最后一本会发生什么！］

例 26：prcardi（四星）：I did think that there were perhaps a few too many social ideas scattered throughout the text. It was difficult to see their relative worth to the author—coming about through the process of the novel coming to life—and which was serious and meaningful.［我确实认为文本中散布着太多的社会思想。相比之下很难看出它们对作者的价值，在小说逐渐引起读者兴趣的过程中所产生（的价值）却是严肃而有意义的。］

从上述两个案例中可以发现，读者虽没有明确对中国社会进行探讨，但的确关注了书中所呈现的社会（甚至包括政治和哲学）描述。读者 Jacob 明显表达了对书中所描写的社会及哲学的喜爱，以及对三部曲中最后一部的期待。然而，读者 prcardi 虽然没有表现出明显的与社会评价相关的内容，但是关注了书中的社会思想是否对作者和小说本身有价值和意义。

将检索结果增至 20 tokens 并输出为 txt 文件，运用 txt 文件自带的"查找"功能输入"Chin"（"China"或"Chinese"的前缀）进行查找，发现 1 条比较有代表性的读者评价，如例 27 所示。

例 27：Matt Madurski（五星）：Some people want to escape Earth and find a new home for humanity. But the problem is, who gets to escape? Such "escapism" is quickly outlawed and not perused as a serious strategy for facing the coming crisis...Family lines and socialism are less important to me as a Westerner.（有些人想要逃离地球并找到一个新的人道主义家园。但问题是，谁能逃离？这样的"逃离主义"很快被视为非法，并没有在面对即将到来的危机时作为一项严肃的战略被参阅……家族血脉与社会主义对我这个西方人来说不太重要。）

在例 27 的评价中，读者将自己带入小说中的情节，在如三体人一般强大的外星生物将要入侵地球时，该读者认为逃离地球应当是一个值得考虑的策略（尽管"谁能逃脱"的问题尚未给出答案），因为自己作为一个西方人，"family lines"（家族血脉）与"socialism"（社会主义）在灾难面前显得没那么重要。该读者虽未直接谈及中国社会，却以自身与其进行对比，认为中国社会是重视家庭、社会、集体的，即使在人类灾难到来之时，仍然将之视为首要的社会实践原则。这一具有代表性的评价从侧面体现出海外读者认为社会主义中国与西方社会不同，相较于西方社会，中国社会更重视家庭联系与社会凝聚力。

六 《黑暗森林》海外读者对中国人生活与生存状态的认知

同样以关键词检索的方式探究海外读者从《黑暗森林》中了解到怎样的中国生活与中国人生存状态。以"life"为检索词在 AntConc 中进行检索，共计输出 149 条结果；继续检索其左右三跨的搭配词，其中"intelli-

第四章 《黑暗森林》的海外译介与传播效果

gent""alien""finds""hunter""extraterrestrial"等词出现次数最多,但当与"life"搭配时,life 一词更多作为"生命"的意思。通过逐一回溯原文,本书获得关于对中国人及其生存状态的评价 68 条,表达了海外读者在《黑暗森林》阅读过程中对中国人及其生活状态的认知。就对中国人的评论而言,读者 Bryan Alexander 表示,"Chinese people are well represented on the global stage, and the nation pivotal to key developments"(中国人民充分展现在世界舞台上,对中国的重要发展起到了关键作用),表明该读者认可中国人对整个世界的重要性、中国人在推进国家发展过程中的重要作用。

例 28：Marta（五星）：What makes the book most interesting to me is the definite Chinese viewpoint. People just don't act like Westerners. They are more introspective, more formal, more disillusioned, easier to despair, more philosophical. It is hard to explain-the Chinese parts feel authentic, the Western scenes don't.（这本书让我最感兴趣的是明晰的中国人观点。中国人在行为上不同于西方人。他们更内省、更庄重、更觉醒、更易于绝望、更具哲思。这很难解释为什么关于中国的场景描写感觉真实,西方的则没有这种感觉。）

在例 28 之中,读者 Marta 不仅对中国观点表现出强烈的兴趣,而且基于中西方人的行为比较而勾勒出中国人的形象,认为中国人比西方人更为注重自省,而且具有哲思性。这种海外读者对中国人应对灾难的能力认知与 2020 年新冠疫情席卷全球时中国人全民抗疫形成现实呼应,该读者评价获得大量点赞与跟帖互动,也从侧面证实了其对中国人的认知得到更多海外读者的认同。

基于量化与案例分析,从文化历史、政治社会等维度逐一探讨,发现海外读者在阅读《黑暗森林》后,对中国的认知与形象更正向积极。面对中外差异,不少读者仍保持理解与尊重的态度,未对差异展开过多的评价,相反有部分读者对差异表示欣赏。与《三体》类似,《黑暗森林》的读者对中国文化及相关内容,尤其是中国当代的科技文化表示喜爱。《黑暗森林》对事件的探讨从国家范围上升至世界范围,读者讨论程度高于对文化的讨论程度,尤其是相关黑暗森林理论及中国与国际政治关系是读者讨论的热点话题,部分读者对以往相关中国政治的"刻板"进行反思甚至

· 127 ·

批判。相对于文化政治维度，《黑暗森林》海外读者对中国社会经济、中国人生活状态等方面的讨论相对较少，其中具有代表性的评价是面临人类灾难时中国的集体主义精神发挥更重要作用，这点对人类面临越来越多诸如环境、气候、卫生健康灾难时，中国的集体主义精神应对灾难的方式与政策更具借鉴性具有重要的现实意义。对中国人的认知同样基于小说中中国人应对灾难时的表现，通过阅读《黑暗森林》，海外读者对中国人产生了积极的认知与形象构建，认为中国人更庄重、内省、务实等。总之，多数《黑暗森林》海外读者对中国持开放、包容、欣赏的态度，能从科幻文学作品中欣赏到中国特色文化，《黑暗森林》促进了世界人民对中国形象的积极构建。

第五章 《死神永生》的海外译介与传播效果

自21世纪初提出文化"走出去"战略以来,中国先后设立了一系列从外译到营销,再到国际出版的重点扶持计划,国家政策扶持、政府搭台外宣和代表作家重点推介多措并举,旨在创造政府推动、企业主导以及市场化运作相结合的对外文化贸易新路径,力图在立体化格局下拓宽中华文化海外通道,推动中国文学作品扎根国际市场。在持续升温的文学传播话题下,以《三体》为代表的中国科幻文学突破这一困境。[1] 中国文学在普通读者中的影响力与日俱增,在海外主流媒体与权威网站也被投入更多关注。类型文学在中国文学体系中始终居于边缘地位,而21世纪以来,随着中国文学创作的市场化、网络化和类型化趋势日益显著,类型文学引起了学界和媒介的关注。[2] 以《三体》系列为代表的科幻小说迅速攫取读者吸引力,这些科幻小说内容宏大,关注全人类共同面临的问题,易于引起全球读者的共鸣。同时,译者顺应目标语读者审美需求,进行合理翻译,促进《三体》系列在海外传播,本章将基于海外读者评价聚焦分析《三体Ⅲ:死神永生》(*The Death End*)的海外译介与传播效果。

第一节 海外读者对《死神永生》的评价概述

一 海外读者对《死神永生》的整体星评

科幻长篇小说《死神永生》是《三体》系列中的第三部作品,于

---

[1] 胡丽娟:《传播学视阈下刘慈欣科幻小说的海外接受效果研究——以〈三体〉在美国的传播为例》,硕士学位论文,山东大学,2023,第1页。
[2] 李巧珍:《2000年以来中国类型小说的英译出版传播研究》,《传媒论坛》2023年第11期。

2016年9月20日首次在海外出版，截至2022年1月，该作品已经有94个版本，在全球范围内引起热议。《死神永生》主要讲述了"文化大革命"期间一次偶然的星际通信引发的三体世界对地球的入侵以及之后人类文明与三体文明300多年的恩怨。[1]《死神永生》通过细节的描写生动呈现了在失根状态下的漂泊流浪之中，人类个体与集体的无助、人性灰暗与压抑面的异化表现、困境之中的惊恐癫狂还有归属感缺失的愤怒与不安。[2]

目前该书在海外已得到广泛关注，读者积极参与评分。据统计，海外读书网站Goodreads上已有82900名读者参与了对该作品的评价，平均评分为4.43分，表明《死神永生》延续《三体》系列在海外传播的强劲势头，持续扩大其海外读者群体。其中，58.3%的读者给予了五星评价（最高级别），29.4%的读者给予了四星评价，高分评价共占87.7%；有9.4%和2.3%的读者分别给予了三星和二星，仅有约0.6%的读者给予了一星评价。这些数据表明《死神永生》深得海外读者喜爱，为中国科幻拓展了跨越文化空间的旅行通道，堪称中国文学"走出去"的经典范例。

与此同时，海外读者对该作品的讨论也非常活跃，且星级评分与讨论数量成正比。数据显示，与该作品相关的评论和发帖总量已经达到7640条（统计截至2023年1月）。其中，五星评价的发帖数量为4353条，四星评价的发帖数量为1984条，三星评价发帖数量为867条，二星和一星发帖数量分别为323条和113条。总体来看，读者对《死神永生》的正面评价很高，表现出海外读者对具有中国特色的科幻小说的高接受度。

二 海外读者对《死神永生》的发帖及跟帖概述

《死神永生》自2016年出版以来热度居高不下，这足以证明该书译本在海外赢得了较为广泛的关注。2017年，《死神永生》获得了美国轨迹奖最佳长篇科幻小说奖；之后，《死神永生》入围美国雨果奖2017年度长篇小说提名，随着知名度的提高，读者群体也有所扩大。但是，2019年评价人数、发帖与跟帖数量出现低谷值，评价人数、发帖数量仅为76条，跟帖

---

[1] 刘慈欣：《三体Ⅲ：死神永生》（典藏版），重庆出版社，2016，第1页。
[2] 查紫阳编《宇宙容得下我们吗？〈三体〉争鸣》，南京师范大学出版社，2016，第99页。

数量为 72 条。这与 2019 年刘慈欣的《流浪地球》影视版进入北美市场后对《死神永生》产生分众效应有一定关系。由刘慈欣同名小说改编的电影《流浪地球》在国内获得口碑、票房双丰收的同时进入北美市场，在全美只有 64 家影院上映的情况下，该部电影首周累计票房超过 257 万美元，首周末拿下 5 位数的馆均票房。① 不过从次年（2020 年）开始，《死神永生》的评价人数、发帖与跟帖数量呈上升趋势，尤其在 2022 年实现井喷式增长，评价人数、发帖数量为 154 条，跟帖数量为 190 条（见图 5-1），前者为 2016 年以来的数据峰值。这些数据表明，《死神永生》虽然于 2019 年受到同类型文学作品的冲击，但在海外仍有较大市场，读者队伍不断壮大。《三体》系列探讨了宇宙之间的文明冲突，其剧情与设定与新冠疫情在全球范围内大规模暴发的社会环境有一定相似，这也为《死神永生》在海外传播提供了有利的客观环境。另外，全球流媒体巨头 Netflix 对这一系列书籍也颇为关注，一系列推广活动将《三体》系列书籍再次带到大众眼前，使这一具有中国人文特色的科幻小说吸引了更多读者。

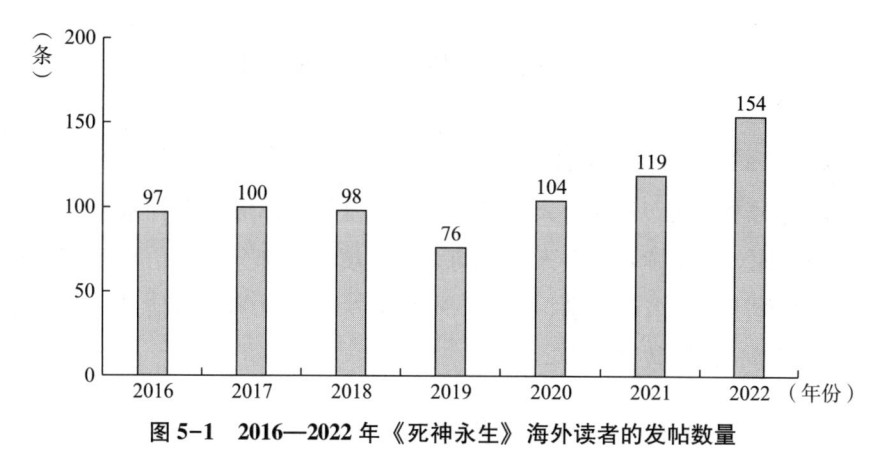

图 5-1 2016—2022 年《死神永生》海外读者的发帖数量

值得注意的是，《死神永生》在海外出版发行之初，即在 2016 年与 2017 年，读者的发帖数量要远远低于跟帖数量，2016 年发帖数量为 97 条，跟帖数量高达 287 条；2017 年发帖数量为 100 条，跟帖数量达 147 条（见

---

① 胡丽娟：《传播学视阈下刘慈欣科幻小说的海外接受效果研究——以〈三体〉在美国的传播为例》，硕士学位论文，山东大学，2023，第 1 页。

图 5-2)，说明该书早期的海外读者评价产生了积极的意见领袖效应。在"一对一"或"一对多"的网络即时互动模式及网络媒体开放性驱动下，不断有读者参与互动过程，对意见领袖型发帖予以回应，从而累积更多跟帖，也从侧面反映出读者对该书的高度关注。

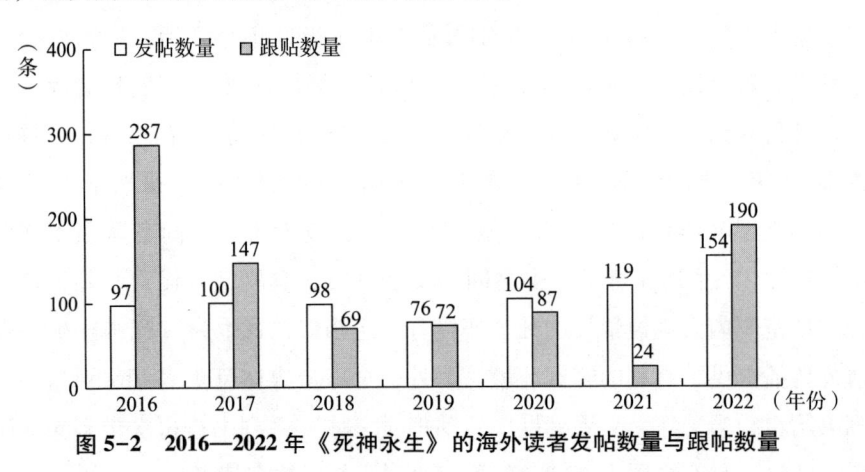

图 5-2 2016—2022 年《死神永生》的海外读者发帖数量与跟帖数量

第二节 《死神永生》海外读者概述

Goodreads 网站在展示读者评价的同时，会呈现书评发布者的个人信息，通过对书评发布者的个人信息进行整理统计，形成《死神永生》海外读者信息库。由于读者的个人信息均为自主填写，部分个人信息会有所缺失，但整体上，读者的国别、性别、年龄、发帖语言等基本信息比较完整充分，可对比进行数据分析。

一 《死神永生》海外读者国别分析

从国籍来看，在 763 位读者中，有 558 位读者标明了自己的国籍，他们分别来自 62 个国家和地区。读者人数最多的前 15 个国家分别为美国（192）、西班牙（48）、加拿大（39）、英国（28）、印度（19）、德国（15）、罗马尼亚（14）、捷克（14）、荷兰（13）、立陶宛（11）、希腊（10）、哥伦比亚（9）、新加坡（8）、澳大利亚（8）、法国（8）。

从地域分布来看，《死神永生》读者群体集中在欧美国家，其中美国、西班牙、加拿大与英国位居前列。这一数据反映出《死神永生》在英语、西班牙语国家有较高的读者关注度。将参评人数前15名的读者国别与读者给《死神永生》的星级评分进行交互对比，发现《死神永生》备受中南欧国家读者的喜爱，例如，中欧国家捷克读者给出了4.71分的高分，南欧国家罗马尼亚读者给出了4.79分的高分。同时，北美的两个大国——美国与加拿大以及亚洲印度的读者评分相对较高。不同地域的国家对《死神永生》的喜爱程度有所差异，但总体反响很好，平均评分为4.43分，体现出海外读者对中国科幻文学的高接受度。

二 《死神永生》海外读者发帖语言分析

从发帖语言上看，763位读者使用32种语言撰写了书评。其中使用人数最多的前15种语言分别为英语（576）、西班牙语（79）、捷克语（11）、德语（10）、立陶宛语（8）、希腊语（8）、保加利亚语（7）、波兰语（6）、法语（6）、葡萄牙语（6）、乌克兰语（6）、俄语（4）、越南语（3）、意大利语（3）以及匈牙利语（3）。以上数据同样体现出该小说在海外广泛传播、受众群体广泛。读者评价中使用英语评价的人数占比最高，这与英语作为国际通用语言的地位相匹配。欧洲国家语言占比居前，与欧洲读者在样本量中的比重较大的情况相符。与读者国别前15名进行对比，发现读者使用语言的前15种有些许不同，除去欧洲语言之外，越南语位列其中。将发帖语言前15的读者国别与读者给《死神永生》的星级评分进行交互对比，对比结果与参评人数前15的读者国别大体一致。中欧国家语言，如捷克语使用者的评分较高（表5-1中葡萄牙语评分为4.83）；英语使用者评分较高；一些南欧国家语言，如西班牙语和希腊语的使用者评分相对较低。

结合评价发布时间进行进一步分析，发现有效评论最早发布于2016年，可见该书一经出版，便吸引了一众读者阅读。2016年9月，有26名读者率先阅读，其中使用英语的读者占绝大多数，仅有3位使用西班牙语的读者，这与《死神永生》英文、西班牙文版先后出版发售相关。自《死神永生》在海外出版以来，仅2016年4个月（9—12月），就有92名读者阅读并发表评论，对于进入英语世界的翻译文学作品而言这是一个可观的

表 5-1 读者基本信息

单位：人，分

国别			发帖语言			性别			职业		
国别	人数	评分	语言	人数	评分	性别	人数	评分	职业	人数	评分
美国	192	4.29	英语	576	4.33	男	70	4.40	文艺	34	4.12
西班牙	48	4.27	西班牙语	79	4.24	女	39	4.28	教育	10	4.00
加拿大	39	4.51	捷克语	11	4.45	其他	654	4.32	科研	7	4.57
英国	28	4.32	德语	10	4.30				IT	5	4.60
印度	19	4.63	立陶宛语	8	4.25				医疗	3	
德国	15	4.33	希腊语	8	4.25				退休	3	
罗马尼亚	14	4.79	保加利亚语	7	4.14				商业	3	
捷克	14	4.71	波兰语	6	4.33				制造业	1	
荷兰	13	4.08	法语	6	4.83						
立陶宛	11	4.45	葡萄牙语	6	4.83						
希腊	10	4.40	乌克兰语	6	4.00						
哥伦比亚	9	4.67	俄语	4	4.00						
新加坡	8	4.88	越南语	3	4.00						
澳大利亚	8	4.50	意大利语	3	4.33						
法国	8	4.25	匈牙利语	3	3.67						
其他	134	4.09	其他	27	4.56						

数字。不同语种译本的推出毋庸置疑推动了《死神永生》在各国的传播，但由于出版时间不同，在各国影响程度也不尽相同。综上所述，《死神永生》初期的传播主要依靠英译本，在相继推出多语种版本后，读者群体随之扩大，作品的受欢迎程度也逐渐提高，相应的读者结构与评价语言也出现多元化趋势，逐步实现本土化传播。

三 《死神永生》海外读者性别分析

就已标注性别的 109 位读者而言，其中男性 70 人，占比约为 64%，女性 39 人，占比约为 36%。数据表明，《死神永生》在海外吸引了较多男性读者，但女性读者也占据了一定比例，《死神永生》在海外传播过程中并没有非常明显的男性读者主体倾向。将读者性别与读者给《死神永生》的星级评分交互对比后可发现在给出五星好评的读者中，女性读者占32%，男性读者占68%；但在所有女性读者中，54%的女性读者给出了五星好评，在所有男性读者中，63%的男性读者给出了五星好评。由此可见，男性读者与女性读者对《死神永生》整体接受度都很高；相对来看，女性读者对《死神永生》的认可程度略低。由于发布一星评价的读者均未透露性别方面的信息，本书重点分析给出二星评价的读者。选取标注个人性别的二星评价进行分析发现，读者主要对《死神永生》情节生硬、结局仓促感到失望，女性读者更关注作者在处理女性角色时的态度。女性读者 Victoria victoriashaz（详见例1）、男性读者 Josiah（详见例2）均提到了小说情节设置的不恰当，说明他们更关注小说的感性阅读体验。不同性别的低分读者对《死神永生》评价一致，说明其批评点不受性别影响。

例1：I still have huge issues with the treatment of women, the storytelling that gives the reader no motivation to care, and the overall way that the book and this finale happened.（对待女性的方式、不能促使读者关心故事讲述，以及这本书和大结局的整体表述，都令人有很大疑问。）

例2：But on a personal level, the ending ruined the whole book for me. I really wrestle to understand what the point of it was.（就我个人而言，结局毁了整本书。我真的很想明白这有什么意义。）

四 《死神永生》海外读者职业分析

对已标注职业的读者展开分析，有66位读者标注了职业，他们分别来自8个行业。从业人员数量最多的前几个行业分别为文艺（34人）、教育（10人）、科研（7人）、IT（5人）以及医疗、退休、商业（都为3人）。在来自文艺行业的读者中，有32位读者从事写作或撰稿工作，其中有1位超自然小说作家，这些读者打出的星级评分均分为4.07，由此可见，《死神永生》吸引了一大批文艺工作者，并且在写作同行中获得较高认可。超自然小说作家 Raeden Zen 给出四星评价，该小说家非常推崇《三体》系列（详见例3）。

例3：Liu takes us through various eras that span hundreds of years of the war between Earth and Trisolaris, with a focus on manipulations of the laws of physics, complex social structures, and character development…I really enjoyed *Remembrance of Earth's Past*①. Highly recommended for fans of hard sci-fi. [刘慈欣带我们穿越了地球和三体之间数百年战争的不同时代，聚焦对物理定律的操纵、复杂的社会结构和人物发展。……我真的很喜欢《地球往事》（《三体》三部曲），强烈推荐给硬科幻迷。]

IT 行业从业者平均评分为 4.60 分，科研人员平均评分为 4.57 分，这两类人员也是《死神永生》的主要受众，也符合作品的科幻属性，其平均评分之高也能体现出这部小说极具创造性与开创性，非常注重科学性，能够吸引相关人士阅读。软件工程师 Arity 给出五星评价，在书评中对本书大力赞扬，称《死神永生》叙事丰富，思考深刻，同时具有较高的艺术性和美学价值（详见例 4）。

例 4：*Death's End* alone could probably supply Hollywood with ideas for new movies for next 10 years. I especially loved part with fairy tales. Fantastic series which I enjoyed a lot. （《死神永生》本身就可能为好莱坞提供未来 10 年新电影的创意。我特别喜欢讲奇幻故事。我非常喜欢精彩的《三体》系列。）

五 《死神永生》海外读者年龄分析

就年龄而言，《死神永生》在 Goodreads 的读者中有 250 位读者标明了自己的年龄，20—35 岁有 120 人，占比约为 48%；36—55 岁有 119 人，占比约为 48%；55 岁以上有 11 人，占比约为 4%。将读者年龄段与读者给《死神永生》的星级评分进行交互对比，发现 20—35 岁年龄段读者打分最高，为 4.39 分，年龄处于 36—55 岁的读者的平均评分为 4.29 分，而 55 岁以上读者的评分最低，为 4.18 分。综上分析，青中年读者（20—55 岁）对《死神永生》关注度较高，评价也较高。老年读者（55 岁以上）相对较少，但对《死神永生》有较高评价（见表 5-2）。

---

① 《三体》三部曲的原名为《地球往事》（*Remembrance of Earth's Past*）系列。

表 5-2 《死神永生》海外读者发帖情况

年龄			发帖文字数量		发帖获赞数量		发帖跟帖数量	
年龄（岁）	人数（人）	评分（分）	发帖文字数量（个）	人数（人）	发帖获赞数量（个）	人数（人）	发帖跟帖数量（条）	人数（人）
20—35	120	4.39	1—200	490	0—5	562	0	605
36—55	119	4.29	201—500	176	6—20	137	1—5	119
>55	11	4.18	501—1000	77	21—50	38	6—20	32
其他	513	4.33	1001—2000	18	51—150	17	21—50	5
			>2000	2	>150	9	>50	2

六 《死神永生》海外读者发帖字数与获赞量、跟帖量的关系分析

就读者发帖文字数量而言，200个单词及以下的评论最多，有490位读者，占比约为64.22%；其余约12%的读者评价字数在501—2000字，2000个单词以上的评论有2条。文字数量最多的评论有2096个单词，评论语言为英语，该评论对小说内容进行了完整的梳理与联想；另一篇2000个单词以上的长评，以书中人物为切入点，梳理小说情节，同时对作品表达了高度赞扬。大多数读者选择发布200个单词以下的短评，说明在互联网时代，网络读者更愿意快速表达观点和态度，并据此进行交流和互动。但仍有部分读者愿意较为深入地表达自己的观点，说明《死神永生》具有一定思想性、知识性与艺术性，能够引起海外读者的深入讨论（见表5-2）。

就读者发帖的获赞数量而言，读者评论中最多获赞数量为726个。获赞数量最高的评论是一条五星评价，发布者是一位艺术家，认为小说构思与导向绝妙，令人兴奋震撼（详见例5）；获赞数量最高的低分评价为两星评价，获赞数量为160个，说明这两条评论都引起了读者的强烈认同，不过总体来看，高分正面评价得到更多的认同。此外，绝大多数评价的获赞数量为5个及以下，占比为74%。整体数据说明，对《死神永生》的两极化评价往往更易引起其他读者的关注与互动。

例 5：This is one of those rare mind-blowing novels of such fantastic scope and direction that words just can't do it justice. It's the third book that started with the Hugo-Winning *The Three-Body Problem*, continued with *The Dark Forest*.

(这是少有的令人兴奋的小说，如此奇妙的设定和构思方向，文字根本无法准确表达。这是继第一部《三体》获得雨果奖，第二部《黑暗森林》后，《三体》系列的第三本书。)

就读者发帖的跟帖数量而言，跟帖数量最少为 0，约 79% 的评论没有收到其他读者的文字互动，这与网络评论的简略性相符。获取跟帖最多的评价同样来自一个给小说打出五星评价的读者，点赞数量为 433 个，跟帖数量为 122 条。这条评论由读者 Yun 发布于 2022 年 3 月，该用户为美籍华裔，她在评论中不仅大加称赞《三体》系列布局巧妙和作者不俗的功底，还从作品架构上表达了自己对这本书的欣赏，并记录了自己的思考（详见例 6）。

例 6：The sheer audacity of the ideas in here and how far Liu Cixin took them throughout this series, I stand in absolute awe. Not only is he telling a story, but he also tackles some of the most fundamental questions of the universe and existence, questions that have puzzled scientists for all time, and he manages to weave a cohesive framework to examine and explain them. （刘慈欣的大胆思想以及他在整个《三体》系列中发挥的作用，令我非常敬畏。他不仅讲述了一个故事，还解决了关于宇宙和存在的最基本问题，这些问题一直困扰着科学家，而他成功编织了一个有凝聚力的框架来阐述。）

跟帖最多的低分评价为两星评价，跟帖数量为 22 条，该条评价也是获赞最多的低分评价。这条评价发布于 2016 年 11 月，正值《死神永生》在海外出版的第一年。这条评价由读者用户名为 Blind_guardian 的发布，读者主要关注了该小说的人物和情节，对人物设定与剧情安排评价不高（详见例 7）。

例 7：I was not thrilled with this one, largely because I found the main character incredibly annoying and a bit of a Mary Sue. （我对这本小说并不心动，很大程度上是因为我觉得主角非常烦人，而且有点玛丽苏。[1]）

由此可以发现，获赞与跟帖数量高的书评评价较为深入，评价角度较多元，能够具有针对性地说明作品亮点或指出问题，往往可以激发其他读

---

[1] "Mary Sue"（玛丽苏）是文学界新生流行语，指那些过于理想化的女性角色。

者的认同。

对以上《死神永生》的相关数据进行分析,可以得出以下结论。从数据覆盖范围看,样本涵盖62个国家和地区的763名读者,初步反映了《死神永生》在海外传播广泛,逐渐成为现象级文学传播现象。从读者属性分布看,男女性别比例差距不大,各个国家和地域都有广泛覆盖,表明其受众群体多元性高。此外,读者主要为24—49岁群体。从内容参与度看,短评数量最多,但亦有一定数量的长评,说明海外读者参与讨论热度高,愿意较为深入表达自己的想法和进行读后反思,海外读者在一定程度上形成了对中国文学作品、中国、中国人的认知。从评价倾向看,五星好评居多,且不同群体对作品的总体认同程度都较高。作品的传播效果与受众接受情况好坏更是衡量其能否在时间的检验中成为一部经典。受众是文学活动中重要的参与者与反馈者,尤其当政治话语对文学创作的介入干预减弱、市场机制引入文学活动时,受众获得更大的选择权。[①] 因此,以上数据均初步验证了《死神永生》传达出的独特价值与意蕴获得了海外读者的认同。

第三节　海外读者对《死神永生》译文、译者及作者的评价

一　读者对《死神永生》译文的评价

《死神永生》的译者仍为刘宇昆,相关评论者认为,"从为《三体》译出第一个英文字符开始,刘宇昆就代表着刘慈欣站在西方读者、科幻迷和文学评论家的面前"。刘宇昆的英文功底、华裔身份以及自身具备的科幻资质或将使其成为翻译该书的最佳人选。

将样本中的所有英语评论搭建成语料库,导入AntConc软件,以"Translat*"为关键词进行检索,共检索到104条结果。根据该词所在的左语境与右语境,分别从形容词、动词与名词3个维度进行分析。

[①] 高菲:《刘慈欣科幻小说的传播与接受研究》,硕士学位论文,兰州大学,2020,第5页。

通过这些具有高度概括性的词语,读者表达了自己对译文质量的情感倾向,整体对译文质量给予高度评价,也有部分读者将该书译本与《黑暗森林》译本进行比较,不过更多表达了对刘宇昆精美与准确的翻译的高度认可。出现频次较高且为褒义的形容词为 amazing、excellent、great、fantastic、interesting、grand 等。一位给出五星评价的用户 Shishir Chaudhary 发表了评论,对作者与译者的能力表示惊叹,该读者认为译者对《三体》在海外传播的贡献不容忽视(详见例8)。

例8:Beautiful writing by Cixin Liu and equally amazing translation by Ken Liu make this "hard sci-fi" an achievement in literary fiction too. (刘慈欣的不俗文笔和刘宇昆同样惊人的翻译译本,使这部"硬科幻"小说能达到文学小说的成就。)

令人惊叹的是,诸多海外评论中几乎没有相关翻译及译文的贬义形容词,出现贬义句意的仅有1处,该处是读者对《黑暗森林》翻译的评价,借此对比《死神永生》译本的高质量。读者 Anna 给这部作品打出三星,对译本却大加赞扬(详见例9)。

例9:I do, however, now know that the second part felt worse because of the translator. Somehow Ken Liu seems to do a better job with this. (然而,我现在知道,因为翻译的问题,第二部分读起来感觉更糟了。在某种程度上刘宇昆在这方面似乎做得更好。)

此外,部分读者表示,刘宇昆的译本对《死神永生》的海外传播起了不可忽视的作用。英国读者 Elaine Aldred 给出五星评价,认为译者的翻译将科技概念与故事完美结合(详见例10)。

例10:The Three Body trilogy is so intriguing. Credit is also due to the translator, the extraordinary Ken Liu, for creating a read which enables all the high level concepts to weld with the ongoing epic story. (《三体》三部曲非常有趣。这也要归功于功底非凡的译者刘宇昆,因为他开创了一种能把高深概念与正在进行的史诗故事相结合的阅读方式。)

另一位英国读者 Stuart 也给出五星评价,称这本书还具有一定的文学性与美学性(详见例11)。

例11:Liu's descriptions of multi-dimensional space and massive galactic events are incredible and even beautiful at times, as is the translation job done by Ken Liu. [刘慈欣对多维空间和大质量星系事件的描述令人难以置信,有时(语言)甚至很优美,刘宇昆的翻译也是如此。]

《三体》系列作为科幻小说,物理概念必不可少,但是刘宇昆的翻译深入浅出,恰如其分与小说中描述的故事紧密结合,引人入胜。这些细节性的描述能更全面地反映刘宇昆译作的特点,其准确传达原文意思、合理融入中华文化基因、还原原文美学价值的特点得到读者广泛认可。

在检索"Translat*"时,同样发现了与之相关的动词,其中最高频的词是"lost"。有部分读者认为,在翻译过程中,译文可能丢失了文学性或原文信息(如人物性格与立体度)。一位给出五星评价的读者 Cristi-Adrian Nicolaescu 发布一则短评,称阅读过程中没有感受到小说的文学色彩,不确定是否是翻译的缘故(详见例12)。

例12:Although the author is not exhibiting an extraordinary literary talent (or maybe some of it is lost in translation), the concepts illustrated in this book are just stunning. [(虽然作者并没有表现出非凡的文学天赋(或者在翻译中丢失了一些),但这本书中阐述的概念非常令人震惊。]

另一位给出四星评价的读者 Wing Kee 则从原作内容出发,认为译本中的角色不够立体,他在阅读中对角色的行为或处事方式感到不解,不能与角色共情(详见例13)。

例13:I connected with non of the characters and I think a lot of the characters were lost in the translation also…bogged down by the characters … (我和这些角色没有联系,我认为很多角色的完整性在翻译中也丢失了。……被书中某些人物困扰……)

从读者评论中可以得知,读者在阅读中遇到不解之处或不符合自己观念的地方,往往倾向于讨论这一困扰是否是原文与译文不完全对等造成的。

由此可见,由于不同文化对文学认知存在一定差异,在翻译过程中,原作思想与内容不可避免有所损失。不过通过数据可以发现,大部分读者对《死神永生》的翻译比较满意。通过检索,发现评论中提及的动词及其派生词大概有如下几个:like、enjoy、love、surprised、satisfying。总体评价正面。读者 Jeffrey E. 给出四星评价,在短短几句话中,她反复称赞(详见例 14)。

例 14：What a grand journey! Once again, wonderfully written and translated. Quite a satisfying end to an admittedly surprising and fantastic trilogy. （多么美好的旅程啊！我再一次看到作者和译者的出色表现。这一令人惊奇的奇幻三部曲有了一个令人满意的结局。）

以上例子充分说明，大部分读者都很认可刘宇昆的翻译，部分读者关注到原作内容在翻译中有所折损这一问题，侧重作品角色和文学性的读者认为这种翻译具有局限性，而侧重作品科技性的读者认为其中的物理概念等仍具有很高的可读性。其中不乏读者将刘宇昆与《黑暗森林》的译者乔尔·马丁森（Joel Martinsen，中文名为周华）进行比较，认为刘宇昆的翻译更胜一筹。

二　海外读者对《死神永生》的译者评价

（一）海外读者对译者刘宇昆（Ken Liu）的评价

在 AntConc 上以《死神永生》英文译者"Ken Liu"为关键词进行检索，可检索到 39 条结果，同现的形容词均为褒义词，与"Translat *"同现的褒义词重合度极高，例如 excellent、great、good、amazing、lucid、wonderful 等。大部分读者对刘宇昆的翻译持肯定态度，认为他的译文既可以满足西方读者的需求，又能够最大程度保留原文特色。一位给出五星评价的读者 Dana Sweeney 从语言出发，对刘宇昆高度赞扬（详见例 15）。

例 15：I am so glad we returned to Ken Liu for the finale; His translations are excellent: smooth. （我很高兴最后又看到了刘宇昆的翻译；他的翻译很好，很流畅。）

由此可见，大部分读者对刘宇昆的翻译都很满意，认为其提供的译本可读性高，语言流畅，很好地平衡了语言与文化差异。检索时发现相关动词涉及 like、thank、respect、love、prefer 等，同样能体现出大部分读者对刘宇昆的翻译十分推崇，其科幻作家的身份也受到读者认可和关注，读者 David 关注到该点，认为这一身份有利于科幻文本翻译（详见例 16）。这一评论也说明了刘宇昆的身份与个人光环令读者欣赏与期待。

例 16：Yet it had problems with characterization and the writing, possibly because American sci-fi author Ken Liu, who translated the first and last book, did not translate the middle volume.（然而,《黑暗森林》在人物塑造和写作方面存在问题,可能是因为美国科幻小说作家刘宇昆没有翻译这部,只翻译了第一部和最后一部。）

给出五星评价的读者 Chan 关注到刘宇昆在翻译中使用了一些技巧来让译文更加流畅（详见例17）。

例17：It is a testament to his translation skills that a Chinese science fiction book that is so filled with scientific terms and concepts can be read so seamlessly in English.（一本满是科学术语和概念的中国科幻小说可以用英语如此流畅地阅读,这是对刘宇昆翻译技巧的证明。）

由此可见,读者很欣赏译文的语言风格,认为译者在英译方面功底深厚,能将植根于中国文化和历史的故事成功翻译成英文,且翻译后的文本容易被理解又不引起文化误解。在某种程度上,刘宇昆的翻译也推动了《三体》系列在海外的传播。

读者 Pedro L. Fragoso 给出五星评价,认为翻译保留了原作的文学性,增强了译本的可读性（详见例18）。

例18：There is also poetry in prose, and we have to thank Ken Liu for being able to preserve that.（作品中也有诗歌,我们必须感谢刘宇昆能够留存作品中的文学色彩。）

该读者在评论中还给出几个例子来佐证他的观点,表明他对刘宇昆译本的喜爱与欣赏。该读者认为刘宇昆的译文成功延续了原作的语言风格,尽可能保留了原作的文学性,推动了文学交流,帮助外国人更好地理解了中国思维。

此外,检索数据表明,译者伦理在读者评论中也有提及。与其他社会活动一样,翻译活动的顺利完成需要译者发挥其主观能动性。首先,译者在翻译过程中要处理自身与其他主体（如原作者、读者和赞助人）的关系；其次,译者还要协调两种语言之间的关系。要处理好这些复杂的关系,译者就必须参照某些规范进行价值判断和选择,这样才能协调各方关系与利益[1]。由于中西方历史文化传统有一定差异,国外读者有时对小说

---

[1] 李征：《回归伦理学——翻译伦理研究的未来之路》,《浙江工商大学学报》2023年第1期。

中的一些内容并不能直接理解与接受。刘宇昆在译者后记中提到，中英小说语言和文化方面的差异相对容易克服，最棘手的是中英小说文学手法和叙事技巧上的差异。[1] 在检索"footnote"后发现读者 Tomislav 关注到了这一点，他给出四星评价并在评论中表达了对这一方式的认可（详见例19）。

例19：I especially appreciated the footnotes to explain cultural references unknown outside of China.（我特别欣赏这些脚注，它们可以向中国海外的读者解释他们不了解的文化。）

在中国作品外译过程中，目的语作者因不了解中国文化与传统，阅读时可能无法深入了解作者的写作意图与作品内涵，这就需要译者消除因文化差异带来的隔阂，同时顺应普通读者的审美需求。刘宇昆在翻译时通过添加注释来解决这一问题，尚未有读者提到注释影响阅读体验。通过读者反馈，可见这一方法具有一定可行性。

根据以上综合评价与同现词词语统计可以发现大多数读者对刘宇昆的翻译表示肯定与赞赏。不同读者提供了不同角度的评价，从中可以多方面综合性看到刘宇昆翻译的特点，比如通过注释补充文化背景信息的翻译方法，保留原作文学性的明智做法等。刘宇昆很受读者信任，其翻译方法和理念也得到读者的广泛认同。个别读者指出，原作元素在翻译过程中会有所丧失，比如角色形象不够完整、语言不够平整等，读者也认识到这一问题可能是东西方文化差异引起的。总体表明，刘宇昆的翻译能够很好平衡东西方语言风格与文化传统，他在理解原作的基础上，能够针对西方读者对原文表述进行适当改动又不改变原作意图，顺应西方读者的喜好，其翻译水平得到读者认可。

（二）海外读者对《死神永生》《三体》系列译者进行对比分析

对译者相关评价进行深入分析，发现部分读者将《死神永生》译者刘宇昆与《黑暗森林》译者周华（乔尔·马丁森）进行对比。周华也是一位科幻迷，作为长期从事中文翻译工作的美国知名译者，他翻译过刘慈欣的《球状闪电》节选、《思想者》等。

将读者评价样本中的所有英语评论搭建成语料库，导入 AntConc 软件，

---

[1] Liu Cixin, *The Three-Body Problem*, Ken Liu trans.（New York：Tor Books, 2014）, p.397.

以"Martinsen"作为关键词进行检索,检索到 10 条结果。逐一进行分析后发现,大部分读者对刘宇昆的翻译更为满意,也有部分读者虽然关注到译者的不同,但是对两个人的译本没有进行系统对比。关注到译者不同的读者几乎都对《死神永生》给出四星或五星评价,表达了对刘宇昆译本的认可与赞同。

不少读者认为周华与刘宇昆的翻译功底都很深厚,能够给读者带来较好的阅读体验与感受。给出五星评价的读者 Phyllis 发布评论,表示两者都兼顾到原作的科幻内容与文学美感,对两位译者能够理解原作复杂的科技概念与术语并准确翻译表示惊叹(详见例 20)。

例 20:I can't finish without mentioning how impressed I am by the translators …Can you imagine the challenge of first understanding the science and then capturing the unusual worlds Liu created, and then translating all of that from Chinese to English without losing the beauty of the tale? These books have it all. (最后,我不能不提及我对译者的印象……你能想象翻译这套书的挑战吗:先理解科学,然后感受刘慈欣创造的不寻常的世界,再从中文翻译成英文,同时不失去故事的美感。《三体》系列的译本拥有上述一切。)

读者 Petrik 给出四星评价,对译者评价主要从科学理论角度出发,没有过多涉及具体情节和人物刻画,在还原作品的科幻性方面,他认为两者都做得很好(详见例 21)。

例 21:In terms of translations, I honestly can't decide which one is better between Ken Liu and Joel Martinsen, I feel like both of them did an excellent job translating this trilogy that's full of scientific jargon and theory. (我真的不能决定刘宇昆和周华哪一个翻译得更好,我觉得他们俩在翻译这个充满科学术语和理论的《三体》系列方面都做得很好。)

另外,读者 Alex W. 还敏锐感受到《黑暗森林》与《死神永生》译文风格的不同,这主要体现在故事节奏、人物描写上,不过他没有局限于评判二人翻译的好坏,认为两者各具优势,叙事方面均值得称道(详见例 22)。

例 22:I definitely recognized a shift in the writing style between the two when it came to character voice, pacing, and sentence structure. However, …

· 145 ·

they was just different. Both were very distinct writing styles with different strengths that I felt did a great job of telling the story. （在人物描写、故事节奏和句子结构方面，我确实意识到两位译者写作风格的不同。然而，……他们只是不同。两者都具有非常不同的写作风格和优势，我觉得他们在叙述故事方面做得很好。）

还有一些读者认为周华的译文质量不高，阅读不够流畅，感到原作的内容与情感在翻译中有一定损耗。例如，读者 Brahm 给出五星评价，提到刘宇昆的翻译完美再现了原作的精彩，相比之下，周华的翻译有所欠缺，不过这不影响读者给出高分评价（详见例 23）。

例 23：I was pleased that Ken Liu returned to translate The Death's End… I'd thought something subtle was lost in Joel Martinsen's translation of The Dark Forest （not enough to prevent me from completely loving it）. （我很高兴刘宇昆能回来翻译《死神永生》。……我认为周华翻译的《黑暗森林》中失去了一些微妙的东西，不过这不足以阻止我非常喜欢他的译本。）

读者 Joseph McKinley 给出五星评价，对两位译者进行了相对细节的评价，该读者更喜欢刘宇昆的翻译，认为他的版本更自然流畅（详见例 24）。

例 24：Though I haven't yet seen the original texts to make comparisons, I suspect that Martinsen prized literal meaning fidelity in his translation of The Dark Forest over the less precise, but more natural figurative translation Ken Liu favors. I am so glad we returned to Ken Liu for the finale… （虽然我还没有看到可以进行比较的原文，但我觉得周华在翻译《黑暗森林》时高度重视字面意义的忠诚，而刘宇昆更喜欢的自然而形象的翻译。我很高兴终结本是由刘宇昆继续翻译……）

总体来说，部分读者可以感受到不同译者的译本风格不同，这充分体现出译者主体性。译者主体性主要受到历史文化、意识形态、译者素养和出版社要求等方面的影响，由于各类因素通常互相结合、作用程度也各有不同，译者主体性的发挥往往呈现多样化的特点。[1] 两位译者在科学概念

---

[1] 李皓天、易连英：《〈三体Ⅲ：死神永生〉英译本中的译者主体性研究》，《英语广场》2021 年第 27 期。

与术语的传达上均受到赞誉，刘宇昆作为美籍华人，对中国文化理解会更加深刻，会最大限度还原作品的文化性与文学性。

三 《死神永生》海外读者对作者的评价

《三体》系列是刘慈欣在海外知名度最高的作品，刘慈欣凭借该系列作品斩获无数国际大奖，带领中国科幻小说走向世界舞台。有评论认为他的作品宏伟大气、想象绚丽，既注重极端空灵与厚重现实的结合，也讲求科学的内涵和美感，具有浓郁的中国特色和鲜明的个人风格，为中国科幻确立了一个新高度。刘慈欣在创造中国科幻新浪潮上的努力，相当于金庸在创作新派武侠小说上的功用。被粉丝们称为"大刘"的他，被誉为中国的骄傲。刘慈欣《三体》三部曲在国内外的非凡成功，与国家积极推动的"中国梦"相呼应。[1]

（一）总体评价

1. 以"author"与"writer"作为关键词进行检索的评价

将样本中的所有英语评论搭建成语料库，导入 AntConc 软件，分别以"author""writer"作为关键词进行检索，分别检索到 208 条与 29 条结果。根据该词所在的左语境和右语境，发现与该词同现的形容词与副词包括 good、great、amazing、imaginative、wonderful（ly）等，含"not"且为贬义的有 5 条结果。由此可见，大部分读者对作者给予正面评价，认为刘慈欣是一位具有灵性的作家。例如，一位给出五星评价的读者 Larry 称赞作者能顺应普通读者的阅读需求，生动细致解释晦涩的科学概念与术语（详见例 25）。

例 25：I absolutely loved this because the author took the time to explain science stuff instead of roughly mentioning something …Everything happening now was explained in great detail by the author…（我非常喜欢这个系列的作品，因为作者花时间来解释科学方面的东西，而不是泛泛而谈……现在发生的一切都由作者详细解释……）

读者 Barbara 给出四星评价，称赞刘慈欣优秀的个人能力（详见例 26）。

---

[1] 宋明炜：《刘慈欣小说中的科学与文学，物理与伦理》，《小说评论》2023 年第 4 期。

例 26：Cixin Liu is an excellent writer with a spectacular imagination and a wonderful ability to incorporate scientific concepts into his stories.（刘慈欣是一位优秀的作家，他有着惊人的想象力和将科学概念融入故事的出色能力。）

作为科幻小说，《三体》系列不可避免会出现一些科学方面的术语，刘慈欣考虑到普通读者对术语的接受度，将这一部分进行详细说明，创设合理的情境与情节，能把读者带入故事，增强作品可读性，带给读者极佳的体验感。

另外，同现的中性词为"Chinese"（3）、"sci-fi"（3）以及"non-Western"（1）。部分读者表达了对中国文化的兴趣及对中国式科幻小说的期待。例如，读者 Daan Debie 虽然给出三星评价，但对书中提及的中国文化元素非常喜爱，感受到不同的文化给自己带来一定的新鲜感（详见例27）。

例 27：I get that it is fresh and new to read sci-fi from a non-western author and I really did like the Chinese cultural references in the books.（我觉得读一个非西方作家的科幻小说是新鲜的，我真的很喜欢书中的中国文化。）

也有部分读者表达了对该作品的不满，相关词语包括 annoyed、disturbed、discerning 等，这些读者主要是表达对作者写作内容和角色塑造的不解。例如，读者 John Mauro 给出五星评价认同作者的构思，认为将科学概念融入故事的做法十分巧妙、有趣，不过，他指出在作品中作者通过笔下人物赞美自己，显得有些自大，他也给出一个例子对自己的观点进行佐证（详见例 28）。

例 28：However, I was rather annoyed by the self-congratulatory way that Cixin Liu presented these tales.（然而，我对刘慈欣讲述这些故事沾沾自喜的方式感到相当恼火。）

另一位读者 Norman Garcia 给出四星评价，对作品中部分情节表示困惑，其中有些情节正是典型的中式小说桥段（详见例 29）。

例 29：I was going to be bitter about the protagonist and the love story …I don't know why the author's affection with some mean or disturbed human beings, …There are so many things that I didn't like …（我会对主人公和书中描写的爱情故事感到痛苦……我不知道为什么作者会喜欢一些刻薄的或令

人不安的人……有很多事情我不喜欢……）

由此可见，部分海外读者不认可作者的文本叙述方式，这主要是由于文化差异带来的思维差异。中国人由于几千年来受儒家文化的影响，崇尚谦虚有礼、以和为贵、内敛含蓄，形成了不喜欢出风头、做事谦虚低调的性格；而西方人更重视个人的能力和权利，强调体现个人价值，大多喜欢冒险、勇于探索、喜欢标榜和展示自我。[1] 因而，有些具有民族特色的表现可能会引起非本民族人的误解。

综上可得，高频褒义词大多为概括词语，但也有读者关注到作者在写作上的"想象力"并给予认可。中性词语涉及对刘慈欣的种族和职业的描述，可以得出，"中国科幻小说家"这一身份是吸引读者阅读的重要因素。贬义词语主要涉及对写作内容和人物塑造的不理解，个别读者对这一中式风格和人物表达感到困惑。

2. 以"Cixin"为关键词进行检索的评价

将样本中的所有英语评论搭建成语料库，导入 AntConc 软件，以 Cixin 作为关键词进行检索，检索到 298 条结果。根据该词所在的左语境和右语境，发现与该词同现的形容词与副词包括 talented、brilliant、good、great、amazing、excellent（ly）、beautiful（ly）等，含"not"且为贬义的有 3 条结果，与"author"和"writer"同现的褒义词重合度极高。由此可见，大部分读者对作者给予正面评价，认为刘慈欣的作品具有比较高的可读性，读者容易理解其中的复杂概念。

读者 Lizbeth 给出五星评价，称《死神永生》内容绝妙，在阅读中能充分感受到科幻世界的精彩（详见例 30）。

例 30：Cixin Liu is a very talented writer with an exceptional mind. The whole time I was reading his work, I felt he was exposing the deep secrets of the universe to me.（刘慈欣是一位才华横溢的作家，有着非凡的头脑。我在阅读他的作品的整个过程中，觉得他是在向我揭露宇宙的深奥秘密。）

读者 Horizon_Universe 对《死神永生》这一《三体》系列的终结本表示满意并给出五星评价，他表示很喜欢该系列的结局（详见例 31）。

---

[1] 崔倩：《中西方文化差异对跨文化翻译交际的影响》，《汉字文化》2023 年第 18 期。

例 31：…our friend Cixin Liu just wrote one of the most beautiful possible ending for his work.（……我们的朋友刘慈欣刚刚为自己的作品写了一个最美好的结局。）

另外，同现的中性词主要为"Chinese"（3）与"sci-fi（3）"，与上文提到的检索词基本一致，充分表明海外读者对中国文化的热情。当然，大部分读者都谈到作者刘慈欣深厚的文学功底也是吸引他们阅读的一个原因。例如，给出五星评价的读者 Martin Nielsen 发帖表示非纯科技性文本为《三体》系列增色不少（详见例 32）。

例 32：This is hands down the best sci-fi series I've ever read. Cixin Liu takes somewhat basic concepts and uses them in original and creative ways, focusing more on philosophy than technology.（这无疑是我读过的最好的科幻系列小说。刘慈欣采用了一些基本概念描述，并以创造性的方式运用这些概念行文，他更注重哲学而不是技术。）

读者 Rituranjan 给出五星评价，对作品涉及的庞大主题进行高度赞扬，称这部宏大的作品阅读体验感极佳（详见例 33）。

例 33：This I think is the book with the grandest scope and wildly imaginative vision that I've ever read in sci-fi. Cixin Liu transcends the genre in terms of thematic complexity …This book will remain forever as one of the best speculative fiction I've ever read.（我认为这是我读过的最宏大和最具有想象力的科幻小说。刘慈欣在主题复杂性方面超越了体裁……这本书将永远是我读过的最好的科幻小说之一。）

也有一些读者给出负面评价，认为作品的角色塑造不够成功，这是中西方文学审美与文学境界的差异造成的。不同的文学作品折射出不同的文化社会；而不同的社会文化又孕育着独特的文学。不难发现，不论是文学的创作意识，还是作品的创作背景和源泉以及文学背后体现的民族价值观和审美都与一个国家和民族的独特乡土风貌大为相关。① 罗马尼亚读者 Tudor Ciocarlie 给出五星评价，但也认为作者在人物塑造方面有所不

---

① 刘阳：《基于文学的本土性分析——比较中西方文学作品之内涵》，《大众文艺》2019 年第 11 期。

足（详见例34）。

例34：Although it's very hard to judge some aspects of this book without reading much more Chinese speculative fiction, I will dare to say that the characters are clearly not the strong point of Cixin Liu writings.（虽然不读更多的中国科幻小说就很难判断这本书的某些方面，但我敢说，人物刻画显然不是刘慈欣的强项。）

该评论得到36个点赞，充分说明这一观点得到了一些读者的认同。部分读者认为刘慈欣的人物塑造有瑕疵，不过不影响整体阅读体验，因为这些读者都给予了五星评价，仍对《三体》系列高度赞扬。刘慈欣科幻小说因精密的技术细节描写、恢宏的科学意境、乐观的科学态度而从众多的科幻小说中脱颖而出。[①] 大部分读者对刘慈欣作品加以褒扬，认为他能将大量新颖的科幻概念抛出，描写的故事情节环环相扣、步步紧逼，更能吸引读者的阅读兴趣。

（二）基于文本内容对刘慈欣的评价

与"author"、"writer"与"Cixin"同现的动词与名词较多，且不同读者关注作品的不同方面。笔者将提及的细节类词语进行归类总结，大致有如下几类：与文本内容描写相关的有"describe / description""image / imagination / imagine / imagery""character / characterization""idea""plot"等；与文本风格相关的有"style""vivid"等；与作者个人素质相关的有"ability""creativity""mind""genius"等；与作者创作意图和思想相关的有"intention""perspective""exploration""thought（s）""vision""scope"等；与作者后记与注释相关的有"postscript""commentary"等。

1. 基于文本的评价

就小说文本而言，"imagination"被读者提及多达67次，在英语评论语料库中，在AntConc中用KWIC功能以"imag*"作为关键词检索，可检索到192条结果。大部分读者为《三体》系列展现出的想象力所震撼。例如，读者Nilesh Jasani给出五星评价，大力赞扬刘慈欣的想象力（详见例35）。

[①] 汪蝶：《论刘慈欣科幻小说中的英雄书写》，硕士学位论文，四川师范大学，2022。

例 35：Cixin Liu possibly has the wildest imagination to ever grace any type of literature. The author's genius pours out on almost every page of this book…（刘慈欣可能拥有任何类型的文学作品中最疯狂的文学想象力与优雅。作者的天赋几乎能在这本书的每一页中流露出来……）

这位读者在评论中还提到,《死神永生》带给自己的震撼程度远超前两本。读者称作者在其作品中呈现了大胆的想象，扩展了时空范围，还能提供对这些概念的细节性解释和阐述，让人身临其境、欲罢不能。读者 Tbfrank 给出五星评价，发现了刘慈欣的想象力与西方人的视角不同（详见例 36）。

例 36：Cixin Liu challenges the human and perhaps Western perspective of the universe（and the world）.（刘慈欣挑战了人类，是对西方人看待世界视角的挑战。）

读者 Petrik 给出四星评价，认为作者构造的科幻世界令人惊喜，描述的故事情节一波三折，颇具吸引力（详见例 37）。

例 37：…This is because with every grand concepts and ideas, Cixin Liu backed them up with intricate scientific theories; I can't help but be amazed every time the story goes into places that I never thought can be explored here. （……这是因为刘慈欣的每一个宏大的概念和想法，都可以用复杂的科学理论支撑；令人惊奇的是每一次故事发生的地方都是我所无法探寻到的地方。）

在深入读者评论后可以发现读者对于作者想象力的高度赞赏往往来源于书中概念。不少读者认为刘慈欣可以将科学概念与自己构筑的设想进行有机结合，从而在小说中营造出独特的科幻世界。虽有部分读者认为刘慈欣作品的内核与西方倡导的思想不同，但并不影响读者对其整体想象力的赞赏。

2. 基于环境与人物的评价

读者对作品内容的讨论主要涉及书中的情节安排、人物塑造与环境描写。在检索时发现，"description"常与作者名字同现，读者能通过刘慈欣对创设的科幻宇宙的描述深入体会情节发展。一位给出五星评价的读者 Veronique 大力赞扬作者对科幻世界的构筑，不过该读者对主角的情节走向不太满意（详见例38）。

例38：This book is amazing! …The author's description of the four dimensional world is like the coolest thing I have ever read about! Cheng really pisses me off and I don't think she deserves a second chance. （这本书是很棒的！……作者对四维世界的描述是我读过的最酷的！程心真的让我很生气，我认为她不应该有第二次机会。）

读者Navya给出五星评价，认为小说中的科幻性内容读起来很有趣，没有过多关注其他方面（详见例39）。

例39：I am also in my happy place when Cixin Liu is describing creative uses of science and engineering in his plots. （当看到刘慈欣在小说的情节中描述科学和工程的创造性运用时，我很快乐。）

读者Elaine Aldred也给出五星评价，评价中细致描述了小说主角程心的一系列表现（详见例40）。

例40：…She is also the driving force or catalyst of many of the events that take place in this epic story and her moral courage is astounding … （……程心也是这个史诗故事中发生的许多事件的驱动力或催化剂，她在道德方面的勇气令人震惊……）

由此可见，大部分读者对刘慈欣在作品中展现的准确性、严谨性与科学性表示认同与赞赏，愿意深入体会人物与情节走向、分析人物性格。作者能够清晰架构出宏观的科幻宇宙，并就相关主题展开深入讨论，部分情节能引发读者思考、激起读者阅读兴趣。

3. 基于写作风格的评价

就小说的写作风格而言，读者的评价褒贬不一。部分读者认为刘慈欣的写作有些枯燥，像在不停解释概念；部分读者重点关注了该书的抒情部分；部分读者认为文风生动、独具特色。

读者John Mauro给出五星评价，但是不太能接受作者的写作风格（详见例41）。

例41：While the character-focused text is highly engaging, the writing in *Death's End* becomes less compelling in the many passages that are written in the dry style of history book excerpts … （虽然以人物为中心的文本非常吸引人，

但《死神永生》的写作风格就不那么引人注目了，该书以历史书摘要的枯燥风格进行写作……）

读者 Ric 同样给出五星评价，不过该读者称这是一本抒情风格的作品，该读者侧重书中的爱情部分（详见例42）。

例42：The author has an unfettered imagination and a lyrical style that make for three of the best books of hard SF in recent times.（作者有无拘无束的想象力，《三体》系列也是抒情风格，成为近年来硬科幻小说中最好的三本小说。）

读者 TanguiDom 给出五星评价，指出作者生动形象的描写颇具吸引力，塑造的人物形象也较为立体（详见例43）。

例43：Cixin Liu paints such a vivid picture with words that captures every detail of his world …And not to forget about the characters, each with very distinct, vibrant and strong personalities …（刘慈欣用文字描绘了一幅生动的画面，抓住了科幻世界的每一个细节……不要忘记这些角色，每个人都有非常独特的、充满活力的、强烈的个性……）

综上，读者对刘慈欣写作风格的评价整体比较正面。虽然部分读者对其文风不太满意，但仍然给予高分评价，体现出海外读者的高度包容性，也为刘慈欣探索更多风格创造提供了上升空间。

4. 基本作者个人的评价

针对作者本人，读者也从不同维度给予了评价。总体来看，评价积极正面，读者认为作者的想象力、创作能力值得称道，内容能够吸引注意力，同时读者惊叹于刘慈欣作为科幻作家的严谨性与专业度。

读者 Igal Tabachnik 给出了五星评价，赞美作者的想象力与故事叙述能力（详见例44）。

例44：I have no words to describe this masterpiece …I am in awe of Liu Cixin's ability to dream up these worlds…（我无法用语言来形容这部杰作……我对刘慈欣构造新世界的能力感到敬畏……）

读者 K. Reads 同样给出五星评价，重点关注了作者的创造力（详见例45）。

例45：I literally could not put this book down. The *Death's End* carries on with Liu Cixin's creativity and scientific curiosity giving us big ideas …（我简直无法把这本书放下。在《死神永生》中，对刘慈欣的创造力和科学性的好奇心给了我们很大的创意……）

给出五星评价的读者 Chan 也发表评论赞赏刘慈欣的专业性（详见例46）。

例 46：Cixin Liu clearly has a keen mind and interest in the hard sciences, specifically in physics.（刘慈欣显然对硬科学，特别是物理学有着敏锐的头脑和兴趣。）

读者在书评中也提及了刘慈欣在英文版《三体》中的后记，刘慈欣在后记中表示：

I feel that the greatest appeal of science fiction is the creation of numerous imaginary worlds outside of reality. I've always felt that the greatest and most beautiful stories in the history of humanity were not sung by wandering bards or written by playwrights and novelists, but told by science. The stories of science are far more magnificent, grand, involved, profound, thrilling, strange, terrifying, mysterious, and even emotional, compared to the stories told by literature. Only, these wonderful stories are locked in cold equations that most do not know how to read. The wonder of science fiction is that it can, when given certain hypothetical world settings, turn what in our reality is evil and dark into what is righteous and bright, and vice versa. This book and its two sequels try to do just that, but no matter how reality is twisted by imagination, it ultimately remains there.（我觉得科幻小说最大的吸引力在于创造了现实之外的想象世界。我一直觉得，人类历史上最伟大、最美丽的故事，不是由游吟诗人唱的，也不是由剧作家和小说家写的，而是由科学界讲述的。与文学作品所讲述的故事相比，科学的故事更宏大、复杂、深刻、惊险、奇怪、恐怖、神秘，甚至更有情感。只是，这些精彩的故事被锁在了大多数人不知道如何阅读的冷方程式中。科幻小说的奇妙之处在于，当给定某些假设的世界背景时，它可以把我们现实中的邪恶和黑暗变成正义和光明的东西，反之亦然。这本书和它的两部续集都试图做到这一点，但无论现实如何被想象扭曲，它最终仍然存在于那里。）

有读者直接引用了他的话并表示了赞同，认为他用想象力创造了属于自己的世界，达成了文学与科幻的平衡（详见例47）。

例47：The below excerpts from the author's postscript in the first book encapsulate my feelings towards the book series, and science fiction in general. (以下摘自作者在第一本书中的附言，概括了我对这个系列书以及一般科幻小说的感受。)

第四节 《死神永生》海外传播效果分析

关于《死神永生》海外读者对中国的形象认知的研究同样依据 AntConc 和 Python 情感分析工具。首先，将读者评论文本建成语料库，导入 AntConc 软件，选择合适的关键词检索，得到结果，并以 txt 文件格式导出结果。其次，在 Python 环境中下载 TextBlob 工具包。

一 《死神永生》海外读者对中国文化的认知

对读者书评中有关中国文化的评价进行情感分析。在 AntConc 软件中，以"cultur*"为关键词检索，检索到 65 条结果。筛选无关词条后，得到 51 条结果。在导出结果后，手动剔除无意义的中性词语，以避免干扰结果。之后，将文件导入 TextBlob 中进行分析。经过分析，《死神永生》书评中对中国文化的情感评价平均值为 0.14，处于比较正面评价区间，非常正面的评价有 3 条，比较正面的评价有 25 条，中性评价有 23 条。由此可知，读者对《死神永生》评价很高，没有明显的负面评价，正面评价条数占总数的一半以上，没有负面评价，说明大部分读者对书中描述的中国文化相关内容持肯定态度，对中国文化的认知较为正面（见表5-3）。

表 5-3 《死神永生》海外读者对中国文化的情感分布

数值	情感取向	数值	情感取向	数值	情感取向
0.14	比较正面	0.16	比较正面	0.11	比较正面
-0.01	中性	0.50	比较正面	0.70	非常正面
0.13	比较正面	-0.06	中性	0.00	中性

第五章 《死神永生》的海外译介与传播效果

续表

数值	情感取向	数值	情感取向	数值	情感取向
0.00	中性	0.25	比较正面	0.05	中性
0.13	比较正面	0.13	比较正面	0.13	比较正面
0.05	中性	0.43	比较正面	0.10	比较正面
0.13	比较正面	-0.01	中性	0.00	中性
-0.08	中性	0.13	比较正面	-0.01	中性
0.00	中性	-0.08	中性	0.37	非常正面
0.16	比较正面	0.50	比较正面	0.30	比较正面
0.20	比较正面	0.20	比较正面	0.27	比较正面
0.05	中性	0.21	比较正面	0.28	比较正面
0.00	中性	0.20	比较正面	0.00	中性
0.07	中性	0.02	中性	0.21	比较正面
0.05	中性	-0.01	中性	0.03	中性
0.40	比较正面	0.12	比较正面	0.00	中性
0.05	中性	0.55	非常正面	-0.01	中性

中性 45.10%
比较正面 49.02%
非常正面 5.88%

从整体看，读者对中国文化的评价较为正面，说明海外读者对中国文化的接受度较高。另外，译者刘宇昆也为中国文化的传播做出突出贡献，他能巧妙地将中国元素与科幻小说结合起来，最大限度避免了文化误解。读者 Steven Grimm 给出四星评价，称这种带有中国特色文化的作品提供了一种新的视角和阅读体验，这种新鲜感可能促使读者给出正面评价（详见例48）。

例48：In addition—and this might be part of the different cultural perspective that makes the series interesting in the first place … （此外——可能是由于该书给出了不同文化视角，这一系列显得很有趣……）

给出五星评价的读者 Otis Chandler，也是 Goodreads 的联合创始人，在评论中表达了对作者叙述风格和中国文化的喜爱与兴趣（详见例49）。

例49：I loved how the narrator pronounced that. This was a great article to read as a followup to this book, interviews the author and goes more into China culture. （我很喜欢作者的描述。这是一部很好的作品。我看完后还采访了

· 157 ·

作者，更深入了解了中国文化。）

读者 Ash 同样给出五星评价，认为这部作品为海外读者搭建了了解中国文化的桥梁（详见例50）。

例50：If you like hard science fiction or science, you must read this series soon. This was my first Chinese series and we get to learn a lot about their culture too.（如果你喜欢硬科幻小说或科幻小说，你必须尽快阅读这个系列。这是我看的第一个中国系列丛书，从中我们也可以了解很多中国文化。）

读者 Rushi 也给出了五星评价，表达了对作者和译者的赞美，认为正是因为译者很好地还原了原作内容，才使得中国文化在语码转换过程中折损较少（详见例51）。

例51：Mr. Liu (and his translators) blend Chinese culture and truly mind bending science to create an intoxicating world that I have enjoyed being immersed in and thinking about. *Death's End* stands alone as a great book and it is a brilliant conclusion to the *Three Body problem* series.（刘先生和译者将中国文化和真正的科学融合在一起，创造了一个令人陶醉的世界，我沉浸其中来思考问题。《死神永生》是一本伟大的书，也是《三体》系列的精彩结尾。）

读者 Macquart 给出三星评价，该读者不太认同中国文化，认为每个角色都喜欢给其他人一些建议，且认为在《三体》宇宙中只有中国一种文化，读来十分平淡。该读者对故事设定的背景也不太满意，认为原因不够充分（详见例52）。

例52：However, I'm apparently allergic to the Chinese language, or the culture, or this particular author…I also wished the author would give me more to read about the alien cultures, although I understand that he pre-emptively gave an in-story reason …（然而，我显然对中文、中国文化或这位特定的作者过敏……我也希望作者能给我更多关于外星文化的阅读，尽管我知道他首先给出了这一故事发生的原因……）

读者 Michael 给出两星评价，认为这部作品乏味无聊，只是将科幻与中国文学简单结合起来，他没有热情继续阅读下去（详见例53）。

例53：I think it is a combination of uninterested reading of this subgenre of sf (hard science, epic) and some dislike of the artistic cultural tendencies

(Chinese fiction).［我认为这部作品结合了亚科幻小说（硬科学、史诗）和艺术文化倾向（中国小说），这种结合让人毫无阅读兴趣，我并不喜欢。］

总体而言，读者对于中国文化的情感评价呈正面态势。刘慈欣在作品中融入中国文化元素，有效传播了中华文化。部分读者喜欢通过阅读《死神永生》了解不同于西方的中国文化，拓宽文化视野；也有读者对部分情节和人物感到不解。正面评价侧重赞赏，负面评价多集中在对角色行为与思维的思考。

二 《死神永生》海外读者对中国社会的认知

对读者书评中关于中国社会的认知评价进行情感分析，在 AntConc 软件中，以"soci *"为关键词进行检索，检索到 146 条结果。在手动剔除结果中无意义的中性词语之后，将文件导入 TextBlob 中进行分析，整体结果表明读者对中国社会认知的态度倾向为正面。经过逐一分析检索，结果显示虽然部分评论聚焦于人类社会的共同问题，但是也是基于作者对中国社会的投射，比如在描述作品所构建世界的社会问题时，有读者展开对中国社会的讨论与思考。如读者 Rob 给出四星评价，认为《三体》展现了更多的中国社会的情况，《死神永生》更侧重科幻故事。这可能也是读者更喜欢第一部的原因。着墨于中国社会，在一定程度上可以激发读者阅读兴趣（详见例 54）。

例 54：I suspect it will turn out to be a favourite for many readers. If I had to pick a favourite it would probably be the first book. It shows us a bit more of Chinese society …For the pure science fiction fan, The *Death's End* is probably more appealing. （我认为本书会成为许多读者的最爱。如果要我选一个最喜欢的，可能是第一部（《三体Ⅰ：地球往事》）。它向我们展示了更多的中国社会情况……对于纯科幻迷来说，《死神永生》可能更有吸引力。）

总体而言，读者能关注到中国社会与西方世界的不同，基于对《死神永生》阅读而产生对中国社会的一定了解。大部分读者聚焦《死神永生》中作者描述的社会问题，从评论依然能看出读者对中国社会有一定兴趣，且愿意进一步了解探究。

三 《死神永生》海外读者对中国政治的认知

对海外读者对中国政治的认知评价进行 Python 情感分析。利用 AntConc 软件，以"polit*"为关键词检索，检索到 38 条结果。导出结果后，手动剔除无意义的中性词汇之后，将文件导入 TextBlob 中进行分析，得出结果。"文化大革命"对《三体》系列的主要情节有至关重要的推动作用，"cultural revolution"也是读者书评中最常提到的中国历史政治事件。在 AntConc 软件中以"cultural revolution"为关键词检索，检索到 14 条结果，再次将文件导入 TextBlob 中进行分析，得出结果。对检索到的评价文本逐一分析发现，读者基本都在陈述《三体》世界中的政治问题，涉及"文化大革命"方面的评价也基本是谈论《三体》的写作背景，以及读者对作者能够将这一背景完美嵌合在作品中的惊叹与赞美。但也有少数读者，如读者 Kevin Kuhn，对《死神永生》中的人物塑造、情节与主题予以批评，将小说过于宏大的叙事架构以及缺乏情感驱的人物塑造归结为作者更聚焦政治与文明层面，认为政治性是中国人思维模式的构成要素（详见例 55）。读者基于作者对于小说人物塑造及叙事模式展开了对中国政治的认知描写，可见作者的写作叙事方式能直接影响读者对中国政治的了解与评价。

例 55：The plot and theme focus more on broad political perspectives verses individual motivations. Characters are seldom motivated by their emotions, events are largely driven by political and civilization-level rationales.（情节与主题更多聚焦于宏大政治视角而不是个人动机。人物行为很少基于他们的情感，事件很大程度上由政治及文明层面的逻辑依据推动。）

四 《死神永生》海外读者对中国人生活状态的认知

对读者书评中关于中国生活的评价进行情感分析，结果显示为中性，即有读者对中国人生活哲学予以肯定，但也有读者对中国人的生存状态有刻板印象。利用 AntConc 软件，以"life"为关键词检索，检索到 188 条结果。对结果逐一研读分析发现，大部分读者对作者在书中谈论的生命与生活进行评论，认为书中相关的中国人的生存哲学与思想值得深思，对西方人具有借鉴性；也有读者将它与西方的同类型小说进行比较，发现《三体》系列的内容建立在宏观维度上，很少具体描述普通人的生活；还有读者分析了作品中人物的生活与性格特征。但就小说人物塑造问题，有读者将其片面归结为中国人及儒家思想普遍将社会个体视为工具而非工具主体，从侧面反映出海外读者对中国人生活及生存方式的刻板印象（详见例56）。

例56：Partly due to the broad scope and span of the narrative, the characterization problem from previous books also grows, and perhaps it's also very Chinese/Confucian to see people as instruments, than instrumentality. （部分由于宏大宽泛的叙事，人物塑造问题持续突出，或许这就是中国式/儒家思想——视人为工具而非工具主体吧。）

对读者书评中关于中国人具体生存状态的评价进行情感分析。利用AntConc软件，以"livelihood""quality""Chinese people"为关键词分别检索，检索结果均为0，可见读者在阅读时并未关注这一方面。《三体》作为典型的类型文学，聚焦展望人类未来世界——作者自己建构的一个"三体"世界，其科幻性使读者将作品内容更多与人类未来社会相联系，但不可否认的是，这种人类生存展望也是作者基于中国人的生存期许与生活状态而构建，对海外读者理解当代中国有一定的指涉意义。

综合《死神永生》海外读者基于小说阅读对中国文化、政治、社会等维度的认知与情感分析结果发现，读者对中国文化的总体评价正面大于负面，体现出读者能接受不同文化，能尊重与理解外来文化，同时对作者在作品中融入中国文化元素、译者在翻译过程中注重还原这些元素表示认可，也有一部分读者表示由于文化差异，他们不能理解人物的一些行为。而对中国经济、生活与中国人生存状态等方面的直接评价相对较少，更多评价倾向于谈论作品本身以及作品中创设的情境与背景。部分读者也表达了对中国元素的兴趣，希望可以从中国作品中探索更多。总体来说，读者愿意采取开放、包容的态度学习和理解中国文化，并对中国文化给予相对公正的评价。刘慈欣在作品中巧妙融入中国元素，从宏观上构筑科幻新世界，为读者带来全新的阅读体验，同时促进中国文化在海外传播，增进了海外读者对中国的了解和认同，这对不同文化之间的相互理解和借鉴起到正向作用。

第六章 《流浪地球》的海外译介与传播效果

第一节 海外读者对《流浪地球》的评价概述

一 海外读者对《流浪地球》的评价概述

《流浪地球》是刘慈欣创作的中篇小说,首次发表于《科幻世界》2000年第7期,是中国科幻文学的一部重要作品。凭借该科幻小说,刘慈欣于2000年获得中国科幻银河奖特等奖。小说《流浪地球》的内容梗概如下。在太阳内部氢转化成氦的速度突然加快、人类面临灭顶之灾之时,各个国家合作成立联合政府,决定实施一项长达2500年的宏大计划:建造行星发动机将地球推离太阳系。然而地球发动机加速造成的潮汐吞没了北半球三分之二的大城市,发动机带来的全球高温融化了极地冰川。面对死亡的威胁,人类变得悲观无助、末日心态滋生。但当地球安然流浪300多年后,人们发现太阳并未发生变化,于是开始怀疑"流浪地球"计划只是联合政府的阴谋。最终,谣言和猜忌点燃了蔓延全球的叛乱之火。就在人们为起义的胜利手舞足蹈时,太阳氦闪爆发。小说突出了无处安身的人们面对家园毁灭时的无奈、痛苦、恐惧和绝望,反映了人在自然和宇宙面前的渺小,着重刻画了"人在灾难中"的情状。[1][2]

---

[1] 杨斯钫等:《媒介差异视角下的文学作品影视化分析》,《哈尔滨职业技术学院学报》2022年第4期。
[2] 刘慈欣:《流浪地球》,中国华侨出版社,2021,第1、2页。

第六章 《流浪地球》的海外译介与传播效果

截至 2023 年 1 月，《流浪地球》已有 11 个海外版本，其首个英译本 *The Wandering Earth* 由 Holger Nahm 翻译，并于 2012 年 3 月 11 日正式在 Kindle Store 上架。① 小说在海外市场受到了广泛的关注和认可。相关《流浪地球》海外读者评价数据同样来源于 Goodreads 网站公开发布的信息，数据样本的时间跨度为 2012 年至 2022 年，覆盖了这一时间段内《流浪地球》的读者评价信息（作品参评人数、读者评论/发帖数量、各个星级读者评价数量与占比、各个星级读者评价发帖数量、每年参与评价的人数、每年的发帖数量和跟帖数量、具体评价信息等）、读者个人信息（国籍、年龄、性别、职业、语言等）。截至数据统计周期结束，该作品在 Goodreads 网站上的星级总评价为 4.07。这一数据表明，《流浪地球》的文本质量相对较高，获得了大多数海外读者的好评，成功实现了作品的海外译介与传播。

二 《流浪地球》海外读者星评数据分析

基于 Goodreads 网站数据，首先对读者评价与发帖数量进行了深入分析。由表 6-1 可知，从各个星级读者评价数量和占比来看，共有 5115 人参与了对《流浪地球》的评价，其中四星评价最多，共 2080 条，占比 40%，其次是五星评价，有 1837 位读者评分为五星，占评价人数的 35%，之后是三星评价，有 957 位读者评分为三星，占评价人数的 18%。给出二星评价和一星评价的读者人数分别为 183 人和 58 人，占评价人数的 3% 和 1%。由这些数据可以看出，五星评价和四星评价占据了主导地位，表明大多数读者对该作品持较高的认可度，作品质量得到了大多数读者的接受与喜爱。从各个星级读者发帖数量来看，共回收 487 条发帖，表明读者对于《流浪地球》有着较高的讨论度和关注度。其中五星评价的发帖数量最多（183 条），其次是四星评价（166 条）和三星评价（98 条），之后是二星评价（28 个）和一星评价（12 个）。这个分布情况与前面所述的作品各个星级读者评价数量与占比的分析结果相吻合，进一步证实了《流浪地球》受到海外读者的认可与喜爱。同时，不同星级的评价者对作品的情感反应

---

① 数据收集时间为 2023 年 1 月 31 日。

存在差异，其中五星评价者的情感反应最大，表明作品在某些方面特别出色，赢得了读者的喜爱和赞扬。

表 6-1　海外读者对《流浪地球》星级评价与发帖数量

单位：条，%

	星级	数量	占比
各个星级读者评价数量与占比	1	58	1
	2	183	3
	3	957	18
	4	2080	40
	5	1837	35

	星级	数量
各个星级读者发帖数量	一	12
	二	28
	三	98
	四	166
	五	183

资料来源：作者自制。下同。

此外，进一步统计 2012—2022 年《流浪地球》每年参与评价人数（见图 6-1）以及读者的发帖和跟帖数量（见图 6-2），读者书评的跟帖时间与其评论书评的时间一致，而非跟帖发布的具体时间。根据图 6-1 的信息，我们可以清晰地看到每年参与评价的人数变化。就整体趋势而言，《流浪地球》自 2012 年海外出版后，每年参与评价的人数总体呈现增长趋势。这表明随着时间的推移，越来越多的读者开始关注和评价这部作品。特别是在 2019 年，参评人数激增至 129 人，这与当年小说改编成的同名科幻电影《流浪地球》在国内外的上映不无关系。此后参与评价人数虽有所下降，但仍高于 2019 年之前的数据。这表明随着社会对文化娱乐产品的需求不断增加，类型文学受到了越来越多读者的关注和喜爱。根据图 6-2 柱形图信息，跟帖数量也呈现类似的变化趋势。在 2012 年海外出版后，《流浪地球》海外读者跟帖数量大幅度增加，表明读者对这一类型作品具有极大的兴趣，乐于发表对该书籍的看法。但此后，跟帖数量逐渐减少甚至出现无跟帖的情况，表明读者对于该作品的关注度有所降低。其后，随着社交媒体的蓬勃发展，该作品在 2019 年出现了发帖和跟帖热潮，发帖数量和跟帖数量都增加至峰值，特别是跟帖数量与其刚出版时的跟帖数量持平。

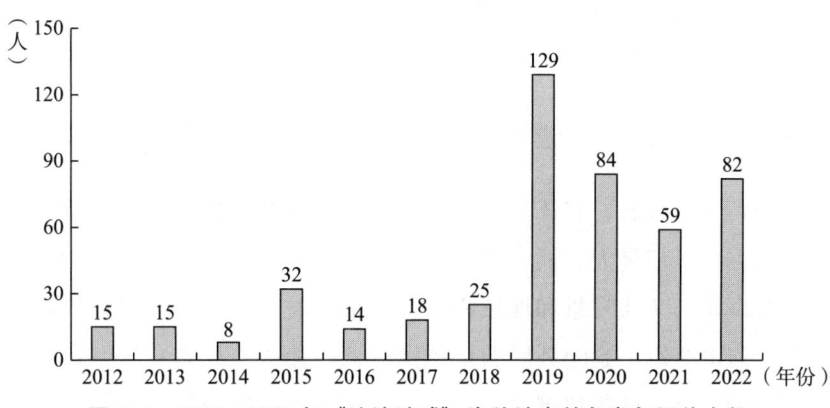

图 6-1　2012—2022 年《流浪地球》海外读者的年参与评价人数

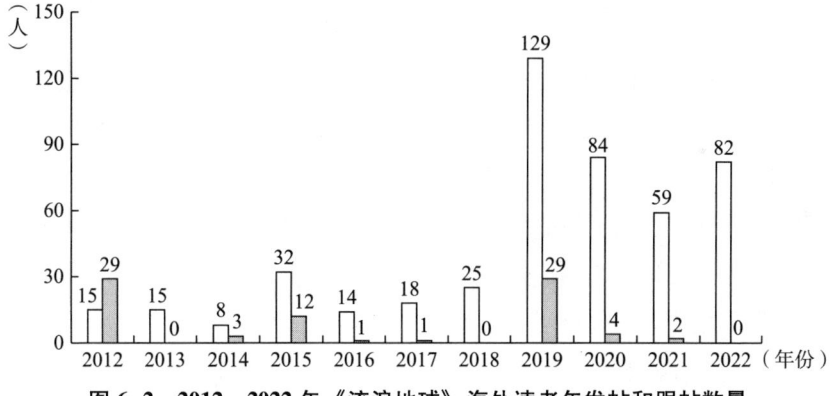

图 6-2　2012—2022 年《流浪地球》海外读者年发帖和跟帖数量

综合以上分析，可以得出：《流浪地球》自出版后的 10 年间受到了越来越多读者的关注和评价，且大多数读者对该作品持正面评价。然而，需要注意的是，从各个星级读者评价数量和发帖数量的分布可以看出，持有不同观点的读者对作品的情感反应存在差异，有部分读者给出较低的一星和二星评价，表明作品在某些方面存在一些不足或不符合部分读者的阅读期待。尽管如此，整体来看，《流浪地球》的读者评价较为积极和正面，《流浪地球》具有较好的市场前景和影响力。

第二节 《流浪地球》海外读者概述

首先对书评发布者的个人信息进行整理统计，在 Goodreads 网站上获取的读者信息表明读者群体遍布世界多个国家和地区，涵盖了不同年龄段、国籍、性别及语言使用的群体。

一 《流浪地球》读者国别分析

从国别分布来看，有 339 位读者标明了自己的国别，这些读者分别来自美国、英国、加拿大、澳大利亚、西班牙、中国、法国等 52 个国家和地区，具有多元的文化背景和地域特征。在所有发帖中，美国读者的发帖数量最多，为 100 条；紧随其后的是英国读者和加拿大读者，发帖数量分别为 38 条和 18 条。这些数据表明，《流浪地球》这部书在多个国家和地区都有一定的读者群体，但美国读者对其尤为关注，他们在 Goodreads 网站上的活跃度和参与度较高。将读者国别与他们给《流浪地球》的星级评分交互对比后发现，有 39 个国家和地区的读者对《流浪地球》的星级评分不低于 4.0，其中 6 个国家和地区的读者对《流浪地球》给出 5.0 的满分评价，这 6 个国家分别为奥地利、白俄罗斯、文莱、马来西亚、莫桑比克和缅甸，表明这些国家和地区的读者对于中国科幻小说和文化有非常高的认同和欣赏；发帖数量最多的美国读者对《流浪地球》的星级评分为 3.98，说明美国读者对于《流浪地球》及其文学与文化书写表示相对接受和认同；俄罗斯和南非读者仅给出 2.3 和 1.0 的星级评分，表明这些国家和地区的读者对这部中国当代科幻小说认可度不高，其中一位给出一星评价的俄罗斯读者如是评论："It's a terrible book, completely unscientific and untenable in its concepts and approaches. Worse than a fantasy novel. Not qualified to be called a sci-fi."（这本书太糟糕了，完全不科学，概念和方法也站不住脚。比奇幻小说还糟糕。完全不能够被称为科幻小说。）

二 《流浪地球》海外读者发帖语言分析

从发帖语言上看，涉及英语、法语、西班牙语、汉语、葡萄牙语等 16

种不同语言，其中使用英语发帖的读者高达 412 位；位列第二、第三的发帖语言分别是法语和西班牙语，发帖数量分别为 24 条和 18 条。以上数据体现了小说《流浪地球》在海外得到了较为广泛的传播，其中英语读者占比最大，这与英语作为国际通用语言的地位相匹配以及与该小说首先推出英译本不无关系。同时，也有一定数量的其他语言，如法语、西班牙语、葡萄牙语等的读者参与了发帖评价，表明《流浪地球》在这些欧洲语言地区也有一定的传播和影响力。将读者发帖语言与他们给《流浪地球》的星级评分交互对比后发现，有 10 位不同语种的读者对《流浪地球》的星级评分不低于 4.0，其中使用丹麦语、意大利语和荷兰语的读者给出 5.0 的满分评价，表明《流浪地球》在这些国家和地区的读者当中获得很高的认可度；语言使用最多的英语发帖读者对《流浪地球》的星级评分为 4.0，这与英语读者群体相对较大、存在更为多元的评价声音有关；使用德语和爱沙尼亚语的读者仅给出 2.0 的星级评分，说明这些地区的读者对于《流浪地球》这部中国科幻小说的接受程度相对较低。

三 《流浪地球》海外读者年龄分析

从年龄分布来看，有 117 位读者标明了自己的年龄。从表 6-2 数据来看，读者的年龄集中在 18—55 岁，表明这一年龄段的读者更愿意发表自己阅读后的感受，互动程度较高。然而，也有一些年龄较大的读者，如年龄为 60+、70+ 的读者发表评论，表明这本书的主题和风格能够激发各个年龄段读者的阅读与评价兴趣。将读者年龄与他们给《流浪地球》的星级评分交互对比后发现，36—55 岁年龄段的读者对《流浪地球》的评分最低，为 3.79 分。这个年龄段的读者通常具有丰富的社会经验和阅历，对于科幻小说更为挑剔和严格。他们对于小说内容的科学性、逻辑性等方面会有更高的要求，因此对于一些不够完美的细节会更加敏感。例如，一位给出二星评价的 43 岁读者在评论中写道："Interesting idea, but terrible pacing and characters, plus way too many noticeable plot holes."（想法很有趣，但节奏和角色太糟糕，还有太多明显的情节漏洞。）而年龄在 55 岁以上的读者对《流浪地球》的评分最高，为 4.35 分。这个年龄段的读者通常有着丰富的阅读经验，更能够理解和欣赏小说中存在的复杂情节和人物关系，更加欣赏小说中对于人类未来的关怀。例如，一位给五星评价的63岁读者在评论中写道："In only 45 pages, *The Wandering Earth* will give you a glimpse of what the future just might hold for humans and all life forms."（在短短45页的篇幅里，《流浪地球》将让你一窥人类和所有生命形式的未来。）

表6-2 《流浪地球》海外读者年龄、性别、发帖文字数量

读者年龄			读者性别				读者发帖文字数量		
年龄（岁）	人数（人）	评分（分）	性别	数量（人）	占比（%）	评分（分）	发帖文字数量（字）	人数（人）	占比（%）
18—35	41	4.27	男	300	61.48	4.00	1—100	374	76.64
36—55	56	3.79	女	144	29.51	3.87	101—200	57	11.68
>55	20	4.35	其他	44	9.02	4.25	201—500	31	6.37
其他	371	3.96					>500	17	3.48

四 《流浪地球》海外读者性别分析

从性别分布来看，有444位读者标明了自己的性别，其中男、女读者发帖数量分别为300条和144条，比例约为2:1，这一数据反映了不同性别读者的阅读偏好，说明《流浪地球》这类科幻书籍对男女读者都有吸引力，但对男性读者的吸引力更为明显。此外，将读者性别与他们给《流浪地球》的星级评分和发帖文字数量进行交互对比后发现，男性读者对这本书的平均星级评分高，为4.00，而女性读者对这本书的平均星级评分为3.87，表明男性读者更倾向给予该书更高的评价，也印证了男性读者对《流浪地球》更为喜欢。但是，女性发帖文字平均数量（125字/人）多于男性读者（80字/人），表明女性读者更倾向于较为详尽地表达自己对《流浪地球》的想法和情感，对该作品的讨论和交流更为广泛和深入。

五 《流浪地球》海外读者发帖及互动分析

就读者发帖文字数量而言，随着发帖文字数量的增加，发布相应字数的读者数量呈现减少的趋势。其中发帖文字数量最多为2628词，发帖文字数量为100词及以下的评论最多，有374条；500词以上的评论最少，仅

第六章 《流浪地球》的海外译介与传播效果

有17条。大多数读者选择发布100词及以下的短评，体现了网络读者快速表达观点或情感的特点。只有少数的读者选择发布500词以上评论。然而研读500字以上的长评发现，发布者均对《流浪地球》有较为全面而深入的分析，并且有理有据地支撑自己的评价观点与看法，他们的评价具有一定专业性与深度。因此，这类读者的评论往往获得了较多的关注、认同、点赞与跟帖。这种通过详细内容来表达自己观点或情感，展示自己写作能力和思考深度的评论，不仅帮助其他读者更好地理解这部作品，而且能获得更多读者的关注和认可。

对发帖点赞数量和跟帖数量进行相关性分析（见图6-3），结果表明：从整体趋势来看，两者之间存在一定的正相关关系。发帖点赞数量较多的评论，其跟帖数量也相对较多，它逐渐变成意见领袖型评价，其他读者则更倾向于对这些评论或内容进行回应和参与。当一个评论或内容吸引了大量的关注和参与时，就会进一步引发更多的讨论和交流，从而形成一种积极的评价互动模式。一位澳大利亚男性读者的书评获得最热评论点赞和跟帖榜首，其发帖文字数量为584字，显示出他对该作品的深度理解和分析。有93位读者对该评论表示赞同，表明他的观点得到了一定数量读者的认可，有12位读者进行了较为深入的跟帖评论，表明该评论在读者群体中产生了一定的共鸣效应。

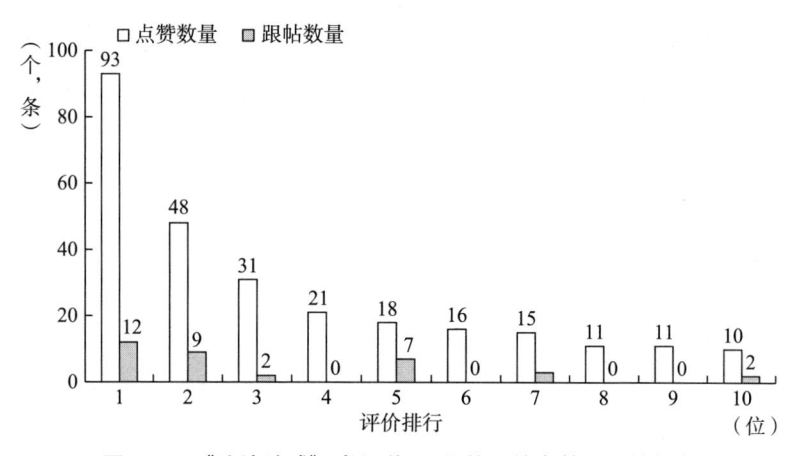

图6-3 《流浪地球》书评前10位热评的点赞及跟帖数量

综上所述，小说《流浪地球》的书评发布者遍布52个国家和地区，说明《流浪地球》在海外获得了一定数量读者的阅读关注,读者遍布世界不同国家和地区。从读者属性分布来看,488 名海外读者群体涵盖了不同年龄段、不同国籍、不同性别、不同语言发帖人群,这说明了《流浪地球》受众群体的多元性。从内容参与度来看,短评数量最多,但亦有一定数量的长评,说明读者参与讨论热度较高并且与意见领袖型评价的发布者有一定的互动。作为刘慈欣的中篇科幻小说,《流浪地球》在海外的出版发行以及在读者当中获得的肯定与认同,为之后陆续在海外译介出版的《三体》系列奠定了传播及受众基础,帮助不断提高中国科幻小说在海外的影响力,使越来越多的外国读者对中国现代文化与科技发展产生了浓厚的兴趣。

第三节　海外读者对《流浪地球》译文、译者及作者的评价

一　海外读者对《流浪地球》译本的评价

《流浪地球》英译本 The Wandering Earth 的译者为霍尔格·纳姆(Holger Nahm)。采用 AntConc 语料库关键词检索功能,剔除非英语语言评论后将所有英语评论搭建成语料库,导入 AntConc 软件,以 "Translat *" 和译者姓名 "Holger Nahm" 进行检索,共检索到 45 条结果,其中 "Translat *" 出现 43 次、"Holger Nahm" 出现 2 次,由此可见读者会对该作品英文翻译做出评价。译者及译文是海外读者阅读并了解中国当代科幻小说的重要中介,译文质量直接关乎读者对原文接受或喜好程度。

笔者对检索词前后语段进行了深入分析,发现在海外读者对《流浪地球》英文翻译质量评价的文本中,有少数读者给出正面的评价,对翻译质量表示认可,认为是极好的翻译 (incredibly well translated)。例如,一位给出四星评价的读者 Dayton Chen 在评论中写道: "Another thing that must be mentioned is in the translation work done for the book. I've not had the chance to read this in the original Chinese, but the ideas and quality of the writing is good and emblematic of the richness and vividness of Chinese."(另一件必须提到的事情是这本书的翻译工作。虽然我没有机会读到这本书的中文原

第六章 《流浪地球》的海外译介与传播效果

文,但英文译本的质量很好,体现了汉语的丰富性和生动性。)然而,大部分读者对英文翻译的质量持负面评价,认为翻译的文本不符合他们的期望,出现"lost translation"(翻译丢失)、"translation issue"(翻译问题)、"translation error"(翻译错误)等消极评价词语。还有读者认为翻译可能存在文化或象征意义(cultural or symbolic significance)的缺失、文化不连续(cultural discontinuity)等现象。本节摘取其中具有代表性的 15 条评价进行深入分析,得出以下结论:(1)读者不仅对《流浪地球》这部小说抱有极大阅读兴趣,而且对于译者的身份及其翻译的作品充满好奇;(2)读者认为翻译会对原文的节奏和读者的阅读体验产生一定影响;(3)读者认为翻译问题会造成文中某些文字描述不容易被理解,这对自身阅读体验造成干扰;(4)读者认为尽管在阅读中出现了一些翻译错误,但并没有影响其对作者和原作品的喜爱;(5)读者还谈到了对翻译的思考,并对翻译的价值给予了非常高的评价。

(一) 对翻译节奏的评价及体验

部分读者认为译文及翻译会对原文的节奏和读者的阅读体验产生一定影响。一位给出四星评价的读者 Fábio Fernandes 在评论中写道:"At least in translated form, I liked the fast pace of the prose, and the story reminded me a bit of Philip Wylie in When Worlds Collide."(至少在译文形式上,我喜欢快节奏的内容,这个故事让我想起了菲利普·怀利的《当世界碰撞时》。)① 另一位给出四星评价的用户 Jon Bristow 在评论中认为:"The only thing I felt was lacking about this story was that the translation seemed a little rough in places. Cixin Liu's skill shines through on every page. This story moves quicky, as a short story spanning 40y or so must, but nothing feels rushed."(我觉得这个故事唯一不足的是某些翻译表达似乎有点粗糙。刘慈欣高超的写作技巧在每一页都展现得淋漓尽致。作为一部跨越 40 年左右的短篇小说,这个故事的节奏很快,但一点也不仓促。)而一位给出三星评价的读

---

① 小说《当世界碰撞时》(*When Worlds Collide*)是一部于 1933 年出版的由菲利普·怀利(Philip Wylie)和埃德温·巴尔默(Edwin Balmer)合著的美国科幻小说,主要讲述一颗失控的行星冲向地球而引发的地球文明灾难。

者 Guido 在评论中写道："While the premise was interesting, the story never really clicked for me. Maybe it was the process of translating it or perhaps it being a short story but it felt a little too hasty."（虽然故事的设定很有趣，但对我来说没有什么吸引力。或许是因为翻译，或许是因为它是一个短篇小说，读起来有些太仓促了。）节奏能反映一个作家或一部作品的风格，在翻译过程中，译者应尽力体现原文的节奏。① 以上三位读者的评论都提到了小说快节奏的风格，并且读者 Fábio Fernandes 还由此联想到了菲利普·怀利的作品，这表明译作 The Wandering Earth 保留了原作小说的节奏感，同时成功地引发了读者的联想与共鸣。然而，Guido 则认为翻译有些"hasty"（仓促），Jon Bristow 也提到翻译有些"rough"（粗糙），这与译者在翻译过程中采用的具体策略不无关系。译者根据目标语言读者的习惯，对原作的句子结构、用词习惯和表达方式做出了相应的调整，使得原文的某些细节或情感没有得到充分的表达，让读者在阅读时感到文章节奏过快或内容不够充实。

因此，为了提高翻译的质量和读者对翻译作品的接受度，译者需要增强语言和文化背景转换的能力，在翻译过程中充分表达原作的意思和风格，注意控制句子的长度和结构，使译文保持适当的语速和节奏感，以便读者更好地理解和接受。

（二）对翻译问题与错误的评价

部分读者认为在翻译过程中出现了"lost translation"（翻译丢失）、"translation issue"（翻译问题）、"translation error"（翻译错误）等问题，造成文中某些描述无法理解，对自身阅读体验造成干扰，这些评价也直观地反映在他们对作品的评分中。一位给出二星评价的读者 Hansemrbean 在评论中写道："Maybe there is some poetry here that evades me (it feels a bit like that sometimes), or maybe the translation just doesn't bring it over. Whatever it is, I'm giving up on Liu Cixin."［也许这里有些意境让我无法理解（有时感觉是这样的），也许是翻译没有将其呈现出来。不管是什么原因，我要放弃阅读刘慈欣的作品了。］一位给出三星评价的读者 Sreesha Divakaran

---

① 韩玉：《英汉语言节奏与翻译问题研究》，《学园》2014 年第 13 期。

在评论中写道："But where it loses points is, while at some places the brilliant descriptions let you imagine the scenes, there are other places where you simply lose track of what happened or how the character got there…As this book was originally written in Chinese (Translator：Holger Nahm) I am not sure if anything was lost in translation."［但它的失分之处在于，虽然在某些地方，精彩的描述让你身临其境，但在其他地方，你根本不知道发生了什么，或者角色是如何到达那里的……由于这本书最初是用中文写的（译者：霍尔格·纳姆），我不确定在翻译过程中是否丢失了什么。］一位给出五星评价的读者 Maxwell 在评论中写道："Some of the translations are what you would expect—and there's certainly some cultural discontinuity—the honor-based culture of China doesn't always translate well, literally."（有些翻译是你所期望的——当然也有一些文化上的不连续性——确实，基于道义气节的中国文化总是不能被翻译得很好。）

  以上几位读者都认为译文在呈现原文的准确性、完整性上存在问题，在阅读过程中译文质量不尽如读者之意，甚至使读者产生"弃书"的想法。在文学翻译中，译者往往面临一系列挑战，包括语言差异、文化隔阂和表达方式的转换方面的挑战。尽管译者尽力将原文的意思和情感传达给目标语读者，但考虑到译文读者的可接受性，在翻译时往往难以实现意义上的完全对等。[①] 某些情况下，这些翻译问题会导致读者对原著的误解或对作品的不满，从而使读者对翻译质量和整体作品产生负面评价。

  同时，读者具体提到了对某些内容的文化或象征意义的理解，可见读者对这一作品充满探索与好奇，他们想要深入挖掘和理解作品的深层内涵，真正做到了"与作品对话"。例如，一位给出四星评价的读者 Sajil 在评论中写道："This is a 10 novella collection by the Chinese master of sci-fi. But as such something has been lost in translation, since we don't understand the cultural or symbolic significance of some of what he writes."（这是中国科幻小说大师刘慈欣的 10 部中篇小说集。由于某些翻译的缺失，我们不理解

[①] 赵胜全：《〈丰乳肥臀〉翻译中的文化缺失和补偿策略研究》，《开封教育学院学报》2019 年第 5 期。

某些内容的文化或象征意义。）对文化内涵的深入挖掘是理解原文的关键，在很多文学作品中，人物、情节和象征手法等都与特定的文化背景和价值观密切相关。读者在阅读过程中，如果能够充分了解这些文化元素的历史背景、内涵和象征意义，就会更好地理解原著。因此，在翻译过程中，译者需要具备跨文化意识和跨文化能力，了解不同文化之间的差异，在保持原著原汁原味的前提下，对原著进行适当的补充和解释；同时，译者有时需要对原文进行创造性的转换，以增强翻译的准确性和流畅性，帮助读者更好地理解原著，促进不同文化的沟通与交流。

（三）对译文的语言与思想评价

《流浪地球》尽管在翻译中出现了一些错误，但并没有影响部分读者对作者和作品的喜爱程度，读者仍给作者和作品较高的评价。一位给出五星评价的读者 Robert 认为原著的情节构建可以补译文之拙，具体评论是："Great stories, but there were enough OCR errors (or maybe translation errors) in the book to be distracting. Nonetheless, it gets a top rating from me because of the quality of the stories."［很棒的故事，但是书中有非常多的文字识别错误（也许是翻译错误）让人分心。尽管如此，高质量的故事情节还是赢得了我的五星评价］。

另一位给出四星评价的读者 Kerry Downing 同样认为尽管译文存在准确性问题，但原作的独特性与创意性是他给出满分评价的原因所在，他在评论中写道："Sometimes the translation may not sound quite right, but the ideas this author has far exceed any language issues. They are the most creative and unique ideas I have ever read related to science fiction."（翻译有时候可能不太准确，但作者的想法远远超过了任何语言问题。这是我读过最独特、最具创意的科幻小说。）

一位署名 Beth Martin 的读者则对可能存在的翻译问题比较介意，给出了三星评价，该读者在评论中写道："Great story, but I wanted the execution to be better. It could be the translation, or just that it covers so much time in in 47 pages, but there were some rough transitions between events. Still, I'm eager to read more from this author."（很棒的故事，但我希望能呈现得更好。这可能是翻译的问题，也可能是因为故事在 47 页中跨度时间太久，而事件之

间却仅有一些粗略的过渡。尽管如此,我还是渴望阅读这位作者更多的作品。)以上几位读者都认为在阅读过程中引起的阅读不适可能与翻译有关,对译文质量持保留意见,但对原作及作者充满期待。

综上,读者对原作和作者的喜爱可能超过了翻译错误带来的负面影响。对于一些读者来说,他们更关注作品所传达的思想、情感和创意,而非语言书写本身。如果作品的内容和情感能够触动他们的内心,那么他们可能会更倾向于包容和接纳翻译错误,忽略翻译错误所带来的阅读不适。然而,这并不意味着翻译错误不重要,准确的翻译对于读者理解和欣赏一部作品至关重要。因此,我们应该重视文学对外翻译的准确性,提高译者的能力和水平,以减少翻译错误对读者阅读体验带来的负面影响,让读者更好地欣赏和理解不同文化背景下的文学作品。

(四)对翻译行为的思考

部分读者还在评论中谈到了对翻译行为的思考,并对翻译的价值给予了非常高的评价。一位给出三星评价的读者 Angelica 在其评论中非常赞同刘宇昆关于翻译作用的观点。刘宇昆在《三体》系列译文后序中对翻译行为如是界定:(翻译)不仅仅是文字的翻译,有时也是思想的翻译、思维方式的翻译、历史的翻译,这些东西在一种文化中被认为是理所当然的,无须解释,但对另一种文化而言完全行不通。言外之意,翻译是跨越文化、思想、思维等方面巨大差异的艰难工作。一位给出五星评价的读者 Thomas 在评论中表达了对译者的感谢以及翻译行为的跨文化外交价值,这位读者认为:"I am very grateful for translators who make great works of literature accessible in different languages. I've often heard of the value of science diplomacy, but I think sci fi diplomacy could play such a role, too."(我非常感谢翻译人员,他们把伟大的文学作品翻译成不同的语言呈现给读者。我经常听说科学外交的价值,但我认为科幻外交也可以发挥这样的作用。)以上两位读者能基于作品的阅读而展开对翻译行为的思考和作用判断,反映了他们对文化交流和理解的重视,以及他们对译者的努力表示赞赏。

翻译作为连接不同语言、文化和思想的桥梁,在推动文化交流、增进相互理解方面发挥着重要作用。翻译不仅是一种语言的转换,更是一种文化的传递。它使得我们能够理解和欣赏不同语言和文化之间的差异与相似之处。同时，翻译鼓励了文化的多样性，对中国当代科幻小说的译介使海外读者能够了解甚至接纳中国文学与文化的独特之处，从而拓宽读者视野，推动全球范围内的知识交流和理解。然而，翻译并非易事，翻译过程中面临各种挑战和困难，这对译者提出了更高的要求。做好英汉翻译不仅应掌握知识和应用技巧，还需要对文化背景知识有所了解，[1]从而为海外读者提供更准确、流畅的译文。

二 海外读者对译者身份的评价

一些读者对于译者的身份及译者翻译的作品都持有浓厚的兴趣。例如，一位给出五星评价的读者 Terry Crossman 表示："My only complaint is that they didn't identify which translator of those listed translated which story."（我唯一的抱怨是，他们并没有指明名单上的译者翻译了哪个故事。）一位给出五星评价的读者 Laura Hill 在评论中写道："For some reason I can't seem to find out who translated this one but they, too, did a fantastic job."（出于某种原因，我似乎找不出是谁翻译了这篇小说，但他们也做得非常出色。）以上两位给出五星评价的读者都对译者的身份充满好奇，意欲得到更多相关译者的信息，同时对译者的工作给予了高度认可。此外，一些读者对刘慈欣科幻小说的主要译者刘宇昆比较信任，认为刘宇昆的译文质量更胜一筹。例如，读者 Angelica 在评论中写道："When I saw that this collection had multiple translators, I initially assumed that my favorites had been translated by Ken Liu and the others by Holger Nahm. Based on the info in Goodreads, this does not appear to be the case."（当我看到《流浪地球》合集有多个译者时，我最初以为我最喜欢的译文应该是由刘宇昆翻译的，其他的译文是由霍尔格·纳姆翻译的。根据 Goodreads 上的相关信息，情况似乎并非如此。）刘宇昆和霍尔格·纳姆都曾翻译刘慈欣的《流浪地球》，该读者的评价恰恰说明两个译本各有其独特的风格和特点，读者可以根据自身的判断和喜好，选择适合自己的翻译版本，从而更好地欣赏和理解原作。

由此可见，读者希望能够了解更多译者的信息，这不仅是因为他们想

---

[1] 刘淑奇：《文化背景知识在英汉翻译中的重要性分析》，《汉字文化》2022年第20期。

要了解原作是如何被转化为另一种语言的，更是因为他们希望能够对翻译的质量有一个更加清晰的认识。因此，对译者的选择，对译者自身专业能力的了解，以及出版社所制订的译著出版流程、编辑规范等都应科学严谨，从而保证译著的质量。① 同时，出版社应提供必要的译者信息，这不仅是对译者工作的认可和尊重，也是帮助读者建立阅读翻译文学的信心、提高阅读期待、为出版社树立专业形象的必要行为。

综上所述，根据读者对译文翻译的评价，可以看到读者认为《流浪地球》及小说集在翻译过程中还存在一些错误或不足之处，影响读者的阅读体验。刘慈欣也说过，"说到翻译作品，我一直认为科幻小说应该是一种最具世界性的文学。优秀的科幻小说可以跨越语言与文化区隔，在其他国家的读者那里引起共鸣"。② 因此，译者应认真对待读者的评价和建议，不断改进和提高自己的翻译水平，提高译作的质量和可读性，促进不同文化之间的沟通和交流。同时，作为一种语言艺术，翻译产生的影响并不仅仅局限于接受方。作家刘震云表示，译者和读者对作品的不同理解，对于作家而言也是一种拓展和滋养。③ 翻译为作家提供了反思自己作品的机会，让作者从不同的角度去审视其作品的内涵和价值。在这个过程中，作家可以发现新的创作可能性，从而进一步提高作品的深度和广度。

三　海外读者对作者的评价

采用同样的数据统计与分析方法，在 AntConc 语料库中输入"author""Liu"进行关键词检索，分析读者对源语作者的评价。其中"author"出现 62 次，"Liu"出现 100 次，可见读者对《流浪地球》的作者刘慈欣有着较高的关注。同时，对检索词前后语段进行了深入分析，发现读者对作者刘慈欣有着很高的评价。诸如 "creative" "marvellous" "excellent" "brilliant" "talented" "master" 等正面评价的英文词语出现多次，说明读

---

① 李凌：《译著编辑出版规范探讨》，《传播与版权》2019 年第 4 期。
② 王瑶：《我依然想写出能让自己激动的科幻小说——作家刘慈欣访谈录》，《文艺研究》2015 年第 12 期。
③ 王杨：《"阅读中国文学，可以看到中国人生活的风景"》，《文艺报》2023 年 9 月 20 日，第 1 版。

者对作者的写作能力非常赞赏，评价很高。多位读者称赞刘慈欣是杰出的科幻作家（brilliant sci-fi writer），并且非常欣赏刘慈欣的尝试（appreciate Liu's attempt）。但是，也有部分读者表示看不懂刘慈欣的作品（Can't get to grips with this author），并且认为《流浪地球》或许更适合不那么理性的读者（may suit less rational readers），故而给出较低评价。以下，笔者摘取其中具有代表性的15条评价进行深入分析，分别从作品创作主题思想、作品风格和语言质量、人物塑造和形象刻画以及作品所反映的社会文化背景分析读者对源语作者的评价。

（一）对作者创作主题思想的评价

就作品主题与思想深度而言，大部分读者认为源语作者通过独特的视角赋予了《流浪地球》深刻的内涵，能够引起其强烈的共鸣，所以对刘慈欣做出极高的评价。一位给出五星评价的读者 Leonardo 认为《流浪地球》中的故事提供了解决现实世界问题的科学方案与理念，该读者评论道："And Liu Cixin's stories certainly addresses those questions and explores the possibilities of various scientific ideas."（刘慈欣的故事无疑解决了那些问题，并且探索了各种科学思想的可能性。）另一位给出五星评价的读者 Edward Rathke 对作者的开创性创作赞赏有加，他评论道："I really can't say enough about Liu Cixin. Everything I'm reading by him is sort of groundbreaking in very different ways."（我对刘慈欣的评价真是言不尽意。他的所有作品都极具不同的开创性。）

也有读者对作者表现出的哲理性与想象力表示赞赏。一位首次阅读刘慈欣科幻作品的读者给《流浪地球》五星评价，这位署名 Udhara De Silva 的读者如是评论："My first Cixin Liu reading experience! What a breathtaking blend of sci fi and philosophy, speculating on many versions of Earth's future in short stories."（这是我第一次阅读刘慈欣的作品！科幻与哲学的完美融合令人叹为观止，小说对地球未来进行了多种推测。）与此同时，也有读者就《流浪地球》中作者所关注的人类生存问题与作者产生共鸣。如另一位给出五星评价的读者 Judy Ugonna 评论道："Liu's imagination is amazing! ... but for me this, though often depresssing, posed many questions about how we are dealing with the present-the climate crisis, population pressures, equity and justice and quality of life."（刘慈欣的想象力令人惊叹！……但对我来说，虽然这本书常常令人沮丧，却提出了许多关于我们应对当下的问题——气候危机、人口压力、公平与正义以及生活质量的思路。）从以上几位读者的评论中可以看出，刘慈欣的《流浪地球》通过独特的视角、深入的主题探讨以及富有想象力的科幻构思，探讨了人类对于未知世界的探索、对于时间和历史的思考、对于社会变革和人类命运的关注等问题，为读者提供了一个去看待人类在宇宙中的地位和未来的全新视角，具有深刻的思想深度和人文价值。因此，读者对中国作家刘慈欣的高度评价就不难理解了。

当然，也有小部分读者对刘慈欣作品的思想深度表示质疑，对刘慈欣关于艺术的观点不能苟同。例如，给出一星评价的读者 Chris 在评论中表示："Cixin Liu is a man who knows a lot about astronomy, and not a whole lot about people…But I find his world view to be myopic—his specific pet science matters, and nothing else (ecology, geology, biology, etc. He even goes so far as to say the Arts are worthless despite himself being a writer…) —and it tends to make his work off-putting to me."（刘慈欣对天文学了解很多，却对人类了解不多……我觉得他的世界观是短视的——他只关注自己感兴趣的科学问题，而不关注生态学、地质学、生物学等其他问题。作为一名作家，他甚至说艺术不重要，这让我对他的作品生厌）。读者 Chris 认为刘慈欣的作品只关注科学问题，而忽视其他领域。这一批评有一定建议性，然而这并不意味着刘慈欣的作品缺乏深度或广度。实际上，刘慈欣的作品不仅探讨了科学问题，还涉及了人类面对危机时的选择、道德伦理等人文问题。除此之外，Chris 还批评了刘慈欣对艺术的看法，这一批评过于主观，刘慈欣本人并没有公开表示过对艺术的轻视或否定。

（二）对作品风格和语言质量的评价

就作品风格和语言质量而言，刘慈欣在小说《流浪地球》中独特的写作风格和高质量的语言给大部分读者留下了深刻的印象，获得了多数读者的较高评价。一位五星评价的读者 Stefanos 评论道："… his stories are even more original, more poetic, less 'American' so to say…"（……刘慈欣的故事更具原创性、语言更富有诗意，可以说没有那么"美国"……）这位读者认为刘慈欣没有落入"美国式"科幻叙事窠臼，而是采用了中国文学独特的叙事风格，给作品带来了意想不到的效果，让习惯于西方科幻叙事的海外读者有了耳目一新的感觉。另一位给出五星评价的读者 eleni polinska 也认同刘慈欣创作的短小精悍型科幻小说，他评论道："…but the short form makes it 100x more potent. I definitely need to read the rest of Liu's short stories. couldn't put it down."（……但简短的形式使它更加强大。我一定要读刘慈欣的其他短篇小说。我对这本小说爱不释手。）从以上两位读者的评论中可以看出，刘慈欣清晰简明的叙述方式能够让读者迅速进入小说世界。同时，作者善于运用科幻元素和科学原理来构建故事基础框架，使整个故事充满了未来感。这种创作风格受到了大量读者的青睐，也让读者对刘慈欣的评价更加积极和正面。

但是也有少数读者对刘慈欣的写作风格和语言质量持否定看法，例如，一位给出二星评价的读者 Wayne Palmer 认为："Some of the dialogue however seemed a little stiff…"（然而，一些对话似乎有点僵硬……）对话是小说中一个非常重要的元素，Wayne Palmer 认为刘慈欣的对话语言书写能力存在一定的不足，需要在未来的创作中进一步完善和提高。

（三）对人物塑造和形象刻画的评价

就人物塑造和形象刻画而言，有少数读者认为刘慈欣笔下的人物形象平淡无趣，比如一位署名 Hansemrbean 的读者认为："All the characters feel very flat (like robots) …"（所有的角色都很扁平单调，像机器人一样……）进而指出作品中的人物形象不够鲜明和独特，影响了读者阅读体验。但大部分读者认为《流浪地球》中的人物形象鲜明、饱满而立体，这些形象不仅丰富了故事的内容，也让读者产生了深刻的情感体验，使读者对其赞赏有加。一位给出五星评价的读者 Dayton Chen 评论道："In this very short book, Liu's ability to create sympathetic yet brutal characters is impressive as we follow the protagonist throughout their life."（在这本短篇小说中，当我们随着小说主人公进入所有角色的生活时发现，刘慈欣刻画了一些富有同情心但又残酷无情的人物形象，这种人物塑造和形象刻画能力令人印象深刻。）

另一位给出五星评价署名 Odo 的读者同样对《流浪地球》的意象塑造高度认可，认为小说中震撼人心的意象会激发读者的强烈情感，从而提升阅读体验。该读者评论道："The images in his works are absolutely striking. His ability to provoke powerful emotions in the reader, without equal."（作品中的形象震撼人心，能激起读者强烈的情感，这一能力无人能及。）从以上读者的评论中可以看出，刘慈欣以其生动的笔触和深入的刻画，成功地塑造了《流浪地球》中鲜明立体的人物形象，这些人物形象不仅丰富了故事的内容，而且给读者留下了深刻的印象，这进一步彰显了他卓越的文学才华，刘慈欣赢得了部分读者的高度赞赏。

（四）对作品所反映的社会文化背景的评价

就作品所反映的社会文化背景而言，刘慈欣的《流浪地球》不仅描绘了对未来世界的想象，而且深刻反映了现实社会文化现象，提出了一些具有重大现实意义的问题和思考，从侧面体现了科幻文学同样是对现实世界的折射，也为海外读者认知中国社会文化提供了文学参照。一位给出五星评价的读者 Laura Hill 评论道："Cixin Liu is a tremendous writer, combining hard science fiction with individual reflection and massive socio-cultural settings and impact…Liu's political beliefs appear to align with those of the Chinese government which provides an interesting lens through which to read his stories."（刘慈欣是一位伟大的作家，他将硬科幻小说与个人反思、大规模的社会文化背景和影响结合在一起……刘慈欣的政治信仰与中国政府的立场是一致的，这为我们阅读他的故事提供了一个有趣的视角。）另一位给出五星评价的读者 Joyce 进一步指出《流浪地球》中所体现的中国特色文化与独特个性令人耳目一新。他评论道"The most refreshing difference between Cixin Liu's stories and that of most sci-fi out there is the culture of its societies and the ethnicity of its main characters."（刘慈欣的小说与大多数科幻小说相比最令人耳目一新之处在于其社会文化和主要人物的独特个性。）

刘慈欣科幻小说的叙事融合了科学主义和人文主义，并以科幻文学独特的审美规律和价值意蕴带给读者新奇感，为文学"沉重的肉身"注入轻灵的想象，为读者提供开放性的阅读体验，[1] 使读者对科技、自然、人类等关系展开思考。例如，一位给出五星评价的读者 Deepti 评论道："While technology reigns, the Earth and its other species and nature seem just incidental

---

[1] 高菲：《刘慈欣科幻小说的传播与接受研究》，硕士学位论文，兰州大学，2020。

to human progress. Is it only Cixin Liu's cynical attitude to nature, or is it China's?"（当科技占据统治地位时，地球及其他物种和自然似乎只是人类进步的附属品。这是刘慈欣对自然的悲观态度，还是中国对自然的悲观态度？）该读者认为小说流露出科技主导的时代，作者甚至中国都对自然抱有"悲观态度"，这点显然理解有偏差，但也印证了读者往往会将作者思想与其所在国家民族文化相联系，甚至画上等号。从以上读者的评论中可以看出，《流浪地球》这部作品不仅展现了科幻的魅力，还融入了现实科技社会中存在的问题和矛盾，引导读者思考人类未来的发展和走向，激发人类的社会责任感和使命感。这种社会责任感和使命感的激发，也是作者刘慈欣赢得大批读者称赞的重要原因。

综上所述，尽管读者对《流浪地球》的源语作者刘慈欣的创作存在一些争议，但总体评价非常积极，认为刘慈欣富有创意和想象力，刘慈欣的作品具有很高的文学价值和艺术性，能够给读者留下深刻的印象。外媒在分析刘慈欣对读者的吸引力时指出，刘慈欣的作品为人们提供了全新的体验与来自不同文化的视野，是人类进步的寓言。这种人类命运共同体的认识，贯穿刘慈欣全部的创作。① 部分读者肯定了刘慈欣的思想深度，认为《流浪地球》引发了自己对人类社会和科技发展的深入思考。

第四节 《流浪地球》海外传播效果分析

作者的创作灵感和素材往往来源于其所处的社会文化环境，同时会受到其所处社会文化环境的制约和影响。诚如一位读者评论道："As a 'Westerner', it is interesting to see the cultural impact of China on the development of the stories' characters and characteristics."（作为一个西方读者，看到中国文化对小说人物发展和特征的影响是很有趣的。）一方面，作者的创作灵感和素材往往来源于其所处的社会文化环境，这些环境包括历史背景、文化传统、社会习俗、宗教信仰、地域特色等；另一方面，作者的创

---

① 黄唯唯：《刘慈欣科幻小说〈流浪地球〉的英译研究》，《海外英语（上）》2021年第6期，第188、189、193页。

第六章 《流浪地球》的海外译介与传播效果

作也会受到其所处社会文化环境的制约和影响，这些影响包括对价值观念、审美观念、语言风格等的影响。本节将基于 Python 情感分析法，通过对读者评价文本进行深入分析，全面了解《流浪地球》海外读者对于中国文化、社会、政治、经济以及中国人生活几大方面的认知，并结合具体案例进行深入分析。

Python 情感分析具体路径由两步组成。第一步，将样本中的所有英语评论搭建成语料库，导入 AntConc 软件，选择合适的关键词进行检索，将检索结果以 txt 文件格式导出。第二步，在 Python 环境中下载 TextBlob 工具包。在基于网页的交互式计算环境 Jupyter Notebook 中运行 Python 环境，加载 TextBlob，使用其中的情感分析器对上述检索到的结果进行情感分析。情感分析的目的是对带有情感色彩（褒义贬义/正面负面）的主观性文本进行分析，以确定该文本背后的主要观点、喜好与情感倾向。分析结果由两组数字组成，第一组数字代表 polarity（极性），即书评情感取向，是一个［-1.0，1.0］的浮点数，其中-1.0 为负极性，1.0 为正极性。第二组数字代表 subjectivity（主观性），即书评主观程度，浮动范围是［0.0，1.0］，其中 0.0 为非常客观，1.0 为非常主观。对于极性，设置以下区间以指代不同的情感取向。例如，极性数值大于 0.5，就表明该评价为非常正面的评价；若数值为 0.0，则表明该评价为中性评价（见表6-3）。

表6-3 《流浪地球》海外读者 Python 情感分析

数值区间	0.5<n≤1.0	0.1≤n≤0.5	-0.1<n<0.1	-0.5≤n≤-0.1	-1.0≤n<-0.5
情感取向	非常正面	比较正面	中性	比较负面	非常负面

需要指出的是，在阅读读者书评时，需基于量化数据与案例分析相结合，以更深入地理解和评析读者评价，以便更全面地评价其对中国的认知和理解。

一 《流浪地球》海外读者对中国文化的认知

近年来，随着中国文化的崛起和全球化进程的推进，越来越多的外国读者开始关注中国文化。其中，科幻小说作为一种受欢迎的文学形式，成

·183·

了许多读者了解中国文化的窗口。在科技幻想的创作基础之上实现对中华优秀传统文化的深度书写，是中国科幻小说创作的重要范式。[①] 这种范式不仅丰富了科幻小说的内涵，也为中国文化的传承和传播提供了新的途径。在这一过程中，读者对于中国文化的认识和评价呈现多种情感色彩。对读者书评中关于中国文化的评价进行了情感分析，具体操作步骤如下：首先，笔者在 AntConc 软件中，以"cultur*"为关键词进行检索，共检索到 23 条结果，逐一追溯原文得出 18 条相关数据；之后将检索结果下载并导入 TextBlob 中进行分析。具体结论如表 6-4 所示。经过数据分析发现在读者书评中，对中国文化比较正面的评价有 9 条，中性评价为 7 条，比较负面的评价有 2 条，各个情感评价占比从表 6-4 可见。大体来看，读者在阅读《流浪地球》后对中国文化的情感评价为 0.11，呈现较为正面的情感，表明读者对《流浪地球》所展现的中国文化表现出一定的情感倾向与较为正向的形象认知。

表 6-4　《流浪地球》海外读者对中国文化的情感评价及其占比

数值	情感取向	数值	情感取向
0.15	比较正面	0.10	比较正面
0.33	比较正面	0.27	比较正面
0.05	中性	0.10	比较正面
-0.13	比较负面	0.30	比较正面
0.15	比较正面	-0.35	比较负面
0.00	中性	-0.04	中性
0.00	中性	-0.02	中性
0.10	比较正面	-0.02	中性
0.30	比较正面	0.03	中性

对中国文化的各情感评价占比：比较负面 11%，中性 39%，比较正面 50%

例1：比较正面评价：A vast world built on wild imagination and strong attachment to the homeland which is deeply rooted in Chinese culture…Description of a depressing yet reasonable society, however, is penetrated by hope and faith in

---

[①] 孙慧、王新晓：《张系国科幻小说中的中国文化内核》，《写作》2023 年第 5 期。

第六章 《流浪地球》的海外译介与传播效果

survival and revival of both humanity and the Earth to its golden era. The hybrid of the two evokes the trivialness and dignity of humanity. （一个广阔的世界建立在狂野的想象和对祖国的强烈依恋之上，这深深植根于中国文化……然而，在描写一个压抑但合理的社会时，小说贯穿着对人类和地球走向黄金时代的希望和信念。这样的结合唤起了人性的平凡和尊严。）

综合该读者评价的上下文发现读者评价运用了"strong attachment"（深系）、"deeply rooted"（植根）、"survival and revival"（中兴）等包含肯定与情感的措辞，表现出对中国当下诸如家国情怀、传统文化、民族复兴等核心价值观念的认知和了解，从侧面表达了读者对中国文化的某种敬意和欣赏，展现了对中国文化的积极评价和尊重。评价中使用了"wild imagination"一词，称赞了作者刘慈欣丰富的想象力，同时这也是对中国文化中的想象力和创新精神的肯定。与此同时，读者的这种评价也揭示了刘慈欣《流浪地球》的创作取源于中国时代价值观念，彰显了中国现代文化特质。

例2：中性评价："I'm usually hooked by the first sentence which is very unusual—Cixin Liu is a tremendous writer, combining hard science fiction with individual reflection and massive socio-cultural settings and impact."（我被第一句话所吸引，这句话很不寻常——刘慈欣是一位伟大的作家，他将硬科幻小说与个人反思和大规模的社会文化背景及影响结合在一起。）

在这条评价中，读者并没有直接表达对中国文化的正面评价，而是描述了自身的阅读体验和赞赏了刘慈欣的写作风格，这说明读者对刘慈欣的作品能与中国文化背景相结合表示极大肯定，对刘慈欣将中国宏观社会文化元素和背景融入科幻小说这一文学形式表示欣赏，这也从侧面表明该读者对中国社会文化有一定认识和了解。

例3：比较负面评价："*The Wandering Earth* is another very unique and interesting way of looking at our place in the universe, through the somewhat odd prism of Chinese culture…I have difficulty seeing the ending in any kind of good light."（《流浪地球》以另一种非常独特而有趣的方式，通过中国文化这个有点奇怪的棱镜来审视我们在宇宙中的位置……我很难看清楚结局。）

在这条评价中，读者表面上以"unique"（独特的）、"interesting"（有趣的）的褒义措辞描绘《流浪地球》的书写宇宙的视角，但很快武断地认为这种方式是通过中国文化的某种奇怪棱镜展现的，进而得出看不清楚结局的论断，流露出他对中国文化的某种偏见与文化中心主义态度。文化中心主义者往往对他者文化以居高俯视的视角和"怪异、反常"的眼光进行武断评判，从侧面表现出该读者对中国文化的肤浅认知。

综上所述，通过对读者关于中国文化的代表性评价的情感分析，可以得出以下结论。读者对中国文化元素的评价以正面及中性认知为主，但也有少数负面的认知评价，我们需要对此客观看待。大部分读者认为中国文化元素使得作品更加丰富、多元、有深度，认为中国文化具有一定的独特魅力和影响力，这从侧面说明中国科幻小说在跨文化交流中的积极作用。同时，有小部分读者对中国文化具有一定偏见与认知局限，对作者从中国文化视角审视宇宙未来表示批评与不满，流露出文化中心主义的狭隘态度。在对翻译文学的阅读过程中，读者需要以更加开放和包容的心态来接受和理解不同的文学文化，尊重不同文化的独特性和差异性，并努力消除对于陌生文化的误解和偏见，只有这样，读者才能更好地理解文学作品的思想内涵。

二 《流浪地球》海外读者对中国社会的认知

文学创作以其独特的语言和形式反映了当下社会的面貌。通过阅读文学作品，读者可以了解社会的进步和发展；同时，社会的发展和变革会对作者的文学创作产生一定的影响。本书对《流浪地球》海外读者关于中国社会的评价进行了情感分析。首先，在 AntConc 软件中以"soci*"为关键词进行检索，共检索到 31 条结果；之后，将检索结果下载并导入 TextBlob 中进行分析，得出结论（见表 6-5）。经过数据分析发现在读者书评中，对中国社会比较正面的评价有 10 条，中性评价为 19 条，比较负面的评价有 2 条，各情感评价占比如表 6-5 所示。总体来看，读者在阅读《流浪地球》后对中国社会的情感评价为 0.05，说明读者对中国社会的情感认知以中性和正面为主，但值得注意的一点是，数据也表明对中国社会的正面评价明显高于负面评价，下文将通过案例分析揭示比较正面及中性评价的内涵和表现。

表 6-5 《流浪地球》海外读者对中国社会的情感评价及其占比

数值	情感取向	数值	情感取向
0.26	比较正面	-0.19	比较负面
0.00	中性	0.09	中性
0.00	中性	0.03	中性
0.12	比较正面	0.15	比较正面
0.00	中性	0.09	中性
0.13	比较正面	0.13	比较正面
0.33	比较正面	0.03	中性
0.01	中性	0.22	比较正面
0.01	中性	-0.09	中性
-0.02	中性	0.05	中性
0.00	中性	-0.05	中性
0.05	中性	0.00	中性
0.09	中性	0.37	比较正面
-0.04	中性	-0.07	中性
0.47	比较正面	-0.20	比较负面
-0.14	比较负面		

比较负面 10%
比较正面 29%
中性 61%

例 4：比较正面评价 1：Unlike other titles I've read, such as *The Giver* or *The Ones Who Walk Away from Omelas*, there is no moral quandary contained within many of the Unity Government or the new society's decisions. （与我读过的其他作品如《赐予者》或《离开欧麦拉城的人》不同，统一政府或新社会组织的决定不受道德约束。）

例 5：比较正面评价 2：The most refreshing difference between Cixin Liu's stories and that of most sci-fi out there is the culture of its societies and the ethnicity of its main characters. （与大多数科幻小说相比，最令人耳目一新的差异在于刘慈欣小说的社会文化性和主要人物的种族性。）

在这两条正面评价中，读者都提及《流浪地球》所构建的社会组织，尤其例 4 将《流浪地球》与英语科幻小说中社会组织的道德伦理进行对比，认为《流浪地球》在人类与宇宙对峙中所形成的社会剔除了道德约束（moral quandary），而这样的道德挣脱是在人类生死存亡非常时期的必要选

· 187 ·

择。在"赤裸裸地真实描述人类与宇宙对峙，地球及人类文明面临毁灭之时，对生存的渴望与'活下去'成为判断所有抉择的唯一标准"，[①]而人类，这个地球的主宰物种，连同地球在浩瀚宇宙中变得如此微不足道，其设定的各种道德约束又意义何存。读者在其进一步的评论中认可小说中描绘的社会决策更加简单和明确，没有复杂的道德纠结，这种简单明了的社会决策方式反映了中国社会的实用主义和集体主义精神内涵。以上两条评论都表明刘慈欣的作品对中国社会文化及组织运作有一定呈现，而这种呈现使读者对中国社会有所了解，也使读者认为中国社会组织模式能够应对人类生存危机。

例6：中性评价1：This is a very interesting and entertaining collection of short stories. They cover a wide range of speculations about society and technology.（这是一本非常有趣、寓教于乐的短篇小说集，涵盖了对社会和技术的各种推想。）

例7：中性评价2：Telling the story of earth from different angles and perspectives…Colossal ideas mixed with scientific background and always a sprinkle of philosophy and sociology.（从不同的角度和视角讲述地球的故事。宏大的想法融入科学背景，时时点缀着哲学和社会学的思想。）

在这两条中性评价中，虽然读者并没有直接评论中国社会，但是通过对评论的上下文分析，我们可以得出读者对于中国社会的间接认识。首先，读者认为这些短篇小说不仅非常有趣和吸引人，而且涵盖了对社会和科技的各种推想，表明读者对于《流浪地球》所描述的社会和技术等内容持有一定兴趣。其次，评价中还提到不同的角度和视角、科学背景、哲学和社会学，表明故事中不仅有科学技术元素，还涉及哲学和社会学的问题，表明读者对作者在科幻小说创作中涉及社会、科技、哲学等方面的综合思考表示认同。事实上，作者在小说中所展现的有关社会层面的思考是基于中国社会视角的延伸，是中国社会发展涉及的技术与哲学思想理念的拓展，为海外读者认识中国社会提供了一个很好的路径。

[①] 徐彦利：《流浪地球：流浪的地球 流浪的心灵》，中国作家网，https://www.chinawriter.com.cn/n1/2021/1012/c404080-32250677.html，最后访问日期：2024年1月27日。

第六章 《流浪地球》的海外译介与传播效果

综上所述，大部分读者在阅读《流浪地球》后对中国社会的情感评价与认知是积极的。读者在评论中肯定了中国社会取得的进步和成就。同时，我们应该认识到当前中国社会（乃至全社会）存在的问题和挑战，刘慈欣曾在采访中表示，科幻小说所描绘的梦想是全人类共同的梦想，所描述的噩梦危机也是我们要共同面对的，① 这与中国当前社会发展及人类命运共同体的社会构建倡议相呼应。

三 《流浪地球》海外读者对中国政治的认知

文学作品是政治思想及主张的重要载体与表现形式，在对社会现象展开描绘的过程中文学作品往往涉及现实政治议题，文学作品的作者将其通过文字传达给读者，使读者有机会接触到不同社会的政治观点与思想，从而使读者在文学作品阅读中形成对不同社会的认知。本节对《流浪地球》读者关于中国社会政治的评价展开情感分析：首先在 AntConc 软件中，以"polit*"为关键词进行检索，共检索到 19 条高度相关的结果；然后将检索结果下载并导入 TextBlob 中进行分析，得出结论。经过数据分析发现，在读者书评中对中国政治非常正面的评价有 2 条，比较正面的评价有 8 条，中性评价为 7 条，比较负面评价有 2 条，非常负面的评价为 0 条。读者在阅读《流浪地球》后对中国政治的情感评价为 0.18，属于比较正面积极的情感导向，对中国的政治形象认识较为积极正面。下文将通过案例详细分析一些有代表性的评价。

例 8：比较正面评价 1：This is one of the finest short story I have ever read. Cixin produces emotional, original work with these stories, laden with themes political and scientific. （这是我读过的最好的短篇小说之一。刘慈欣用这些充满情感的、原创的故事创作了政治与科学主题的作品。）

例 9：比较正面评价 2：READING through his translated work, it is interesting to try and spot where certain ideas are the spawn of his cultural-political environment and which ideas are idiosyncratic to the author. （通过阅读被翻译

---

① 董小红：《刘慈欣：期待中国科幻"黄金时代"》，《经济参考报》2023 年 10 月 20 日，第 8 版。

的作品，尝试找出作者一些在文化政治环境中产生的思想，这些思想是作者特有的，这是很有趣的。）

在这两条比较正面的评价中，读者表示非常喜欢作品中具有政治性、文化政治思想的书写，这表明读者对作品中再现的相关政治思想产生了兴趣。读者认为刘慈欣的作品有政治与科技主题，并且作品中的某些思想是文化政治环境的产物，这表明了读者关注到《流浪地球》的思想与中国当前的文化政治环境息息相关，也认同作者在探讨中国社会政治重要问题和议题方面进行的深入思考。同时，读者对作者的关注和思考进行甄别推断，形成了自身对中国政治的基本认知构建。此外，从文本中可以看出，一些读者用"finest"和"interesting"称赞《流浪地球》所蕴含的政治思想，表明了读者对于中国政治的未来持有积极的态度和期待。

例10：中性评价1：Liu's political beliefs appear to align with those of the Chinese government which provides an interesting lens through which to read his stories. （刘慈欣的政治信仰似乎与中国政府的主张一致，这为阅读他的小说提供了一个有趣的视角。）

例11：中性评价2：Imaginative and thought provoking-at once scifi and a deep look into human/beings' individual and political nature. （想象力丰富，发人深省——既是科幻小说，又是对人类个体和政治本质的深刻审视。）

在这两条评价中，读者没有将作品的政治元素作为主要评价对象，也未将《流浪地球》作为了解、观察和理解中国政治的一个途径。读者虽然没有表达出对中国政治的明显情感倾向或态度，但表现出对中国政治的一定认识和理解，因此"判断"刘慈欣的政治信仰与中国政治信仰可能一致，进而建议其他读者通过对刘慈欣作品中相关政治思想来了解中国政治，体现了读者们对于中国政治思想持开放态度。

综上所述，读者在阅读《流浪地球》后对中国政治情感评价是积极的，说明小说成功地传达给读者一些中国核心政治思想，这为海外读者更为客观地认知与理解中国当下政治理念具有积极推动作用。

四 《流浪地球》海外读者对中国经济的认知

通过阅读文学作品，读者不仅可以了解到文学作品涉及的社会经济发展情况，还可以深入思考和理解其中的问题和挑战。对读者书评中关于中国经济的评价展开情感分析，在 AntConc 软件中，以"econom*"为关键词进行检索，共检索到 4 条结果，这表明海外读者对中国经济的关注度较低。在对这 4 条相关书评逐一研读时发现这些读者对中国的脱贫（poverty-alleviation）、计划经济（plan economy）、世界经济体系（world's economic system）等术语有所提及，但一笔带过，未作进一步的探讨或描述。例如，一位署名 Judy Ugonna 给出五星评价的读者如是评价：This short novel definitely fulfilled my expectations. The stories are really creative and have interesting insights about what-if situations related with the world's economic system in the context of alien contact. （这部短篇小说完全满足了我的期望。故事确实很有创意，故事中在与外星人接触的情形下，作者对于与世界经济体系相关的条件假设也提出了有趣的见解。）

综上，虽然海外读者在其对《流浪地球》的评价中提及中国经济的表述很少，且是一笔带过，但这些带有中国特色的经济术语，如脱贫、世界经济体系等能被使用在评价中，从侧面也说明海外读者对中国经济具有整体性认知。

五 《黑暗森林》海外读者对中国人生活的认知

韩国翻译家金泰城曾言："阅读中国文学，可以看到中国人生活的风景。"这句话不仅揭示了中国文学的独特魅力，也强调了通过阅读中国文学来理解中国生活的重要性。中国文学以其丰富的形式和内容，不仅反映了中国社会的变迁和发展，也为海外读者提供了了解中国人生活的窗口。本书对读者书评中对中国人生活的评价进行了情感分析，首先在 AntConc 软件中，以"life*"为关键词进行检索，共检索到 62 条结果；然后将检索结果下载并导入 TextBlob 中进行分析，得出结论，如表 6-6 所示。经过数据分析发现在读者书评中，对中国人生活非常正面的评价有 5 条，比较正面的评价有 19 条，中性评价为 33 条，比较负面的评价有 4 条，非常负面的评价有 1 条，各个情感评价的占比如图 6-4 所示。大体来看，读者在阅读《流浪地球》后对中国人生活的情感评价为 0.12，属于比较正面积极的情感与认知导向。

表 6-6 《流浪地球》海外读者对"中国人生活"的情感评价

数值	情感取向	数值	情感取向	数值	情感取向	数值	情感取向
0.36	比较正面	0.00	中性	0.00	中性	0.00	中性
0.05	中性	0.02	中性	0.25	比较正面	0.00	中性
0.00	中性	0.30	比较正面	0.50	比较正面	0.00	中性
0.27	比较正面	0.08	中性	0.00	中性	0.13	比较正面
0.55	非常正面	0.00	中性	0.17	比较正面	0.16	比较正面
0.00	中性	0.00	中性	0.00	中性	0.00	中性
0.09	中性	0.08	中性	0.05	中性	0.00	中性
0.47	比较正面	0.04	中性	0.30	比较正面	-0.10	比较负面
0.00	中性	0.14	比较正面	0.16	比较正面	-0.27	比较负面
0.16	比较正面	-1.00	非常负面	0.87	非常正面	0.45	比较正面
0.00	中性	0.50	比较正面	0.25	比较正面	1.00	非常正面
0.00	中性	0.15	比较正面	0.60	非常正面	0.00	中性
0.50	比较正面	0.06	中性	-0.25	比较负面	0.26	比较正面
-0.05	中性	0.06	中性	-0.17	比较负面	0.00	中性
-0.05	中性	0.65	非常正面	0.00	中性		
-0.08	中性	0.00	中性	0.09	中性		

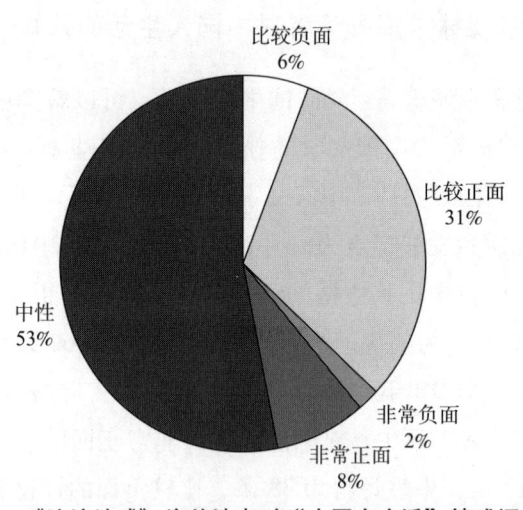

图 6-4 《流浪地球》海外读者对"中国人生活"情感评价占比

比较负面 6%
比较正面 31%
中性 53%
非常负面 2%
非常正面 8%

例 12：比较正面的评价：Life is bigger than the movies. Life is more resilient than a television series. And Life doesn't like to die, now or in the past and

第六章 《流浪地球》的海外译介与传播效果

not even later…in the future.（生活比电影更精彩，比电视剧更具韧性。生活/生命不愿走向终结，无论是现在、过去还是未来……）

读者在阅读《流浪地球》后，产生对现实生活和生命意义的深度思考，认为生活比电影更精彩"bigger"，比电视剧更具韧性"resilient"，从侧面反映了小说中对相关人物生活的描述触发了读者思考，小说中人物对生活的态度激发了读者的感慨以及对现实的尊重和珍视。尽管《流浪地球》揭示了人类在面对灾难时的渺小、无奈、寂寞、痛苦，但读者依然在阅读后捕捉到中国人在面对挫折灾难时积极向上、寻求解决问题途径的坚决态度，以及对个体在面对困境时所展现出的顽强生命力的敬仰。此外，读者在评论中还提到了对生死的理解，生活/生命不愿走向终结（life doesn't like to die），这种对生命的热爱和期待反映了中国人对生活延续性的重视和对未来的乐观态度。

例13：中性评价：This short story reframes how I think about the meaning of life, what is survival worth, the human experience, survival versus art/emotions, righteousness & rebellion.（这部短篇小说重塑了我对生命意义的思考，生存的价值是什么，人类的经历，生存相对于艺术/情感，正义与反抗。）

这条读者评价更多地关注了小说中所探讨的生命意义、生存价值、人类经验等文学普遍主题。这种理解是超越国界的，适用于任何文化和国家。同时，读者在阅读《流浪地球》后能深入思考和探索生命和生存的意义与价值，也表现了读者对这部小说所表达的相关生活、生命思想的认同，从侧面反映了读者对中国视角下的生活及生命意义探索的欣赏。

结合Python量化分析与案例内容分析结果，读者对中国人生活持较为正面的评价，说明一些读者通过《流浪地球》阅读意识到中国人对生活的敬畏和尊重、对生命与文明延续的渴望与坚守。中国人的这些生活特质与生命价值观在小说中的凸显无疑对海外读者更好理解原作故事内容及人物塑造有非常积极的作用。

综合以上对《流浪地球》海外读者的代表性书评的量化与质性分析，发现海外读者对中国的文化、社会、政治、经济、生活等方面认知情感以积极正面和中性情感倾向为主，通过《流浪地球》阅读，读者对其中涉及

· 193 ·

的中国特色文化及政治理念有较为正面的认知,虽然经济与生活维度数据的结果情感倾向不太明显,但也从侧面表明读者对相关内容具有概括性了解与认知,说明《流浪地球》在海外传播过程中起到了推进世界了解中国的文学外交作用。

第七章　中国当代科幻小说海外传播：优势、挑战与策略

第一节　中国当代文学海外传播：类型小说 VS 纯文学小说

在21世纪初"文化走出去"的传播战略指导下，中国文学，尤其是中国现当代文学开始步入对外传播的新时期。然而，不同类型的现当代文学作品在海外的传播效果不尽相同，比如科幻、玄幻、武侠、谍战等中国当代类型文学作品的海外传播效果远甚于纯文学类作品。本节以在海外颇受欢迎的刘慈欣科幻小说《乡村教师》及诺贝尔文学奖获得者莫言的代表性作品《丰乳肥臀》为例，基于两者相同的乡村题裁书写背景、对中国乡村群体的书写关注，对比两类中国当代文学作品在海外的传播现状，总结两类文学类型的译介与传播特点。

一　《乡村教师》及《丰乳肥臀》文学类型与海外传播简介

近年来，随着社会的进步发展，文化传播与交流在推动社会经济发展中扮演着重要角色。文学传播是文化传播的重要形式之一，中国的纯文学及类型文学在不同时期均承担着重要的文化传播功能，这种功能在文化"走出去"、讲好中国故事、传播好中国声音的国家对外宣传战略背景下变得日益重要。在文学史和文学批评中，人们时常会在纯文学和通俗文学之间做出区分，并且把类型文学视为通俗文学最为常见的存在形态。重视思想探索和形式探索的作品，重视展现作家自我的作品，重视展现人物内心

世界的作品，通常被划入纯文学范畴。而那些把娱乐性和可读性放在首位、有很强读者意识的作品，则被划入类型文学的范畴。然而，不可否认的是，两种文学的海外传播都在助力中国文学"走出去"。

纯文学海外传播的代表作家莫过于莫言。2012年莫言获得了诺贝尔文学奖，此后拉开了莫言作品被大量译介至海外的序幕，这提升了纯文学在文化传播中的作用，莫言作品的海外译介也助力中国文化在世界范围内的传播。作为莫言极具代表性的纯文学作品，《丰乳肥臀》自海外发行至今受到一定国外读者的关注。该小说横跨抗日战争时期至20世纪末期，讲述了母亲上官鲁氏在传宗接代压力下生育八女一男以及在不同历史时期与所有儿女所经历的灾难与痛苦的故事，揭示了乡土中国一名普通农村妇女的境遇与抗争。《丰乳肥臀》由美国汉学家葛浩文（Howard Goldblatt）翻译成英文并于2004年由伦敦的梅休因出版社（Methuen）、美国纽约拱廊出版社（Arcade Publishing）出版发行，发行伊始随即引起英语文学界的重视与讨论，随后相继被译成法文、日文、意大利文、西班牙文、荷兰文等多国语言文字。

以莫言作品为代表的纯文学作品借鉴了世界寻根文学创作艺术，书写了本土文化，呈现独特的美学与文化特质，引起了海外一定数量读者的阅读兴趣，也逐渐获得了域外读者的认同与接受。然而，此类作品的跨文化传播还没形成集群效应，《丰乳肥臀》的英译本虽然在海外馆藏量较为可观，但销售量表现一般，作品在普通读者中的影响力不够。[1] 文学译介的目标受众为普通读者，所传播文本只有到达普通读者层面并被其阅读，才能产生真正的传播效果。而"走出去"的作品集中除了少数经典作家的作品外，相当数量的纯文学作品主要依靠汉学家的自发译介，数量非常有限。此外，受西方汉学家影响，纯文学主要还是面向专业研究者以及对中国文化、中国文学有兴趣的读者，尚未被列入海外普通读者的畅销阅读书目。对此，我们要全方位整合作品的对外传播资源，充分利用"走出去"

---

[1] 陈芳蓉：《类型文学在美国的译介与传播研究：以〈三体〉为例》，《浙江师范大学学报》（社会科学版）2017年第3期。

的各项计划、工程和平台，开展规模性的对外推介。① 与此同时，定期开展当代经典文学的国外拓展，包括利用海外文学网站、权威与大众期刊、网络社交媒体等平台进行宣传与推介。

相较于纯文学，在中国文学"走出去"的浪潮中，类型文学大放异彩。20 世纪 90 年代初的"人文精神"讨论和 21 世纪"纯文学"概念重译，其核心是对传统文学创作的不满，从而探寻文学思想内核和美学形式革命的新路径。② 自媒体时代以来，类型文学逐渐成为一个新的文学类型标签，具有旺盛的生命力，除了刘慈欣《三体》科幻系列外，玄幻作者猫腻、江南，历史文学作者"吹牛者"以及署名 Priest 的耽美作家等的部分作品可与《当代》等顶尖中国文学杂志上刊发的小说相媲美。由此可见，类型文学不再是文学的边缘类型，而是文学不可忽视的组成部分。③

目前，科幻文学是类型文学"走出去"的排头兵，近几年科幻小说在海外传播中的"领头羊"地位日益明显，尤其是刘慈欣的科幻小说在 2015 年获得国际科幻大奖"雨果奖"对中国科幻文学"走出去"注入了强心剂。随之，在海外市场获得巨大成功的刘慈欣的《三体》系列，成为海外最具影响力的中国科幻小说三部曲。基于前几章关于刘慈欣科幻小说海外译介的研究，我们可知西方主流媒体以及普通读者均对刘慈欣的作品给予正面评价，认为其作品具有独特的文化视角并蕴含着人文情怀，故事情节紧凑、科幻性与政治性交织、想象力丰富。《三体》系列在海外的成功译介与传播，为其别的作品的海外成功传播打下良好基础，形成了刘慈欣科幻小说输出规模逐渐扩大、作品数量日益增多的良好传播态势。

除了最受欢迎的《三体》三部曲外，刘慈欣的《乡村教师》《流浪地球》《赡养上帝》等中短篇科幻小说近几年也进入海外读者视野。《乡村教师》是刘慈欣于 1999 年创作的短篇小说，首次发表于 2001 年。与《丰乳肥臀》相似，该小说同样以乡村为故事发生的背景，乡村教师李宝库在作者笔

---

① 张立友：《当代寻根小说跨文化传播探索：现状、困境与对策》，《黑龙江工业学院学报》（综合版）2021 年第 12 期。
② 刘莹：《论新世纪"泛文学"媒介实践的三种路径》，《中国现代文学研究丛刊》2023 年第 9 期。
③ 宗城：《被遮蔽的青年写作》，《文学自由谈》2020 年第 5 期。

下成为"文明史得以发生和成长的动力提供者,人类聚集并和谐共处的秩序建造者",作者以科幻的视角提升了乡村教师的使命感与价值感。①《乡村教师》获得第十三届中国科幻银河奖读者提名奖,② 于 2019 年改编成电影《疯狂的外星人》上映。该小说英译本有不同的译者,如 Adam Lanphier 独自完成的英译本、Christopher Elford 与蒋晨欣的中外译者合作的合译本等。目前除了英文版本外,该小说也被翻译成法语、日语、德语等。

二 海外读者对《乡村教师》的评价

(一) 整体读者评价

《乡村教师》由刘慈欣于 1999 年创作,首次发表于 2001 年。小说讲述了罹患绝症的老师在临终之际要求懵懂的孩子们背下牛顿力学三定律,随后故事跃向了星际战争。该书于 2021 年 9 月由麦克米伦出版社(Macmillan Distribution)推出原版英译本,从 2021 年至 2022 年由宙斯之首出版社(Head of Zeus)推出其英文漫画版。截至数据收集的 2023 年 1 月,《乡村教师》在海外出版 8 种版本。仅仅在海外出版发行的不足 1 年内,海外读书网站 Goodreads 已有 137 人打出评分,读者评论 20 余条,星级总评价为 4.15。其中,有 51 位读者评分为五星,占评价总人数的 37%;59 位读者评分为四星,占评价总人数的 43%;23 位读者评分为三星,占评价总人数的 17%;4 位读者评分为两星,占评价总人数的 3%。同时,就这本书的发帖总量而言,有 9 条五星书评,7 条四星书评,4 条三星书评。虽然《乡村教师》海外版发行时间较短,但该作品已经收获读者一定关注,参评人数逐年有所增加,且以好评为主。

(二) 参评读者信息介绍

1. 国别、发帖语言、性别及年龄

根据收集的评论文本内容及对应的评论者信息,在 20 位读者中,有 14 位读者标明了自己的国籍。笔者发现,读者人数最多的前 2 个国家是英

---

① 王丽:《乡村教师的诉求与发展路径探寻——读刘慈欣〈乡村教师〉有感》,《山西教育(管理)》2018 年第 2 期。

② 颜实、王卫英主编《中国科幻的探索者》,科学普及出版社,2018,第 118 页。

国（5）和美国（2）。从地域分布来看，《乡村教师》的受众对象集中在欧美国家，英国及美国读者位居前列。就通用语言而言，在20位读者中，19位使用英语，1位使用西班牙语。就性别而言，有17位读者标明了自己的性别，其中，男性7人，女性10人，表明截至目前，《乡村教师》在海外读者当中女性读者稍多。就年龄而言，有10位读者标明了自己的年龄，其中，30岁以下2人，31—40岁6人，40岁以上2人，表明《乡村教师》的参评群体以中青年为主（见表7-1和表7-2）。

表7-1 《乡村教师》海外读者信息

单位：人，分

国别	人数	评分	语言	人数	评分	性别	人数	评分
英国	5	4.6	英语	19	4.15	男	7	3.71
美国	2	5	西班牙语	1	4	女	10	4.5
斯洛文尼亚	1	5						
新加坡	1	4						
澳大利亚	1	5						
加拿大	1	3						
西班牙	1	5						
罗马尼亚	1	4						
苏丹	1	4						

资料来源：作者自制。下同。

表7-2 《乡村教师》海外读者发帖、点赞情况

年龄（岁）	人数（人）	占比（%）	发帖文字数量（字）	人数（人）	国籍	发帖点赞数量（个）
<30	2	20	1—50	13	罗马尼亚	25
31—40	6	60	51—100	3	英国	1
40以上	2	20	101—150	2	斯洛文尼亚	1
			151—200	1	其余	0

2. 星级评价与发文量

就读者给出的星级评价而言，9人评价五星，7人评价四星，4人评价三星。其中，一位评价四星的读者获得了25个点赞，给出四星以上评价的占比达到 80%。

就发帖文字数量而言,评价相对简短,最多的评价字数为 200 个字。50 字及以下的评论有 13 条,51—100 字的评价有 3 条,101—200 字的评价有 4 条。

根据以上《乡村教师》海外读者在 Goodreads 上的评论,可以得出:在参评读者中,大部分读者给出了很高的评价,有来自 11 个国家的读者参与了评价。因在海外发布时间较短,整体而言,《乡村教师》的读者群体反馈与刘慈欣《三体》长篇科幻小说系列相比存在一定差距,其原因主要有以下几点。首先,Goodreads 网站主要发布原版小说的英译本,且读者多以成年人为主,因此《乡村教师》的漫画版读者群体的评价及反馈很难得到体现。其次,原文对地域乡土文化的书写对翻译工作及读者接受带来一定的挑战。《乡村教师》中有大量关于中国乡村文化特色的书写,包括不少文化负载词的运用。如何将这些文化负载词准确地译入目标语,并且使目标语读者能够很好理解是一个挑战。最后,这部讴歌乡村教师奉献与担当的科幻小说在开篇部分运用大篇笔墨叙述乡村存在的问题以及中国西北黄土高原的乡村社会现状,削弱了小说的科幻色彩。众所周知,刘慈欣因撰写科幻小说而获得雨果奖,从而名声大噪,而该作品的开篇并没有满足国外读者对科幻文学的阅读期待,这对读者的吸引力带来一定不利影响。

(三)文本分析评价

1. 对英文翻译质量评价

将样本中的所有英语评论搭建成语料库,导入 AntConc 软件,以 "Translat *" 为关键词进行检索,在 KWIC 中检索出 1 条涉及翻译的代表性评论。一位名叫 Claudia 的读者写道:"I am now thinking that maybe the translation in English wasn't the best, because here the aliens' part is so well integrated into the story."(我现在认为或许英文翻译质量欠佳,因为该书涉及的外星人部分没有很好融入整个小说。)众所周知,刘慈欣的大部分小说为科幻题材,这导致读者需要理解其宏大的科幻世界观,译者在翻译过程中也需要精准把握相关的科幻语言。正如一些研究者所指出的,《乡村教师》的英译本在准确性方面存在较大的问题。如有研究指出 Adam Lanphier 的译本错误较多,如把"八毛钱一斤的地瓜烧(酒)"翻译成了

"He sold roasted sweet potatoes for eighty fen a kilogram（地瓜烧八毛一斤卖掉）",① 显然译者没有理解"地瓜"指代的是酒这样的文化负载词。

2. 对源语作者评价

本书将《乡村教师》海外读者的所有英语评论搭建成语料库，导入 AntConc 软件，以"cixin*"为关键词进行检索，在 KWIC 中检索出 5 条评论，读者对作者基本持正向肯定态度。一位名叫 Becky 的读者写道："being able to see the insanely fascinating ideas of Liu Cixin in a visual way was an opportunity I wasn't going to pass on!"（能够以视觉化的方式看到刘慈欣极具魅力的想法，这个机会我不会错过！）该读者充分认可刘慈欣对科幻世界的视觉呈现，认为从中可以感受唯美的科幻画面。由此可见，刘慈欣的科幻意象书写能力很强，即使在其短篇科幻描写中也能勾画出一个具有视觉冲击力的科幻世界。

3. 对读者评价文本的深度分析

情感分析的具体路径由两步组成。第一步，将样本中的所有英语评论搭建成语料库，导入 AntConc 软件，选择合适的关键词进行检索，将得到的结果输出为 txt 格式文件。第二步，在 Python 环境中加载 TextBlob 工具包。在基于网页的交互式计算环境 Jupyter Notebook 中运行 Python 环境，加载 TextBlob，使用其中的情感分析器对上述检索到的结果进行情感分析。情感分析的目的是对带有情感色彩的主观性文本进行分析，以确定该文本背后的主要观点、喜好与情感倾向。

（1）中国文化。依据 Python 情感分析工具对《乡村教师》海外读者的书评中有关中国文化的评价进行情感分析，结果表明读者情感分值为 0.06，落入 [-0.1—0.1] 的情感区间，表明读者对中国文化，尤其是中国教育文化持中性态度。其中，较多书评围绕"the Chinese education system"（中国的教育制度）议题展开，着重讨论中国的教育文化。一位名叫 Clodjee 的读者则认为："This story emphasize the importance of a good education."（这本小说强调了接受优质教育的重要性。）刘慈欣在《乡村教师》中着重

---

① 《大刘的作品被翻译得最惨的一次》，豆瓣书评网站，https://book.douban.com/review/12947357，最后访问日期：2023 年 12 月 17 日。

凸显了中国的乡村教育文化，体现了作者就教育与希望展开的深刻思考，从科幻的视角展示了乡村教师的崇高与伟大。读者从小说中感受到一名乡村教师尽其所能给孩子们提供知识的方式与路径，这也是一种好的、优质的教育，一种人性与爱的教育输出。但也有一位名叫 Emkoshka 的读者认为："It didn't fill me with the greatest confidence in the Chinese education system."（没有令我对中国的教育体制感到太大的信心。）这位读者对书中描写的乡村孩子贫瘠的教育物质环境给予更多关注，从而对中国教育体制信心不足。显然，这位读者没有理解作者的真实意图，即赋予乡村孩子希望以及展现教师燃尽自己生命而启示孩子的崇高。在《乡村教师》中，教师的传统身份并没有改变，将其与乡村相结合，产生出另一种更加典型的社会角色——乡村教师，正如作者在小说中直白表述的那样："Some say that teachers are candles. They set themselves on fire so that others may see."（有人说教师是蜡烛，燃烧自己，照亮他人。）[1] 总之，从评论中可以发现西方读者关注中国的教育文化。

（2）中国人的生存状态。同样运用 Python 对读者书评中有关中国人的生存状态进行情感分析。由于该小说集中描写的是"乡村教师"，读者聚焦讨论中国乡村教师的生活及生存状态。一位名叫 Josh 的读者写道："This time, he has highlighted something common and, in many ways, underappreciated like teachers and depicted their long-suffering and fervent dedication."（这一次，他运用很多方式强调教师共性的、不被重视的品性，刻画出他们长期忍受着痛苦又饱含着奉献热情的形象。）该读者认为小说的主人公在从民办教师到公办教师的身份转变过程中，始终能保持一颗对乡村教育热忱的心，一种甘于奉献的精神，比如主人公挨家挨户请孩子入学，从自己微薄的收入中垫学费，在乡村经济条件落后，难以得到乡村人支持的情况下，承受着长期的痛苦（long-suffering）但依然充满热情、执着奉献（fervent dedication），这令读者深受感动，引发读者对人类社会"教师"这一群体的思考：即使不被重视（underappreciated），但依然坚守与默默奉献。

---

[1] 王丽：《乡村教师的价值诉求与发展路径探寻——读刘慈欣〈乡村教师〉有感》，《山西教育（管理）》2018 年第 2 期。

此外，也有读者指出刘慈欣在《乡村教师》中阐述的科学主义是一种能促使人性和道德正向发展的形态，与轻视精神与道德层面的"科学至上"论截然不同。正如刘慈欣本人表示的那样，文明和道德无法并存，道德精神的尽头是科幻的开始。从他的写作中可以看出，如果无法否认科学的无情，那么人道主义就十分重要①，这也从侧面表达了乡村教师看似生存边缘化、贫穷而普通，却是推进文明与科技发展进程的伟大群体的思想观点。

三 海外读者对《丰乳肥臀》的评价

（一）整体读者评价

《丰乳肥臀》是中国作家莫言创作的一部长篇虚构小说，首次发表于1995年。小说讴歌了母亲的伟大、朴素与无私，探讨了生命的意义，而且真实地展现了一段时期内的历史。自2004年首次在英语国家出版至今，该作品已有57个版本，在海外读书网站Goodreads上，《丰乳肥臀》（*Big Breast and Wide Hips*）已有2941人打出评分，读者评论381条，星级总评价为3.82，这与海外发行一年多的《乡村教师》的参加星评人数（137人）、评论数（25条）、星级评价（4.15）等数据相比略显逊色。其中，有881位读者评分为五星，占评价总人数的30%；1053位读者评分为四星，占评价总人数的36%；686位读者评分为三星，占评价总人数的23%；226位读者评分为两星，占评价总人数的8%；95位读者评分为一星，仅占评价总人数的3%。

（二）读者星级评价

就《丰乳肥臀》留下的发帖总量而言，有103条五星书评、119条四星书评、80条三星书评、36条两星书评、27条一星书评。数据表明（见图7-1），在海外出版发行的20年间，《丰乳肥臀》海外读者对该小说的关注呈现起伏状态。在2012年莫言获得诺贝尔文学奖后，该作品的销量有较大幅度的提升，2013年参评人数达到了55人的峰值。2013年后参评人

---

① 任一江：《论中国当代文学重返启蒙的限度与可能——以〈凤凰琴〉和〈乡村教师〉为考察中心》，《现代中国文化与文学》2021年第4期。

数虽有回落，但年参评基本保持在 25 人左右。直到 2020 年，参评人数回涨至 41 人。这与 2020 年莫言出版新书《晚熟的人》引起国内外读者的广泛讨论有关，是对莫言以往作品产生反刍效应的结果。《丰乳肥臀》作为纯文学小说之所以能够实现成功的海外传播，一则因为莫言小说自身的创作特点与文学造诣，二则因为美国汉学家葛浩文对中国文学的热爱以及对莫言文学作品不遗余力译介推广。作为翻译经验丰富的汉学家，葛浩文不仅提供了高质量的翻译作品，而且促进了莫言与海外出版社之间的良好交流和合作。此外，《丰乳肥臀》对中国乡村故事的叙事内容，包括对性和政治方面的描述，一定程度上满足了海外读者对乡土中国的猎奇与好奇心理，符合部分海外读者对中国社会、文化的刻板印象，促进了其作品在海外的传播与接受。

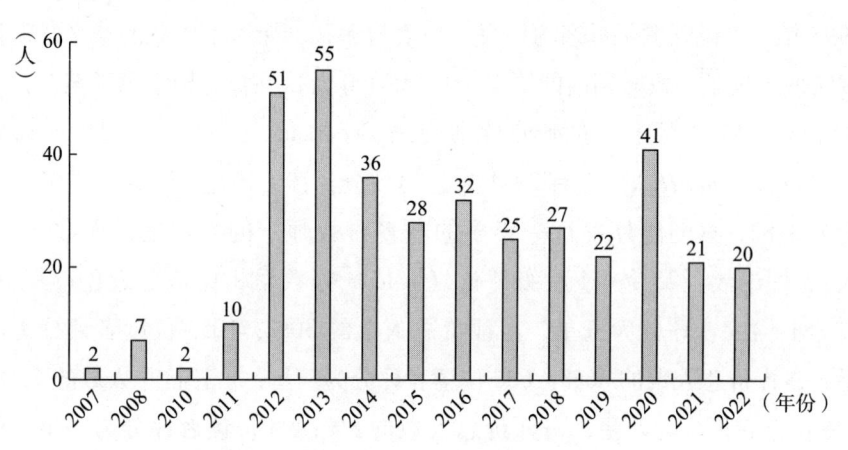

图 7-1　《丰乳肥臀》海外读者年参评人数

资料来源：作者自制。下同。

注：2009 年无数据。

（三）海外读者信息介绍

1. 读者国别

根据收集的评论文本以及对应的评论者信息，在 382 位读者中，有 214 位读者标明了自己的国籍。笔者发现，读者人数最多的前 5 个国家是美国（57）、土耳其（23）、印度尼西亚（19）、英国（17）、葡萄牙（16）。从地域分布来看，《丰乳肥臀》的受众集中在欧美和亚洲，其中美国位居前列。这从侧面反映出《丰乳肥臀》在英语世界产生了一定的影响。将评分

第七章 中国当代科幻小说海外传播：优势、挑战与策略

人数前 5 的读者国别和读者给《丰乳肥臀》的星级评分交互对比，发现《丰乳肥臀》在土耳其评价甚高，土耳其读者给出 4.38 分的高分评分。北美评价相对较低，评分为 3.35 分，说明不同地域的国家对《丰乳肥臀》的喜爱程度存在差异（见表 7-3）。

表 7-3　《丰乳肥臀》海外读者信息

国别	人数（人）	评分（分）	语言	人数（人）	评分（分）	性别	人数（人）	评分（分）
美国	57	3.35	英语	211	3.45	男	156	3.76
土耳其	23	4.38	西班牙语	29	4.00	女	190	3.48
印度尼西亚	19	3.94	土耳其语	24	4.50			
英国	17	3.94	意大利语	16	3.56			
葡萄牙	16	3.81	印度尼西亚语	15	4.20			
意大利	14	4.50	葡萄牙语	12	3.33			
波兰	13	4.00	波兰语	9	4.12			
加拿大	8	3.62	法语	8	3.00			
墨西哥	8	4.50	越南语	8	3.50			
越南	8	4.00	汉语	7	4.14			
中国	7	3.57	捷克语	6	4.00			
法国	7	3.57	俄语	5	4.40			
西班牙	7	3.85	荷兰语	4	3.00			
捷克	5	3.80						
格鲁吉亚	5	3.60						
……	……	……						

2. 读者发帖语言

从发帖语言上看，354 位读者使用了 13 种语言撰写了书评，其中使用人数最多的前 5 种语言分别是英语（211）、西班牙语（29）、土耳其语（24）、意大利语（16）、印度尼西亚语（15），说明该小说的英语读者在海外读者当中占相当大比例，而且产生了一定的传播效果。英语作为国际通用语言，在数据中占比最大，其次是西班牙语地区及亚洲国家，与样本量比例较为一致。与读者国别前 5 进行对比，除去欧洲语言之外，印度尼

西亚语、土耳其语位列其中。将使用语言前 5 的读者国别和读者给《丰乳肥臀》的星级评分交互对比,发现使用英语的读者评分为 3.45 分,使用土耳其语的读者评分为 4.50 分,使用西班牙语的读者评分为 4.00 分,而荷兰语、法语、葡萄牙语等的评分则较低(见表 7-3)。

3. 读者性别

从性别来看,有 346 位读者标明了自己的性别,其中女性为 190 人,占比约为 55%,男性为 156 人,占比约为 45%。可见,以女性为主题的《丰乳肥臀》吸引了更多海外女性读者,这也与该小说讴歌母亲的主题相契合。与此同时,笔者将读者性别和星级评分进行交互对比,发现男性平均评分为 3.76 分,女性的平均评分为 3.48 分,虽然数据结果差异较小,但也表明,相对于男性读者,海外女性读者对《丰乳肥臀》的赞同程度要略低一些(见表 7-3)。

4. 读者年龄

从年龄来看,有 87 位读者标明了自己的年龄,其中 30 岁以下读者 15 人,占比约 17%,30—50 岁有 52 人,占比约 60%,50—70 岁有 16 人,占比约 18%,70—90 岁有 4 人,占比约 5%。将读者年龄与读者给《丰乳肥臀》的星级评分进行交互对比,发现 30—50 年龄段读者打分最高,最高分数为 3.42 分,最低分数为 3.2 分,其余年龄段读者打分较低,说明海外中年读者群体对《丰乳肥臀》较为认可。

5. 读者发帖文字数量

在 Goodreads 上有 374 位读者对《丰乳肥臀》发表评论,最长的评论字数为 1811 个单词。286 位读者评论字数在 200 个单词及以下,占比 76%;64 位读者评论字数为 201—500 个单词,占比 17%;21 位读者评论字数为 501—1000 个单词,占比 6%;3 位读者评论字数为 1001—2000 个单词,占比 0.8%(见表 7-4)。

表 7-4 《丰乳肥臀》海外读者发帖数据

年龄(岁)	人数(人)	占比(%)	发帖文字数量(个)	人数(人)	时间(年)	人数(人)
<30	15	17	1—200	286	2008	1
30—50	52	60	201—500	64	2011	27

续表

年龄（岁）	人数（人）	占比（%）	发帖文字数量（个）	人数（人）	时间（年）	人数（人）
50—70	16	18	501—1000	21	2012	49
70—90	4	5	1001—2000	3	2013	7
					2014	6
					2015	9
					2016	12
					2017	7
					2018	6
					2019	15
					2020	21
					其余年份	0

6. 评价获赞数量与发帖时间

有123位读者的评价显示了点赞人数，其中评价最高获赞量为56个，获赞数量最多的评价是一则五星评价。自2004年《丰乳肥臀》英译版问世以来，发布评价的读者人数及跟帖人数呈波动起伏状态，但关注度整体呈降低趋势，说明该小说的影响力没有持续上升。发帖数量最多的年份是2013年，达到了56个的峰值，说明《丰乳肥臀》在2012年莫言获得了诺贝尔文学奖之后引起读者关注。读者书评的跟帖数量则起伏比较大，2012年的跟帖数量最多，2020年的跟帖数量为第二多，这与莫言在2020年出版了新作品《晚熟的人》有关（见图7-2）。

根据以上《丰乳肥臀》在Goodreads上的评论，可以得出以下结论。从数据覆盖范围看，样本来源覆盖18个国家和地区的381名读者，欧美及亚洲国家均有所覆盖，表明《丰乳肥臀》在海外译介产生了一定的效果。从读者属性分布看，男女性别比例均衡，女性读者占比超过一半，男性读者占比则接近一半。此外，该小说的海外读者集中在中青年群体。从内容参与度看，短评数量最多，长评数量占比适中，超过3000字的特长评仅有3条，说明读者对该作品的理解深度差异较大，但不乏非常全面且深入的深度反思。从评价倾向看，四星及以上好评率超过参评人数50%，说明《丰乳肥臀》的海外读者普遍认可这本小说。

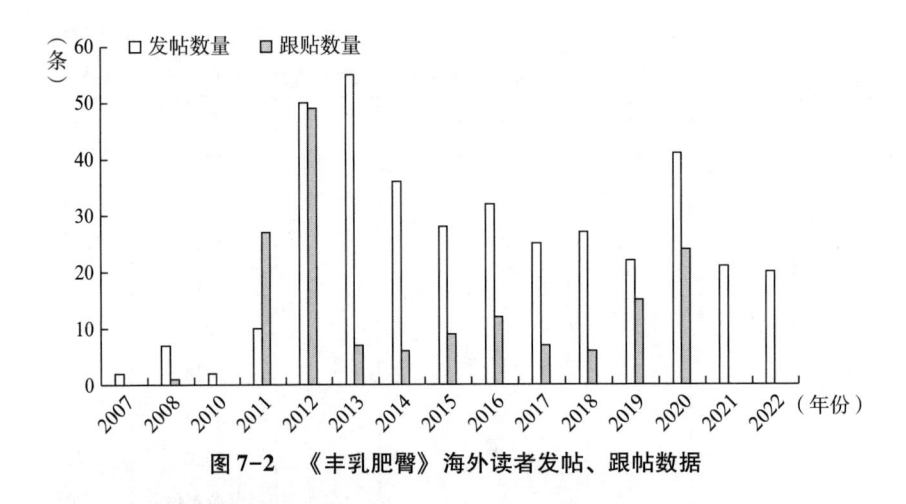

图 7-2 《丰乳肥臀》海外读者发帖、跟帖数据

（四）海外读者对译者、译文及作者的评价

1. 海外读者对《丰乳肥臀》译者及译文的评价

（1）正面性评价。《丰乳肥臀》英译版由葛浩文担纲完成，他是著名的美国汉学家，是英语世界地位颇高的中国文学翻译家。将样本中的所有英语评论搭建成语料库，导入 AntConc 软件，以"Translat*"及"Goldblatt"为关键词进行检索，在 KWIC 中检索出 47 条涉及对翻译评价的评论，其中正面评论 15 条，负面评论 12 条，中性评论 20 条。在正面评论中，读者对葛浩文的翻译能力予以肯定，赞扬其是最卓越的中英翻译家，其翻译能够忠实原文、没有偏离原文意思，译文体现了中国方言及文化词汇特色，非常精彩地道。例如一位五星评价的读者 Aloke 写道："Goldblatt, who teaches Asian studies at Notre Dame, appears to be near-universally regarded as the leading English-language translator of fiction from the Chinese, so presumably he has struck that difficult balance between fidelity to the original and readability in translation."（葛浩文在圣母院教授亚洲研究课程，几乎全世界都认为他是中国小说英语翻译的领军人物。所以，他的译文既忠实原文，也具有可读性。）该读者认为葛浩文从事的相关研究与教学奠定了其翻译的语言能力，葛氏在英语翻译文学领域的领衔地位也为其赢得英语世界读者的信任奠定了基础，这说明海外读者对译者的资质非常看重，译者能力与知名度是翻译文学获取目标语读者信任的重要影响因素。此外，这

名读者对葛浩文忠于原文和使译文具有可读性的平衡能力表示非常赞赏。事实上，葛浩文在《丰乳肥臀》翻译过程中遵循了既忠实又通顺的翻译原则，如对人物称谓的翻译以归化为主，归化包括意译包含文学意义的绰号、泛化亲属称谓，及增加原文中不存在的人物表；以异化为辅，异化包括意译中国民族文化特征的亲属称谓，以此达到保留中国民族称谓文化的目的。[①] 葛浩文这种忠实与通顺的翻译原则对其他译者产生了一定的影响。

另一位署名 Alexis 的读者写道："Having said that, the translation was great and really set the right tone."（谈到这点，英文翻译很棒，给这本书定下了正确的基调。）该读者认为葛浩文的译文剔除了一些拗口、难以理解的政治性语言表达，为整个译文确定了正确的基调。《丰乳肥臀》讲述的是 20 世纪二三十年代至 20 世纪末的中国故事，这必然会涉及一些时代性、历史性的政治语言表述，而葛浩文在翻译过程中考虑到美国读者对中国政治历史知之甚少的现状，有意省略掉了政治色彩浓厚的词语，这有助于英语世界读者对《丰乳肥臀》的阅读与接受。

（2）负面性评价。也有部分读者认为葛浩文译文不够地道，在翻译过程中显露异化痕迹，使得译文读起来生硬、不自然。如一位名叫 Yeemay 的读者写道："Very ocassionally the colloquial translations great, probably because to me it sounded like americanisms that didn't quite sit right."（书中为数不多的口语化译文还翻得不错，可能于我而言，译文中的口语读起来更像不地道的美式表达。）这位读者认为译文中相关口语化语言在美式英语转化过程没有处理得恰到好处，影响了读者对译文的流畅阅读。

获取的数据分析结果也表明，部分海外读者对《丰乳肥臀》的葛浩文翻译持保留意见，不少汉英双语读者或懂得汉语的读者认为《丰乳肥臀》的译文失去了原文语言的生动性，而且与原文的意思有出入。例如，一位三星评价读者 Sung 写道："I read it in the original Chinese version, unfortunately the English translation seems to have lost the stunning vividness of Mo Yan's superb writing."（我读过中文原版，感到可惜的是，英文翻译似乎没

[①] 廖素云：《论译者翻译观对人物称谓翻译的影响——以葛浩文译〈丰乳肥臀〉为例》，《江苏理工学院学报》2016 年第 3 期。

有体现出莫言的高超写作能力，缺乏令人惊艳的生动感。）这位读者表示英文翻译的用词没有达到原文用词的高度，文字不够优美，读者无法从翻译中感受到足够的艺术感。

另一位四星评价读者 Tian 写道："I thought, though if I speak/read Chinese, there's probably some sort of pun that was lost to translation."（我能说中文或者能读得懂中文的话，我认为很可能在翻译英文的过程中，一些中文里的双关语被遗漏掉了。）与此同时，一位名叫 James 的读者认为："Of course, this is a translation of an abridged edition of an abridged edition, so that may partially account for the choppy, unfinished feeling here."（当然，这是一本删减又删减了的译文，所以给人一种不连贯、不完整的感觉。）可以看出，两位读者都表达了译文信息不完整、存在遗漏的看法。不同的是，前者从原文与译文对照的视角展开，而后者则从原文本身完整性的角度展开，两者都认为译者需要翻译出完整的中文含义。中、英两种语言各具特性，两种语言存在巨大差异，一些中文特色语言特别是语音系统、文字结构、修辞手法等无法用英文表达。另一位名叫 Phrodrick 的读者写道："Jumps in time and space are confusing, as can be the jumps from first to third person. It has been suggested that this may not be the best translation, but this one has not left me with much interest in re-reading a better translation of Big Breast Wide Hips."（我无法理解书中的时间和空间跳跃、人称在第一人称和第三人称之间切换。或许这不是最好的翻译版本，但在葛浩文译本影响下，我也没有兴趣重新阅读《丰乳肥臀》更好的译本了。）该读者指出他无法从译文中确定时空，而且书中的人称在不停变化，这不能使他产生阅读兴趣。

（3）中立性评价。除了以上正面性和负面性评价外，也有相当部分读者持中立态度，认为不能简单地评价翻译质量。例如一位名叫 Aloke 的读者写道："Granted, literary quality in translations is always difficult to appraise fairly unless the reader knows the language being translated, and Chinese is notoriously difficult to render in English."（除非读者会中文，否则译本的文学质量总是难以得到公正的评价，众所周知，中文很难用英文翻译。）表明该读者意识到中英翻译本身的难度，不赞成轻易对译文及译者做出评价。

将样本中的所有英语评论搭建成语料库，导入 AntConc 软件，以

第七章 中国当代科幻小说海外传播：优势、挑战与策略

"Translat *"为关键词进行检索，经检索后，在 Collocate 中有 6 个搭配形符（见表 7-5），频率最高的前 3 个词为"English""lost""howard"，其中"lost"的搭配使用与翻译评价相关。"howard""goldblatt""advocate"等搭配均强调原作的译者，并认为葛浩文是莫言的狂热支持者。例如，一位署名 Jeff 的读者认为："I am going to steal part of the NY time review which stated that according to Howard Goldblatt, Mo's American translator and passionate advocate…"（我要剽窃部分《纽约时报》的书评，书评声明依据葛浩文，莫言在美国的专属译者，也是他的狂热的拥护者……）这从侧面说明，读者比较关注译者是否与原作者有一定的相互了解，认为译者需要非常了解作者，才能更好地翻译原作。

表 7-5 读者对《丰乳肥臀》评价中"translation"左右三跨搭配词

	Collocate（搭配词）	Rank（排序）	FreqLR（左右跨频次）	FreqL（左跨频次）	FreqR（右跨频次）
1	English	1	5	3	2
2	lost	2	4	3	1
3	howard	3	3	2	1
4	goldblatt	4	3	2	1
5	helping	5	2	1	1
6	advocate	5	2	0	2

译者是翻译的主体，通过对上述读者关于译文及译者的正面性、负面性以及中立性评价的分析，发现《丰乳肥臀》不同读者对于葛浩文的翻译方法持不同意见。部分读者理解、认同译者能力，部分读者认为译文没有遵循忠实原文的翻译原则，影响了读者的阅读体验，甚至对作品的阅读兴趣。读者的评价证实了译者能力、译文是否忠实原文、译文是否读起来流畅自然是海外读者对文学译介的重要评价标准。事实上，译者主体性制约因素包括译者的文化结构、译者的双语文化能力、原作者以及文本选择对译者的影响、译者的诠释空间、译文接受者等。译作是否忠实于原作，既是检验译作优劣的永恒标准，也是检验译者是否成功翻译的重要标尺。

2. 海外读者对《丰乳肥臀》作者的评价

将《丰乳肥臀》样本中所有英语评论搭建成语料库，导入 AntConc 软

件，分别以"author *""mo yan *""mo *""yan *""writer *"作为关键词进行检索，分别检索到 57 条、150 条、517 条、164 条以及 23 条结果。根据该词所在的左、右跨语境，发现褒义的形容词或副词有 brilliant、talented、gifted、wonderful、magic、intelligent、unique、inventive、best、remarkable、fantastic、amazingly、spectacular、tremendously，而贬义的形容词或副词仅有 ugly 一词。多数读者表达了对莫言写作风格、场景描写的赞誉。一位名叫 Kerry 的读者写道："Mo Yan is a wonderful describer of violence and scenery so I was absorbed pretty thouroughly."（莫言非常擅长描写暴力和风景，这深深地吸引了我。）这位读者认为莫言具有自己独特的写作风格，认为他擅长描写场景，这位读者对此深表喜爱。也有读者认为莫言的文字表现力极具穿透性与震撼性，字里行间所展现的故事真实而有力量感。如一位名叫 David 的读者写道："But Mo Yan has an amazingly inventive mind and remarkable descriptive powers; I've never read anyone quite like him. I highly recommend this novel."（但是莫言有着惊人的创造力和非凡的描写能力，我从来没有见过像他这样的作家，强烈推荐这本小说。）

但与此同时，有一些读者针对莫言的暴力语言风格质疑，并表达了困惑与批评。如一名署名 Alexis 的读者写道："The thing about Mo Yan is that his writing is ugly. There is nothing pretty about his language, especially not with the subject material of corpses and executions and oppression."（莫言的问题在于他的作品很丑陋。他的语言一点也不优美，尤其是对于尸体、处决和压迫的描写毫无美感。）该读者对于莫言关于诸如死亡与压迫的语言描述表示批判，认为莫言对这些事物的原始且直白的描述传达给读者的仅仅是简单的暴力，使文学语言失去了美感。

（五）读者基于《丰乳肥臀》对中国形象的认知构建

对海外读者关于《丰乳肥臀》评价的情感分析同样基于 Python 以及 AntConc 工具进行。具体路径由两步组成。首先，将样本中的所有英语评论搭建成语料库，导入 AntConc 软件，选择合适的关键词进行检索，得到结果，并以 txt 文件格式导出结果。其次，在 Python 环境中加载 TextBlob 工具包。在基于网页的交互式计算环境 Jupyter Notebook 中运行 Python 环境，加载 TextBlob，使用其中的情感分析器对上述检索到的结果进行情感分析，从而得到读者在阅读该作品后产生的关于中国形象的正面、负面或中性认知。

1. 对中国文化的认知

首先，对读者书评中关于中国文化的评价进行情感分析。基于 AntConc 工具，以"cultur*"为关键词检索，检索到 66 条结果。其中多条结果围绕"cultural revolution（文化大革命）"，该议题与政治认知相关，故放在政治层面讨论。除去不相关结果后，共有 46 条结果。导出结果后，在手动剔除无意义的中性词语后将文件导入 TextBlob 中进行分析，结果表明，海外读者基于《丰乳肥臀》阅读产生了对中国文化，尤其是父权文化较为负面的认知。读者在阅读《丰乳肥臀》之后，着重关注了中国的父权制与女性文化问题。一位名叫 Chris Oleson 的读者写道："Funny, scabrous humor, some insights into early 20th Chinese culture, bad patriarchal politics…"（有趣，粗俗的幽默，对 20 世纪早期中国文化有一些见解，糟糕的父权政治。）这位读者在《丰乳肥臀》中表达了对中国 20 世纪初期的文化认知，即糟糕的父权社会（bad patriarchal politics），读者了解到在当时中国父权价值所构建的"为母之道"湮灭了以母亲为主体的母性体验，即母亲的自身体验：女性缺乏自身作为主体存在的力量，主要任务就是生儿育女。失去自我主体性及个人自主性的母亲也无法参与其他社会活动。[①] 另一位名叫 Lilisa 的读者写道："In Chinese culture, boys reign supreme and Mother is disdained and castigated every time she produces a girl."（在中国文化中，男孩地位至高无上，母亲每生一个女孩都会受到鄙视和斥责。）显然，这位读者认识到在中国当时的父权制度下，女性是生产（produce）孩子的工具，被剥夺了个人主体价值和存在权利，并在心理认知上形成了以男性为主体身份的客体认同：女人必须出嫁，出嫁后必须生孩子，要想在家庭中取得地位，必须生儿子。这种对中国女性卑微地位的认知也符合西方社会对中国男权文化的认知，在某种程度上是对已有相关中国文化印象的固化。

除此之外，该书也让国外读者能够窥见 20 世纪中国的历史文化状况。一位名叫 Igor Eliseev 的读者认为："This book can be read partly as an anno-

---

[①] 焦敏：《解构"母亲神话"——〈丰乳肥臀〉中的性别政治》，《文教资料》2009 年第 21 期。

tated catalogue of some of the main historical and cultural events in life of Chinese people."（这本书可以部分解读为中国人民生活中一些主要的历史文化事件的加注目录。）这位读者无疑将《丰乳肥臀》视为中国历史文化的史料记录。例如，读者 Meryl Suissa 写道："If you like the 'magic realism' movement, Chinese history and culture, you will love this novel."（如果你对魔幻现实主义、中国历史和文化感兴趣，那么你会爱上这本书。）这位读者同样认为《丰乳肥臀》再现了中国历史文化，同样具有纪录片功能，读者可以通过莫言笔下的魔幻现实主义一览当时中国社会的各种历史文化。

2. 对中国社会的认知

利用 AntConc 软件，以 "soci *" 为关键检索词，对读者书评中相关中国社会的评价进行情感分析，检索到 26 条结果。Python 情感分析结果表明，读者相关中国社会的认知以负面及中性评价为主。其中多条评论围绕 social impact（社会影响）、social norms（社会准则）、social injustice（社会不公）、social commentary（社会评论）展开评论，下文将结合具体读者评价例子进行分析。

一位署名 Teo 的读者评论道："Many of Mo Yan's long novels, like many other Chinese novels, are intended to be epics-long accounts that focus on societal norms and broad themes rather than single characters."（莫言的许多长篇小说，和中国其他许多小说一样，都是史诗般的长篇小说，关注社会规范及广泛主题，而不是单一的人物。）该读者认为莫言的小说不仅有人物的塑造，更是对特定历史时代背景下中国社会习规、社会不公的再现，是了解并认识中国社会的重要视角。比如该读者举例在小说开头描述母亲生孩子的场景以及房间外一大群人在为一头驴接生，暗示了中国农耕社会女性如同能够生育的牲口一样，是为家庭和社会延续与发展的生育工具，因此母亲这一小说主要人物的命运在宏大的社会习规与社会不公下变得命运多舛、任受摆布。有相关研究也表明《丰乳肥臀》揭示了那个时代的人把牲畜看得比女人还重要的悲惨现实，[①] 是作者对中国当时乡土社会的鞭挞。

---

① 程春梅：《从乡土文明的逻辑出发论莫言小说的贞节观——〈丰乳肥臀〉解读》，《山东女子学院学报》2015 年第 6 期。

第七章　中国当代科幻小说海外传播：优势、挑战与策略

也有读者对该小说的社会批判功能进行评价，从而认同作者对社会现实的批判。例如，读者 Jeff Volkmann 写道："I was amazed at how Mo Yan incorporated magical realism into a social commentary."（我很惊讶莫言将魔幻现实主义融入了社会评论。）这位读者认为，魔幻现实主义手法似乎不能与社会评价这样严肃的事情混为一谈，社会评价与批判属于严肃话题与怪诞"魔幻"有些格格不入。然而莫言做到了，在创作中基于现实，加上独特的文字想象，借助魔幻现实主义色彩，把各种离奇古怪的情节表现出来，在光怪陆离的语言展现中植入对社会的评价与批判。[①] 此外，一位署名 Alice Certainly 的读者认为莫言语言的力量能够展示中国社会的战争与社会不公，这位读者如是写道："Very graphic with violence, sexual and physical as well as warfare and social injustice."（非常生动地描述了暴力，性和身体以及战争与社会不公。）从以上读者诸如社会批判、评价、社会不公等措辞可以看出，读者基于《丰乳肥臀》对中国的社会认知中性中夹杂着负面情感。

3. 对中国政治的认知

基于 AntConc 语料库工具，以"politic *"为关键词检索，检索到 37 条海外读者的评价。其中多条结果围绕 politics、hunger、political discrepancy 以及 cultural revolution 等主题展开。Python 情感分析结果表明，《丰乳肥臀》的海外读者对中国的政治认知较为负面。例如，一位署名 Praj 的读者写道："A mother's selfless love is imprinted through her breasts as she nurses the innocent infants blurring the boundaries of political discrepancies."（一位母亲无私的爱在她的乳房上留下了深深的印记，因为她抚养着那些模糊了政治分歧边界的无辜婴儿。）该读者首先肯定书中母亲的伟大与无私，及母亲对所有具有不同政治立场的儿女都能一视同仁，在母亲眼里这些儿女都是无辜的孩子（innocent infants），但该读者认为这些"孩子"都是不同历史时期政治运动的牺牲品。

该读者认为"金童"在经历各种政治运动与社会变革后觉得自己一无是处（useless），表明个体在时代政治运动洪流中的渺小、无所适从，个体

[①] 李志富：《论莫言小说〈丰乳肥臀〉的魔幻现实主义色彩》，《芒种》2013 年第 13 期。

将时代带来的伤害归结为自己的无力与无能。在莫言的文字书写中，读者感受到每一种政治都喜欢将自己包装成形象大使，剪除、遮蔽历史的部分真相。简单粗暴的阶级划分是旧秩序土崩瓦解后相对快捷的处理方式，却掩盖了人性的复杂、湮灭了历史的真相。因此有研究指出莫言对不红不白的匪类有清醒的认识，认为所谓的革命现实主义是虚假的，真正的历史在民间。[①] 此外，这位读者认为，莫言笔下的小说真实地再现了那段中国政治"社会现实"（social realities）。显然，这位读者沿用了西方文学界精英阶层一贯将中国文学作品作为考察中国社会现实"纪实文献"的思路，以佐证他们对中国形象的刻板认知。

4. 对中国经济的认知

基于 AntConc 工具，以"economy *"为关键检索词，检索到 16 条相关结果。其中有评论涉及中国国家经济层面（economic aspects of the country）、中国改革开放前经济落后时期的贫瘠、落后、饥饿（poverty、underdevelopment、hunger），也有评论讨论中国 20 世纪 90 年代即改革开放以后的经济发展与经济腾飞（1990's economic opening、economic boom in the early 90s），但 Python 情感分析结果表明《丰乳肥臀》海外读者对相关中国经济的认知整体以负面为主。例如，一位署名 Leonor 的读者写道："It is a must for whoever has interest in social and economic aspects of this country, but also relationships in general. It is extremely well written and it is brutally beautiful."（任何对中国社会和经济感兴趣的人，包括整体上对其社会与经济关系感兴趣的人，都必须拥有这本书。这本书写得非常好，有一种冷酷的美感。）该读者认为小说很好地反映了中国 20 世纪社会与经济发展的现实，以及社会与经济之间的内在关系，这种直白、冷眼旁观式书写中国社会与经济的方式得到了这位读者的高度认同。该读者随后列举小说中相关中国经济落后贫瘠时期的现状：食物匮乏、饥荒、恐惧、饮食过度等，小说里面的人物时刻面临着饥饿的威胁，饥饿使人们渴望死亡的温暖与踏实、抛弃了所有的礼仪。该读者认为在经济极度落后、食物极其匮乏的时代，人与人之

---

① 张意薇、陈春生：《锚与舵的伦理——〈静静的顿河〉与〈丰乳肥臀〉中的政治选择及命运归属》，《海南师范大学学报》（社会科学版）2017 年第 3 期。

间的社会关系实践，尤其礼仪帮规都土崩瓦解。国内相关《丰乳肥臀》的研究也揭示了为了存活下去，人们需要拿出最大的智慧与饥饿做斗争，女性也更加明确地扮演着食物提供者的角色，[①] 侧面表明社会性别角色与经济发展状态之间的关系。

5. 对中国人生活和生存状态的认知

同样基于 AntConc 工具，以 "life * " "existence * " 为关键检索词，分别检索到 100 条和 8 条评论结果，其中多条评论围绕 "life of the characters（主角生活）、life of the Chinese people（中国人的生活）、existence and identity（生存与身份）" 展开讨论。基于 Python 情感分析结果，海外读者对相关中国人的生活、生存状态的认知以中性取向为主。其中有不少读者基于《丰乳肥臀》中人物角色描述在构建对中国人生存认知的同时也对读者自身的生存与身份认同展开哲学性思考。例如，一位署名 JW 的读者写道："I love to see how history and politics deeply influence and ultimately ends up by overlapping with our existence and identity."（我喜欢看到历史和政治产生深刻影响的方式，并最终与我们的存在和身份认同产生重叠。）这位读者认为这部小说关注人及人的生存，对中国人在不同社会历史时期的生活即生存状态的真实表述已经超越了对某一个民族国家人的书写，而是探索人与社会、人的存在等普遍问题，从而将文学上升到哲学层面。正如有研究者指出，《丰乳肥臀》中的主人公冲决了"自为存在"的底线，摒弃了人的尊严和女人的廉耻，将自我意识压抑在生存本能之下。莫言将追求自在存在和自为存在统一，也就是将自我意识的存在与意识的客体之间的张力关系以艺术的形式表现出来。[②] 显然，女性、尊严、自我意识等都是一种生存与身份的思考。

也有读者指出《丰乳肥臀》展现了中国 20 世纪初期至末期的性别、家庭、社会下的鲜活生命个体（individual life in gander、family and society）以及这些个体身上喷薄而出的生命强力、中国民族精神文化的原始力量。

[①] 柯倩婷：《〈丰乳肥臀〉的饥饿主题及其性别政治》，《西南民族大学学报》（人文社科版）2007 年第 5 期。

[②] 佘国秀：《人与存在构建深度之思——存在主义视阈下的〈丰乳肥臀〉》，《烟台大学学报》（哲学社会科学版）2018 年第 1 期。

这位读者基于小说能够将中国人的生存与中国的社会发展、被压迫民族的坚忍力量相联系，说明其对中国的历史文化、个人社会关系等方面有较为深刻的认识与了解。该读者的评论与一些关于《丰乳肥臀》个人与社会、民族自觉等方面的讨论有所共鸣，如有研究者指出莫言在《丰乳肥臀》中塑造了活跃在高密东北乡大地上的鲜活生命个体，这些生命个体充分体现了中国人在危机和忧患中谋求民族崛起和复兴的力量，[①] 在维系整个大家族的兴衰抑或舍弃小家庭利益之间的取舍和平衡。因此，在某种意义上而言，《丰乳肥臀》小说中的中国人生存状态是任何社会在发展中其社会个体都可能经历的生存状态。

四 《乡村教师》与《丰乳肥臀》海外传播对比

（一）译者因素

《丰乳肥臀》英译版由美国著名的汉学家葛浩文主笔完成，他被视为英文世界著名的中国文学翻译家。综观读者评论，可以看出葛浩文在英语翻译领域颇具盛名，其语言能力及关于中国当代文学的研究积累使其能够成功翻译莫言作品。与此同时，莫言能够获得诺贝尔文学奖，葛浩文的英语译介从中起到了关键作用，有学者将葛浩文比喻为"莫言作品在西方世界落地生根、开花结果的'接生婆'"，[②]《丰乳肥臀》的英译生动地体现了葛浩文的翻译策略与翻译观。葛浩文在翻译中，集中体现了其文学翻译的"创造性"策略，即在翻译莫言这部小说时采用了创造性叛逆、创造性误读和创造性重构策略。葛氏认为创造性指译者出于接受的考虑对文本进行一种有意而为之的"误译"，虽然没有从表面上全部译出原文，但效果并未消减，甚至更符合逻辑表达。另外，葛浩文提出了"葛氏归化法"。虽然葛浩文的翻译不拘泥于归化、异化，但他在早期翻译莫言作品时则倾向采用保留原文特色、异国特质的直译策略，但后期受到妻子林丽君翻译实践思想的影响，偏向归化翻译。葛浩文认为译者总是现身的，也是隐身

[①] 佘国秀：《人与存在构建深度之思——存在主义视阈下的〈丰乳肥臀〉》，《烟台大学学报》（哲学社会科学版）2018 年第 1 期。

[②] John Updike, "Bitter Bamboo—Two Novels from China," *The New Yorker*, 5（2005）：84-87.

的，要遵循忠实、通顺的翻译原则。但葛浩文也指出，在翻译冗长、政治化的文学作品时，译者需要将翻译文学的社会功能、文化通约性、可译性、文本选择、文学翻译的本质、译者地位、出版商与编辑的权力干预、译文读者接受视域等纳入考虑因素，尤其凸显始终坚持自己的立场，即"为读者翻译"的原则。显然，葛浩文这种翻译原则对《丰乳肥臀》在英语世界的译介是把"双刃剑"。一方面迎合英语读者阅读期待，可以使读者有目标语语言的熟悉感，但另一方面会丧失原语的语言特色，凸显一些英语读者对中国文化、社会、政治等维度的刻板预期，这无疑对读者通过阅读翻译文学来认知中国、构建中国形象带来诸多消极影响。

《乡村教师》有多种英译版本，但译者并非是绝大多数英语世界读者非常认可的刘宇昆，不管是翻译能力受到质疑的 Adam Lanphier，还是译文质量较高的译者 Christopher Elford 及蒋晨欣，这些译者在科幻小说英译界的知名度都比较低。《乡村教师》小说的前半部分主要描绘中国西北农村生活，作者使用了大量中国西北方言词语，涉及中国地域乡村文化特色，且运用了大量文化负载词。这样的语言特点要求译者不仅具有很强的汉英双语语言能力，更重要的是要对西北乡村的地域文化有一定了解与研究。译者 Adam Lanphier 的中文语言能力有限，而且对中国西北乡村地域的文化了解甚少，因此其《乡村教师》译文的准确性与流畅性受到诸多读者批评与质疑。与之形成鲜明对比的是，Christopher Elford 及蒋晨欣译本以中西合璧、优势互补的方式不仅兼顾目标语读者的阅读体验，而且避免了对原语特色文化的丢失或曲解，因此中外译者合作翻译的《乡村教师》译本受到更多海外读者的认可，这组中外译者很好地融合运用了归化和异化策略，例如，对于睁眼瞎（the blind with visual sense）、总设计师同志（Tovarish Chief Designer）等文化负载词，译者采用了异化翻译，以凸显乡村生活的"中国味"与中国文化特色意象。再比如对于"同志"的英译，译者基于该词是社会主义国家的人与人之间的称呼，具有独特的时代痕迹，将其翻译为"Tovarish"，以达到彰显原文中文化元素的目的，并以脚注形式补充说明音译自俄语。

综上，基于《丰乳肥臀》及《乡村教师》的英译版的译者比较分析，我们可知，莫言作品的译者翻译能力及个人知名度较高，但更侧重"为读者"的原则,这虽然有助于翻译作品被英语世界读者接受,但在一定程度上迎合了读者对中国认知的刻板印象,为中国形象的国际构建带来不利影响。而刘慈欣这部中篇科幻小说的译者在翻译界知名度较低,但部分译者在翻译过程中能够做到归化与异化翻译策略的平衡运用,尤其对具有中国文化特色的负载词采用异化翻译策略,有利于帮助海外读者认识和理解中国传统文化。

(二) 作者因素——莫言 VS 刘慈欣

莫言是中国当代纯文学海外译介最受欢迎的作家之一,也是目前唯一获得诺贝尔文学奖的中国籍作家,其作品在海外,尤其是在英语世界的成功传播的根本原因是其独特的创作特色。莫言文学作品受拉美"文学爆炸"混合写实主义创作思潮影响,借鉴马尔克斯的魔幻现实主义写作手法,小说故事情节基于真实体验,但混合了传奇、幻想等元素,人物的真实性与想象、虚无混为一体。《丰乳肥臀》同样具有一定魔幻现实主义风格,不仅有对乡土生活的描写,也有对人性的揭示与深刻探讨,赢得了国内外读者的高度认可,为其海外成功传播奠定了基础。另外,莫言对译者及翻译的观点态度也为其作品海外传播起到重要的推动作用。莫言对其作品的译者包容、大度,对译者有充分的信任与尊重。莫言曾多次表示其在作品译介过程中的"放手"态度,允许译者进行大刀阔斧的改写。这也是葛浩文在翻译《丰乳肥臀》期间对原文进行删减改写的原因,这在一定程度上消解了中西文学的巨大差异。事实上,这种赋予译者主体权力的做法也使译者"投读者所好"的翻译策略导向成为可能。

刘慈欣是中国科幻文学"走出去"首屈一指的作家,其科幻作品已翻译成多达30多种语言,成了中国当代文学海外译介与传播的天花板,令中国当代纯文学海外译介望尘莫及。刘慈欣《乡村教师》、《三体》系列科幻小说海外成功传播的原因除了人类科学技术大发展以及科技对人类生活的日益深刻影响等时代背景因素外,作者超凡的想象力、宇宙世界的逻辑构建、科学概念与理论的唯美阐释、对未来世界人类社会构建的推想等能力为其作品在国内外赢得广泛认可奠定了重要基础。此外,与莫言作品"走出去"的路径颇为相似,刘慈欣的大量科幻小说是在其斩获雨果奖、星云奖等国内外大奖后被大量译介至海外。刘慈欣对译者及翻译行为给予高度评价。他认为翻译作品是跨越不同文化和时空的重要媒介,这个媒介的主体便是译者。他曾在雨果奖获奖致辞中赞赏其作品的翻译"近乎完美"。刘慈欣的作品一半以上都由美国华裔科幻作家兼翻译家刘宇昆翻译,他也同其他译者,包括《乡村教师》的译者多次面谈,促进其作品的更好译介传播。

（三）主题因素

莫言这位被誉为来自山东高密的"文学巨匠"认为作家创作的主题应该聚焦当下,即使是书写一个历史事件也要对现实有重要的关照意义。因此,诸如《丰乳肥臀》等莫言一系列描写中国以往历史、反映乡土社会变迁主题的小说都体现了文学与现实的关系、表达了对现实的人文关怀及对人性的深刻探索、体现了对民族性与世界性主题的有机统一。总之,莫言的小说很好地将魔幻现实主义与民间故事、历史与当代社会融合在一起,其小说创作的民间性、乡土性与历史特征构成了其小说创作主题的突出民族性因素。[①] 这样融合历史与现实、民族与世界、人文与人性的文学主题作品为其海外读者的接受奠定了一定的基础。

莫言的《丰乳肥臀》把生命苦难作为叙事的主题和目的,通过对外在历史事件的关注转向对生命苦难本身的关怀,体现了作者对苦难书写的全面性和深刻性,在历史规律的可疑性和革命斗争的残酷性中展现人生苦难,并把苦难看作人生命运和生命的必然伴随。莫言通过这种书写提供了一种不同于历史主义的宏大叙事和新历史主义叙事的人生哲学与生活伦理,体现了莫言苦难叙事的民间立场和底层视角。[②] 与此同时,目前当代西方叙事学界正在兴起"反本质主义"叙事研究浪潮,主张在叙事研究中关注个体、具体、特殊及边缘的叙事实践,强调隐匿或依附于叙事文本内外的历史主义与伦理内涵。[③]《丰乳肥臀》依托母亲上官鲁氏这个既包含博爱、伟大、顺受又显露失贞、溺爱、粗糙的苦难型、边缘化、特殊性个体

[①] 华静:《论莫言小说作品创作主题的民族性因素》,《名作欣赏》2020年第29期。

[②] 李茂民:《论莫言的苦难叙事——以〈丰乳肥臀〉和〈蛙〉为中心》,《东岳论丛》2015年第12期。

[③] 李亚飞:《当代西方叙述学中的"反本质主义"——以非自然叙事学为中心》,《新疆大学学报》（哲学社会科学版）2022年第4期。

叙事与当前西方个体化叙事倡导达成一致。因此，这样的文学主题在海外传播过程中相对易于引起读者的兴趣与共鸣。

不同于莫言的纯文学小说苦难个体性叙事主题，刘慈欣的科幻小说沿袭了中国文学的传统宏大叙事模式，其作品基本上以恢宏的宇宙叙事展开，以人类及地球文明、三体文明，以及人类个体命运相互间的关系展开。虽然与《丰乳肥臀》一样，《乡村教师》故事发生的场景在中国某一地区的乡村，且以乡村某一苦难的边缘个体或群体为主要故事人物，但不同的是《乡村教师》以乡村教师的个体命运拉开序幕，以身患绝症的老师在临终前要求一些乡村孩子们背诵牛顿力学三定律为过渡，切换至地球文明与三体文明展开星际战争的宏大叙事，孩子们答出了牛顿定律使三体人判定地球文明值得存在，从而人类文明及整个人类才逃过被灭亡的危险，而饱受苦难的老师却在星球上贫穷的乡村默默死去，叙事的结尾回归个体叙事，凸显了乡村教师的伟大、无私、默默奉献的主题。作者以科学为基础，构建了复杂而严谨的宇宙观，将科学与哲学、现实与幻想巧妙地融合在一起。这样的叙事书写与主题构思不仅体现了作者的科幻推想能力，而且凸显了科幻文学的人文关怀，丰富了科幻小说的主题与文学性。相对于以"硬科幻"、宏大战争为主题的西方科幻小说类型文学，刘慈欣的《乡村教师》一方面具有民族文化特色，另一方面有机融合了软、硬科幻与人文关怀，令海外读者有耳目一新的阅读体验。

综上，具有中国乡土文学特性、关注个体或群体苦难的两部小说——莫言纯文学的代表作《丰乳肥臀》与刘慈欣的科幻小说《乡村教师》的海外译介与传播表现出一定的共性与差异。共性表现为作者的创作及作品的主题均有个体叙事特征并体现中国文学的民族性，均包含对人性的探讨与深刻的人文关怀，这些因素对于关注个体、个人、具体人物叙事的西方读者而言具有一定吸引力。然而，自身的政治性、语言直白、叙述冷酷，以及相关性、死亡、苦难的暴力性书写在作者赋予译者足够"自主权"的前提下，《丰乳肥臀》作品的译文被大幅度改写删减。在"读者审美与阅读期待"的市场导向下，《丰乳肥臀》的英译本与海外读者对中国负面认知与形象构建的刻板印象相符。《乡村教师》则在宏大叙事中融入个体叙事，翻译过程中既传达中国乡土文化与文学特色又兼顾科幻文学读者的阅读期

第七章　中国当代科幻小说海外传播：优势、挑战与策略

待的译本会收到更好的译介与传播效果，海外读者阅读这样的译文后对中国的认知与形象构建以中性及正面为主，有利于中国文化的海外传播与中国形象的正面构建。

第二节　中国当代科幻小说的海外传播优势与挑战

以刘慈欣作品为代表的中国当代科幻小说在海外传播中取得了巨大成功，也形成了该类型文学海外传播的优势与经验。与此同时，中国当代科幻小说在海外传播过程中也面临一些挑战。本节主要分析中国当代科幻小说海外传播的优势、经验及面临的具体挑战。

一　中国当代科幻小说海外传播的优势

中国当代科幻小说能够在海外取得突破性成果，与科幻小说文学作品在海外已经形成的成熟图书市场、稳定的受众群体不无关系。与此同时，中国当代科幻小说自身的文本特征、译者贡献、新媒体多元传播渠道等也是海外成功传播的优势所在。

（一）海外科幻小说成熟的图书市场

以西方科幻小说为代表的海外科幻文学已具有两百年发展历史，从 19 世纪英国工业革命时期的萌芽初创，到 20 世纪 50 代的黄金时代，再到当前的后新浪潮时期与赛博朋克时代（CyberPunk），[1] 成就了科幻小说从创作到出版发行成熟的市场体系。西方科幻文学市场体系培育出稳定的科幻文学阅读市场，涌现出诸如儒勒·凡尔纳、赫伯特·威尔斯、亚瑟·克拉克等誉满全球的高产科幻小说家，以及托尔、宙斯之首、班特姆·巴兰坦（Bantam Ballantine）、道布尔戴（Doubleday）、奥毕特（Orbit）、王牌（Ace）等首屈一指的全球专业性科幻文学出版社，以及《克拉克世界》（*Clarkes World*）、《银河边缘》（*Galaxy's Edge*）、《光速》（*Lightspeed*）等世界顶尖科幻小说在线杂志等。每年成百上千的优秀科幻作品会通过出版社、杂志社、在线平台提供给科幻文学爱好者。早在 20 世纪 90 年代，西方科幻小

---

[1] 吴岩：《科学与文学结缘的奇葩——百年西方科幻》，《世界文化》2015 年第 2 期。

说以每年出版约 1500 种的发行量进入图书市场，约占全部小说类出版物的 1/4。① 目前西方科幻小说等读物的市场产出更是日新月异，如仅英国利物浦大学出版社自 1994 年至 2020 年陆续出版了 55 种科幻小说及相关研究的著作，② Clarkes World 科幻杂志仅 2022 年下半年就推出约 50 种中短篇科幻小说。

其中，中国当代科幻文学作品被以上提及的科幻图书出版界翘楚所青睐，如 2015—2016 年，托尔出版社、《克拉克世界》、《奇幻与科幻杂志》（The Magazine of Fantasy and Science Fiction）等纸质杂志、在线杂志出版刊登了《看不见的星球：中国当代科幻小说选集》（Invisible Planets: Contemporary Chinese Science Fiction in Translation）、《流浪地球》、《G 代表女神》（G Is for Goddess）、《萤火虫之墓》（Grave for the Fireflies）等由刘慈欣、郝景芳、陈楸帆、程婧波等中国当代科幻小说家创作的作品③，而 2022 年下半年（7—12 月）Clarkes World 科幻杂志先后出版了中国当代科幻创作者的科幻小说，如修新羽的《陌生的女孩》、顾适的《〈2018 序曲〉再版导言》、初诗凡的《大鱼》、曹白宇的《庄子的梦》、杨晚晴的《蜂鸟停在忍冬花上》等。由此可见，海外科幻小说具有庞大、成熟、稳定的出版与阅读市场，其市场的成熟运作、出版机构的专业性与权威性为中国当代科幻小说"走出去"提供了广阔的市场空间。

（二）稳定的科幻小说读者群体

西方教育非常注重培养学生对自然、科学、未来的探索与想象，在小学阶段对科学课程高度重视，在大学教育阶段把科幻小说作为创新写作与创造思维能力培养的手段，大多数高校开设"科幻小说""推想小说""科幻小说写作"等与科幻小说相关的课程，培养学生创新思维及激发学生长期阅读科幻类读物的浓厚兴趣。因此，在海外读者市场中，不仅仅是青少年群体，许多中老年读者也是科幻读物的重要受众。美国著名科幻小

---

① 李亚舒：《科学的小说，小说的科学——访著名科幻小说翻译家郭建中教授》，《中国翻译》1994 年第 5 期。
② 代晓丽：《西方科幻小说新发展研究》，清华大学出版社，2021，第 1 页。
③ 姚建彬主编《中国文学海外发展报告（2018）》，社会科学文献出版社，2019，第 282 页。

说家阿西莫夫认为，阅读科幻小说能够启迪青少年的智慧、丰富他们的想象力、引起青少年对科学与自然的兴趣与探索，读者在青少年时期阅读好的科幻小说，在长大以后可能会从事科学类工作，这也是西方自然科学界人才辈出、研究成果显著的重要原因。

基于美国伊利诺伊大学研究报告，2020 年美国青少年平均每年阅读 36.3 本书籍，阅读量高峰集中在 6—8 的 3 个年级，阅读量接近 40 万字，在数字化阅读过程中，学生花在科幻、探险小说等虚构文学上的时间比阅读非虚构文学的时间多出 100 万个小时。① 以 10 年级学生为例，在位居前 20 内涵丰富的青少年文学读物中，科幻与魔幻类文学作品是学生非常喜欢的读物，比如 Hunger Games Trilogy（《饥饿游戏三部曲》）、Divergent Series（《分歧者系列》）等青少年科幻类小说。总之，海外科幻小说读者群体，尤其是青少年群体数量可观，这为中国当代科幻小说获取海外受众提供了可能。

（三）中国科幻小说的文本特点

科幻文学是科学和未来双重入侵现实的叙事性文学作品，② 其文本具有科学性、超前性、想象性、推想性等特点。科幻文本会陌生化读者所处世界的熟悉性，因此，科幻文学需要异质性才能有效地执行其疏离功能。③ 中国文学在世界文学中一直被视作具有与西方文学一样突出的异质性，而中国文学的异质性也被很多研究者认为是中国文学"走出去"的瓶颈之一。然而，科幻小说自身的疏离性叙事特点恰恰赋予了中国科幻文学海外传播的重要契机，其文本所蕴含的特有的中国文化、文学、诗学、政治、社会、意识形态等内容对于海外读者而言比较陌生，这也是中国现代科幻小说被译介至海外可以迅速引起关注并获得西方科幻界认可、海外读者喜爱的原因。正如加拿大著名的科幻小说作家罗伯特·索耶（Robert Sawyer）认为的那样，刘慈欣的成功恰恰证明书写深深植根于中国特有历

---

① 《2020 年美国孩子平均读书 36.3 本》，2024 年 1 月 25 日，百家号，https://baijiahao.baidu.com/s?id=1693726383965354911&wfr=spider&for=pc。
② 吴岩：《科学与文学结缘的奇葩——百年西方科幻》，《世界文化》2015 年第 2 期。
③ 郭恋东、冯若兮：《类型小说的全球翻译——以犯罪小说、网络小说和科幻小说为例》，《学术月刊》2023 年第 11 期。

史与文化的科幻故事才会得到全世界读者的认可。① 以世界科幻重头奖项雨果奖为例，刘慈欣的长篇科幻小说《三体》、郝景芳的短篇科幻小说《北京折叠》、海涯的中篇科幻小说《时空画师》先后在 2015 年、2016 年、2023 年获得雨果奖，这是中国当代科幻小说创作得到世界科幻界认同的重要标志。

与此同时，科幻小说文本不仅是对人类社会未来的推想，也是对现实社会的投射。中国当代科幻小说在充分体现中国视角下的人类社会未来构建、存在方式与状态的同时，充分展现了当下中国在世界的可见性。比如刘慈欣的科幻小说深度剖析了当代中国社会的文化症候，其《黑暗森林》中的"黑暗森林"逻辑和"文明降维"逻辑下文明与文明之间的关联展现了中国当下发展主义观念的信念；其《乡村教师》体现了教育与启蒙的时代信仰；其《流浪地球》则体现了在太阳即将熄灭、人类面临生存灾难时，中国人驾驶地球逃离太阳系的担当与豪情。在 2023 年成都世界科幻大会主题沙龙上，美国著名科幻杂志《银河边缘》的主编莱斯利认为中国科幻小说的叙事结构与方式，以及其中所蕴含的历史文化，甚至神话元素，对于美国读者而言都是十分新颖与奇幻的。② 基于科学推想、带有中国文化特质的对现实与未来的憧憬是中国科幻小说的叙事特点，也进一步凸显了科幻叙事的疏离特性。

此外，多样的中国当代科幻小说输出文本，也为海外不同科幻文本类型读者提供更多的选择，为成功"走出去"提供了保障。以中国科幻文学英译本公开发行的文本为例，其中包含了单行本、小说集、杂志（电子和纸质）、网站等，网络平台及电子书等是中国科幻文学海外输出的重要文本形式。因此，多元化文本输出形式也是中国科幻小说的特点。

（四）贡献突出的华裔译者

中国文学"走出去"依赖于作品的翻译。毫无疑问，译者在中国文学

---

① 《专访：罗伯特·索耶——中国科幻文学不要模仿和复制西方》，百家号，https://baijiahao.baidu.com/s?id=1781421412889631828&wfr=spider&for=pc，最后访问日期：2024 年 1 月 1 日。

② 参见红星新闻《中国科幻海外"C 位出道"，打造中国文化新名片》，百家号，https://baijiahao.baidu.com/s?id=1780456114750244201&wfr=spider&for=pc，最后访问日期：2024 年 2 月 18 日。

海外传播中扮演至关重要的角色。中国当代科幻小说近几年在世界文学中取得的地位及成果与积极参与中国当代科幻小说海外译介和推广的译者不无关系。科幻小说的主要译者由华裔译者（作家）、外国本土译者（作家）构成，尤其是华裔译者做出了突出的贡献。以2015—2016年中国科幻小说英译为例，共有14位译者参与了翻译工作，华裔作家刘宇昆的译介成果尤为突出。在69部英译科幻作品中，刘宇昆的译作达到了35部，约占整个译作量的一半，① 相较于中国纯文学作品的华裔译者译作量，在中国当代科幻小说方面产出贡献非常突出。

相较于中国本土译者、国外本土译者，华裔译者得益于自身跨语言、跨文化的独特优势，其译作在语言的合理转换、文化差异的弥合等方面都能达到更好的翻译效果。加之，华裔译者相较于中国本土译者对海外读者的阅读期待、阅读心理及习惯有更好的把握，相较于海外本土译者，华裔译者则对中国科幻小说中的特质文化、文学叙事等有更为准确的理解。这种跨语言及文化的能力为最大限度保留中国当代科幻文本的异质性提供了可能，同时彰显了科幻叙事本身的疏离叙事特征，为激发更多海外读者对中国科幻小说的阅读兴趣奠定了基础。在英语译者对中国当代科幻小说的大力译介下，以英语图书世界为风标的海外图书市场及译者也纷纷着手翻译中国科幻文学。以刘慈欣的《三体》为例，截至2023年，已确切有法语、西班牙语、日语、俄语、德语、土耳其语、希腊语等英语以外的23种外国语言版本。② 总之，不同国家的译者，尤其是华裔译者，对中国科幻小说"走出去"做出了巨大贡献。

（五）新媒体多元传播渠道

中国当代科幻小说海外传播得益于网络平台、数字化媒体、社交媒体等新媒体平台助力。含有超炫科学技术、未来社会推想的科幻文本与新媒体传播平台相结合，极大促进了中国当代科幻小说的海外推广。一方面，新媒体平台打破了世界文学对中国文学的边缘化构建，消解了西方文学领

---

① 姚建彬主编《中国文学海外发展报告（2018）》，社会科学文献出版社，2019，第284页。
② 《〈三体〉到底有多少个语种的翻译版?》，360doc个人图书馆网站，http://www.360doc.com/content/12/0121/07/7863900_1064789739.shtml，最后访问日期：2023年12月28日。

域意见领袖对中国文学的传统刻板印象，使中国文学跳出了二级传播模式，使更多海外普通读者能够直接阅读、评论、实时转发中国当代科幻小说文本，这对中国文学提升海外话语权、依托文学促进中国文化走出去具有非常重大的现实意义。刘慈欣《三体》系列不同语言版本的销量达到3000万套，其中电子书、在线购买阅读量占比突出。此外，诸如《托尔在线》、《克拉克世界》、《离奇杂志》（Uncanny Magazine）等线上科幻杂志每期都会推出《轨道上的关二爷》《捕捉K兽》《变脸》等中国当代科幻小说的新进作品，成为推进当代科幻小说的重要平台。

另一方面，新媒体平台赋能中国当代科幻小说作品的衍生、加速原作品扩散与传播。比如《三体》通过新媒体及数字化媒介，已成为全球知名科幻IP，衍生出动漫、电视剧、电影、游戏、实体商品、线下体验馆等一系列衍生产品，不仅极大提升了《三体》原作的知名度与影响力，也加速了《三体》从文学阅读到影视娱乐领域的拓展与传播。

此外，科幻网络文学异军突起，目前已成为中国科幻文学海外传播的重要形式。据起点读书数据，2022年共计4.2万名作家创作了科幻网络文学。其中，《全球高武》《我们生活在南京》《夜的命名术》等多部荣获银河奖的科幻网络小说受到海外读者的青睐。如《全球高武》在日本漫画平台的连载中获得了超过444万的点赞量。总之，网络新媒体平台是中国科幻文学"走出去"的重要助推器。

二 中国当代科幻小说海外传播面临的挑战

民族文学进入世界文学体系首先要经历文学文本的翻译、改写、编辑及加工等过程。以当代文学进入英语世界为例，首先是基于信源场域内的翻译习惯对文学作品进行从汉语到英语的语码转换，涉及汉英语言、中西文化、文学认知等方面的文化距离因素。尽管刘慈欣的科幻小说在海外取得了很大的成功，但在传播过程中也面临一些问题，这些问题是中国文学"走出去"所需要应对的一些共性问题，主要包括在文学翻译、海外市场运作、文化差异及语言障碍等几个方面的重要挑战。

第七章　中国当代科幻小说海外传播：优势、挑战与策略

（一）文本生产挑战：翻译

1. 对译者的能力要求

译者是中国文学走向世界的第一媒介，译者翻译能力的高低直接关乎原作思想内容是否被有效传递、海外受众是否会接受等。好的译者在跨语言转换、跨文化传播、跨语境传递、跨文本解读等方面都要具备一定的能力，具体对类型科幻文学而言，译者还需要具备相关专业能力，甚至自身是文学创作者，比如像刘宇昆那样集作家与译者于一身的顶尖译者。具体而言，为了更好地传达原作的精神，译者需要在翻译过程中进行深入的思考与选择。他们需要理解原著的背景、主题和人物，以便在翻译过程中保持译文的一致性和准确性。同时，他们需要考虑目标语读者的文化背景和阅读习惯，从而使译文更加易于被理解和接受。然而，即使是最优秀的翻译，也很难完全传达原作的所有信息。语言和文化的差异，使目标语译者可能无法准确理解原作中某些文化异质元素，从而影响他们对原作准确意义的传递，导致原著的文化内涵在传播过程中被削弱或误解，从而影响文化的传播效果。总之，中国文学作品要想实现成功海外传播，首先就要匹配拥有高水平跨文化能力的译者。

2. 语言差异

就翻译文学而言，源语与目标语的语言差异大小在根本上会对文学文本的整体翻译难度、质量、信度等方面产生影响，从而对源语文本的文学性、美学、诗学呈现带来不同程度的损失。萨丕尔-沃尔夫在语言相对论（Sapir-Whorf Hypothesis/Linguistic Relativity）中明确指出，人们感知与划分世界部分取决于其所使用的语言，不同语言之间的结构差异越大，其语言使用者对世界的认知差异性就越大[1][2]。汉语与英语在结构上存在巨大差异，前者属于汉藏语系，后者属于印欧语系，两种语言世界造成两种语言使用者对世界包括文学世界认知具有巨大差异。这种巨大的差异不仅给中国文学的汉英语码转换带来词汇、句式、语法结构等语言层面转换的障

---

[1] Sapir, E., *Language*: *An Introduction to the Study of Speech* (New York: Harcourt, Brace, 1921), pp. 2-5.

[2] Whorf, B. L., "Language, Thought and Reality," in J. Carroll ed., *Selected Writings* (New York: J. Wilky, London: Chapinaon & Hall, 1956), pp. 65-66.

碍，更给中国文学特有的逻辑、文学要素、文化修辞、诗学等深层次美学转换带来挑战，从而增加了从文学语言到诗学、美学的不可译性。一则，语言结构与文化的巨大差异使中国文学特有的文学、诗学与美学在文本语码转换环节受到损失甚至完全丢失；二则，语言结构差异性导致不同语言使用者对文学世界的认知、描述、再现具有很大的差异性，即使文本翻译很好地归化了源文的"陌生性"，海外读者，尤其是英语世界的读者也很难理解当代文学所呈现的中国文学或美学特质。

此外，文学语言与文学作品的社会、政治、历史文化背景息息相关，使不同时期的文学语言具有鲜明的时代特征。这点对科幻文学而言也不例外。中国当代文学翻译除了要面对汉语与英语等外语的语言结构性差异外，还要译好中华人民共和国成立以来各个社会历史阶段及地域特有的特色话语，比如《乡村教师》《北京折叠》等都具有不可复制的中国地域语言特色与文化书写特质，这对当代文学翻译提出了挑战。就严复的信、达、雅三个维度的翻译评价标准而言，中国当代文学在信源场域的文本生产环节，在源文的忠实性、表达贴切性、文学及美学的表现度等方面都面临特有的挑战，面临可译性、可读性或可接受性困境。

与此同时，作为翻译文学的中国当代文学进入世界文学体系的过程受到非文本生产因素影响。正如翻译文化学派代表苏珊·巴斯奈特（Sussan Bassnett）与安德烈·勒菲弗尔（Andre Lefevere）在其提出的"文化转向"（Culture Turn）思想中所指出的，文学翻译受制于特定的社会、历史、文化、国际政治语境等因素。[①] 正因如此，民族文学进入译入语文学语境的翻译往往会受到复杂、多元的语境因素影响，这给中国当代文学的文本翻译带来不可预测的挑战，科幻小说的翻译同样面临这种挑战。例如，《流浪地球》蕴含当下中国独特的政治、文化、外交等元素，如"地球联合政府""人类命运共同个体"等，这些文化元素对于中国读者来说可能比较容易理解，但对于目标语译者、海外读者而言比较陌生，因此会造成一定的翻译困难与阅读障碍。另外，刘慈欣的科幻小说通常以硬科幻为主，在

---

① Bassnett, S., & A. Lefevere, eds., *Constructing Cultures: Essays on Literary Translation* (Shanghai: Shanghai Foreign Language Education Press, 2001), p. 123.

《流浪地球》中涉及大量的科学知识和技术细节，它们如果在翻译过程中不能被合理转换语码，那么普通读者比较难以理解。

（二）海外文学出版市场运作机制的独特性

包括科幻文学在内的中国当代文学在"走出去"过程中会遭遇市场推广方面的困境。翻译出版后的文学文本通常会进入译入语国家的信道场域，即市场推广环节，需要符合该国图书市场的经济或市场资本运作习规，很大程度上受到以英语为主导的图书市场对外来文学从文本内容选择、发行量及类型、推广模式等方面的"规则"（convention）与"定位"（positioning）。随着早期英国海外殖民地扩张、美国第二次世界大战后的文化全球输出，英、美两国在全球先后确立中心地位，英语逐渐确立其国际通用语核心地位，这也为以英语为主导的世界文学话语体系构建提供了坚实的语言保障。然而相对于汉语在全球使用者的数量、相较于中国当代文学作品每年的国内出版发行量，中国当代文学在世界文学体系中仍处于非常边缘的地位。在研究中国现当代文学海外传播的西方学者所撰写的文献中不乏看到对当代文学的"边缘化"（marginalized）、"外围的、次要的"（Peripheral）定位。[①] 出版商、文学经纪人、媒体机构、读者等是信道场域的主体要素，决定什么样的中国当代文学作品被允许进入海外市场、如何被推广销售、如何引导读者构建对中国文学的认知等。

海外文学出版市场运作机制具有一定的独特性。翻译文学进入英语世界必须遵照其市场特有的运行机制，这与国内图书市场的运行机制有很大差别，主要体现在版权的自由贸易性、代理化与营销策划。版权的自由贸易性，即著作权人可根据自身考虑决定采用版权许可或版权转让两种交易形式。翻译文学作品往往须综合各种传播要素，如译者、作者、出版商知名度、文本的世界性与独特性、读者潜在接受程度、作品国内外市场价值潜力、作品衍生价值等选择版权贸易方式。版权代理化是海外图书市场进一步专业化与分工化发展的结果。版权代理亦称文学代理人，他们基于专业积累资源为出版社提供优质的版权引进与输出服务。翻译文学能否进入

---

① Zhao, J. et al. eds., *Chinese Literature in the World*, *New Frontiers in Translation Studies* (Singapore: Springer Nature Singapore Pte Ltd, 2022).

世界文学体系在很大程度上取决于与本土文学代理人（经纪人）是否具有沟通渠道或资源。版权代理人是中国当代文学"走出去"的重要纽带与桥梁。营销策划是世界图书市场体系中至关重要的环节，这一环节不仅仅是大量资金投入，在传播技术不断更新发展的背景下，目前海外图书市场营销策划模式已发展成多元、多层、立体、联动的模式，以适应不同读者群体、不同衍生版权、不同媒体形式等。总之，对海外文学出版市场独特运行机制的陌生或知之甚少，是影响中国当代文学有效"走出去"的重要因素。

（三）海外文学话语评价体系对中国文学的刻板定位

中国当代文学在世界文学话语评价体系遇到一定的挑战与困难。相比较而言，中国当代文学比中国传统文学在"走出去"实践过程中遇到更大的话语体系"规范"。中华人民共和国成立以来的中国文学在世界文学中的形象，一直都受制于西方社会对中国社会的意识形态化、政治性构建影响。美国著名的文学评论家 Fredric James 曾指出，在整个世界文学体系中，第三世界文学总是受到政治性与意识形态化批评，而不是以一种文学性批判的路径对其进行评价。[1] 基于对中国文学在西方的接受研究，有不少西方学者明确指出，英、法、美等西方文学界一直沿用欧洲东方主义，即第二次世界大战以来由美国构建的霸权思维、冷战思维，对中国当代文学展开研究与批判。[2][3] 这种由西方世界构建的中西对立、相异、中心—边缘的话语体系定位是中国当代文学"走出去"遇到的一个结构性困境与顽疾。西方世界对中国当代文学在话语体系的定位决定了译入语学者、评论者、书评、媒体人、出版商等精英读者对中国当代文学的话语评价模式，而且这些"意见领袖"对中国文学作品的"鉴赏"成为海外普通读者的重要参照与风向标，深刻影响了大众读者对中国当代文学的认知与看法。

---

[1] 施冰冰：《世界文学视野下的麦家小说——以〈风声〉为例》，《小说评论》2022 年第 1 期。
[2] Bergére, Marie-Claire, "Introduction: l'enseignement du Chinois à l'École des Langues Orien-tales du XIXe au XXIe siècle," in Bergère, Marie-Claire & Pino, A. eds., *Un Siècle D'Enseignement du Chinois à l'École des Langues Orientales 1840-1945* (Paris: L'Asiathèque. 1995), pp. 13-28.
[3] Dirlik, A., "Asia Pacific Studies in an Age of Global Modernity," in T. Wesley-Smith & Goss, J. eds., *Remaking Area Studies: Teaching and Learning Across Asia and the Pacific* (Hanolulu: University of Hawai'i Press, 2010), pp. 5-23.

一方面，西方文学批判界精英已形成对中国当代文学评价模式的固化及意识形态化话语建构。为此，中国当代文学作品充当西方世界对当下中国社会、文化、历史、政治想象或假想的证词与证据。[1] 作为"证词"的文学作品，其文学性、诗学及美学必然遭到漠视甚至无视。符合自身对中国及中国文学想象的文学作品会享有一定优先权被筛选出，进而得到文学界学者、书评人、媒体人的意识形态化话语建构与舆论宣传。最终进入普通读者视野的中国当代文学作品被简单粗暴地归类为一部部表现"乡土""异类""反抗""流亡"的中国故事，而对作品中所包含的文学及美学价值不做任何评价。英国翻译家蓝诗玲（Julia Lovell）曾表述，2000年瑞典评委会在高行健获得诺贝尔文学奖的新闻发布会上，仅仅提及高行健"最具政治性"的戏剧作品《逃亡》以及自传体小说《灵山》，认为其充分体现了离散文学中"流放"与"反抗者"特性，而对高行健文学作品的先锋性与后现代主义戏剧作品却一概而过。为此，蓝诗玲有感而发地得出结论：西方传统文学以外的诺贝尔奖获得者的作品，其内在文学艺术特质鲜被提及，在西方评论者眼中，非西方文学作品仅在表达对一些国家的困扰时才具有社会政治记录价值。[2]

另一方面，长期对中国当代文学形成的意识形态化话语批判模式，潜移默化地造成了英语读者对中国当代文学根深蒂固的刻板与偏见，而这种刻板与偏见却很少出现在对中国古典文学、传统文学的认知中，这充分说明中国当代文学所面临的特有的读者接受瓶颈。由于自17、18世纪英国对外进行殖民化扩张以来，英、美两大英语国家先后确立在全球的经济、政治、文化、语言等领域的绝对中心地位，使英语世界的读者逐渐形成根深蒂固的语言及文化的种族中心主义心理，对其他语言文学均有排斥心理。在英语世界进一步意识形态及政治性话语建构背景下，英语读者对中国当

---

[1] Marin-Lacarta, M., "Mediated and Marginalised: Translations of Modern and Contemporary Chinese Literature in Spain (1949–2010)," in Zhao, J. et al. (eds.) *Chinese Literature in the World, New Frontiers in Translation Studies* (Singapore: Springer Nature Singapore Pte Ltd, 2022), pp. 103–119.

[2] Lovell, J., *The Politics of Cultural Capital: China's Quest for a Nobel Prize in Literature* (Honolulu: University of Hawai'i Press, 2006).

代文学尤其具有偏见与刻板。① 受到海外文学界意见领袖、文学精英长期对中国当代文学从故事背景、叙事方式、情节发展，人物命运等文本方面的过于笼统概括，到对中国当代文学作品社会历史及政治"记录片"功能的无限放大，海外读者逐渐形成对中国当代文学的刻板性认知与阅读期待，进而产生阅读定式。在千篇一律"遥远、异类、乡土、荒诞"等类型刻板后，海外读者对中国当代文学会产生"熟悉化"后的淡漠与无趣感。因此，我们时常会听到一些国内外图书出版业内人士的无奈论断——海外市场，尤其美、英两国（读者）对中国当代文学没有兴趣，亟须更多努力推广。

综上，包括科幻文学在内的中国当代文学海外传播面临的困境不仅是文本译介方面的瓶颈，更是从文本创作、翻译及加工编辑，到海外市场的文本出版与推广，再到海外精英群体对中国当代文学的接受、批判与评价等环节所遇到的一系列困境。这些困境既涉及当代文学海外传播实践层面，又关乎不同传播场域背后的话语权力等体制层面。因此，实现中国当代文学海外的"落地性"传播是一个复杂、艰巨而漫长的工程，需要把握当代文学海外传播的内在规律，综合信源、信道、信宿传播过程中文学文本创作与翻译、海外出版与推广、读者接受与评价等环节的联动合作与协调机制。随着中国综合国力与国际影响力日益增长、在全球治理体系中地位的不断提升、文学"走出去"战略的进一步全面推动，以及文学的数字化与新媒体传播等新的契机与时代背景下，中国科幻小说的海外传播必能应对各种挑战并走出困境，最终实现以文学传播为平台，提升其文化外交功能，助力完成向世界构建中国良好国家形象的时代使命。

第三节　中国当代科幻小说海外传播策略

综合本研究关于刘慈欣科幻小说海外读者评价的量化及质化分析，基于中国当代科幻小说的优势与面临的挑战，针对包括中国科幻小说在内的

---

① Bassnett, S. & A. Lefevere eds., *Constructing Cultures: Essays on Literary Translation* (Shanghai: Shanghai Foreign Language Education Press, 2001), p. 123.

当代文学海外传播提出以下几点策略。

一 培养通晓海外出版发行机制的专业人才

中国科幻文学及中国文学"走出去"的关键环节在于文学作品成功进入海外市场,这需要具备专业的行规知识与运营经验的人才团队。当代文学作品的海外推介既需要对中国文学海外传播现状了如指掌,又需要深谙翻译文学在海外市场推介的技巧与策略,也需要对世界图书市场的签约、投入、发行有深入的了解。这样的专业人才队伍有助于当代文学作品从信源至信道场域平稳推进与转化。比如中国外文局,从成立至今的60余年里,培养了大批通晓国外出版发行机制的专业人才,为中国现当代文学的海外传播做出了卓越的贡献。[①]

二 构建中国科幻文学的话语范式与话语权

提升相关领域学者的学术担当意识,构建中国科幻文学及中国当代文学在世界文学体系中的话语范式与话语权。随着近些年中国科幻小说创作者屡屡斩获国际重量级科幻文学奖项,加之刘慈欣、韩松、郝景芳、海涯等科幻作家的作品在国际市场的有力推广传播,中国科幻文学日益受到世界文学的关注。因此,我们应该充分利用中国当代科幻文学目前在业界、学界、市场等领域已经取得的认可与接受,通过积极参加或组织全球高端科幻文学传播、比较文学国际会议,与西方文学研究者加强对话与沟通,积极传播中国文学创作的诗学与美学,与西方文学话语把关人展开必要的思辨与讨论,促进海外文学研究领域的意见领袖对中国当代文学创作的认知与接受,从而推动构建平等的对话机制,为打破文学意识形态化、政治性刻板创造可能。

三 加强与海外出版行业版权代理的常态化与机制化联系

翻译文学进入海外必须在遵守海外出版行业行规的同时与版权代理建

---

① 高璐夷:《我国出版机构助推经典文学作品译介出版的问题与对策》,《中国出版》2017年第11期。

立常态化与机制化的稳定联系。版权代理亦称文学代理人,基于专业积累资源为出版社提供优质的版权引进与输出服务,目前海外出版行业的版权代理化是海外图书市场专业化与分工化发展的结果。翻译文学能否进入世界文学体系在很大程度上取决于与本土文学代理人(经纪人)是否具有沟通渠道或资源,版权代理人是中国当代文学"走出去"的重要纽带与桥梁。文学版权代理人日益成为跨语言文学传播的重要中介与桥梁,代理人长期的从业经验、出版资源、行业人脉、风险预判能力等不但有助于中国当代文学作品在海外投放过程中符合海外图书市场运作模式,而且会针对具体的文学作品类型而制定可行的营销策略,从而提升中国当代文学作品的签约率与发行量。

四 与海外不同级别出版机构搭建合作平台

目前与中国科幻文学具有合作出版关系的海外出版机构既有像托尔图书集团这样大型、专业、高端的科幻文学作品出版机构,也有像宙斯之首这样的中小型独立出版社,还有像牛津大学出版社等侧重科幻文学研究的高校机构出版社。这表明,中国科幻文学"走出去"既要与海外垄断性出版集团建立合作关系,也要与灵活多样、机动性强的小型、独立、个体出版机构建立合作,为推介不同科幻题材、不同受众群体、不同知名度的中国科幻文学作品开辟多元化海外传播路径,从而为打破中国当代文学作品单一性海外传播的局面提供条件,也为全面提升当代文学作品整体销量创造可能。

五 充分利用新媒体发展契机,打造针对不同受众群体的推介平台

新媒体社交平台已成为带动图书销售、扩大图书影响力的有效平台。随着网络社交媒体与大众生活交融性日益加深,在互联网平台"出海"浪潮推动下,短视频平台已成为全球受众获取国内外信息的核心渠道,是发布与传播信息的有效平台,而国际化短视频平台也成为中国文学外溢并快速传播于海外受众的积极路径。近几年,国际版 TikTok 席卷海外短视频平台市场,作为一种综合模态,TikTok 在丰富话语内涵、表达方式、拓展话

语空间、构建话语模式等方面有巨大潜力，[①] 而 BookTok 目前是 TikTok 社交视频平台的热门标签，浏览量达到 1354 亿次，成为社交短视频引发数字化时代的"阅读复兴"革命性社交媒体。在新媒体与传播技术不断更新发展的背景下，我们在推进中国文学"走出去"的过程中要充分利用新媒介赋能传播机制，打造一个多元、多层、立体、联动的海外图书市场营销模式，为改变世界文学对中国文学，包括科幻文学的不平等界定创造契机。

第四节 中国当代科幻小说对文学"走出去"的启示

相对于其他类型文学，中国当代科幻小说成为中国文学绽放在世界文坛的一朵奇葩，其海外的成功译介与传播实践为中国文学乃至中国文化"走出去"带来重要的思考与启示。

一 把握数字化契机，推进跨媒介文本传播

中国科幻小说在海外市场能够取得空前成功与作品推广过程中充分依赖数字化新媒体平台不无关系。数字化传播使科幻小说等文学文本从纸质版图书到电子版、网络版、在线杂志等多样呈现形式，这为传统纸媒读者及偏好数字化阅读的青少年读者提供了多元化选择，扩大了文本的受众面。例如，除了《三体》系列等长篇科幻小说推出电子类图书外，《轨道上的关二爷》《孢子》等短篇科幻小说也推出了电子书系列。事实上，中国科幻文学在向海外译介过程中充分利用了互联网、移动媒体、赛博空间等形式的新媒体，以及大数据、云计算、人工智能等新技术，将源文学文本衍生为动画、漫画、游戏、线下体验馆等一系列相关产品，最大限度提高源文本的社会、经济、文化等传播效果。因此，从数字化新媒体赋能中国科幻小说的海外传播经验来看，中国文学应结合具体文本类型选择合适的新媒体平台，如戏剧文学借助短视频进行数字化转化，玄幻文学借助人工智能新技术进行漫画及游戏的文本切换等，这不仅体现为一种新颖的文

[①] 索格飞、郭可：《基于社会符号学多模态框架的短视频共通话语建构》，《外语电化教学》2023 年第 3 期。

本呈现形式，而且有利于吸引不同类型读者群体。

二 借助异质性叙事特点，推进类型文学落地海外

由于在语言、文化、文学、诗学、政治等方面与西方世界存在巨大差异，中国文学，尤其是中国现当代纯文学一直受到西方文学评论界的诟病，被视为"异质性"文学。在以英语读者为主导的世界文学体系中，中国文学整体处在非常边缘的地位。然而，随着世界传播科技的日新月异，相关 AI 及人工智能科技飞跃，ChatGPT 横空出世，人们的日常生活开始被深刻影响并改变，越来越多的读者开始对科技发展与人类未来等问题产生前所未有的兴趣。这些因素使含有"硬科技""超自然""未来时空"书写的科幻、谍战、魔幻、玄幻、推想等类型文学越来越吸引读者。与此同时，类型文学则需要用充满异质、奇幻、异类的叙事要素来凸显其疏离性文本特性，使读者意识到文学故事与现实世界的巨大差异，激发读者对现实世界的陌生化，从而使读者对它们产生关注与思考。如路航的作品《通济桥》将机器人技术书写与中国非物质文化遗产"醒狮"描写相结合，不仅形成一种新颖与和谐的叙事风格，而且表达了中国传统文化中的师徒情感，从而引发读者思考未来世界人与人工智能培育下的机器人的人机关系。

因此，具有异质性文学特征的中国现当代类型文学，则成为一种对西方读者产生强大吸引力的文学文本，其中所包含的中国特有的神话、魔法、思维、历史等文化元素极大地促进了中国文学"走出去"。西班牙汉学家夏海明是《三体》的西班牙文译者，认为中国科幻文学突破了传统科幻文学的"小众化"局限，使得科幻文学读者从仅局限于"科幻迷"而扩大至普通大众。[①] 意大利科幻作家佛朗西斯科·沃尔索表示，"现在全世界都在关注中国，相信越来越多的读者会发现中国科幻中所蕴含的独特文化价值"。[②] 总

---

① 红星新闻：《中国科幻海外"C位出道"，打造中国文化新名片》，百家号，https://baijiahao.baidu.com/s?id=1780456114750244201&wfr=spider&for=pc，最后访问日期：2024 年 2 月 18 日。
② Marin-Lacarta, M., "Mediated and Marginalised: Translations of Modern and Contemporary Chinese Literature in Spain (1949–2010)," in Zhao, J., et al., eds., *Chinese Literature in the World*, *New Frontiers in Translation Studies* (Singapore: Springer Nature Singapore Pte Ltd, 2022), pp. 103–119.

之，充分展开异质性叙事书写，合理地将中国传统文学及文化元素融入现代文学类型创作，进一步扩大并巩固中国类型文学的海外市场，为中国文学全面"走出去"提供了借鉴。

三 依托高质量译本，搭建语言与文化桥梁

对于海外读者而言，翻译是接受异域文化的关键。在中国当代科幻文学海外传播过程中，诸如《三体》系列、《流浪地球》等优秀的译作均起到让世界更好了解中国的关键作用。优秀的翻译不仅能够保留原文的韵味，还能让读者感受到不同文化之间的共通之处。郭建中教授将科幻小说翻译的标准定位为文学性、科学性和通俗性，这就要求译者具有深厚的文学素养，对科学术语有深入的理解，并且能够将复杂的科学概念和深奥的思考以通俗易懂的方式传达给读者。[①] 以刘宇昆英译版《流浪地球》为例，译者在进行这部中篇小说的翻译过程中，充分展现了原作的文学性、科学性与通俗性三重标准，在准确传达原文的意思、保持流畅的文风同时，将原作的精神内涵准确地传达给了海外读者，使《流浪地球》在海外具有较高的接受度。这说明，译者不仅实现了语言的转换，更是文化传播和思想交流的桥梁与纽带。译者的努力让更多海外读者了解到中国科幻小说和中国的科学精神，这对于促进中外文化交流和推动中国科幻小说的发展具有重要的意义。因此，中国文学若想成功落地海外、受到一定读者的关注，就要选择能力突出的译者高水准打造译文的质量，才能使"走出去"的中国文学发挥语言与文化交流的重要作用。

四 构建文本普遍性主题，唤起海外读者共鸣

读者的阅读与文本存在一种互动关系，因此对阅读的研究就不能脱离文本研究。科幻文学文本并不一味地推想未来、关心人类的未来生存，也对诸如人性善恶、人与自然宇宙、人类关系构建等一系列现实社会问题进行挖掘与探讨。无论是刘慈欣笔下的《乡村教师》还是郝景芳所书写的

[①] 李亚舒：《科学的小说 小说的科学——访著名科幻小说翻译家郭建中教授》，《中国翻译》1994年第5期。

《北京折叠》，都在关注个体生存与科技发展中的社会边缘及底层群体问题。又如在《流浪地球》中，作者刘慈欣通过丰富的情节，将科学精神和人文关怀融入字里行间，使这部科幻小说不仅是一个冒险故事，更是一个关于人类、关于生存和发展的深刻思考。刘慈欣通过细致的描绘和大胆的想象，将科学知识融入故事，体现了作者对科学的探索和敬畏。这种对科学的探索和敬畏，不仅能够激发读者的好奇心和求知欲，还能引导读者思考科学的本质和价值。

刘慈欣的大多数科幻小说都涉及地球文明与外星文明的冲突以及外星球对地球的侵略与破坏，涉及人类面对死亡威胁时会变得悲观无助，而害怕末日到来的心态不断滋生，在绝望与希望之间展现复杂和多样的人性。这种复杂性和多样性不仅能够让读者更好地了解人性的多面性，还能够让读者思考如何在面对危机时做出正确的选择。此外，小说还表达了对人类未来的担忧和期望，呼吁人们在面对危机时应该团结一心。这种人文关怀跨越了文化和语言的障碍，使读者在阅读过程中能够产生共鸣与思考，从而使作品具有广泛的吸引力。因此，科幻小说的深刻主题为中国文学"走出去"的文本选择标准提供了参照，基于中国特色文化、异质元素书写而展开关于人性、人类社会、人文关怀等主题的文学作品在被译介传播至海外时才有可能与海外读者产生共鸣。

五　宏观与个体叙事相结合，丰富海外读者的阅感

读者是文学活动不可或缺的构成部分，读者的阅读行为、审美反应是对一部文学作品最好的阐释。每个读者都生活在特定的文化、社会和历史背景中，这些背景塑造了他们的价值观、信仰和审美标准，从而影响他们对文学作品的接受和解读。例如，在西方文化影响下的读者可能更倾向于个人英雄主义的叙事，而东方文化中的读者可能更喜欢集体主义和家庭观念的故事。同样以刘慈欣的《流浪地球》为例，国内外部分读者会对人类在危机中的团结和牺牲精神表示赞赏，而有的读者则对其中的一些道德选择表示质疑。作品中的人类对于家园的眷恋和对于未知的探索精神是人类历史和文化的重要组成部分，在各个国家和文化中都有所体现。因此，《流浪地球》能够跨越文化和地域的界限，吸引不同国家和地区、不同性

别、不同年龄段的读者,并且赢得了全球读者的赞赏,展示了科幻小说作为一种文学形式的独特魅力和广泛影响力。

　　正如海外汉学家高友工教授所构建的中国抒情美学理论史谱系所表明的那样,中国文学史及美学史范畴中所涵盖的中国文学的美学特质、中国文化的精神传统、表达方式等诸多层面均秉承与传习了宏大叙事传统。① 与之形成鲜明对比的是,当代西方叙事学界正在兴起"反本质主义"叙事研究浪潮,主张在叙事研究中关注个体、具体、特殊及边缘的叙事实践,强调隐匿或依附于叙事文本的历史主义与伦理内涵,进一步推动西方个体叙事小说的创作与发展,也使西方读者更倾向于个体叙事的阅读习惯。② 而《三体》系列、《流浪地球》等科幻小说的宏大叙事与作品的文学普遍主题、不同文化读者共性话题相结合为其易于海外传播奠定了基础。此外,刘慈欣的《乡村教师》更是中国传统宏大叙事与西方偏向的个体叙事有机融合的典范,作者以中国西北一隅乡村教师的悲苦命运拉开整篇小说的序幕,转而切换至地球文明与外星文明冲突的宏大叙述,最后又回归乡村教师凄婉结局的个体叙事。这种将宏大叙事与个体叙事相杂糅的文学叙事方式对中国文学未来的创作与发展,以及海外传播都具有非常重要的参照价值。

---

① 赵鸿飞:《跨文化语境下高友工的中国抒情传统与唐诗研究》,《中国文学研究》2020年第4期。
② 李亚宁:《当代西方叙述学中的"反本质主义"——以非自然叙事学为中心》,《新疆大学学报》(哲学社会科学版)2022年第4期。

附录
海外读者对刘慈欣代表性科幻小说
五星评价(部分精选)

一 《黑暗森林》五星评价

1. Grey

About 80% through this book (after the Battle of Darkness), I needed a nap desperately. In the nap, I dreamed extremely troubling dreams, filled with the feeling of despair and the knowledge that humanity would die. Just felt like explaining the mood this book left me in for the most part: an overwhelming tension that every single human will perish, first in spirit, then in body. Thanks for that, Mr. Liu!

At that point, I thought I would end up not liking this book. I mean, the darkness of this book might haunt me for a while. This isn't pointlessly grimdark cynicism. I generally consider myself an "up" person. I love stories that are all about people defying the laws of the universe through the power of love. For a day, this book made me doubt that.

Definitely a high concept work. I'm not going to walk away loving Luo Ji or Zhang Beihai or Da Shi especially. But the feelings of overwhelming despair seeing inevitable defeat, the weird thrilling methods of watching the Wallfacers work, the pall that the Battle of Darkness cast over everything…The ideas and feelings here are universal. You can tell from the writing that it is a translation. In

附录　海外读者对刘慈欣代表性科幻小说五星评价（部分精选）

the cadence and rhythm of the narrative and dialogue, this is not how native English speakers think and talk. But knowing that, perhaps I gave it some slack unconsciously? I didn't notice any particular issues, anyway. It's coherent and I didn't feel lost along the way.

There is one plothole I noticed, and either I missed something or maybe it was just forgotten. (This is the matter of the five missing mental seal devices and what came of the people who were sealed with the belief that humanity could never win.) I hesitate to put this down as a criticism because I haven't read the third book, and also allowing for the possibility that I simply missed its resolution.

As I said before, the characters are not strongly drawn, not particularly memorable-they fill a function. The characters stand in for the ideas that are being presented along the way. I didn't find it a problem, as the concepts are strong enough that I'll be mulling them over for a long while anyway. For other readers, this may count as a failing. The emotional arc of the lead Luo Ji is essentially that of the book's. First Luo Ji is a misanthrope, selfishly living life cheerfully because one day we will die, uncaring of humanity's imminent destruction. Then he has a wife and a daughter, and through his love for them (or because of them, perhaps), then cares for the fate of the Earth.

This book made me believe the darkness was real, and that there might not be hope after all. So the moment in the last, god, 5 or 10 pages, when the tone changed. I never thought they were going to go there. The dark forest is presented as something altogether larger, more terrifying and powerful than humanity. Than humanity could ever be. So at the end…Ah, I'll quote it. Super extra spoilers, this is literally from the last page: I only wish to discuss with you one possibility: Perhaps seeds of love are present in other places in the universe. We ought to encourage them to sprout and grow.

"That's a goal worth taking risks for."

Yes, we can take risks.

"I have a dream that one day brilliant sunlight will illuminate the dark forest."

The sun was setting. Now only its tip was exposed beyond the distant mountains, as if the mountaintop was inset with a dazzling gemstone. Like the grass, the child running in the distance was bathed in the golden sunset.

The sun will set soon. Isn't your child afraid?

"Of course she's not afraid. She knows that the sun will rise again tomorrow."

Do you ever just cry? Ah, me. In this single exchange at the end, my hope was restored, my mood lifted, and suddenly I began to believe perhaps despair is not more powerful than love. Even such a science fiction book focused so much on showing humanity succumbing to darkness in the end wants to hope in love.

Extremely happy to see that the English version of Death's End will be arriving in a mere five months!

2. Petrik

A superlative sequel that made its predecessor pale in comparison, The Dark Forest is an excellent middle book that made me finally recognize all the praises that Cixin Liu received.

The first thing you have to know before starting this book is that this is a completely different book from its predecessor, The Three-Body Problem. Although the plot built upon what happened in TTBP and a few characters made an appearance here, other than Da Shi and Ding Yi, the other characters were only mentioned or appeared briefly as cameo appearances. Looking at most reader's opinion on the trilogy, the majority of readers who loved TTBP disliked this book because of how different it was, and vice versa. As someone who's disappointed with TTBP—although I still think it's a good novel—I have to agree with this statement because The Dark Forest is in my opinion, a better book, by far.

Where the first book revolved around the Trisolaris (name of the alien) existence and background, the plot mostly centered on the preparation for the alien invasion that's due in 400 years. The Trisolaris is able to spy literally every action and conversation on Earth, the only thing they can't spy on is human's thoughts. With that in mind, humanity has decided to launch a counterattack by creating a Wallfacer project, which will gather four chosen individuals with a high intellect to make a strategy for the upcoming Doomsday battle with the Trisolaris. The scope of the story is also much bigger than TTBP; with a lot of deception, stealth, planning, and less physics/scientific calculation talks, combined with space voyage and interesting sci-fi concepts, all of these made The Dark Forest superior in all ways possible in comparison to its predecessor.

The Dark Forest lived up to its name not only for the concept—which is the Fermi's paradox—but also for its theme on darkness, escapism, and despair. This book is not a happy or a comfort read; I know some people will hate this book for how realistic, pessimistic, and depressing the philosophical discussions can be. However, it's not all darkness; there's always a flicker of hope and all these philosophical discussions are something that I thoroughly enjoyed.

"Time is the one thing that can't be stopped. Like a sharp blade, it silently cuts through hard and soft, constantly advancing. Nothing is capable of jolting it even the slightest bit, but it changes everything."

The major problem I had with TTBP was its weak characterizations, this problem has completely vanished here. Luo Ji, the main character in this book, is a very intriguing character with great characterizations; and his friendship with Da Shi is a true source of light within this bleak setting, for both the reader and the plot. Also, as far as translations by Joel Martinsen goes, I really had no problem at all with it. It obviously felt different from what Ken Liu did but I will never judge prose based on translation unless I've read and understood the original language in which the novel was presented with. As long that I understand what the story is trying to tell and the writing flows well, I'll say that the translator did a great job.

If you're looking for Sci-Fi novels that featured tons of action scenes, you probably should look for other series to read. Within two books so far, there's only a grand total of one heavy action sequence—which is here in this book—and it goes on for only 20 pages. However, I can tell you this, it's one of the finest action scenes I've ever read; it's just very well-written as far as action scenes are concerned. The buildup towards it was well done, the execution itself was incredible and vivid; it made my jaw drop and made me use the highly popular reader's quote "what the f*** did I just read?"

"If I destroy you, what business is it of yours?"

I honestly have no idea how Cixin Liu will top this one with the last book, Death's End, especially when the conclusion of this book already felt like the satisfying ending to the series. However, if Death's End turns out to be better than this already excellent sequel, Remembrance of Earth's Past will no doubt be included in my lonely list of favorite series of all time.

You can find this and the rest of my Adult Epic/High Fantasy & Sci-Fi reviews at BookNest

3. Mario the lone bookwolf

Some of the most amazing Sci-fi I've read, because it perfectly balances the character and (not as hard as in the first part) hard science proportion with exceptional epic language, unique ideas, and innuendos en masse. An explosion of creativity and style, even when compared to the first part.

This is one of the most extreme cases of a series getting better and more accessible and just look at the third one, amazing. While the first part was a great read for nerds and history holics focused on China, the series starts truly lifting off with not as complicated and more easygoing plot and settings while everything stays smooth and stylish.

The dark forest

This grim concept and especially the 2 rules that force all intelligent species to be evil to survive, cosmo-sociology, technological explosion, etc. come close to psychohistory and some of the series seems to be an homage to the incredible Asimov. It's kind of ironic that Cixin is compared with Clarke, although he subjectively seems to be much closer to Asimov with a grain of Lem. Clarke was much more meta, less character focused, and über sophisticated, while Asimovs' style is much closer to what Cixin, the living legend, produces.

Special ideas

One character is haunted by (view spoiler), which can be pretty annoying in a fully automated world and is kind of a tech variant of an ethnic bioweapon. The seemingly harmless (view spoiler) nobody sees coming in one of the best sci-fi battles I've ever read. Drawing a big and long time picture of humankind that seems to get even bigger in the third part I'm reading at the moment. This plethora of many more new, perfectly executed ideas with an incredible sense for style and language is what makes Cixin so amazing. The concepts of love and consciousness are deeply interwoven and add an extra, unusual layer onto the usual hard sci-fi cake. Combined with the, already inflationary overmentioned, lyrical language, metaphors, and Cixins' amazing sense for style, many passages are closer to high quality nonfiction than the often more clinical, constructed sci-fi landscapes. The focus on even more character than in the first part makes it even more accessible too.

Extreme we're so small moments. Hardly a series could show the primitivity and technological stone age level of humankind like this one, owning us as the ones who are just entering the multidimensional stages on a ridiculous just 3 dimensional level. And just as modern military wipes the floor with medieval knights, a species multi k, million, or even billion years expanding into the universe and developing Clarketech so unimaginable we deem it impossible will just see us as bugs and parasites in the fur of primitives like Trisolaris people. Just pests with the potential to become as big as the exterminator, try to imagine future evolution and what we might look like in the year 1.000.002.022.

Future history timelines influenced by freaking cool people. Thanks to cryogenic sleep, a far longer time period can be seen through the eyes of protagonists of the first part and I'm so looking forward to how this evolves in the third part I'm currently reading, damn I should stop being so redundant. It's not just great for humor, for letting the, let's say 23rd century humans look like primitive fools in the year 4000, but an incredible trope to play with economic, social, governmental, and especially technical aspects. Because saying that something is impossible is as arrogant as if bacteria eons ago would have said that they're the pinnacle of evolution and thereby created a wacky microorganism sect. But look, we've evolved to a virus style, planet eating, parasitic, warmongering, and totally crazy superorganism. Still much room for improvement to become a galactic plague.

Tropes show how literature is conceptualized and created and which mixture of elements makes works and genres unique: https:://tvtropes. org/pmwiki/pmwiki. ph…

4. Adina

"The past was like a handful of sand you thought you were squeezing tightly, but which had already run out through the cracks between your fingers. Memory was a river that had run dry long ago, leaving only scattered gravel in a lifeless riverbed. He had lived life always looking out for the next thing, and whenever he had gained, he had also lost, leaving him with little in the end.

This series is amazing. I started it in order to accomplish my plan to improve my knowledge of quality SF but I think I am in trouble. I might have found one of the best SF novel (s) and everything I will read from now one will be compared with these ones. My fear is that most of them will come up short."

Why I love this series so much although it is disturbing and scary? Because it more than science fiction. It is a disturbing door into human's soul, politics, psychology and philosophy when faced with a major crisis. There a large number of scientific ideas here that are way above my understanding but even those passages were written well enough to feel interesting and are smoothly integrated in the story. The writing is amazing (and so is the translation), some of the chapters are almost a work of genius, in my opinion. For example, the prologue in this volume with the ant's journey, amazing.

If you enjoy SF and are prepared for an amazing yet uncomfortable journey, please start with the first volume. I will talk more specifically about the Dark Forest now so if you haven't read The Three-Body Problem, stop here.

附录　海外读者对刘慈欣代表性科幻小说五星评价（部分精选）

Contains spoilers for the first volume in the series. I thought the appeal of the series was in the surprise and the way the author introduced the Trisolari civilization to the reader, the way their invasion was discovered and the originality of the atmosphere in the first book where nothing was certain until almost the end. I thought The Dark Forest will suffer from a middle book syndrome and it will not be able to surprise me. I was wrong. The novel is as, if not more, amazing as the first. It's darker, it made me lose my trust in humanity (not that I had too much to begin with) but it was so worth reading. The volume begins 2 years after the world found out about the Trisolari invasion which will reach Earth in about 500 years. It explores the reaction people (as individuals) and humanity have when they are faces with an invisible, distant but certain danger. Let's say the result is not pretty. Liu Cixin goes deep into people's psychic and brings out some disturbing monsters. Not everything is dark and without hope but the journey is not easy. The author puts forwards some interesting notions such as defeatism and escapism and it was surprising to see how they developed on paper.

If in the first novel I complained about the characterization of characters, I can't no say the same think about The Dark Forest. However, I do have a small issue about the role of women in this novel, which is mainly decorative. It does get better in the distant future period but there is no female character sufficiently developed. I was especially annoyed about Luo Ji's imaginary ideal of girlfriend and the subsequent real one. Luo Ji was also portrait as a childish and selfish person so I guess the author doesn't care much about people in general. The rest of the book was too good so i decided to ignore these issues.

I am still not sure about the Author's political agenda, I am still looking for clues. He is opposed to totalitarianism but when he imagines a libertarian society in the future he also exposes the perils of that regime. One of my Gr friends mentions Marx's materialism theory and he might be on to something. However, I know almost nothing about that theory (except for what I read on Wikipedia) so I will abstain from comments. I am sure I will find out more in the 3rd installment which I read will be equally amazing with a far larger imaginative scope.

"Right now, the greatest obstacle to humanity's survival comes from itself."

5. Bradley

Will the Dark Forest sprout the seeds of love?

It's an excellent question, even if it induces a deep pessimism and the likelihood of eventual suicide. And yet, this is exactly what we're asked to consider at the end of this excellent novel.

First things first. How does it compare to the first novel? Well, it's a very different read. I can even say it's sedate and deliberate, despite the axe being held over the Earth and all its inhabitants for hundreds of years. We've got a sociology experiment going on here, with lines drawn between optimism and pessimism, faith and despair, and it shows in everything that goes on in the world. In this respect, the novel is very much a product of the many classics of the SF genre that never need to rely on great space battles to tell a good story, and while there IS a space battle, and it's very interesting, it is by far and away the least important message that the novel is wanting to get across.

Strategy is the real plot motivator here, like playing an extremely long game of Go. Lies and the game of darkness is necessary and obvious from the start. Whomever plays the game best will manage to save their civilization. Humans? Or Tri-Solarans?

The secret is there all along, from the first few pages to the last few, and yet we have hundreds of years, societal upheavals, blackmail, and the unsatisfied desire to live a simple and good life.

I started the novel assuming that I'd have a problem with the characterizations again, as I did with the TBP. For the longest time, I just assumed that I'd be dealing with cardboard characters that were only there to promote and ultimately propel the story forward. (Which would have been fine, in fact, because the TBP was so full of wonderful ideas and scope that it held its own regardless.)

I honestly didn't expect The Dark Forest to actually hold up its main character, Lou Ji, to a higher standard and push him through the tale as strongly as it did. Perhaps, had I known that he'd be as strong as he was, I would have paid much closer attention to him from the very start. As it is now, I'll know what I'll need to do upon a second closer reading. What was mostly unsaid was his internal debate, but that's no matter, because it was always there, mostly hidden in the same way that the Dark Forest hides all.

With some effort, though, his motivations and plan could easily be mapped and enjoyed as an omniscient reader, enriching the tale's excellent ideas with a truly heroic and sacrificed man. Will the dark forest sprout the seeds of love? Who knows. But it's clear that Lou Ji plans to live his life under the assumption, up to and beyond the point of his greatest despair. I loved it. This novel is not an ideal novel, after all.

Sure, it has plenty of interesting ideas, from turning fight vs flight into a moral and then a forced imperative, to assuming that the best way to fight transparency is with the occult. Speculative science took a serious back seat in this novel, but that's okay. We had plenty of other things to keep us busy.

As for the bad parts of this novel? Well, the translation of certain terms are extremely unfortunate. I can't tell you how much I absolutely hate the terms used for our heroes and our villains. Wall-Facers and Wall-Breakers? Seriously? Yes, I get it. You face the wall and contemplate how to scale it, planning move after move until you cannot be beat. Got it. Wall-breakers break the Wall-Facers. Got it.

But, my god, they sound so stupid in English. I would have been fine with a dumb name like Go-Masters or Chess-Masters. At least we'd have a better image in our heads than someone who sits like a dunce in a classroom after being scolded by the teacher. Seriously.

Other than that, I really enjoyed the stratagems between these contestants with the weight of the worlds upon their shoulders, even if it did seem a bit contrived that the UN would decide to prop up a few of their best and brightest to face off with the Tri-Solarans in a battle of wits. (The Tri-Solarans still have their molecule-probes, and they can place them wherever they want to watch and plan accordingly, so with this greater intelligence on their side, the UN planned to force all that intelligence gathering upon these Wall-Facers as either the heroes-that-must-be-beat, or one fantastic diversion to put the enemy off the trail. Not bad reasoning at all, if you can convince the enemy to fall for it. Fortunately, they did.)

I truly believe that the two novels go nicely with each other, and now, I'm even more excited to read the third, but now my expectations have been adjusted away from epic space craziness into the true beginnings of real communication and discovery. Again, shall we go over the dichotomies of faith and despair? I thought not. :)

It's a very thoughtful novel. I recommend it to everyone who loved the Three Body Problem with the caveat that you ought to expect a grand social and strategic battle of wits that showcases an understated and lazy hero who's only claim to fame is a deeper understanding of the stakes and the will to keep his mouth very tightly shut. (That part was very satisfying.)

Was it challenging? Yes. Was I slightly disappointed at times? Yes. Did I get over it? Absolutely. :)

二 《三体》五星评价

1. Yun

I'm going to call it right now. Even though I only just finished book one, I'm certain The Three-Body Problem will go down as my favorite sci-fi series of all time.

This book blew my mind so thoroughly that it leaves only destruction in its wake. Where could Liu Cixin have possibly come up with all of these ideas and concepts? No wonder everyone says this is wildly imaginative. Even a single one of the ideas in here would have sufficed for a book of its own, but to put them all together into a single cohesive epic tale is absolutely jaw-dropping.

The pacing is relentless and the surprises just keep coming. In fact, it has more twists and turns than most mysteries and thrillers I've read. Not only is the story utterly riveting, but it's also insightful and thought-provoking, touching upon science, politics, philosophy, and history. I found myself glued to the pages. I wanted to inhale the story as fast as I could, but I had to slow myself down periodically to reread and fully absorb all that the book was trying to tell me.

This is my favorite type of science fiction, one that puts science front and center and unabashedly celebrates everything about it. There's no handwaving, no hocus pocus. Every point brought up is eventually explained via actual science in ways that made complete sense. And what ingenious explanations they are, sure to stun and amaze any reader.

I found the initial pages, set during the Cultural Revolution, to be enlightening. This was the defining event of my parents' generation, yet they hardly talk about it. This emotionally fraught experience influences all who went through it, including the characters in this book.

With translations, there's always the fear that some vital but intangible part of the story will be lost. And this is especially the case when the two languages in question do not share a common linguistic ancestor, so translating between them is not as simple as one-to-one. In the translator's notes at the end of the book, Ken Liu mentions that he was cognizant of this and tried hard to preserve not only the story, but also the cadence and feel of the Chinese language and culture in his translation. I think he did an excellent job.

One thing to note is that the official book blurb is quite short for this story, but in my opinion, even that gives away too much. This is a book best experienced blind, so if you're going to read it, don't look up anything about it ahead of time.

What a tremendous way to start the trilogy. My expectations for the remaining two books are sky high, and I'm assured by everyone I know who has already read them that they will be met and exceeded. I have no doubt only goodness awaits me.

2. Emily

PUBLIC ANNOUNCEMENT

I just rated a book 5 stars.

Just read it.

** Update now that I've read the whole trilogy! **

This is now one of my all time favorite sci-fi series. The concepts are brilliant and I fear that I'll never find anything this mind-blowing.

With that said...the books are quite sexist (the first half of the first two books are quite slow and painful) but I still recommend them if you can stomach it.

They're incredibly science heavy but anyone interested in space and first contact with aliens needs to read this!

3. Mario the lone bookwolf

Comparing Cixin to Arthur C Clarke, as the press did, might be appropriate.

Reread 2022 with extended review

Hostility towards science ruins everything

Ignorance and especially ideology fueled hate against science, and especially scientists who were torchbearers of the unwanted, enemy ideology are a certain way to ruin your world domination plans. No matter if Catholic church, the Nazis with their weird physics (infodump, no required reading, and uchronia overkill: if they wouldn't have been antisemitic, but instead anti communism, anti American capitalism, anti Muslim, etc. , they would possibly have had the correct science to first build nuclear bombs. Because many people at the Manhattan project would have stayed in Germany) or, in this case, the Chinese. As soon as one bans certain science and doesn't allow research, degeneration sets in, and keeping pace with more enlightened competitors becomes impossible. Cixin shows the historic examples and contrasts them with near future science, showing how far we came in such a short period of time thanks to the rise of science, relativizing the depressing beginning.

Epic, flowery language, which is unusual for the genre

First, this seems more like an extremely well written, average nonfiction novel, because the science comes slowly (but boy, how it finally comes), and all the metaphors and character fused and focused exposition make one as interested in the characters as in the story itself, which is amazing for a genre that often prioritizes plot and worldbuilding over protagonists. Especially towards the second half and end, this acceleration leads to a culmination of both style and world that is a rare, exceptional enjoyment in the genre.

Unique ideas

I can't really mention much without spoilers, but this work has some mind-boggling, ingenious ideas I've hardly ever seen in other sci-fi works, not even close. It may be Cixins' technical background that made him finetune such pearls of the genre into his work and, if I got it right, even added some innuendos to Chinese history and military tactics, although I am far from sure und too unknowing to definitively confirm that conjecture.

Drawing a (big) history picture of ones' country

Some other authors, I am too lazy and procrastinating to remember and name them here, did already use the real, alternative, future, alternative past, etc history of their countries to give great edutainment lectures of the sociocultural, epigenetic evolution and that it could have been completely different, often just decided by one improbable random event, a prodigy inventing or discovering something, or a lunatic hate preacher made god king, leader, or elected democratic president, whatever the difference is. That's not just entertaining, but a great way to learn more about foreign cultures too, especially with the subtle criticism and satirizing element sci-fi loves to add to everything in general and which makes it the best genre of them all.

Maybe a bit too hard for the beginning and average sci-fi reader

One prone to the genre and used or even in some theoretical concepts will enjoy it, for others it might be a bit too much, especially because so many protagonists are scientists too to make the info-dumpy techno-babble Elysium more credible and better and easier to plot. Skimming and scanning the theoretical, as in other less hard sci-fi works, isn't a solution in this case too, because everything is so interconnected that one won't get the whole picture anymore without it.

Old perspective before reading the whole trilogy: Can't wait to see how the other parts are, especially regarding its outstanding role in the genre. What I've heard, Cixin did an amazing job in connecting the whole trilogy, especially regarding the scientific, main tropes fueling this new milestone of the genre. With other of my favorite genre authors, whose perfect deliveries I do already know and love, this wouldn't be so exciting, but because of the special, fresh taste of this first piece of orgiastic sci-fi nerdgasm, I am so looking forward to reading the next parts as unprepared and curious as I could be. And, without being narcissistic (again), this means something.

New view after having been enlightened and proselytized to just believe in the almighty Flying Spaghetti Monster: This trilogy owns close to everything just aspiring to be a big sci fi we're so small in comparison moment. If you can handle this epic triple, you'll begin a never ending love affair with the best genre to rule, vivisect, and cosmic body horror them all.

Tropes show how literature is conceptualized and created and which mixture of elements makes works and genres unique.

4. Bradley

From the opening, I was struck by how much history I didn't know about China's Cultural Revolution. It might be obvious to anyone growing up in those parts, of course, but I was almost lost in that story long before I saw that there was anything sci-fi about the novel. This is a good thing. It speaks of good writing.

And then things changed. I became a frog in a pot. Small hints accumulate, surrounded by mathematical problems both fundamental and curious.

And then the MC's sanity is questioned. It's an open question that both the reader and the character must answer.

And then I got an idea. I could easily make the argument that all scientists in this novel are actually Main Characters, and indeed, that theory only becomes crystal clear later in the novel. It was a delight.

The novel is full of scientist suicides, damn odd hallucinations, all the way to a fantastic virtual reality game that draws intellectuals from around the world before devolving into a suggestive epic space opera featuring some of the most interesting aliens I've read about in a LONG time.

The worldbuilding is top-knotch-squared. The clever uses of technology are the true highlights of the novel, and I'm upset. Why? Because the translations and publications for the next two novels are still in the future. Why am I still upset? Because I can hardly find the other works for this great author.

A grandmaster of Chinese sci-fi? I can't deny the fact. And just because I can't compare to other science fiction masters of Chinese literature is a null point. I am already a fanboy. I'll be revelling in every work I can get my hands on. This is a fantastic example of how great science fiction can be. Truly inspiring.

Update.

This novel now a Hugo Nominee for 2015 because of the translation and introduction into the English-speaking market. It is a last minute replacement for Marco Kloos's Lines of Departure that was bravely self-removed due to the Sad Puppy 3 controversy. It wasn't his fault, and he got caught up in some seriously not-cool BS with this year's Hugo. He should be treated like any other Hugo Nominee. With respect and awe for the accomplishment it is, even though he withdrew.

On the other hand, after finding out that Three Body Problem took his place, I have to admit that it couldn't have happened to a better novel. I loved this one. It was really fantastic and it had everything I like to see in seriously good fiction.

This one might truly be my top pick for the year. It might be the one I cast my ballot on. But first, I need to read a few more Nominees. I take this very seriously. We bring our levels of joy and dedication to the ideas we thrive on. Awards are only as good as we make them. I refuse to let the Hugo become a quagmire.

Let the best novel win!

5. Adina

The Three-Body Problem was the best SF novel that I've read so far. Admittedly, I did not read a lot of them. However, I can recognize when I encounter a special gem and this one definitely is unique in its world building. Moreover, it is very well written (and translated) which, unfortunately, it is not always the case with SF novels, especially with the classics.

The first chapters take place in the Chinese Cultural revolution and I thought to be a harrowing experience which perfectly introduced the reader in the oppressive atmosphere of the time. I do not want to say too much of the plot because I believe it is better for each of you to explore it. I went in almost blindly and I appreciated the opportunity to discover by myself how the plot develops. What I can tell is that you will read an amazing blend of Chinese history, mythology, hard SCi-Fi and well crayoned characters. If I were to reveal anything I guess this quote from the first part of the novel is pretty suggestive.

"It was impossible to expect a moral awakening from humankind itself, just like it was impossible to expect humans to lift off the earth by pulling up on their own hair. To achieve moral awakening required a force outside the human race."

The novel can be hard on science sometimes but the aspect did not lower my enjoyment, although I was overwhelmed by some explanations as my background is mostly economics. Despite some long science passages, the narration flows beautifully and I was not bored for one second.

I am looking forward to reading the next volume in the series and I hope it will not suffer from the 2nd books syndrome.

Excellent! One of the best SF books I've read. Review to come.

三 《死神永生》五星评价

1. Jai Sandhu

And thus concludes what started as a "oh it has a Netflix series coming up, I should read it" to what ended up as my favourite trilogy of all time. It has been about 4 days since I finished this book and I just can't stop thinking about it. All the ideas this book explores and the questions it forces you to ask are just chef's kiss. I am really glad I read this book. I am almost 100% sure that Netflix is gonna butcher this adaptation, but I can't wait to see how they visualize high dimensional space.

If this isn't Cosmic Horror I don't know what is. Highly Recommend (less)

2. Maarten

I have no words at this point. This is hands down the most epic scifi series I have ever read (even counting the fact that I didn't like the second book all that much). It is stunningly original, steadily increases its scale until there is not enough universe left to expand into AND THEN KEEPS GOING, and skillfully explores scientific and philosophical matters that grab you, shake you around, and throw you in a corner demanding that you just sit and think for a while, trying to wrap your head around mind-bending concepts based on actual science and philosophy. I just love it. I'm going to sit in a corner and think for a while now.

3. Niffe

First of all I want to say that despite this literally being one of the best books I have ever read, I am not sure I would recommend it to everybody. The reason for this is that this book impacted me emotionally more than almost any piece of literature I have experienced before. Not because of what actually happens in the book, which is not categorically worse than what happens in, say, SeveNeveS, but because of the way that the Author so clearly shows that many of the decisions that lead to the calamities in the book are the same decisions that I would have made, had I been in the position to make them. This is to my mind a strength of the book, but it lead to levels of self reflection that were at times excruciating.

With that out of the way let me first get to the spoiler free part of my review of the book, before I go on to the interpretation, which I will do in a fully spoilered form.

This is the final book in the Remembrance of Earth's Past series, and in my opinion by far the strongest, and that's coming from someone who really liked The Dark Forest. One impressive feature of the trilogy is that each book has a completely different flavour, while keeping the over arching narrative intact. To me the first book seemed like a study in the sci-fi genre (with a really bad ending), the second book seemed like a pretty straight forward but very impressive discussion of current technological and moral thought with regards to societal development, and the third book seemed like an almost entirely allegorical discussion of metaphorical parenthood/adolescence and love. Through all of the books runs a strong thread of musings on current bleeding edge physics.

Anyway, this book gave me a lot, and if you enjoyed The Dark Forest I think you will enjoy this book. But be careful, it gets darker than ever before.

4. D. W.

6th reading 2022: Ideals are the only thing worthy to sculpt from the chaos. Without a higher meaning that dignifies all life, mastery of any kind is a blind train hurtling in darkness towards a human-made wall. Personal survival at any cost is lazy thinking. We need to think more brightly towards all life, not glory. Amid all the noise, this is the message I choose to hear this time.

5th reading 2021: There were points reading this book where I fell a little out of love with it. I had never paid attention to Luo Ji's judgement of Cheng Xin near the end. Really the entire series could be called Wade Vs. Cheng. Does survival trump the need for ideals? What I love about the book—which keeps me in love with the series and restored my wavering faith in its value—is that the answer slips around constantly. Different characters feel differently in different time periods. Being dragged around on whether a great decision is right or wrong gives you the ability to appreciate it intensity. Also, it helps you appreciate how for periods of time people really are convinced that evil is justifiable and how easy it is to slip down that slope. I am not arguing for moral relativism. There are decisions in our own lives and decisions made by our leaders that are evil. However, judging it to be evil requires the right scope and we never seem to reach for anything other than the moment in front of us! Reaching that scope is a life-long endeavor, though possible. Reaching the end of the book once again, I believe these remain the most important books to me personally. I will continue reading them until I stop grappling with the problem of scale. I will never stop reading them.

4th reading, 2019: It struck me this time how often the societies in Liu's story change their mind about whether an action was right, justified, or damning. One moment, Cheng Xin is evil, the next she is a saviour. One moment survivalism is the human ideal, the next it is betrayal of the human ideal. I'm thinking about how many ideals we have even today that we flip flop on and wonder where the intrinsic values actually lie.

The intense return of the book's end still gets me every time. We cannot move away from our responsibility to one another and to all life. No amount of technology or time changes this fact.

2nd and 3rd reading:

Without meaning making, we are nothing. Without empathy, does success even matter? Liu has a romanticized version of women that is fatiguing even on the 3rd read. More so? I can only imagine it is worse for femme readers. I grew tired of it. He is never clear if the female protagonist is strong or weak in her decisions. Liu's view vacillates, which sucks. It will make people not like the book and ignore his ideas (and fair enough).

This time around, I close with this: It is surely the Thomas Wades of the world that will end everything. There are so many Wades around us. We are a dime a dozen. I'm him if I'm not paying attention. What a chilling realization. We should be so lucky as to find a Cheng Xin among us.

I feel ready to face tomorrow after reading this book again. No matter how often I study it, I am still indebted to Mr. Liu. I don't think he would be afraid of criticism if he were ever to read this. Words in stone. These words have no lasting presence. It's all too surreal. You'd think I was drunk writing this, hah. Not at all. It feels good to be unmoored from the thoughts that woke me up this morning.

This book gives me the freedom to think like this is the very first day of my life.

5. Seth

Death's End by Cixin Liu is a magnificent end to a magnificent trilogy. And it's long, much longer than the other two books, but it does not drag and caps the tale with a ending that is unexpected and ultimately satisfying. In place of a western mad-dash of action and heroism. Death's End is contemplative, thoughtful and exciting in it's own quite way.

The book starts off with a most unconventional love story; but don't let that fool you, Death's End is, as with the other books, packed full of bad-ass science and twisting waves of crisis and joy. The Dark Forest hangs heavy over the Earth and forces humanity to make hard choices. Things go wrong, thing go right, but as time goes by, the possibility of a Dark Forest attack grows. The people of earth make sacrifices, and more often than not, sacrifice the wrong things. Victories come and go, but as with the defeats, they are short lived and death lurks in the darkened depths of the universe. For all our history and power and brains, the people of earth are but babes in the woods, flailing and making to much noise, unaware of the monsters that live among the distant trees.

Having read the trilogy straight through, I find the Ken Liu translations are my favorite, and I was surprised how different the voice was between the two translators. I think they should've asked Ken Liu to translate all three. But I am sure Ken had projects and deadlines of his own.

Cixin Liu is an excellent story teller. And this book, much as the other books, had politics and philosophy at its heart; and like the other books, Mr. Liu leaves the answers up for debate. It was also about responsibility. Responsibility, to ones self, to ones fellow man and to the universe at large. But most of all, the book was about love. And that was the most unexpected peace of all. Behind all the science and aliens and disasters, love flowed through the pages. In some cases, it was a love that killed, and by killing saved others. In some cases, it was a love that saved, but ended up destroying. In some cases, it was a love that denied the consequences of it action and paid the price. Buy most of all, for me at least, it was the love life and it fragility that struck home. In a month or so, I may have to read the trilogy again; there is more there, I can feel it.

If you read the first book, and were put of by the second, power through, because Death's end is worth our time.

四 《流浪地球》五星评价

1. Bradley

If I had been thinking, "What I really need right now is an awesome Big-Idea story that turns the earth into an inter-solar spaceship, reminding me pleasantly of some of the early Stephen Baxter tales," then after reading this, I'd say, "Holy S*** !"

Well, as it so happens, I've been in a Bigger-Is-Better frame of mind for the last few days, so getting something like this was like unwrapping a mystery gift and actually getting a 24 karat gold ring.

Liu Cixin turned a great tale, following lifetime of one man from childhood to old age as the world prepared against the expected helium flash and transformation of our sun to a red giant, much earlier than anticipated. It was short enough not to need much in the way of characterization, but it was sprinkled generously, anyway, but what character truly broke free from the story was the Earth, itself. What a delight!

I've read a number of Big-Idea stories and I've loved them all, but this one happened to stay pretty damn close to scientific reality and possibility, even if the amount of cooperation and effort was truly staggering. I heartily recommend this story!

2. Claudia

Reread in anticipation for the movie: https://www.youtube.com/watch?v=_lsOw… From what I see it's not quite like the novelette, however, looks damn good.

Back to the story, the Sun is about to become a red giant and humanity must find a way to survive. 12000 engines are built in order to propel Earth from its orbit, away from the Sun and toward the nearest star, the Proxima Centauri.

The novelette is one of the best I read so far. But how else could it be being Cixin's? You'll find it in the collection with the same name, The Wandering Earth: Classic Science Fiction Collection. All stories in it are excellent.

3. Odo

Liu Cixin is quickly becoming one of my favorite authors. After reading "Taking Care of God" and Mountain I have now read The Wandering Earth and, again, I am completely amazed. Cixin's imagination is astonishing. The images in his works are absolutely striking. His ability to provoke powerful emotions in the reader, without equal.

In The Wandering Earth, our planet is in extreme danger. The Sun has become unstable and it's been predicted that, in a few years, a helium flash will completely burn all the planets of the solar system. Under the Unity Government, all the nations of Earth have been working for centuries with an only goal: transforming the planet into a giant spaceship and setting it on a thousands-years-long journey in search of a new sun.

At the beginning of this novella, we witness the first phase of this transformation. The Earth Engines, gigantic devices higher than the Everest, have stopped the planet and will soon set it in motion on its interstellar voyage. Throughout The Wandering Earth we experiment these momentous events as seen by a child who has known nothing else: I've never seen the night, nor seen a star; I've seen neither spring, nor fall, nor winter. I was born at the end of the Reining Age, just as the Earth's rotation was coming to a final halt.

In four chapters and only 50 pages, Liu Cixin manages to tell a wonderful story of struggle and endurance. We see wonders and destruction, marvels and despair. Because these are times of hardness and dire necessity, but also of hope. In the Pre-Solar Age nobility meant money, power or talent, but now one must only hold to hope. Hope is the gold and the jewels of this age.

I can't recommend The Wandering Earth highly enough. This is science fiction at its best. A tale full of sense of wonder, but also of deep human emotions: melancholy, grief and utter faith in the capability of humanity to overcome even the biggest obstacles.

I confess that, after finishing reading this novella, I had to restrain myself from beginning another Liu Cixin's story. Because there is just one flaw in The Wandering Earth: it is far too short! But I have only three stories by Liu Cixin left (Devourer, The Micro-Age and Sun of China) and I dread the moment when I run out of them. Here's hoping that more of his work gets translated into English. And soon, please!

4. Ahsan Mahim

The book is set in Earth's near future, where the countdown to the end of the world has already begun. It tells a wonderful story of struggle and endurance, as we follow the protagonist throughout their life. In the Pre-Solar Age, nobility meant money and power, but now one must only hold to hope. Hope is the gold and the jewels of this age. This is science fiction at its best.

5. Leonardo

The Wandering Earth (both the short story itself and the anthology of the same title) is a masterpiece of hard science fiction that fearlessly tackles our place in the universe and our potential encounters with alien or extraterrestrial civilizations. While none of the plots is boring (on the contrary, most of them are actually quite exhilarating), the true core of these stories is a reflection about our far distant future, the actual requirements of space travel, and how we will need to eventually face the exhaustion of resources on Earth. Certainly, these stories lack clearly cut traditional "space cowboys" as characters. They are mostly replaced by scientists and space explorers, but humanity as a whole is the main character of these stories. And it loses none of its charm by not having heroic loners exploring at the helm.

Space operas assume that humanity will survive beyond the transformation of the Sun into a red dwarf and that some form of Federation or Empire will emerge in humanity's future, but don't really take the time to explore and discuss how humanity will actually have to do to achieve those goals, how our mentality will change, what will be the cost of our exploration of space, how our encounters with other civilizations will take place, and some many other questions. And Liu Cixin's stories certainly addresses those questions and explores the possibilities of various scientific ideas (whether they are mere theoretical or potentially achievable in our lifetime). The answers may not always be cozy, but they are certainly exciting.

Funnily enough, Netflix's adaptation of "The Wandering Earth" falls into the trap of simplifying Liu Cixin's literary and philosophically achievements and goals (although the dimension of the various machines and buildings is not too innacurate). Nevertheless, the short story in which it's based (and the rest of the anthology) certainly lives up to the praise it has received. It is both unnerving in its harsh vision of the universe and full of hope for the future of humanity.

参考文献

一 中文参考文献

(一) 期刊

白鸽:《现当代科幻小说的对外译介与中国文化语境构建》,《小说评论》2018年第1期。

曹淑娟:《中国当代类型文学近十年在法国的译介》,《玉林师范学院学报》2021年第5期。

陈芳蓉:《类型文学在美国的译介与传播研究：以〈三体〉为例》,《浙江师范大学学报》(社会科学版)2017年第3期。

陈枫、马会娟:《〈三体〉风靡海外之路：译介模式及原因》,《对外传播》2016年第11期。

陈楸帆:《有生之年,每个写作者也许都将与AI狭路相逢》,《文汇报》2019年3月21日,第10版。

程春梅:《从乡土文明的逻辑出发论莫言小说的贞节观——〈丰乳肥臀〉解读》,《山东女子学院学报》2015年第6期。

程林:《科幻杂志〈胶囊〉与中国科幻在德国的传播——访〈胶囊〉编辑部》,《科普创作评论》2021年第4期。

崔倩:《中西方文化差异对跨文化翻译交际的影响》,《汉字文化》2023年第18期。

董小红:《刘慈欣：期待中国科幻"黄金时代"》,《经济参考报》2023年10月20日,第8版。

范春慧:《戏剧性与抒情性的诗意协奏——关于海飞谍战小说创作》,《南方文坛》2023年第6期。

高璐夷：《我国出版机构助推经典文学作品译介出版的问题与对策》，《中国出版》2017年第11期。

高茜、王晓辉：《中国科幻小说英译发展述评：2000—2020年》，《中国翻译》2021年第5期。

顾忆青：《科幻世界的中国想象：刘慈欣〈三体〉三部曲在美国的译介与接受》，《东方翻译》2017年第1期。

韩松：《当下中国科幻的现实焦虑》，《南方文坛》2010年第6期。

韩玉：《英汉语言节奏与翻译问题研究》，《学园》2014年第13期。

洪捷、李德凤：《武侠小说西行的困境与出路》，《东南学术》2015年第3期。

胡全生：《小说叙述与意识形态》，《四川外语学院学报》2002年第3期。

华静：《论莫言小说作品创作主题的民族性因素》，《名作欣赏》2020年第29期。

黄唯唯：《刘慈欣科幻小说〈流浪地球〉的英译研究》，《海外英语》2021年第11期。

贾玉洁：《社会翻译学视角下〈解密〉在西方文学场域的译介过程研究》，《山东理工大学学报》（社会科学版）2021年第4期。

焦敏：《解构"母亲神话"——〈丰乳肥臀〉中的性别政治》，《文教资料》2009年第21期。

柯倩婷：《〈丰乳肥臀〉的饥饿主题及其性别政治》，《西南民族大学学报》（人文社会科学版）2007年第5期。

孔庆东：《中国科幻小说概说》，《涪陵师范学院学报》2003年第3期。

李皓天、易连英：《〈三体Ⅲ：死神永生〉英译本中的译者主体性研究》，《英语广场》2021年第27期。

李凌：《译著编辑出版规范探讨》，《传播与版权》2019年第4期。

李茂民：《论莫言的苦难叙事——以〈丰乳肥臀〉和〈蛙〉为中心》，《东岳论丛》2015年第12期。

李巧珍：《传播学视阈下中国类型小说的海外传播研究——以〈三体〉和〈死亡通知单〉的英译传播为例》，《语言教育》2022年第3期。

李巧珍：《2000 年以来中国类型小说的英译出版传播研究》，《传媒论坛》2023 年第 11 期。

李玮：《"盛世江湖"与漫长的"九十年代"——从金庸，"后金庸"到纯武侠的衰落》，《小说评论》2023 年第 1 期。

李亚飞：《当代西方叙述学中的"反本质主义"——以非自然叙事学为中心》，《新疆大学学报》（哲学社会科学版）2022 年第 4 期。

李亚舒：《科学的小说 小说的科学——访著名科幻小说翻译家郭建中教授》，《中国翻译》1994 年第 5 期。

李云飞：《金庸武侠小说在新加坡的传播与接受》，《华文文学》2021 年第 5 期。

李志富：《论莫言小说〈丰乳肥臀〉的魔幻现实主义色彩》，《芒种》2013 年第 13 期。

李振等：《中国当代科幻小说在意大利的翻译出版与传播研究》，《出版发行研究》2022 年第 1 期。

李征：《回归伦理学——翻译伦理研究的未来之路》，《浙江工商大学学报》2023 年第 1 期。

梁高燕：《刘慈欣科幻小说英译出版调查：现状、特点及成因》，《外国语文研究》2023 年第 5 期。

梁昊文：《中国当代科幻小说外译及其研究述评》，《广东外语外贸大学学报》2019 年第 1 期。

廖素云：《论译者翻译观对人物称谓翻译的影响——以葛浩文译〈丰乳肥臀〉为例》，《江苏理工学院学报》2016 年第 3 期。

林玲：《中国文学"走出去"的译介模式研究》，《出版广角》2017 年第 17 期。

刘畅、张文红：《中国当代科幻小说出版研究》，《出版广角》2019 年第 24 期。

刘舸、李云：《从西方解读偏好看中国科幻作品的海外传播——以刘慈欣〈三体〉在美国的接受为例》，《中国比较文学》2018 年第 2 期。

刘淑奇：《文化背景知识在英汉翻译中的重要性分析》，《汉字文化》2022 年第 20 期。

刘阳：《基于文学的本土性分析——比较中西方文学作品之内涵》，《大众文艺》2019年第11期。

刘莹：《论新世纪"泛文学"媒介实践的三种路径》，《中国现代文学研究丛刊》2023年第9期。

卢冬丽：《〈三体〉系列在日本的复合性译介生成》，《外语教学与研究》2022年第5期。

卢军：《百年来中国科幻文学的译介创作与出版传播》，《出版发行研究》2016年第11期。

马达：《金庸武侠作品在日本的传播与影响研究》，《吉林广播电视大学学报》2017年第3期。

彭璐娇：《中国科幻文学在西班牙出版与传播的路径创新》，《新闻研究导刊》2021年第10期。

彭石玉、张慧英：《中国网络文学外译与文化走出去战略——以"武侠世界"为例》，《外国语言与文化》2018年第4期。

任一江：《论中国当代文学重返启蒙的限度与可能——以〈凤凰琴〉和〈乡村教师〉为考察中心》，《现代中国文化与文学》2021年第4期。

佘国秀：《人与存在构建深度之思——存在主义视阈下的〈丰乳肥臀〉》，《烟台大学学报》（哲学社会科学版）2018年第1期。

沈利娜：《在偶然和必然之间：麦家作品缘何走红全球》，《出版广角》2014年第16期。

施冰冰：《世界文学视野下的麦家小说——以〈风声〉为例》，《小说评论》2022年第1期。

孙国亮、陈悦：《刘慈欣小说在德国的译介与接受研究》，《南方文坛》2020年第6期。

宋明炜：《刘慈欣小说中的科学与文学，物理与伦理》，《小说评论》2023年第4期。

孙慧、王新晓：《张系国科幻小说中的中国文化内核》，《写作》2023年第5期。

索格飞、郭可：《基于社会符号学多模态框架的短视频共通话语建构》，《外语电化教学》2023年第3期。

谭桂林：《论〈丰乳肥臀〉的生殖崇拜与狂欢叙事》，《人文杂志》2001 年第 5 期。

谭载喜：《文学翻译中的民族形象重构："中国叙事"与"文化回译"》，《中国翻译》2018 年第 1 期。

唐润华、乔娇：《中国科幻文学海外传播：发展历程、影响要素及未来展望》，《出版发行研究》2021 年第 12 期。

唐晓蕾、刘丽丽：《走向世界的中国谍战小说〈解密〉》，《文学教育（下）》2014 年第 11 期。

汤哲声：《中国百年武侠小说的价值评估与侠文化的现代构建》，《文艺理论研究》2023 年第 4 期。

汪晓莉、陈帆帆：《社会翻译学视域下武侠小说英译的项目发起研究》，《淮北师范大学学报》（哲学社会科学版）2022 年第 6 期。

万金：《网络武侠小说在英语世界的传播——以翻译网站 Wuxiaworld 为例》，《东方翻译》2017 年第 5 期。

吴玥璠、刘军评：《小议〈射雕英雄传〉英译本的海外热销》，《出版广角》2019 年第 14 期。

王东风：《文化缺省与翻译中的连贯重构》，《外国语（上海外国语大学学报）》1997 年第 6 期。

王慧、陆晓鸣：《日本读者对中国科幻文学翻译作品的接受》，《日语学习与研究》2023 年第 2 期。

王侃：《中国当代小说在北美的译介和批评》，《文学评论》2012 年第 5 期。

王丽：《乡村教师的价值诉求与发展路径探寻——读刘慈欣〈乡村教师〉有感》，《山西教育（管理）》2018 年第 2 期。

王雪明、刘奕：《中国百年科幻小说译介：回顾与展望》，《中国翻译》2015 年第 6 期。

王杨：《中国现当代科幻小说英文译介的回顾、反思与展望》，《天水师范学院学报》2022 年第 4 期。

王瑶：《我依然想写出能让自己激动的科幻小说——作家刘慈欣访谈录》，《文艺研究》2015 年第 12 期。

吴瑾瑾：《中国当代科幻小说的海外传播及其启示——以刘慈欣的〈三体〉为例》，《山东大学学报》（哲学社会科学版）2021年第6期。

吴岩：《科学与文学结缘的奇葩——百年西方科幻》，《世界文化》2015年第2期。

吴攸、陈滔秋：《数字全球化时代刘慈欣科幻文学的译介与传播》，《上海交通大学学报》（哲学社会科学版）2020年第3期。

吴赟、何敏：《三体在美国的译介之旅：语境、主体与策略》，《外国语》（上海外国语大学学报）2019年第1期。

熊兵：《中国科幻文学译介研究二十年（2000-2020）——回顾、反思与展望》，《外国语文研究》2022年第6期。

杨斯钫等：《媒介差异视角下的文学作品影视化分析》，《哈尔滨职业技术学院学报》2022年第4期。

杨莹：《刘慈欣〈三体〉在西班牙的译介研究》，《今古文创》2023年第21期。

姚利芬：《新时期以来美国科幻小说中译的三次浪潮》，《海南大学学报》（人文社会科学版）2020年第1期。

张海燕等：《由〈解密〉看中国当代文学在拉美的出版传播》，《出版发行研究》2021年第7期。

张海燕：《场域理论视角下中国当代文学海外传播的困境探析》，《对外传播》2024年第1期。

张立友：《当代寻根小说跨文化传播探索：现状、困境与对策》，《黑龙江工业学院学报》（综合版）2021年第12期。

张泰旗：《历史转轨与不断重释的"新纪元"——论刘慈欣科幻小说〈超新星纪元〉的版本演进》，《中国现代文学研究丛刊》2021年第2期。

张伟劼：《〈解密〉的"解密"之旅——麦家作品在西语世界的传播和接受》，《小说评论》2015年第2期。

张雨萌：《网络玄幻小说在海外的跨文化传播解读》，《传媒论坛》2022年第13期。

张意薇、陈春生：《锚与舵的伦理——〈静静的顿河〉与〈丰乳肥臀〉中的政治选择及命运归属》，《海南师范大学学报》（社会科学版）2017

年第 3 期。

张颐武等：《文学类型与类型文学（一）》，《山花》2016 年第 15 期。

赵鸿飞：《跨文化语境下高友工的中国抒情传统与唐诗研究》，《中国文学研究》2020 年第 4 期。

赵胜全：《〈丰乳肥臀〉翻译中的文化缺失和补偿策略研究》，《开封教育学院学报》2019 年第 5 期。

赵燕、吴赟：《刘慈欣科幻小说英译本副文本话语元素探微》，《外语学刊》2022 年第 6 期。

朱洁：《中西方"意见领袖"理论研究综述》，《当代传播》2010 年第 6 期。

宗城：《被遮蔽的青年写作》，《文学自由谈》2020 年第 5 期。

（二）著作

代晓丽：《西方科幻小说新发展研究》，清华大学出版社，2021。

刘慈欣：《超越自恋——科幻给文学的机会》，载刘慈欣《刘慈欣谈科幻》，湖北科学技术出版社，2014。

刘慈欣：《无奈的和美丽的错误——科幻硬伤概论》，载刘慈欣《刘慈欣谈科幻》，湖北科学技术出版社，2014。

刘慈欣：《三体》，重庆出版社，2022。

刘慈欣：《三体Ⅱ：黑暗森林》（典藏版），重庆出版社，2016。

刘慈欣：《三体Ⅲ：死神永生》（典藏版），重庆出版社，2016。

刘慈欣：《流浪地球》，中国华侨出版社，2021。

刘慈欣：《乡村教师》，电子工业出版社，2022。

石晓岩：《刘慈欣科幻小说与当代中国的文化状况》，社会科学文献出版社，2018。

吴岩主编《科幻文学理论和学科体系建设》，重庆出版社，2008。

颜实、王卫英主编《中国科幻的探索者》，科学普及出版社，2018。

姚建彬编《中国文学海外发展报告（2018）》，社会科学文献出版社，2019。

查紫阳编《宇宙容得下我们吗？〈三体〉争鸣》，南京师范大学出版社，2016。

朱立元：《当代西方文艺理论》，华东师范大学出版社，1997。

(三) 译作

〔美〕沃纳·赛佛林、小詹姆斯·坦卡德:《传播理论:起源、方法与应用》,郭镇之主译,华夏出版社,2006。

〔美〕艾佛瑞特·罗杰斯:《传播学史——一种传记式的方法》(第7版),殷晓蓉译,上海译文出版社,2010。

〔美〕希伦·A. 洛厄里、梅尔文·L. 德弗勒:《大众传播效果研究的里程碑》(第三版),刘海龙等译,中国人民大学出版社,2004。

〔美〕伊莱休·卡茨、保罗·拉扎斯菲尔德:《人际影响:个人在大众传播中的作用》,张宁译,中国人民大学出版社,2016。

(四) 学位论文

崔向前:《从译者主体性角度分析〈三体〉系列〈三体〉、〈黑暗森林〉英译本》,硕士学位论文,北京外国语大学,2016。

高菲:《刘慈欣科幻小说的传播与接受研究》,硕士学位论文,兰州大学,2020。

郭恋东、冯若兮:《类型小说的全球翻译——以犯罪小说、网络小说和科幻小说为例》,《学术月刊》2023年第11期。

冯小冰:《中国当代小说在德语国家的译介研究(1978-2013)》,博士学位论文,北京外国语大学,2020。

胡丽娟:《传播学视阈下刘慈欣科幻小说的海外接受效果研究——以〈三体〉在美国的传播为例》,硕士学位论文,山东大学,2023。

郎静:《论〈三体〉英译本中的女性主义翻译策略》,硕士学位论文,北京外国语大学,2015。

廖紫微:《刘慈欣〈三体〉系列在英语世界的译介研究》,硕士学位论文,东华理工大学,2017。

李学仙:《试论金庸武侠小说在泰国的传播》,硕士学位论文,重庆大学,2012。

王东卓:《麦家小说在西方世界的传播与接受研究》,硕士学位论文,山东师范大学,2023。

汪蝶:《论刘慈欣科幻小说中的英雄书写》,硕士学位论文,四川师范大学,2022。

熊文艳：《金庸小说在越南的译介及其影响研究》，硕士学位论文，广西民族大学，2017。

（五）报刊

陈楸帆：《有生之年，每个写作者也许都将与AI狭路相逢》，《文汇报》2019年3月21日，第10版。

何明星、范懿：《〈三体〉的海外传播：关于网络平台的读者调查》，《中华读书报》2019年9月4日，第6版。

邱实：《中国新生代科幻，不只有刘慈欣》，《新京报书评周刊》2020年1月18日，第B06—B08版。

王亚文：《中国本土文学译介传播能力的提升：从走出去到走进去》，《中国出版》2019年第1期。

王杨：《阅读中国文学，可以看到中国人生活的风景》，《文艺报》2023年9月20日，第1版。

杨鸥：《类型文学方兴未艾》，《人民日报》（海外版），2015年9月30日，第7版。

战玉洁：《知识癖、叙事迷宫与摄影术——论小白的谍战小说及其类型突破》，《扬子江文学评论》2022年第5期。

张稚丹：《麦家谈〈解密〉畅销海外：我曾被冷落十多年》，《人民日报》（海外版）2014年5月23日，第5版。

二 英文文献

Bassnett, S. & A. Lefevere eds., *Constructing Cultures: Essays on Literary Translation* (Shanghai: Shanghai Foreign Language Education Press, 2001).

Bergére, Marie-Claire, "Introduction: L'enseignement du Chinois à l'École des Langues Orien-tales du XIXe au XXIe siècle," in Bergère, Marie-Claire & Pino, A. eds., *Un Siècle D'Enseignement du Chinois à l'École des Langues Orientales (1840-1945)* (Paris: L'Asiathèque, 1995).

Dirlik, A., "Asia Pacific Studies in an Age of Global Modernity.," in T. Wesley-Smith & Goss, J. eds., *Remaking Area Studies: Teaching and Learning Across Asia and the Pacific* (Hanolulu: University of Hawai'i Press, 2010).

参考文献

Liu Cixin, *The Three-body Problems*, Trans. by Ken Liu (New York: Tor Books, 2014).

Liu Cixin, *The Dark Forest*, Trans. by Joel Martinsen (New York, NY: Tor Books, 2015).

Liu Cixin, *Death's End*, Trans. by Ken Liu (New York, NY: Tor Books, 2016).

Gaosheng Deng and Sang Seong Goh, "An interview with Joel Martinsen: Translating The Dark Forest and Cixin Liu's Other Sci-fi," *Asia Pacific Translation and Intercultural Studies*, 10 (2023).

Gershon Feder & Sara Savastano, "The Roles of Opinion Leader in the Diffusion of New Knowledge: The Case of Integrated Pest," *Management World Development*, 34 (2006).

Jessica Imbach, "Chinese Science Fiction in the Anthropocene," *Ecozon European Journal of Literature Culture and Environment*, 12 (2021).

Jia Liyuan, Du Lei and James Fashimpaur, "Chinese People Not Only Live in the World but Grow in the Universe: Liu Cixin and Chinese Science Fiction," *Chinese Literature Today*, 7 (2018).

John Kingdon, "Opinion Leaders in the Electorate," *The Public Opinion Quarterly*, 46 (1970).

John Updike, "Bitter Bamboo—Two Novels from China," *The New Yorker*, 5 (2005).

Lovell, J., *The Politics of Cultural Capital: China's Quest for a Nobel Prize in Literature* (Honolulu: University of Hawai'i Press, 2006).

Marin-Lacarta, M., "Mediated and Marginalised: Translations of Modern and Contemporary Chinese Literature in Spain (1949–2010)," in Zhao, J., et al., eds., *Chinese Literature in the World*, New Frontiers in Translation Studies (Singapore: Springer Nature Singapore Pte Ltd, 2022).

Michael Dango, "Not form, not genre, but style: On literary categories," *Textual Practice*, 36 (2022).

Philip Wylie and Edwin Balmer, *When Worlds Collide* (Omaha: University of Nebraska, 1999).

Qing Li, "Translators' subversion of gender-biased expressions: A study of the English translation of *The Three-Body Problem* Trilogy," *Perspectives*, (2023).

Wang Dingding, "Mapping Chinese Science Fiction and Science Writing as World Literature," *Chinese Literature and Thought Today*, 54 (2023).

Xing Yi, "Louis Cha's acclaimed trilogy to be translated into English," *China Daily*, 2017-11-10.

Joshua Rothman, "China's Arthur C. Clarke," *The New Yorker*, 2015-03-06.

Isaacson, Nathaniel, *Celestial Empire: The Emergence of Chinese Science Fiction* (Middletown: Wesleyan University Press, 2017).

John Oneill, "How Taking a Risk on Chinese Author Paid Off Big for Tor," 2015-09-04, https://www.blackgate.com/2015/09/04/cixin-liu-the-superstar-how-taking-a-risk-on-a-chinese-author-paid-off-big-for-tor.

Ren Dongmei & Chenmei Xu, "Interpreting Folding Beijing through the Prism of Science Fiction Realism," *Chinese Literature Today*, 7 (2018).

Sapir, E., *Language: An Introduction to the Study of Speech* (New York: Harcourt, Brace, 1921).

Stephen Benedict Dyson, "Images of International Politics in Chinese Science Fiction: Liu Cixin's Three-Body Problem," *New Political Science*, 41 (2019).

Stephen W. Littlejohn, *Theories of Human Communication* (Beijing: Tsinghua University Press, 2005).

Wang Yao & Nathaniel Isaacson, "Evolution or Samsara? Spatio-Temporal Myth in Han Song's Science Fiction," *Chinese Literature Today*, 7 (2018).

Whorf, B. L., "Language, Thought and Reality," in J. Carroll ed., *Selected Writings* (New York: J. Wilky, London: Chapinaon & Hall, 1956).

Wu Yan, Yao Jianbin and Andrea Lingenfelter, "A Very Brief History of Chinese Science Fiction," *Chinese Literature Today*, 7 (2018).

You Wu, "Globalization, Science Fiction and the China Story: Translation, Dissemination and Reception of Liu Cixin's Works across the Globe," *Critical Arts*, 34 (2020).

Yi Zhang, "In the Perspective of Communication the Study of How the Opinion Leaders of the Media Era Shapes Roles," *Communication in Humanities Research*, 8 (2023).

Zhao, J., et al., eds., *Chinese Literature in the World*, *New Frontiers in Translation Studies* (Singapore: Springer Nature Singapore Pte Ltd, 2022).

图书在版编目（CIP）数据

中国当代科幻小说的海外译介与传播 / 张海燕著 .
北京：社会科学文献出版社，2024.9.--ISBN 978-7
-5228-4266-0

Ⅰ.I207.425

中国国家版本馆 CIP 数据核字第 2024QS8165 号

中国当代科幻小说的海外译介与传播

著　　者 / 张海燕

出 版 人 / 冀祥德
组稿编辑 / 周　琼
责任编辑 / 朱　月
责任印制 / 王京美

出　　版 / 社会科学文献出版社（010）59367126
　　　　　　地址：北京市北三环中路甲 29 号院华龙大厦　邮编：100029
　　　　　　网址：www.ssap.com.cn
发　　行 / 社会科学文献出版社（010）59367028
印　　装 / 三河市龙林印务有限公司

规　　格 / 开　本：787mm×1092mm　1/16
　　　　　　印　张：18.25　字　数：289 千字
版　　次 / 2024 年 9 月第 1 版　2024 年 9 月第 1 次印刷
书　　号 / ISBN 978-7-5228-4266-0
定　　价 / 98.00 元

读者服务电话：4008918866

版权所有 翻印必究